UT

*metro*

M. K. Wren

Medusa Pool



UT *metro* wird
herausgegeben von
Thomas Wörtche

## Zu diesem Buch

Westport, Taft County, Oregon. Die Geschichte beginnt am ersten Dienstag im November: am Wahltag. Cornelia Faith Jones wird ohne ihr Wissen und ohne ihr Betreiben von der Bevölkerung zum County-Sheriff gewählt. Als schwarze Quotenfrau der Behörde will sie diesen schwierigen Job nicht unbedingt haben.

Aber als ihr Freund, der Medusenforscher Jan Koto, ermordet im Quallenbecken des Ozeanographischen Zentrums von Westport treibt, nimmt sie den Job an.

Trauer und Wut treiben Neely Jones an, den Mörder ihres Geliebten zu finden. Sie nimmt den Job an und muss ganz auf sich gestellt handeln. Denn von einer schwarzen Frau möchten sich weder ihre weißen Kollegen noch ihr Chef, der Staatsanwalt Owen Culpepper, etwas sagen lassen. Ein unheimlicher Anrufer rät ihr, ihre neue Stellung sofort aufzugeben. Als sie nicht ablässt, wird mit Kugeln und Brandstiftung der Forderung Nachdruck verliehen.

Neely baut eine Falle auf – und gerät selbst hinein.

## Die Autorin

M. K. Wren ist der Name, unter dem Martha Kay Renfroe ihre Bücher schreibt. Geboren in Amarillo, Texas, lebt sie heute in Oregon im Nordwesten der USA in einem alten Haus mit Blick auf den Pazifik. Nach einem abgeschlossenen Studium der Kunstgeschichte entdeckte sie ihr Talent zum Schreiben. Der Erfolg gab ihr Recht. Sie hat Kriminalromane geschrieben sowie Sciencefiction und Romane außerhalb jeder Kategorie, für die sie mit dem *Northwest Writer Award* ausgezeichnet wurde.

Mehr über Buch und Autorin im Anhang
oder auf *www.unionsverlag.ch*

M. K. Wren

# Medusa Pool

Aus dem Englischen von
Annette Blum

Unionsverlag

Die Originalausgabe erschien 1999
unter dem Titel *Neely Jones: The Medusa Pool*
bei St. Martin's Press, New York

Deutsche Erstausgabe

*Auf Internet*
Aktuelle Informationen
Dokumente, Materialien
*www.unionsverlag.ch*

Unionsverlag Taschenbuch 211

Rieterstrasse 18, CH-8027 Zürich
Tel. 0041-1-281 14 00, Fax 0041-1-281 14 40
mail@unionsverlag.ch

Umschlaggestaltung: Heinz Unternährer, Zürich
Umschlagbild: Jack Ambrose/Stone
Druck und Bindung: Clausen & Bosse, Leck
ISBN 3-293-20211-X

Die äußeren Zahlen geben die aktuelle Auflage
und deren Erscheinungsjahr an:
1 2 3 4 5 - 04 03 02 01

# Dank

Die Großzügigkeit, mit der mir andere ihr Wissen und ihre Zeit zur Verfügung stellen, überrascht mich immer wieder. Sind Wissen und Zeit nicht das Kostbarste, das wir haben? Ich danke Sheriff John Raichl und Chief Criminal Deputy Daniel P. Laughman vom Clatsop County Sheriff's Office, die diesen Schatz mit mir geteilt haben; Rita Johnson, die das Manuskript gelesen und mich um ihren einzigartigen Blickwinkel bereichert hat; T.C. und Charles Vollum, die mir die Tür zu einer neuen Welt geöffnet haben, in der sie so würdevoll leben; und schließlich Diane Hankins, Autorin und bis vor kurzem Deputy Sheriff und Dispatcher im Clatsop County Sheriff's Office und, ebenso wie ihr Mann John, Mitglied des CCSO Search und Rescue Teams. Sie alle sind mir über das normale Maß der Freundschaft hinaus mit Geduld und Rat zur Seite gestanden.

# 1

Blutrot und nachtschwarz, wie eine Kette aus blitzendem Chrom – so donnert der große, aufgemotzte Pick-up in Richtung Norden. Seine Scheinwerfer fegen über die leere Straße. Um diese Zeit – es ist fast Mitternacht – begegnet dem Pick-up in Westport außer einem entgegenkommenden Sattelschlepper kein anderes Auto.

Der erste Dienstag im November.

Und es ist schneidend kalt, trotz des sommerklaren Himmels. Der Mond schimmert auf dem Wasser des Pazifiks wie Lamé, funkelt auf der Asphaltnaht des Highway 101, umreißt die Konturen einer eckigen, aus den Stämmen zweier junger Erlen gefertigten Konstruktion auf der Pritsche des Pick-ups. Ein 20-Liter-Benzinkanister scheppert gegen die Heckklappe.

Der Highway 101 schneidet Westport, Oregon (4207 Einwohner), die Bezirkshauptstadt von Taft County, der Länge nach in zwei ungleiche Teile. Auf der Westseite trennen ihn nur wenige Blocks vom Strand. Der Großteil der Stadt liegt östlich davon. Paillettenartige Lichter bündeln sich rötlichgolden und blauweiß um die Chinook Bay, ein dunkles, unregelmäßiges Viereck, das ein Binnensee sein könnte, wäre da nicht am nordwestlichen Ende der schmale Kanal zum Ozean. Hoch über den unruhigen Wassermassen dieses felsumrandeten Kanals erhebt sich auf neugotischen stählernen Bogen eine Brücke.

Der schwarzrote Pick-up donnert über die Brücke, beschleunigt, lässt im Eiltempo eine Zeile mit Restaurants, Geschäften und Touristenfallen hinter sich, von denen bis auf die Salty Dog Tavern alle geschlossen haben. Das Hardrock-Gewummer aus dem Autoradio erzeugt im Vorbeifahren für einen kurzen Moment eine Dissonanz zu dem Geschrammel der Countrymusic, das aus der geöffneten Kneipentür dringt.

Auf der Höhe des Highway 13 überfährt der Pick-up eine rote Ampel. An der Nordostecke der Kreuzung steht quadratisch und solide gemauert das Gerichtsgebäude von Taft County. Im Wahlbüro im zweiten Stock, wo gerade die letzten Stimmzettel ausgezählt werden, brennt Licht. Hinter dem Gerichtsgebäude biegt der Pick-up links ab, dröhnt drei Blocks weit durch eine Wohnstraße, biegt rechts ab und beschleunigt auf dem North Front Drive innerhalb von sechs Blocks auf siebzig Kilometer.

Dann hält er abrupt mit kreischenden Bremsen an.

Vom North Front Drive geht östlich eine Seitenstraße ab: der Kittiwake Drive. Radio und Scheinwerfer werden ausgeschaltet. Der Pick-up biegt in die Straße ein und kriecht um die Kurve, an der der Kittiwake Drive eine Biegung nach Norden macht und in einer Sackgasse endet.

Die vier Häuser entlang der Straße verstecken sich zwischen Strauchkiefern auf einem Hügelkamm, der gerade hoch genug ist, um einen Blick auf den Ozean zu gewähren: Drei Häuser für Kurzmieter, die um diese Jahreszeit leer stehen; ein A-förmiges Haus mit zwei Flügeln – die Küche im Norden, Garage und ein behelfsmäßiges Dojo im Süden.

Oben im Schlafzimmer des Hauses brennt Licht.

Der blutrot-nachtschwarze Pick-up röhrt im Leerlauf, und drei Männer tauchen auf, entladen die Pritsche, bewegen sich dann wie durch einen Rinnstein gewehte dunkle Blätter auf das Haus zu. Mondlicht beleuchtet kahl rasierte Köpfe und silberne Hakenkreuze, die auf dem Rücken schwarzer Lederjacken prangen.

Der Anführer trägt den Benzinkanister. Die beiden anderen ächzen unter dem geteilten Gewicht eines roh gezimmerten Kreuzes.

## 2

Im Schlafzimmer unterm Dach des Hauses schläft Neely Jones. Sie ist zu erschöpft von einer Woche Doppelschicht, als dass die Leselampe sie stören würde. Von den mitternächtlichen Schattengestalten draußen ahnt sie im Moment nichts.

Neely liegt zusammengerollt auf der Seite und hat das Kissen unter den Kopf gestopft. Ihre bronzefarbene Haut leuchtet im

Widerschein der Kiefertäfelung. Ihre dunklen, kurz geschnittenen Haare betonen den länglichen, schmalen Kopf und absorbieren das Licht. Unter den tief liegenden Wölbungen ihrer Augenlider ziehen die Schattenbilder eines Traums vorbei.

Neben ihr sitzt Jan Koto, so nah, dass er sie berühren könnte. Er hat es sich mit Kissen vor dem Kopfteil des Bettes bequem gemacht. Die Drahtgestellbrille ist ihm von der Nase gerutscht, die wenig Halt bietet. Er ist in eine schmale Broschüre mit dem Titel »Neurotoxine in Nesselzellen von Medusen des Östlichen Pazifikgrabens« vertieft.

Er hört das entfernte Grummeln nicht, das von der stetig anrollenden Brandung verwischt wird.

Doch die Geräusche kommen näher, werden lauter. Rufe, wildes, hemmungsloses Lachen.

Die Geräusche sickern in einen Traum, an den sich Neely nie erinnern wird. Sie wacht schlagartig auf. Mit geweiteten, starren schwarzen Augen lauscht sie.

Gebrüll und Gelächter verklingen, doch sie weiß genau, was es ist. Ein Adrenalinstoß katapultiert sie aus dem Bett. Sie murmelt: »Riker!« Jan sieht zu, wie sie ihren Hapi-Kittel überwirft, nach dem ledernen Pistolengürtel greift, der auf dem Stuhl neben dem Bett liegt, und die halbautomatische Glock 9 mm aus dem Halfter zieht.

Die Dienstwaffe von Deputy Neely Jones.

Ein nicht mehr ganz neues Sprechfunkgerät hängt am Gürtel. Sie schnappt es sich und stürmt die Wendeltreppe hinunter ins Wohnzimmer.

Unten bleibt sie stehen und starrt durch das große dreieckige Fenster auf ein mannshohes, blendend helles Kreuz, ein Flammenkreuz. Ihr Herz pocht unregelmäßig, aber sie kann nicht ausmachen, ob vor Angst oder vor Wut.

*Neely, Süße, wenn du nicht zwischen wütend und ängstlich unterscheiden kannst, denk mit der Wut und lass dich von der Angst antreiben.*

So sagte Gramma Faith Jones immer, und anscheinend schlummern ihre doppeldeutigen Bröckchen Weisheit in den Abgründen von Neelys Gedächtnis, um jeden Moment wieder an die Oberfläche zu kommen.

Nein, Gramma, mich treibt die Wut an.

Sie stürmt durchs Wohnzimmer zur Glastür. Sie schließt auf, schleudert die Tür auf und tritt mit der schussbereiten Glock auf die Veranda.

Die Kälte der Holzplanken unter ihren Füßen kommt ihr im selben Moment zu Bewusstsein, in dem sie vor der wallenden Hitze und dem Benzingestank des Rauches zurückweicht. Das lodernde Feuer erhellt den ganzen Kittiwake Drive, der verlassen daliegt. Kein schwarzroter Pick-up. Sie weiß, dass es Rikers Pick-up war, den sie gehört hat. Dessen Geräusch kann und will sie nicht vergessen.

Eugene Buxman alias Dirk Riker, das fischweiße, dünnbeinige, kahl rasierte Muster der arischen Herrenrasse, das im Verein mit zwei ähnlich geglückten Exemplaren die Spitze des Eisbergs des Rassismus darstellt im lilienweißen Westport, Oregon.

Eugene und seine Kumpane haben dieses Jahr schon dreimal ihr Haus mit Hakenkreuzen und Graffiti besprüht: *Japsenbastart! Niggaschlampe! Stirb du Niggaficker!* Das Vorzeigeexemplar der Herrenrasse beherrscht nicht mal die Rechtschreibung.

Diesmal haben sie keine Graffiti hinterlassen. Nur dieses hoch christliche, zu einem höchst unchristlichen Zweck entfremdete Symbol.

Neely zieht die Antenne des Sprechfunkgeräts heraus. Im Moment müsste Charlie Eckholm in der Leitstelle sitzen. »Charlie? Wir haben ein brennendes Kreuz vor unserem Haus. Ich brauch einen Deputy als Zeugen, und sorg dafür, dass er eine Videokamera dabeihat.«

Charlie antwortet durch eine Wolke statischer Geräusche: »Wir haben doch nicht genug Leute, um jedem Kinderstreich nachzugehn. Das weißt du doch.«

»Ich melde ein Verbrechen, Charlie! Wer ist grade frei?«

Charlie zufolge ist im Taft County Sheriff's Office niemand verfügbar. Alle sechs Dienst habenden Leute sind im Einsatz oder auf Streife.

Neely steht mit der Glock in der rechten Hand da und hört dem hungrigen Prasseln des Feuers zu. Es stößt ihr bitter auf, dass Charlie auch dann niemand schicken würde, wenn zwanzig Männer Däumchen drehen würden. Er wird sich nicht mal die Mühe machen, eine Aktennotiz über das brennende Kreuz zu schreiben. Ein Kinderstreich …

»Charlie, gib wenigstens für Eugene Buxman eine Fahndung an alle raus. Riker oder wie er sich nennt.« Sie unterbricht die Verbindung. Ihre Wut übertönt die darunter liegende Verzweiflung.

»Neely?«

Sie dreht sich um. Jan Koto steht in der Tür, barfuß wie sie und nur mit einem hastig übergestreiften Bademantel bekleidet. Seine rechte Hand klammert sich an den Rahmen der Glastür. Eine starke Hand, sie weiß es. Er hat ihr Karate beigebracht, die Kunst der »leeren Hand«.

Das Feuer spiegelt sich in seinen Brillengläsern, bescheint seine seidigen schwarzen Haare, blitzt in seinen schwarzen Augen auf. Aber sie zeigen mehr Verwirrung als Wut. Er blickt auf das Kreuz und sagt lakonisch: »Scheiße!«

Neely nickt und schaut in die Flammen. Sie legt das Sprechfunkgerät und die Glock auf dem Geländer ab. Ihre Hände zittern. »Dieser Kotzbrocken! Ich werd mich nie dran gewöhnen, Jan. Nie!« Sie lehnt den Kopf an seine Schulter.

Manchmal überlegt Neely, ob einer der Gründe, weshalb sie so gut zueinander passen, die Tatsache ist, dass ihnen beiden gewisse Dinge von Anfang an klar waren. Ihr Großonkel wurde in New Orleans vom Klan gelyncht. Jans Vater war noch ein Kind, als seine Familie im Zweiten Weltkrieg in ein Internierungslager verschleppt wurde. Das ist Vergangenheit. Aber es ist nicht vorbei. Neely schließt die Augen und hält sich an Jan fest.

Und doch scheint Jan Koto all das nicht zu begreifen. Nicht wirklich.

Die zwanzig Wissenschaftler am Forschungsinstitut des Westport Ozeanographischen Zentrums, wo er seit zwei Jahren arbeitet, sind eine bunte Mischung aus zahlreichen Ethnien, und Westport begegnet ihnen allen mit Respekt. Aber das Institut bezahlt eben auch anständig und ist mit seinem Museumsaquarium eine echte Touristenattraktion.

Diese Weißbrotstadt weiß, wo der Löffel hängt.

Für sie ist es eine andere Stadt. Sie arbeitet allein unter weißen Männern in einer unterbesetzten, finanziell schlecht ausgestatteten Dienststelle als Sheriff Gifford Wills Alibifrau und Alibi-Afroamerikanerin zugleich. Ihre Welt liegt hinter geschlossenen Türen und in mitternächtlichen Straßen, wo das Schlechteste in den Menschen zum Vorschein kommt.

Jans Welt ist das Meer, ein wunderbares, grenzenloses Mysterium. Täglich zieht er die Schleier über diesem Mysterium ein wenig zurück und erhascht gelegentlich den Hauch einer Antwort und nimmt sie als Geschenk einer launischen Gottheit an.

Mit der Zeit hat Neely gelernt, seine Freude an den Offenbarungen des Meeres zu teilen. Das ist sein Geschenk an sie.

Das Kreuz schwankt, die Arme bersten, brechen und fallen mit einem zischenden, orangefarbenen Funkenregen zu Boden. Jan sagt: »Ich hole den Feuerlöscher«, und verschwindet im Haus.

Neely wartet am Geländer, bis Jan mit dem roten Zylinder wiederkommt und in den Hof hinuntergeht, um die Flammen zu ersticken. Irgendetwas in Neely rebelliert gegen das Zerstören von Spuren, aber sie hat schon mehrmals Beweise für Buxman Rikers »Streiche« gesichert, für die sich Sheriff Giff Wills dann doch nicht interessiert hat.

Als von dem Kreuz nur noch ein verkohlter Pfosten übrig ist, strömt Novemberkälte auf sie ein. Jan kommt wieder auf die Veranda. »Komm schon, Niri-san, gehn wir wieder ins Bett.«

Sie lächelt über das ironische Kosewort. Er spricht es mit einem übertriebenen japanischen Akzent aus: Nie-rie-sahn. Er ist Amerikaner in der vierten Generation, und sie weiß, dass sein japanischer Wortschatz kaum mehr als »Sayonara« und »Sushi« umfasst.

Sie verziehen sich ins Wohnzimmer. Jan hat kaum die Glastür geschlossen, da klingelt das Telefon. »Ich geh dran«, sagt er, geht zum Tisch am Ende der Couch und greift nach dem Hörer.

Neely geht hoch ins Schlafzimmer und verstaut Sprechfunkgerät und Pistole wieder am Ledergürtel. Dann legt sie sich ins Bett und zieht gegen das nicht enden wollende Frösteln die Decke hoch. Sie hört Jans Stimme, versteht aber kein Wort. Jan lacht. Also ist es zumindest kein Anruf von der Dienststelle, dass sie sofort antreten soll …

Obwohl sie immer noch erschöpft ist, weiß sie, dass sie so bald nicht wieder einschlafen kann. Sie merkt, dass sie an die Wand über der Kommode starrt, wo in einer brokatgemusterten Scheide ein Samuraischwert hängt. Diese tödlich schöne Waffe, so hat Jan ihr erzählt, hat ihm sein Vater Ando Koto zur Volljährigkeit überreicht.

Allerdings hat er auch im Scherz gesagt, er habe es bei Franklin Mint im Katalog bestellt.

Das Frösteln hat nachgelassen, als Jan die Treppe hochkommt. Er setzt sich neben sie aufs Bett, sieht sie mit einem geheimnistuerischen Lächeln an und sagt leise: »Herzlichen Glückwunsch.«

»Zu was?«

»Zu deiner Wahl zum Sheriff von Taft County.«

Neely setzt sich auf und starrt ihn an. »Was redest du denn da.«

»Der Anruf eben, das war Lydia Quigley, und …«

Gereizt setzt Neely an: »Lydia ist nie …« Mit einem Gefühl im Bauch, das sie an ihre erste Achterbahnfahrt erinnert, fragt sie dann: »Was hast du da über die Wahl gesagt?«

»Du hast gewonnen, Neely!« Er lächelt stolz. »Das ist das erste Mal, dass in diesem County ein Kandidat, der nicht auf der Liste steht, auf einen wichtigen Posten gewählt worden ist, und mit Sicherheit das erste Mal, dass eine afroamerikanische Frau Sheriff geworden ist. Am Neujahrstag wirst du vereidigt.«

»Ach, Jan, das ist doch verrückt. Lydia ist bestimmt besoffen.«

Aber Neely klammert sich an einen Strohhalm. Lydia Quigley, die graue Eminenz im Politbetrieb von Taft County, der widerborstige Stachel zwischen den alten Seilschaften und eine Abstinenzlerin mit der Willenskraft einer – wenn auch liberalen – Puritanerin … Lydia besoffen?

»Lydia meint, du hast einen satten Vorsprung. Selbst mit den Briefwählern bleibst du auf jeden Fall vorn. Sie hat gesagt, du sollst heute Abend zu ihrer Siegesfeier kommen.«

»Sieg? Ich hab ihr doch gesagt, dass ich den Job nicht will, verdammt noch mal.«

»Schon klar. Bist nominiert, aber kandidierst nicht, bist gewählt, aber trittst den Job nicht an.«

Sie verpasst ihm einen harten Fausthieb auf die Schulter. »Das ist nicht witzig, Jan! Die Jungs akzeptieren mich doch nie als Sheriff! Und Giff – mit Giff Wills müsste ich noch fast zwei Monate auskommen bis zur Vereidigung – wenn ich mich vereidigen lasse. Seit dem Barany-Fall – ich meine, wenn ich ihn geschlagen hab …« Ihre Stimme versagt, als die volle Bedeutung dieser Worte schließlich einsickert.

Dann umschlingt sie Jan wie eine Ertrinkende. »Die Baja! Die *Poseidon* sticht am Dienstag in See, oder? Nimm mich mit zur Baja. Ich bekoch die ganze Mannschaft. Egal was!«

»Neely, du kannst nicht kochen, und du weißt doch, dass ich nicht mit auf Exkursion gehe. Von den Grauwalen hab ich im September schon mehr als genug gesehen. Ich weiß sowieso nicht, warum Ben schon wieder eine Expedition zur Baja geplant hat – es sei denn, ihm geht's ums Rumhängen in Cabo San Lucas. Und wenn ich auf Forschungstrip geh, dann sowieso eher in die Nähe von … ach Mist.«

»Was?«

»Nichts Wichtiges. Mir ist gerade eingefallen, dass wir uns morgen nicht zum Mittagessen treffen können. Wir wollen Tauchgänge machen. Mersky hat angeboten, uns mit dem Boot rauszufahren, und bei dem muss man ja Nägel mit Köpfen machen, bevor sein Kahn absackt.«

Neely hat ihm nicht genau zugehört, aber jetzt ist sie ganz Ohr. »Du und Andrea, die Amazone?«

»He, jetzt komm mir nicht wieder mit diesem afrikanischen Hexenblick.« Er klingt jetzt eine Spur defensiv. »Wenn bei Andreas Analysen was halbwegs Brauchbares rauskommt, werden wir eines Tages alle noch reich und berühmt.«

Neely weiß, dass Jan denkt, sie sei eifersüchtig auf Andrea Olenick, die leitende Biochemikerin des Instituts. Aber das ist sie nicht. Nur weiß sie eben, dass Andrea in Jan verliebt ist. Weil er der Entdecker der neuen Qualle ist, die jetzt offiziell unter dem Namen *Chrysaora kotii* geführt wird, und die außergewöhnliche Chemie ihrer Nesseln entschüsselt hat, und weil Andrea auf ihre mögliche Verwendbarkeit als Schmerzmittel verwiesen hat, musste er eine Menge Zeit mit ihr verbringen. Aber seiner Meinung nach geht es Andrea nur ums Geld. Nicht um ihn. Nicht mal um die Wissenschaft.

»Ach, lassen wir das.« Mit feierlichem Stolz nimmt er Neelys Gesicht in die Hände. »Du wirst der allerbeste Sheriff, den dieses County je gehabt hat. Du bist dafür besser ausgebildet als alle anderen zusammen, und die zwei Monate unter Giff Wills, dieser lahmen Ente, überlebst du auch. Du bist zäh, und ich hab dich noch nie ein weißes Fähnchen hochhalten sehen.«

Jan kann sich nicht vorstellen, was sie erwartet, wenn sie diesen »Sieg« annimmt, den Lydia Quigley ihr untergejubelt hat. Aber Neely muss hier nichts beweisen, sie hat keinen Grund, sich auf etwas einzulassen, bei dem sie nur verlieren kann.

»Ich kann ohne weiteres morgen zurücktreten.«

»Und Giff gewinnen lassen?«

»Das ist wirklicher Heldenmut. Und Chief Kleber gibt mir einen Job. Er will mich haben, und ich müsste nur fünfzig Kilometer weit fahren.«

Jan macht keine Einwände. Seit fünf Jahren leben sie zusammen, drei davon in San Francisco, zwei hier in Westport, und er hat Entscheidungen, die sie allein treffen muss, immer akzeptiert.

Nur einmal hat er bei einer ihrer Entscheidungen Zweifel angemeldet: als sie beim San Francisco Police Department aufgehört hat, um ihn zu ermutigen, den Posten beim Ozeanographischen Institut anzunehmen.

Das hieß, sie musste ihre Sergeantstreifen gegen den niedrigeren Rang eines Deputies eintauschen, aber Jan konnte seine Forschungsarbeiten nur an einem Ort wie Westport fortführen. Hier hat er Zugang zur nötigen technischen Ausstattung und im Küstengewässer zur Medusenpopulation, deren Erforschung er sich widmen will. Wohin Jan geht, geht auch sie. So einfach ist das.

Sie nimmt ihm vorsichtig die Brille ab und beugt sich so nah zu ihm, dass ihre Lippen sich fast berühren: »Jan, ich liebe dich«, flüstert sie.

Er gibt sich mit einem Seufzer geschlagen und kuschelt sich dicht an Neely. Sie müssen lachen. Und wenn es auch nach dem, was diese Nacht ihnen beschert hatte, eigentlich nichts zu Lachen gibt, es macht nichts.

In dieser Nacht sind Lachen und Liebe und Liebe machen ein Triumph.

## 3

Für Owen Culpepper, den Staatsanwalt von Taft County, sind Anrufe mitten in der Nacht nichts Neues, aber in diesem Moment kommt ihm das Klingeln direkt neben seinem Ohr besonders ungelegen. Er hat den Großteil der Nacht damit verbracht, auch einen Wahlerfolg und die Zusage für eine weitere Amtszeit als oberster Ankläger des County zu feiern.

In seinem Kopf hämmert es, und er liegt so nah an der Bettkante, dass er herunterzufallen droht. Wie schafft es Glenda immer, ihn fast aus dem breiten Bett zu drängen, so dünn wie sie ist? Keine Hüften, keine Brüste, nur Ecken und Kanten.

Während er noch im Dunkeln danach tastet, klingelt das Telefon schon wieder und Glenda murmelt: »Owen, geh schon endlich dran!«

»Ich versuchs ja!« Endlich findet er es. »Hallo? Hallo!« Er macht das Licht an. Grell wie Messerstiche trifft es seine Augen.

Normalerweise sieht Owen Culpepper nicht so versoffen aus, sondern bleich, als sei seine Haut zu dünn und werde mit zunehmendem Alter noch dünner. So dünn wie sein feines farbloses Haar, das kaum die kahlen Stellen zu überdecken vermag. »Wer zum Teufel ist dran? Verdammt, es ist ...« Ohne seine Brille ist die Uhr nur ein verschwommener Fleck, aber die Zeiger scheinen senkrecht nach oben und unten zu stehen.

»Owen, mir brauchen Sie nicht zu erzählen, wie viel Uhr es ist, verdammt.«

»Giff?« Oh Gott, bloß nicht Sheriff Giff Wills um diese Zeit.

»Ja, verdammt, genau der! Oder ham Se gedacht, Se hörn nich wieda von mir? Ich würd vonner Bildfläche verschwinden, wie ... wie ...«

Culpepper kann den Bourbon fast durchs Telefon riechen, und dann erinnert er sich. Er ist nicht mehr *Sheriff* Giff Wills. Oder zumindest ab ersten Januar nicht mehr. Giff hat die Wahl verloren.

Culpepper hört Glenda hinter sich kichern. Er sitzt auf der Bettkante. »Giff, es tut mir wirklich Leid ...«

»Kommen Se mir nich mit Leid tun! Ich feier da mit nem Haufen Gäste und da ruft aufmal der gute alte Tom von der *Gazette* an und sacht mir, die Ergebnisse sind raus – und ich hab verloren! Ich hab gegen die Niggerfotze verloren!«

»Das haben Sie hoffentlich nicht zu Tom gesagt, oder?« Der Staatsanwalt fährt sich durch die spärlichen Haare. Für Tom Jordan wäre so ein Zitat ein gefundenes Fressen. Glenda setzt sich jetzt auf. Kichert immer noch.

Giff lallt: »Keine Ahnung, was ich gesagt hab, aber sie müssen was dagegen unternehmen!«

»Was stellen Sie sich denn vor, was ich dagegen unternehmen kann?«

»Ich will 'ne Untersuchung! Betrug! Wahlbetrug! Kann gar nich sein, dass dieses schwarze Miststück mich ohne Betrug geschlagen hat!«

Der Staatsanwalt verzieht den Mund. Ein schaler Geschmack liegt auf seiner Zunge. Verdammte Erdbeer-Daiquiris. Und die Medien werden morgen, nein heute, übers Gerichtsgebäude herfallen. Eine schwarze Frau hat eine Wahl gewonnen, ohne auf der Liste zu stehen ... Das schafft es vielleicht sogar ins Fernsehen.

»Es gab keinen Betrug, Giff!«

Glenda lacht jetzt laut auf; Culpepper dreht sich um, um sie strafend anzusehen, aber sie lacht nur noch lauter.

»Verdammt, ich rechne damit, dass ...«

»Hören Sie zu, gehn Sie jetzt erstmal ins Bett und schlafen Sie Ihren Rausch aus. Wenn Sie wieder nüchtern sind, dann können wir ...«

»Ich bin nüchtern! Fast jedenfalls! Owen, da mach ich nicht mit. Wenn die Bürger von Taft County so 'n Klugscheißer von Nigger als Sheriff ham wolln, dann solln se se halt nehmen! Ich tret jedenfalls zurück. Scheiss drauf, Owen!« Die Leitung ist tot.

Culpepper starrt auf den Hörer und Glenda sagt: »Och, der arme kleine Giff. Ganz aufgelöst, weil er die Wahl verloren hat, was? Ich habs dir ja gesagt, Owen, seit Jahren sag ich dir, der Mann ist ein Idiot. Ist höchste Zeit, dass er in den Ruhestand versetzt wird.«

Der Staatsanwalt sagt kläglich: »Sie hat gesagt, sie will gar nicht Sheriff werden.«

Glenda bringt ihren kantigen Körper in eine bequeme Stellung und zieht die Decke hoch. »Neely will nicht, aber Lydia Quigley will, dass sie es wird. Das ist eine neue Ära in der Politik von Taft County. Eine afroamerikanische Frau als Sheriff!«

Er mustert seine Frau argwöhnisch. »Ich wette, du hast für sie gestimmt.«

»Was im heiligen Schutz der Wahlkabine passiert, geht dich nichts an.« Schelmisch fügt sie hinzu: »Um die Wahrheit zu sagen, ich hab für sie gestimmt. Wenn du gleich aufstehst, mach nicht so viel Krach. Ich hab schrecklich Kopfweh.«

Culpepper seufzt. Ich auch, denkt er. Ich auch.

## 4

»Ich quittiere den Dienst, Jan. Anders geht es nicht.«

Das sind Neelys letzte Worte, als sie Jan am Tag nach der Wahl am Institut am Nordufer der Chinook Bay absetzt.

Dann fährt sie mit ihrem blauen Toyota Pick-up vier Blocks weiter bis zum Gerichtsgebäude. Das flaue Gefühl in der Magengegend nennt sie nicht beim Namen – Angst. Es ist zwanzig vor acht, die Sonne ist gerade über dem Coast Range zum Vorschein gekommen, und die Luft schillert wie Feueropal. Aber Neely bringt nicht die übliche Begeisterung für den neuen Tag auf.

Sie nähert sich dem Taft County Courthouse von der Südseite her, die am Highway 13 liegt. Die Hauptseite des Gerichtsgebäudes liegt auf der Westseite am Highway 101. Von vorn sieht man nur das von gepflegtem Rasen umgebene Gerichtsgebäude, dahinter liegt ein großer asphaltierter Parkplatz. Der rote Ziegelbau von 1948 hat große Fenster, die sich wirklich öffnen lassen. Der einstöckige Anbau aus den gleichen Ziegelsteinen wie das Hauptgebäude auf der Rückseite ist 20 Jahre später entstanden. Auf der Ostseite liegt in der Mitte eine Doppeltür aus Glas. Die Morgensonne leuchtet auf die darüber angebrachten Bronzebuchstaben:

*Taft County Sheriff's Office*
*& Taft County Jail*

Neely fragt sich, ob sie es vermissen wird.

Garantiert nicht. Warum sollte sie die armselige Ausstattung, den ruppigen Umgangston vermissen? Warum sollte sie es vermissen, von Giff als Mädchen für alles und gelegentlicher Handlanger für PR-Angelegenheiten behandelt zu werden? Letzteres hat sich womöglich an ihm gerächt.

Er verabscheut diese obligatorischen Auftritte bei öffentlichen und schulischen Veranstaltungen, weshalb er ersatzweise sie hinschickt – sicher nicht zuletzt, um seinen schwarzen weiblichen Alibideputy vorzuführen. Seht ihr? Wir sind gar nicht so verbohrte Rassisten und Sexisten, wie ihr denkt. Also ist sie oft durch die Kleinstädte entlang des Highway 101 getingelt, in denen sich die Einwohner mit den üblichen menschlichen Problemen und den Sorgen einer saisonabhängigen Tourismuswirtschaft herumschlagen.

Neely fährt langsam über den Parkplatz. Er ist schon fast voll. In ein paar Minuten öffnen die Ämter und Gerichte. Die fünfzehn Parkplätze links des Osteingangs sind für die Polizei reserviert. Sie sind alle besetzt. Die sechs Streifenwagen, die wie Kraut und Rüben wirken, wurden bei Polizeiauktionen ersteigert und mit gelbbrauner Farbe und dem Sheriffsabzeichen auf ein halbwegs einheitliches Aussehen getrimmt. Bis auf Sgt. Curtis McMinn mit seinem goldmetallicfarbenen Thunderbird Baujahr 1960 fahren alle Mitarbeiter Pick-ups oder Geländewagen made in USA. McMinns kostspieliges Spielzeugauto – und seine Waffensammlung, mit der er immer herumprahlt – erklärt vielleicht, warum er einen Nebenjob als Nachtwächter im Ozeanographischen Zentrum angenommen hat.

Der braune Ford von Sheriff Giff Wills steht nicht in der Reihe.

Neely findet einen freien Platz auf dem Besucherparkplatz, schaltet den Motor ab und schließt die Augen, um ihre Übelkeit in den Griff zu bekommen.

Jan hatte Recht: Giff wird ihren Rücktritt als Sieg betrachten.

An dem Tag, als er sie eingestellt hat, hat Giff ihr klar gemacht, dass er es nur tat, weil er gesetzlich dazu verpflichtet sei, der ethnischen und geschlechtlichen Diskriminierung entgegenzuwirken. Er hat dabei kein Blatt vor den Mund genommen. Jan hat sie davon nie erzählt.

Neely malt sich manchmal aus, wie es wäre, Giff ihrer Mutter vorzustellen. Dr. Helene Cleary-Jones, Professorin für Astronomie in Berkeley, ist eine ausgeglichene, starke Frau. Und wie der Zufall es will, hat sie schneeweiße Haut, blaue Augen und blonde Haare, in die sich inzwischen ein warmer zinngrauer Ton gemischt hat.

Aber Giff ist zweifellos einer von denen, für die ein Tropfen »farbiges« Blut schon den Unterschied macht.

Nach der allgemeinen – und ihrer eigenen – Auffassung ist Neely schwarz, ob ihre Mutter eine Farbige ist oder nicht. Trotzdem fragt sie sich, ob ein halbwegs vernünftiger Mensch ernsthaft glauben kann, dass es in diesem Land jemanden gibt, in dessen Adern nicht gleichzeitig weißes und schwarzes Blut fließt.

Neely schaut auf die Uhr. Zehn vor acht. Ihr Dienst fängt um acht an. Ihr letzter Dienst.

Vielleicht.

Nein: mit Sicherheit.

Sie steigt aus dem Auto und prüft im Seitenfenster ihr Spiegelbild. Sie will Giff oder den anderen Deputies keine Gelegenheit geben, sie in schludrigem Zustand zu sehen. Deshalb sind ihre dunkelbraune Jacke und ihre gelbbraune Uniform makellos, die Krawatte ist perfekt geknotet, der Stetson sitzt genau in der Waagrechten, die Kragenspitzen aus Messing sind symmetrisch angeordnet, und der siebenzackige Stern glänzt.

Sie fährt mit der Hand über den Pistolengürtel, der beruhigend eng an ihrer Taille anliegt: die Glock 9 mm Halbautomatik, zwei geladene Patronenstreifen, Handschellen, Taschenlampe, Tränengas, Sprechfunkgerät. Alles ist an seinem Platz.

Neely dreht sich um und steuert mit energischen Schritten auf den Eingang zu.

Sie macht die Tür auf und steht unerwartet in einem überfüllten Foyer. Wie eine Lawine rollt die Meute auf sie zu, brüllt Fragen heraus, schwenkt Mikros und blendet sie mit den Blitzlichtern der Kameras.

Damit hat sie nicht gerechnet.

»Was ist es für ein Gefühl, der erste afroamerikanische Sheriff von Taft County zu sein?«

»Wollen Sie mehr schwarze Frauen als Deputies einstellen?«

»Stimmt es, dass Sie alle weißen Männer feuern wollen?«

»Was sagt denn Sheriff Wills dazu, dass er die Wahl gegen eine schwarze Frau verloren hat?«

Die letzte Frage entlockt ihr fast ein Lächeln, aber sie reagiert trotzdem nicht darauf. Als sie sich mit den Ellenbogen einen Weg durch das Gedränge bahnt, schaut sie nach links. Die Tür zur Anmeldung ist geschlossen. Der Gefängniseingang auf der rechten Seite ebenso, aber das ist immer so. Sie hält die Schlüssel schon bereit, als sie die Tür zum Hauptgang erreicht. Als sie die Tür hinter sich schließt, hört der Tumult auf.

Die Tür verriegelt automatisch. Neely atmet tief durch und schaut über den langen, leeren Gang. Er teilt den Flügel der Länge nach: Links liegt die Criminal Division, in der sie arbeitet, rechts die Corrections Division, in der die Gefangenen untergebracht sind. Allerdings hat der Gang keine Verbindungstür zum Gefängnisteil. Ganz hinten ist eine Verbindungstür zum Gericht, die sich ebenfalls automatisch schließt.

Sie zieht die Schultern nach hinten und geht den Gang entlang. Hinter der ersten Tür auf der linken Seite liegt die Leitstelle, in der Senior Deputy Lonsdale Weaver sein elektronisches Schaltpult bedient. Er sieht aus wie ein Zauberer von Oz mittleren Alters in seinem geheimen Kontrollraum.

Hinter der nächsten Tür links liegt das Dienstzimmer.

Als sie in der Tür steht, kehrt mit einem Schlag bedeutungsgeladene Stille ein. Das ist ebenso zermürbend wie die Geräuschflut, die sie im Eingangsbereich überrollt hat.

Aber mit dem hier hat sie gerechnet.

Der große Raum ist wie ein auf den Kopf gestelltes L angelegt. Es stehen ein Dutzend triste graue Metallschreibtische herum, und zwischen den drei großen Fenstern am anderen Ende des Raums und zwischen den Türen zu den zwei kleinen Büros und der Asservatenkammer rechter Hand sind triste graue Aktenschränke aus Metall aufgereiht. Gewöhnlich halten sich hier nur eine Handvoll Leute auf – über Tag haben nur sechs Deputies Dienst. Aber heute erwartet sie hier eine ganze Versammlung.

Ein schweigende, feindselige Versammlung.

Zweiundzwanzig Uniformierte sitzen gedrängt auf Schreibtischen oder haben sich auf Stühle gefläzt: Alle Mitarbeiter – sowohl die der Criminal Division als auch die der Corrections Division und alle drei Schichtbesetzungen sowie drei Reservemänner – sind anwesend. Und Heather Blessing, Giffs einen Meter fünfundsechzig große, rotblonde Sekretärin und Empfangsdame. Sie trägt hochhackige Schuhe, einen über den Brüsten knapp sitzenden rosa Pullover und einen burgunderroten Wollmini, der ihre eleganten, in rauchgraue Nylonstrümpfe gehüllten Beine zur Geltung bringt.

Heather ist gerade dabei, Owen Culpepper Kaffee einzuschenken. Seine Anwesenheit ist eine weitere Überraschung. Der Staatsanwalt verlässt nur selten den zweiten Stock des Gerichts, wo er sich in einem eindrucksvollen Büro zwischen den Gerichtssälen von Landgericht und Bezirksgericht eingenistet hat. Er nickt Neely geistesabwesend zu und wendet sich dann wieder an Heather, die ihm einen Kaffeebecher reicht.

Heather dreht sich zu Neely um und sagt mit strahlenden Augen, die heute grün schillern, leise zu ihr: »Herzlichen Glückwunsch, Neely.«

Das scheint in diesem Moment entsetzlich unpassend. Entweder ist Heather so dumm, wie Neely ihr immer unterstellt hat, oder – und bei dieser Möglichkeit bleibt Neely die Luft weg – sie ist ganz schön mutig.

Sie ist wohl die Einzige hier, die ihr gratulieren wird.

Aber hat sie denn diese kollektive Feindseligkeit nicht erwartet?

Doch, obwohl die meisten der Männer sie bisher ignoriert oder wie eine unvermeidliche Plage hingenommen haben. Ein paar von ihnen haben ihr sogar Höflichkeit entgegengebracht.

Einer von ihnen ist Chief Criminal Deputy Foster Dolin, genannt »Buck«, Giffs Stellvertreter. Er steht mit verschränkten Armen im Türrahmen des vorderen Büros. Er ist ein großer, durch seine Muskeln massig wirkender, aber beweglicher Mann. In seiner Jugend war er Gewichtheber und vielleicht auch Footballspieler. Es geht das Gerücht, dass Buck teilweise indianisches Blut hat, und so wie er Neely jetzt mit zu dunklen Schlitzen verengten Augen ansieht, glaubt man es auch.

Sie wendet sich an Heather und fragt: »Wo ist denn Giff?«

Mit einem Seitenblick auf Culpepper flüstert Heather: »Wir wissen es nicht.«

Neely nickt und geht über die Schwelle. Es ist so still, dass man das Quietschen ihrer Gummisohlen auf dem grünen Linoleumboden hören kann. Sie biegt um die Ecke des L und geht an der Innentür der Leitstelle vorbei zu ihrem Schreibtisch. Er steht an der Innenwand direkt neben dem abgeteilten Bereich, der Giffs Büro vom Dienstzimmer trennt. Die Trennwand ist von oben bis unten aus Glas. Die Glastür in der Mitte ist jetzt, in Giffs Abwesenheit, geschlossen. Wo ist er nur? Schmollt er? Schläft er zu Hause seinen Rausch aus?

Neely hängt ihre Jacke über die Stuhllehne, legt den Stetson auf dem Aktenschrank links neben ihrem Schreibtisch ab und sieht nach, ob sie irgendwelche Nachrichten hat. Aber auf ihrem Schreibtisch liegt nichts, was nicht schon gestern da war. Als Schichtleiter ist es an Buck Dolin, die Anweisungen für den Tag zu erteilen.

Verdammt noch mal, worauf warten denn alle?

Sie zieht ein Blatt Papier in die alte elektrische Schreibmaschine ein und beginnt zu tippen. Das Klicken der Tasten hallt in der Stille wider. Sie datiert den Brief und adressiert ihn an Sheriff Gifford Wills.

Vielleicht ist es das, worauf alle warten: ihre Kündigung.

Sir: Hiermit möchte ich Ihnen mitteilen …

Sie hält inne, als Sgt. Curtis McMinn sich über den Aktenschrank beugt. Er trägt die sandfarbenen Haare in einem Bürstenschnitt, der herausgewachsen ist, und seine Oberlippe wird von einem dichten Chuck-Norris-Schnauzer gekrönt. Er sagt laut: »Weißte, Neely, so 'n Scheiß lässt sich Giff bestimmt nicht gefallen.« Er ist zweifellos davon überzeugt, dass er allen anderen aus dem Mund spricht.

Sie ignoriert ihn und tippt weiter: … dass ich mit sofortiger Wirkung meine Stelle …

»Den Scheiß wird sich niemand gefallen lassen. Bloß weil du zum Sheriff gewählt worden bist, heißt das noch lange nicht, dass du's auch wirst.«

Sie tippt weiter: … beim Taft County Sheriff's Office kündige …

»Wo zum Teufel ist sie!«

Das heisere Bellen lässt Neely zusammenzucken. Sheriff Giff Wills ist da.

## 5

Neely steht auf und geht aufrecht an McMinn vorbei. Aber direkt hinter der Ecke des L bleibt sie stehen und starrt den Mann an, der in der Eingangstür steht und bullig das Kinn vorstreckt.

Es ist kein Geheimnis, dass Giff Wills gerne einen trinkt. Er ist schon oft verkatert zur Arbeit gekommen. Aber heute hat er mehr als einen Kater. Er ist noch betrunken und sieht aus wie ein abgewrackter Säufer, der beim Trödel eine abgetragene Sheriffsuniform gefunden hat. Seinen Pistolengürtel hat er an, aber Hut und Krawatte sind ihm abhanden gekommen, sein Hemd ist voller Fettflecken, der Reißverschluss seiner Hose steht halb offen, und sein stoppeliges Mondgesicht ist zu einer Grimasse der Entrüstung verzogen.

Bis er sie anbrüllt: »Ich hab dich eingestellt, weil ichs für richtig gehalten hab, dass wa was für die benachteiligten Schichten tun. Hab nicht gewusst, dass ich so ne falsche Schlange an Land zieh. Also gut, du bist dran mit dem ganzen Scheiß. Meinetwegen kannste dran ersticken!«

Heather hält die Luft an, der Staatsanwalt dagegen verdreht die Augen. Neely steht schweigend da. Sie spürt, wie ihr Körper bei dem Versuch, ihre Wut zu bezähmen, bretthart wird. Es ist eine Wut, die ihr von Kindesbeinen an vertraut ist. Und Angst. Sie erkennt den Anteil, den die Angst an ihrer Wut hat, wieder. Es ist die Angst, gehasst, beleidigt, verletzt oder zerstört zu werden. Und zwar weil sie die falsche Hautfarbe und die falschen Gesichtszüge hat. Sie sind das Erbe eines Vaters, auf den sie aus gutem Grund stolz war, und den sie geliebt und betrauert hat, wie es nur ein Kind kann.

Gramma Faith Jones hat oft gesagt: *Der Teufel ist nicht schwarz oder weiß, Neely-Kind. Er hat die Farbe von Feuer und Qual.*

Giff verkündet allen Anwesenden im Raum: »Ich sag euch nur eins! Ich hab hier Jahre gesessen und verdammt noch mal das beste Sheriff's Office draus gemacht, das Taft County je gesehn hat. Und das hab ich davon. Schmeißn mich raus ...«

Neely schielt zu Chief Buck Dolin rüber, der von der Tür seines Büros aus zuschaut. Seine dünnen Lippen verziehen sich angeekelt. Sie fragt sich, weswegen: wegen Giffs Auftritt oder wegen der Tatsache, dass er seinen Job verloren hat.

»Ich hab nur eins zu sagen!«, fängt Giff wieder von vorn an. »Wenn die Bürger von Taft County ne Niggerfotze als Sheriff wolln, dann solln se se in Gottes Namen ham! Ich hör auf!«

Neely starrt ihn verständnislos an. Sie ist diejenige, die aufhören wird, doch nicht Giff.

»Sie können nicht einfach aufhören!«, jammert Culpepper. »Nicht vor dem ersten Januar!«

»So, und wer sagt das?« Giff baut sich vor dem Staatsanwalt auf. Culpepper weicht einen Schritt zurück. Es ist sicher nicht besonders angenehm, Giffs Fahne voll abzubekommen. »Brauchen Sie's schriftlich, Owen?« Giff wankt zur Wandtafel an der Ostseite und kritzelt in riesigen Buchstaben darauf: »ICH TRET VERDAMMT NOCH MAL ZURÜCK!« und setzt »G. Wills, Ex-Sheriff« darunter. Dann zieht er seine Waffe, einen riesigen .45er Colt und torkelt auf den Staatsanwalt zu, der beim Zurückweichen an den Kaffeetisch stößt.

»Giff, was machen Sie denn da?«

»Meine Waffe abgeben!«

Buck Dolin räuspert sich. »Giff, das ist deine eigene Kanone. Du hast gar keine offizielle Dienstwaffe.«

»Oh.« Er steckt den Colt ins Halfter, schaut Culpepper an, als wolle er ihm die Waffe stehlen, reißt dann sein Abzeichen vom Hemd und drückt es dem Staatsanwalt in die Hand. »Okay, Owen, hier ham Se mein Abzeichen; und meine Kündigung ham Se auch schriftlich!« Mit diesen Worten dreht er sich um und wankt hinaus.

Dann ist es still im Raum. Die Blicke aller Deputies sind grollend auf Neely gerichtet.

Als sie das Stimmengewirr im Foyer hört, wird ihr bewusst, dass die Medien wohl gerade ein Spießrutenlaufen mit Giff veranstalten. Es bahnt sich wohl eine PR-Katastrophe an, aber es fällt ihr schwer, dafür auch nur einen Funken Interesse aufzubringen. Die Stille im Raum ist inzwischen zum Zerreißen gedehnt und knistert vor Feindseligkeit.

Der Lärm im Foyer lässt schließlich nach, und Neely dreht sich zum Staatsanwalt um. Sie hört sich selbst sagen: »Mr Culpepper, wir brauchen einen juristischen Rat. Das County kann es sich nicht erlauben, die Dienststelle zwei Monate lang ohne Leitung zu lassen.«

In ihr meldet sich eine leise, schwache Stimme – sie hört sich sehr nach Jans Stimme an – und sagt, *ich hab gedacht, du willst kündigen.*

Na und, hab ich eben meine Meinung geändert.

Hab ich?

Warum nicht? Vielleicht wird sie dran ersticken, aber sie lässt sich doch nicht von einem reaktionären Trottel und einer Wagenladung weißer Männer kleinkriegen.

Culpepper sieht stirnrunzelnd auf Giffs Sheriffstern in seiner Hand. »Einen Rat? Nun, ich, äh, mir fällt dazu kein Präzedenzfall ein ...«

Dazu meint Sgt. Jimbo Ventry, der Leiter der Nachmittagsschicht, seinen Senf abgeben zu müssen. Seine bedrohlich zusammengezogenen schwarzen Augenbrauen berühren sich in der Mitte fast, Bartstoppeln lassen seine untere Gesichtshälfte grau aussehen. »Owen, mir ist scheißegal, wie die verdammte Wahl ausgegangen ist, Sie können sie einfach nicht zum Sheriff machen.«

Neely beobachtet Culpepper, und ihr wird klar, dass sie diesem beschränkten Ventry dankbar sein kann. Erstens kann es Staatsanwalt Owen Culpepper nicht ausstehen, wenn er von jemandem, den er als Untergebenen betrachtet, mit Vornamen angesprochen wird, und zweitens erinnert ihn die Anspielung auf die Wahl daran, dass für Neely mehr Wähler gestimmt haben als für jeden anderen Kandidaten. Und diese Wählerstimmen könnten genau die sein, die er bei der nächsten Wahl braucht. So jedenfalls interpretiert Neely seinen Gedankengang. Er ist ja so leicht zu durchschauen.

Jetzt denkt er, dass er sich Neely vielleicht am elegantesten vom Hals schaffen kann, indem er sie sofort ohne Übergangsphase ins kalte Wasser wirft und ihrem Schicksal überlässt. Wetten, dass sie untergeht …

»Da Deputy Jones nun mal gewählter Sheriff ist … Nun, es gibt keinen Grund, warum sie angesichts von Sheriff Wills' Rücktritt nicht sofort ihr Amt als seine Nachfolgerin antreten sollte. Das heißt, vor der üblichen Vereidigung am ersten Januar. Rechtlich spricht überhaupt nichts dagegen.«

Jeder Deputy will etwas dazu sagen, aber Culpepper bringt alle mit einer Geste zum Schweigen. »Vergesst nicht, Jungs, wir stehen alle im Dienst des Volkes. Auch wenn ihr nicht direkt vom Volk gewählt seid, der Sheriff ist es. Wer Sheriff wird, bestimmen die Wähler – oder die Bezirksregierung. Und für wie lange.«

Die Worte, denkt Neely verbittert, sprechen eine deutliche Sprache. Find dich mit der Niggerschlange ab, bis die Bezirksregierung oder die Wähler die Nase voll haben und sie feuern oder des Amtes entheben. Oder bis du sie so weit bringst, dass sie von selbst geht.

Diese Möglichkeit hat der Staatsanwalt zwar nicht erwähnt, aber das braucht er auch nicht.

Bei den Deputies kommt die Botschaft an. Keiner protestiert, als Culpepper lächelnd zu Neely sagt: »Ich sorge dafür, dass ein Richter Sie so bald wie möglich vereidigt. Bis dahin ... Wie Giff so schön gesagt hat, Sie sind dran – Sheriff Jones.« Dann macht er sich, immer noch selbstgefällig grinsend, schleunigst davon. Neely kann seine Schritte hören, als er über den Korridor zum Eingang des Gerichts eilt.

Und wieder sind alle Augen auf sie gerichtet. Sie erinnert sich daran, wie ihr Vater, Sgt. Michael Abraham Jones vom San Francisco Police Department, seine zehnjährige Tochter einmal getröstet hat, nachdem sie mitbekommen hatte, wie ein weißer Officer über ihn hergezogen war: »Reg dich nicht über Kleinigkeiten oder Kleingeister auf, Neely. Das Einzige, worüber du dir Gedanken machen musst, ist, dass du das Richtige tust, und dass du's so gut machst, wie du nur kannst.«

Klar, Dad, aber wie kann ich mein Bestes geben, wenn ich von so vielen Kleingeistern umgeben bin?

*Wenn's um Menschen geht, Kleine, kannst du dir nur in einem sicher sein, nämlich dass es keine Sicherheiten gibt.*

Gramma Faith Jones schon wieder.

Neely bemerkt, dass Buck sie beobachtet. Er ist die Schlüsselfigur. Wenn es ihr gelingt, ihn auf ihre Seite zu bringen, hat sie auch die anderen auf ihrer Seite.

In einem Punkt ist sie sich im Moment sicher: Das Schlechteste, was sie jetzt tun kann, ist, es auf eine Konfrontation ankommen zu lassen. Jetzt ist Diplomatie angesagt.

Neely sagt ruhig: »In einem Punkt hat der Staatsanwalt Recht: Wir stehen alle im Dienst des Volkes. Wir sind dafür verantwortlich, dass die Menschen in diesem County in Sicherheit leben können. Wenn einer von euch das vergisst, wenn ihr euch mehr damit befasst, eure Spielchen mit mir zu treiben, als eure Pflicht zu tun, dann kann es leicht passieren, dass jemand verletzt wird oder sogar ums Leben kommt. Das solltet ihr im Hinterkopf behalten.« Keine Reaktion, aber das überrascht sie nicht.

Sie pickt zwei Männer aus der Nachmittags- und der Nachtschicht heraus. »Deputy Anderson und Deputy Hoffstead, räumen Sie das Foyer. Die Reporter blockieren den Eingang zu einem öffentlichen Gebäude.«

Die Deputies sehen Buck Hilfe suchend an, aber Buck und Neely starren sich immer noch gegenseitig an. Schließlich gibt er nach. »Gute Idee, Neely.«

Neely. Nicht etwa Sheriff.

Aber immerhin sind Anderson und Hoffstead auf dem Weg zur Tür. Sie verkündet: »Wenn ihr das erledigt habt, ist für euch Dienstschluss.« Keiner von ihnen hält auch nur inne. Sie hört beim Auf- und Zugehen der Tür, wie beim Auftauchen der Deputies allgemeiner Protest laut wird.

»Nachmittags- und Spätschicht, ihr seid außer Dienst. Reservekräfte ...« Sie sieht sich suchend um, bis sie die drei freiwilligen Deputies entdeckt. »Ihr bleibt besser hier.« Sie macht eine Pause, aber keiner rührt sich von der Stelle. Sie hebt die Stimme: »Bis auf die Frühschicht und die Reserve können alle gehen.«

Sie kommt sich langsam vor wie angewachsen, wie ein Baum, dem eine Kletterpflanze die Luft abschnürt. *Ihr könnt gehen.* Ja, so hört sich Diplomatie an. Was sie eigentlich sagen will ist: *Verpisst euch endlich!*

Aber die Diplomatie – oder war es ein verstecktes Zeichen von Buck? – zeigt Wirkung. Eine Weile herrscht im Dienstzimmer Stühlerücken und Stimmengemurmel, bis endlich nur noch die Deputies von der Frühschicht und die Reservekräfte da sind. Und Heather Blessing. Sie macht eine besorgte Miene, sieht aber wie immer gepflegt und hübsch aus. Das war für Giff an einer Sekretärin wohl das Wichtigste.

Neely geht zum Kaffeetisch und gießt sich einen Becher ein. Dann dreht sie sich um und sagt zu Buck: »Sind Sie die Funkprotokolle von letzter Nacht durchgegangen?« Wieder mal ganz schön diplomatisch, diese höfliche Frage. Sie macht damit tatsächlich Fortschritte.

Er verzieht nachdenklich den Mund und gesteht schließlich: »Die sind auf meinem Schreibtisch.« Er geht auf sein Büro zu, bleibt aber stehen, als Senior Deputy Lonsdale Weaver aus der Leitstelle kommt.

Neely fragt: »Was ist los, Lonnie?«

Er antwortet in Bucks Richtung: »Ein Holztransporter steht auf der Brücke quer. Die State Patrol ist schon unterwegs, aber sie brauchen Unterstützung.«

Buck rührt sich nicht, dreht sich nur zu Neely um und wirft ihr einen offen herausfordernden Blick zu. Sie nickt. »Sie kümmern sich drum, Chief. Nehmen Sie ein paar Leute.«

Buck greift sich seine Jacke vom Kleiderständer in seinem Büro. »Okay, Darrell, du und Jimmy. Ihr fahrt mit mir.« Die drei ziehen im Hinausgehen ihre Jacken über und setzen ihre Stetsons auf. Sekunden später hört Neely zwei Streifenwagen mit schrillem Sirenengeheul losfahren.

Als das Geheul verklingt, gehen die beiden verbleibenden Reserveleute zum Kaffeetisch; Curtis McMinn setzt sich an seinen Schreibtisch, spannt ein Blatt in seine Schreibmaschine und hackt einen Bericht hinein. Lt. Whit Chaffee richtet seinen schlaksigen Körper auf und kommt hinter dem Schreibtisch hervor. Er murmelt: »Ich hab 'nen Gerichtstermin«, und schon ist er aus der Tür. Lt. Adam Booker, der Gefängnisaufseher, drückt eine Zigarette aus, nickt Deputy Mike Swenson zu, und die beiden schlendern ohne ein Wort hinaus. Neely fällt ein, dass das Gefängnis die ganze Zeit nur von Molly Teller, der Sekretärin und ehemaligen Aufseherin, bewacht war. Sie hat als einzige Mitarbeiterin den Festivitäten hier nicht beigewohnt. Aber Molly ist so Respekt einflößend, dass sie das Gefängnis problemlos allein in den Griff bekommt.

Nur Heather Blessing scheint Neelys Anwesenheit zu registrieren. Sie fragt: »Neely – äh, Sheriff, soll ich versuchen, ein paar leere Kartons aufzutreiben?«

»Wofür?« Heather auf den Fersen, steuert Neely auf ihren Schreibtisch zu.

»Na, Sie müssen Ihr Zeug doch ins – in Ihr Büro bringen. Wir können Giffs Sachen in Kartons verstauen, bis er sie abholt. Ich meine, ich glaub nicht, dass Sie das Department von dem Schreibtisch da aus leiten können.«

Neely blickt auf den in eine Ecke gezwängten Schreibtisch. Sie zieht ihr unfertiges Kündigungsschreiben aus der Schreibmaschine und wirft es in den Papierkorb. Dann dreht sie sich um und schaut in Giffs Büro – sein ehemaliges Büro.

»Sie haben Recht, Heather, sehen Sie zu, was Sie an Kartons finden können.«

Heather eilt los. Ihre Absätze klappern auf dem Boden. Neely geht zu der Glastür. Öffnet sie.

Ihr Büro? Es kommt ihr unwirklich vor.

Aber was solls, die Menschen von Taft County wollen, dass sie in diesem Büro sitzt. Zumindest so viele, dass sie ein Recht darauf hat.

Jan wird schallend lachen, wenn er das mitbekommt.

Nein. Er wird einfach lächeln und sagen: Herzlichen Glückwunsch, Niri-san.

## 6

Neely hat die Daumen in den Pistolengürtel eingehakt und mustert von der Tür aus das Büro des Sheriffs. Es ist ihr vertraut genug, dieses Büro. Nur allzu vertraut.

Trotzdem hat sie heute das Gefühl, es zum ersten Mal zu sehen: die dunkel getünchten Wände, der gelbbraune, abgetretene Teppich; zu ihrer Rechten zwei Fenster in Richtung Süden, zwischen die drei Aktenschränke passen; an der Ostwand ein einzelnes Fenster mit Blick auf den halben Quadratkilometer Parkplatz; in der Ecke links daneben ein Sofa und ein Sessel mit einem hässlichen braunen Kunstlederbezug; auf dem klobigen Couchtisch liegen Ausgaben von *Field and Stream* und *Law and Order* – und eine zerlesene Ausgabe von *Sports Illustrated* mit leicht bekleideten Damen. Ein Hirschgeweih starrt glasig von seiner Halterung über der Couch herunter.

In der Mitte des Raums steht mit der Front in Richtung Norden ein Mahagoni-Schreibtisch. Der Schreibtischstuhl ist ebenfalls in einem ekelhaften Braun bezogen. Kackbraun, offensichtlich Giffs Lieblingsfarbe. Vor dem Schreibtisch steht ein Stuhl mit Rollen, aber ohne Armlehnen, der einmal als Schreibtischstuhl Dienst getan hat. Die Mitarbeiter haben gelernt, ihn zu vermeiden. Von der Wand in Richtung Norden gehen zwei Türen ab. Die rechte führt in Heathers Büro, hinter der anderen ist eine Toilette.

Meine Güte, eine eigene Toilette, während alle anderen die Toiletten in den beiden engen Umkleideräumen am Ende des Flurs benutzen müssen.

Neely geht zum Schreibtisch und setzt sich. Der Schreibtischstuhl ist für ihren Geschmack zu weich gepolstert, denn sie sinkt ein. Naserümpfend mustert sie den Aschenbecher voller stinkender Zigarrenstummel. In Heathers Büro klingelt das Telefon. Der Schreibtisch ist so zugemüllt, dass Neely sich fragt, ob unter den Bergen von Aktenordnern, losen Blättern und Essenscontainern auch ein Telefon zu finden ist.

Da öffnet sich die Tür zwischen Heathers Büro und dem Foyer, und ein wandelnder Stapel Kartons kommt herein. Die Kartons schieben sich weiter bis ins Büro des Sheriffs, und als sie auf den Boden fallen, kommt Heather dahinter zum Vorschein. »Es gibt unten im Keller noch viel mehr Kartons …«

»Ms Blessing?«, tönt es durch die Tür. Es ist Jimmy, der jüngste Sohn der Lamberts, denen *Hearts and Flowers,* der Blumenladen, gehört. Heather nimmt eine Topfpflanze in Empfang.

»Oh, Sheriff, ist die nicht schön? Die ist für Sie.«

Neely beäugt den Blumentopf misstrauisch. Wenigstens ist er nicht mit einer Schleife verziert oder in diese potthässliche Floristenfolie eingeschlagen. Der blaugrün glasierte Blumentopf ist sogar richtig hübsch. Aus einem Büschel großer spitzer Blätter kommt ein drahtähnlicher Stängel hervor, der sich unter der Last von sechs weißen Blüten von etwa fünf Zentimetern Durchmesser durchbiegt. Die Blüten grinsen sie an wie blasierte Äffchen.

Heather lächelt. »Jimmy sagt, das ist eine Malaienblume, eine Orchideenart. Oh – hier ist die Karte.«

Neely nimmt den winzigen Briefumschlag entgegen und zieht die Karte heraus: »Herzlichen Glückwunsch, Sheriff Jones. Ganz bestimmt möchten Sie mir im Moment am liebsten den Hals umdrehen, aber die Leute in diesem County brauchen Sie.«

Heather fragt: »Von wem ist sie denn?«

»Von Lydia Quigley«, antwortet Neely und versucht, dabei nicht bitter zu klingen. Aber im Moment könnte Lydia gut und gern Recht haben: Neely würde ihr zu gern den Hals umdrehen.

»Das ist ja reizend von ihr.«

»Sie gehört Ihnen, Heather.«

»Was? Ach nein, Sheriff, das kann ich nicht annehmen. Sie ist doch ein Geschenk. Außerdem bin ich ein Pflanzenkiller. Ich mag Pflanzen wirklich, aber sie sterben mir einfach weg. Hier, wir können sie ja auf den Couchtisch stellen und das Büro ein bisschen damit aufputzen.« Sie stellt die Pflanze sorgfältig in die Mitte des Couchtischs. »Seltsam, dass Orchideen keinen Duft haben. Wahrscheinlich haben sie das einfach nicht nötig.«

Durch die geöffnete Tür schaut Neely misstrauisch ins Dienstzimmer. Am entgegengesetzten Ende des Raums sitzt einer der Reserveleute bei Curtis McMinns auf der Schreibtischkante. Die beiden tuscheln und werfen gelegentlich einen Blick zu ihr hinüber.

»Sheriff, ich krieg ständig Anrufe von Medienleuten. Soll ich ihnen sagen, dass Sie später eine Pressekonferenz geben?«

Neely wendet ihre Aufmerksamkeit wieder Heather zu. »Ich will überhaupt keine Pressekonferenz geben.«

»Das müssen Sie aber, aber ich kann sie vertrösten, bis Sie vereidigt sind.«

»Ja bitte. Am besten auf unbestimmte Zeit.«

»Na, wir bringen den Umzug besser hinter uns. Ich könnte das

Zeug auf dem Schreibtisch durchgehen. Das meiste davon muss sowieso abgeheftet werden.«

Neely greift sich einen leeren Karton und geht zu ihrem Schreibtisch. Sie braucht nur ein paar Minuten, um ihn zu räumen. Der Inhalt passt in einen einzigen Karton. Sie weiß genau, dass die Männer im Raum ihre Bewegungen mit Argusaugen verfolgen, beschließt aber, die prüfenden Blicke fürs Erste zu ignorieren.

Sie hat sich schon oft Gedanken darüber gemacht, wie man das Department auf Vordermann bringen könnte. Jetzt ist es praktisch so weit, und es juckt sie in den Fingern, McMinn und seine Kumpels in den Senkel zu stellen, weil sie faul rumsitzen und die Zeit totschlagen.

Das hat noch Zeit. Sie ist noch nicht vereidigt.

Und außerdem ist noch immer Diplomatie angesagt.

Genau.

Jan käme mit so etwas zurecht. Er hat eine himmlische Geduld. Aber sie kann ihn jetzt nicht einmal um Rat fragen. Er ist längst weit draußen auf dem Meer an Bord von Merskys Fischerboot mit Andrea, der Amazone ... Andrea Olenick ist in Jan verliebt. Das sieht jeder. Trotzdem hat der liebenswürdigste Mann der Welt kein Auge dafür. Arme Andrea ... Neely lächelt versonnen, als sie den vollen Karton hochhievt und ins Büro des Sheriffs trägt.

Heather hat ein kleines Wunder vollbracht. Giffs Schreibtisch ist fast leer. Auf der polierten Platte befinden sich in einem ordentlichen Arrangement ein Stapel Aktenmappen, das Telefon, ein Notizblock und ein Ständer mit Stiften. Der Aschenbecher ist verschwunden.

Neely stellt den Karton auf den Boden, während Heather ihr erklärt, dass es sich bei den Aktenmappen auf dem Schreibtisch um laufende Fälle handelt.

»Mehr oder weniger laufende Fälle«, druckst sie herum. »Giff hat nie was zu den Akten gelegt, selbst wenn er einen Fall abgeschlossen hat. In dem Schrank da ...« Sie zeigt auf einen der drei Aktenschränke hinter dem Schreibtisch. »Hier sind Fallakten, die wahrscheinlich bis zur Lewis-and-Clark-Expedition zurückreichen. Er ist übrigens abgeschlossen. Giff hat mich an den Schrank nie rangelassen. Ich würde die alten Akten zu gern ins Archiv runterbringen. Wir brauchen Platz für neue Akten. Wahrscheinlich hat er einfach den Schlüssel verloren und will's nicht zugeben.«

»Ich werd bei Gelegenheit mal das Schloss knacken. Da schau her, was für ein Telefon!«

»Ja, Giff steht auf diesen Hightech-Schnickschnack. Immer auf dem neusten Stand der Technik ..., sagt er.«

Das glänzende Gerät ist mit Sicherheit auf einem neueren Stand der Technik als die Telefone im Dienstzimmer. Die Deputies sind schon froh, dass sie ein Tastentelefon haben und nicht eins mit Wählscheibe.

Heather erklärt ihr die Funktionen. »Wenn das Licht aufleuchtet, kommt der Anruf auf Giffs – ich meine, Ihrer privaten Leitung. Mit dieser Taste können Sie mich über die Sprechanlage anrufen. Das hier ist die Wiederwahltaste. Das ist die Kurzwahl für die Nummern auf dieser Liste. Konferenzschaltung, Anrufbeantworter, Aufnahmetaste ...«

»Und Anruferkennung. So was hätte ich schon mehr als einmal gebrauchen können.«

Heather macht sich daran, die mittlere Schreibtischschublade aufzuziehen. »Ich verfrachte den Inhalt einfach in Kartons. Ich glaube nicht, dass Giff sich groß drüber aufregt, wenn wir ... Autsch!« Die Schublade blockiert plötzlich, und Heather bricht sich einen langen, weinrot lackierten Nagel ab. Sie schaut missbilligend darauf und schimpft: »So ein Mist!«

Neely stellt sich so hin, dass sie besser an die Schublade kommt, aber die lässt sich keinen Millimeter bewegen. Irgendetwas blockiert. Neely zieht kräftig am Griff.

Mit einem Ruck gibt die Schublade nach, und Neely landet auf dem hässlichbraunen Schreibtischstuhl, die Schublade auf dem Schoß.

Sie hört Gelächter und läuft rot an. McMinn, die beiden Reserveleute und Lonnie Weaver im Dienstzimmer scheinen ihren Kampf mit der Schublade äußerst unterhaltsam zu finden.

Sag jetzt nichts. Deine Zeit kommt schon noch, reg dich bloß nicht über Kleinkram auf, denkt sie.

Ein guter Rat, aber es dauert ein paar Sekunden, bis sie sich selbst überzeugt hat. Dass sie über das Verhalten der Deputies hinwegsehen kann, verdankt sie weniger dieser Einsicht als einer Überraschung.

Als sie die Schublade herausgezogen hat, ist etwas zu Boden gefallen. Ein kleiner Umschlag aus braunem, festem Hanfpapier.

## 7

Neely stellt die Schublade auf der Schreibtischplatte ab und bückt sich nach dem Umschlag. Die Reste von Klebstreifen haften auf dem Teppich.

Heather fragt: »Ist die Schublade deswegen hängen geblieben? Was ist denn das?«

Es ist ein normaler brauner Umschlag mit Klebeverschluss, etwa achtzehn mal fünfundzwanzig Zentimeter groß. Beim Einklemmen hat er ein paar Knitterfalten abbekommen, trägt aber sonst keine besonderen Merkmale. Die Lasche ist zugeklebt, und es ist etwas drin. Etwas Biegsames, gut einen Zentimeter dick. Vorsichtig legt Neely den Umschlag auf den Schreibtisch, um das Klebeband nicht zu berühren. Von Klebeband lassen sich bestens Fingerabdrücke abnehmen.

Warum eigentlich denkt sie jetzt an Fingerabdrücke? Dieser Umschlag hat etwas an sich, dass sich bei ihr die Nackenhaare aufstellen.

Sie hebt die Schublade hoch und prüft die Unterseite. Sie bemerkt, dass abgerissene Enden von Klebstreifen auf dem Sperrholz haften. Sieben Enden, obwohl auf dem Umschlag nur zwei Streifen kleben. An anderen Stellen fühlt sich das Sperrholz ein bisschen klebrig an.

Hat Giff etwas an die Unterseite der Schublade geklebt, um es zu verstecken – und zwar nicht nur dieses eine Mal, sondern schon oft? Die Erklärung kommt Neely unwahrscheinlich vor.

Sie schaut ins Dienstzimmer. Die Deputies sind verstummt, beobachten sie aber immer noch. Sie legt jene ausdruckslose Miene auf, die Jan ihren »afrikanischen Hexenblick« nennt, und starrt zurück. Einer nach dem anderen wendet sich ab.

»Heather, würden Sie bitte die Tür schließen und die Jalousien herunterlassen?«

»Klar, Sheriff.« Heather geht zur Glaswand und versperrt den Deputies die Sicht. Dann kommt sie zurück und wartet aufmerksam vor dem Schreibtisch.

Neely schlitzt den Umschlag mit einem Brieföffner unten auf. Dann lässt sie den Inhalt auf die Schreibtischplatte gleiten. Heather reißt die Augen auf: »Oh mein Gott!«

Es sind zwei Geldbündel, die jeweils von einem Gummiband zusammengehalten werden. Zwanzig-Dollar-Scheine mit starken Gebrauchsspuren. Mit zufälligen Seriennummern. Neely zählt sie. Insgesamt fünfzig. Fünfundzwanzig in jedem Bündel. Eintausend Dollar. Eine schöne, runde Zahl.

Heather flüstert: »Warum bewahrt Giff das ganze Geld unter der Schublade auf?«

»Eine gute Frage.« Neely fügt nicht hinzu, dass es höchst unwahrscheinlich ist, dass Giff das Geld dort aufbewahrt hat. Das ist wahrscheinlich nur der Ort, an dem er es zu finden erwartet hat.

Eine Art Schmiergeld. Wofür? Dafür, dass er ein bisschen Einfluss geltend macht? Dafür, dass er ein Auge zudrückt? Erpressung?

Aber warum ist das Geld jetzt hier? Warum lässt Giff es hier, wenn er zurücktreten wollte?

Vielleicht hat er in seinem von Wut und Bourbon benebelten Zustand einfach nicht an das Schmiergeld gedacht.

Aber er muss davon gewusst haben. Wenn jemand in eine Schmiergeldsache verwickelt ist, weiß er, wann und wo die Geldübergabe stattfindet.

Die Klebstreifenreste und die klebrigen Stellen an der Unterseite der Schublade lassen darauf schließen, dass dies nicht die erste Geldübergabe dieser Art war. Wahrscheinlich handelt es sich um eine regelmäßige Angelegenheit. An jedem ersten Mittwoch im Monat? Oder jeden Mittwoch? Oder jeden Tag? Nein. Eine tägliche oder wöchentliche Geldübergabe ist zu riskant. Am ehesten monatlich.

Als er gestern hier war – noch in nüchternem Zustand –, hat er den Umschlag nicht mitgenommen, also kann der Umschlag auch noch nicht bereit gelegen haben. Er wurde also im Laufe des Abends oder der Nacht oder am frühen Morgen deponiert.

Wer ist der Kurier? Wer hat Zugang zu diesem Büro?

Heather natürlich.

Aber wenn sie die Überbringerin wäre, hätte sie Giff den Umschlag im Laufe des Tages übergeben können, wenn sie gerade allein mit ihm war. Als seine Sekretärin hätte sie genügend Gelegenheiten gehabt. Damit ist sie vielleicht die einzige Person in Westport, die Neely als Verdächtige ausschließen kann.

Jemand aus der Putzkolonne? Möglich, allerdings werden die Büros montags, mittwochs und freitags abends gereinigt.

Einer der Deputies?

Das erscheint plausibler, ganz einfach weil ein Deputy zu keiner Zeit Verdacht erregt, wenn er in den Büros herumstreunt. Giff hatte es zum Prinzip erhoben, dass seine Tür jederzeit für alle offen stand. Er schloss die Tür zum Dienstzimmer nie ab.

Die Frühschicht kommt nicht in Frage. Giff hatte gestern Frühschicht.

Also bleibt nur die Nachmittags- und die Spätschicht.

Das ist allerdings riskant für den Kurier, vor allem nach sieben, wenn die Spätschicht übernimmt. Von sieben bis Mitternacht überschneiden sich die Schichten, denn das ist die Zeit, in der die Einsätze sich häufen und erwartungsgemäß mehr Deputies gebraucht werden. Dann sind auch mehr Leute hier, die mitbekommen könnten, wie der Kurier etwas unter Giffs Schreibtischschublade klebt.

Die ideale Zeit wäre zwischen drei und acht Uhr früh.

Die tote Zeit. In diesen Stunden haben die Deputies Bereitschaftsdienst, aber außer dem Dispatcher hält sich keiner von ihnen tatsächlich im Haus auf. Die Dispatcher arbeiten in Wechselschichten, die sich nicht überschneiden. Charlie Eckholm hatte Dienst in der Leitstelle, hätte aber nicht sehen können, was in Giffs Büro vor sich ging, es sei denn, er hätte seinen Posten verlassen.

»Sheriff?«

Charlie könnte der Kurier sein.

Dummerweise könnte jeder der Männer der Kurier sein. Wenn Neely Probleme sah, eine gutes Arbeitsverhältnis zu den Deputies zu entwickeln, dann waren die Probleme jetzt noch größer. Wem kann sie vertrauen? Niemand.

»Sheriff?«

Und die wichtigste Frage hat sie noch nicht einmal gestellt: Wer ist derjenige, der die Schmiergelder zahlt?

»Neely?«

Neely holt tief Luft. »Ja, Heather?«

»Sheriff, meinen Sie nicht – ich meine, könnte das nicht … ähm, Bestechungsgeld sein oder so?«

»Könnte durchaus sein.« Neely steckt das Geld wieder in den Umschlag. Dann sieht sie sich frustriert um. »Ich brauche einen großen Papierumschlag und Etiketten für Beweismittel.«

»Ich hole es Ihnen.«

Während Heather zu einem der Aktenschränke hinter dem Schreibtisch geht, kramt Neely in dem Karton, der noch auf dem Boden steht, nach ihrem Adressbuch. Als Heather mit dem Umschlag und dem Etikett wiederkommt, steckt Neely den braunen Umschlag hinein, klebt die Lasche zu und beschriftet das Etikett. Sie unterschreibt mit »Deputy Neely Jones«. Sie ist noch nicht vereidigt.

Als Sheriff Neely Jones bekäme sie bestimmt schneller Ergebnisse vom Oregon State Police Fingerprint Lab. Aber sie hat eine Freundin in Salem.

Sie wählt die Nummer, die sie in ihrem Adressbuch gesucht hat, und fragt nach Lieutenant Bivins. Nach einer Weile kommt endlich in unverhohlen breitem texanischem Akzent ein gehetztes: »Bivins, was kann ich für Sie tun?«

»Hallo Mary Jo. Ich brauche eine …«

»Neely! Warum hast du das nicht gleich gesagt, Mädel! He, ich hab gehört, du bist zum Sheriff gewählt worden. Du hast ja viel vor!«

»Mal sehen. Ich bin mir allerdings nicht sicher, ob Taft County schon reif für mich ist.«

»Na, Süße, sie müssen ja reif sein, sonst hätten sie nicht für dich gestimmt. Also, was kann die gute alte Mary Jo heut für dich tun?«

Neely muss lachen. Die »gute, alte Mary Jo« ist nicht einmal dreißig. »Ich hab einen Umschlag und ein bisschen Bargeld für dich. Ich brauche Fingerabdrücke und alles, was du sonst noch drüber rausfinden kannst.«

»Blüten?«

»Das bezweifle ich.«

»Scheibenkleister! Das echte Zeuch ist immer heikel. Zu viel Dreck dran. Am Umschlag ist schon eher was.«

»Ich bin für alles dankbar. Oh, meine Fingerabdrücke sind auch drauf.«

»Deine Fingerabdrücke haben wir in den Akten. Bringst du das Zeug vorbei?«

»Ich kann leider nicht, Mary Jo.«

»Dann schick einen von deinen Jungs damit rüber.«

Klar, denkt Neely. Einen von meinen Jungs. Jeder von denen könnte der Kurier sein. »Geht auch nicht. Könntest du dafür sorgen, dass es jemand von der Oregon State Patrol abholt? Ich würde sie ja anrufen, aber du hast da mehr Einfluss.«

»Du als Beinah-Sheriff? Wird gemacht. So schnell wie möglich.«

»Danke, Mary Jo.«

Heather hat geduldig vor dem Schreibtisch gewartet.

»Heather, gibt's hier einen Safe?« Die Asservatenkammer kommt auf keinen Fall in Frage, denn dazu hat jeder Deputy Zugang.

»Da drüben hinter diesem Bild.« Heather zeigt auf eine verblichene Reproduktion von Remington an der Wand links neben der Toilettentür.

Neely steht auf. »Wer kennt denn die Kombination?«

»Nur Giff. Und ich. Und Buck, glaube ich.«

Und alle anderen, denen Giff vertraut und die Kombination verraten hat.

Neely schreckt auf, denn ohne Klopfen und Vorwarnung geht die Tür auf und Chief Criminal Deputy Buck Dolin schlendert ins Büro. Wenn man vom Teufel spricht … denkt Neely verärgert. Offensichtlich gilt das Prinzip der offenen Tür für Buck immer noch.

Er sagt: »Sie haben doch nach Riker gesucht. Wir haben ihn gefasst.«

Buck trägt seine verspiegelte Sonnenbrille. Neely hat den Eindruck, dass er den Beweismittelumschlag in ihren Händen sehr wohl bemerkt.

»Wo habt ihr ihn denn gefunden?«

»Im *Salty Dog.* Auf dem Rückweg von der Brücke hab ich seine Karre entdeckt. War mit seinen Kumpels ein Bierchen trinken.«

»Haben Sie seine Kumpels auch in Gewahrsam genommen?«

»Die Fahndung gilt doch nur für Riker.«

Neely nickt. Sie weiß jetzt, wohin der Hase läuft. Er wird ihre Befehle befolgen – aufs Wort genau – und nichts tun, was darüber hinausgeht. Sie sagt: »Ich nehme an, Sie haben seinen Pick-up nicht mit reingebracht.«

»Nein.«

»Klar. War ja nicht auf der Fahndungsliste. Wo ist er?«

»Im Verhörzimmer A.«

»Danke, Chief.« Klang das nicht eine Spur sarkastisch?

Er nickt und steuert auf die Tür zu, dann bleibt er stehen. »Ich hab einen Blick auf die Ladefläche von seiner Karre geworfen, Neely.«

»Was gefunden?«

»Ein paar leere Benzinkanister und viel Rinde. Wahrscheinlich Erle.« Dann schlendert er aus dem Büro. Die Tür lässt er offen.

War das nun ein Zugeständnis oder gar ein Friedensangebot? Oder hat er sich einfach daran ergötzt, dass die Beweismittel in Rikers Pick-up wertlos sind. Das Transportieren von Benzinkanistern oder Erlenholz ist schließlich kein Verbrechen.

Heather fragt: »Soll ich die Tür zumachen, Sheriff?«

»Nein. Und Sie können die Jalousie wieder hochziehen. Aber zuerst …« Sie schaut stirnrunzelnd auf den Beweismittelumschlag und sieht dann Heather fest in die verblüfften grünen Augen. »Heather, ich möchte, dass Sie mir etwas versprechen.«

»Was denn, Sheriff?« Die Frage kommt als heiseres Flüstern.

»Versprechen Sie mir, dass sie nie und niemandem etwas von diesem Umschlag erzählen. Weder Ihrer Mutter noch Ihrem Vater noch Ihrem Bruder noch Ihrer Schwester noch Ihrer besten Freundin noch einem Priester oder einem Geistlichen noch einem Liebhaber. Niemandem.«

Sie nickt so eifrig, dass die lockigen Strähnen um ihr Gesicht auf- und niederschnellen. »Das verspreche ich. Bei meiner Seele!«

Dieser feierliche Schwur ist überzeugend, zumal sich Neely sicher ist, dass Heather ihre Seele ernst nimmt. »Danke.«

## 8

Zwei dieser altmodischen Telefonzellen aus Holz mit Falttüren aus Glaspaneelen stehen unter den beiden Treppenaufgängen, die das Foyer des Gerichtsgebäudes flankieren.

Der Anrufer dreht dem Foyer und dem Lärm geschäftig über den Terrazzo-Boden eilender Menschen den Rücken zu. Die Telefonzelle unter der Nordtreppe mag er besonders. Das Oberlicht ist ausgefallen, sodass er kaum auffällt. Natürlich ist es in dem schwachen Licht schwierig, die Zahlen auf der vorsintflutlichen Wählscheibe zu erkennen.

Ungeduldig hört er auf das Klingeln am anderen Ende der Leitung. Zweimal. Dreimal. Fünfmal. »Scheiße!« Er will schon aufhängen.

»Hallo?«

Der Anrufer fragt: »Können Sie reden?«

»Ich hoffe für Sie, es ist was wirklich Dringendes … Sie wissen doch, dass Sie mich hier nicht anrufen sollen …«

»Hören Sie zu, Giff ist zurückgetreten. Ist stockbesoffen ins Dienstzimmer gekommen und hat einfach den Job an den Nagel gehängt. Einfach so. Culpepper war da und hat gesagt, diese Niggerschlampe ist nun mal gewählt, dann ist sie auch der neue Sheriff. Ab heute.«

»Meine Güte!« Kurzes Schweigen, dann: »Macht nichts. Mit der Jones werd ich fertig. Keine Sorge.«

Der Anrufer wirft einen Blick auf seine Uhr. Halb zehn. Er darf nicht zu lange von seinem Schreibtisch wegbleiben. »Jo, aber das Schlimmste wissen Se noch gar nicht. Ich hab den Umschlag unter Giffs Schreibtisch geklebt, ganz wie immer.«

»Sie haben was? Haben Sie etwa nicht gewusst, dass er die Wahl verloren hat?«

»Wie soll ich das denn um sechs Uhr morgens wissen? Der bescheuerte Radiosender sendet im Winter doch erst ab sieben, und die Sender aus dem Valley kriegt man hier nicht.«

»Aber die Zeitungen kriegt man schon um sechs Uhr morgens.«

»Na ja, hab wohl nicht dran gedacht.«

»Es gibt ziemlich viel, woran Sie nicht denken.«

»Verdammt noch mal, selbst wenn ich gewusst hätte, dass Giff die beschissene Wahl verliert, wie soll ich denn wissen, dass er gleich heute den Job schmeißt? Er hätte schließlich noch bis ersten Januar weitermachen sollen.«

»Gehe ich recht in der Annahme, dass das noch nicht alles ist?«

Diese herablassende Bemerkung bleibt dem Anrufer wie ein Sandklumpen in der Kehle stecken. »Giff hat den Umschlag noch nicht abgeholt. Ist nicht mal in sein Büro gegangen. Hat einfach gekündigt und ist rausmarschiert. Und kaum hat Owen gesagt, dass die Schlampe Sheriff ist, hat sie beschlossen, dass sie umzieht.«

»In Giffs Büro umzieht?«

»Sie hat den beknackten Umschlag gefunden.«

Die Stille, die auf diese Eröffnung folgt, zieht sich so lange hin, dass der Anrufer schon glaubt, die Verbindung sei unterbrochen.

Nein. Er hört einen langen Seufzer, als habe jemand zu lang die Luft angehalten und dann ausgeatmet. »Was hat sie denn damit gemacht?«

»Weiß ich nicht genau. Aber als sie vor ein paar Minuten in die Corrections Division rübergegangen ist, hab ich mich kurz in ihr Büro geschlichen. Giffs Telefon hat eine Wiederwahltaste, und als ich draufgedrückt hab, ist …« Er zögert, dann sagt er schnell: »… hat jemand vom Oregon State Police Crime Lab abgenommen. Abteilung für Fingerabdrücke.«

Wieder Stille. Er hat mit mehr Sarkasmus gerechnet, aber die Stimme ist jetzt ruhig. Und das macht ihm noch mehr Angst.

»Haben Sie identifizierbare Fingerabdrücke hinterlassen?«

»Ach was! Ich zieh immer Handschuhe an. Und Sie?«

»Keine dummen Witze! Aber um Giff muss sich jemand kümmern. Unberechenbare Menschen sind gefährlich.«

»Aber was ist mit … Sie wissen schon, den Beweismitteln.«

»Darum kümmere ich mich auch. Und um Sie auch, wenn Sie es nicht schaffen, einen klaren Kopf zu behalten. Ich warne Sie. Noch mal so ein Patzer, und …«

Der Anrufer stöhnt. »Jetzt warten Sie doch …« Aber diesmal ist die Verbindung tatsächlich unterbrochen. »Scheiße!« Er schmettert den Hörer auf die Gabel.

Aber es ist ein altmodisches Telefon, massiv und stabil. Es macht ihm nichts aus.

## 9

Die drei Verhörzimmer sehen alle gleich aus: Sie sind zweieinhalb auf drei Meter groß und fensterlos, und die Wände sind in einem widerlichen Rotton gestrichen, der angeblich selbst pathologische Gewalttäter beruhigt.

Den Beweismittelumschlag unter den Arm geklemmt, betritt Neely das Verhörzimmer A und schließt die Tür hinter sich. Eugene Buxman alias Dirk Riker, bei dem dringend eine Rasur – von Kopf und Gesicht – fällig ist, hat sich auf einen Stuhl am Tisch in der Mitte des Raums geflätzt. Er schaut sie mit seinen grünlichen, abschätzig zusammengekniffenen Augen arrogant an. Einen Moment lang glaubt sie den bitteren Gestank von brennendem, benzingetränktem Holz riechen zu können.

Aber Riker wird ihre Wut niemals zu sehen bekommen, nie wissen, dass er in ihren Augen mehr ist als irgendein hirnloser Blödmann.

Je nach Verfassung kann sie ihn sogar lächerlich finden. Er trägt eine schwarze Lederjacke über einem schwarzen Rollkragenpullover, dazu schwarze Levi's und Springerstiefel. Manchen Männern stehen ja kurz rasierte Haare gut, aber Rikers stoppeliger Schädel sieht eher aus, als hätte seine Mutter ihn in einer Babytragetasche herumgeschleppt.

Es ist allerdings unwahrscheinlich, dass seine Mutter ihn überhaupt in irgendetwas herumgetragen hat. Neely weiß über seine Vergangenheit Bescheid und würde sie keinem Kind an den Hals wünschen.

In diesem Fall ist Wissen allerdings nicht gleich Mitleid. Deputy Mike Swenson von der Corrections Division, der aussieht wie der nette, große Junge von nebenan, sitzt Riker gegenüber. Swenson steht auf und grinst Neely dreist an. »Na, dann viel Spaß, Neely. Ich muss zu den Zellen zurück.«

Neely kommt sich vor, als hätte sie einen Hieb in den Magen bekommen. Mistkerl. Er weiß genau, dass nach den Vorschriften bei jeder Vernehmung zwei Deputies zugegen sein müssen. Und er weiß, dass Neely vor Riker nicht mit ihm darüber diskutieren kann. Riker würde denken, dass sie Angst hat, mit ihm allein zu sein.

Deputy Mike Swenson macht also auch bei dem Spielchen mit, die Niggerschlampe fertigzumachen, die Sheriff werden wollte.

Im Hinausgehen sagt Swenson noch: »Wir haben einen Schreihals in der Zelle. Lieutenant Booker wartet drauf, dass ich mit ihm reingeh und den Typ beruhige. Ist so ein großer Niggerkerl, sternhagelvoll. Und durchgeknallt. Mann, ist der durchgeknallt. Vielleicht sollten wir den guten Dirk zu ihm in die Zelle stecken.«

Riker starrt ihn hasserfüllt an. »Verpiss dich, du Schwein!«

Neely weiß, dass der »Niggerkerl« erfunden ist, aber sie überlegt, ob Swenson es damit auf sie oder Riker abgesehen hatte.

Sie sieht Swenson nach, bis er aus der Tür ist, und wartet, bis sie das Klicken des Schlosses hört, dann setzt sie sich und legt den Beweismittelumschlag auf den Tisch, mit der Vorderseite nach unten. Swenson hat ihre Position unhaltbar gemacht. Sie schaltet das Aufnahmegerät ein, das am Tischende aufgebaut ist, und spricht die nötigen Vorinformationen darauf.

Riker beugt sich vor und schreit in das Gerät: »Du hast kein Recht, mich hier festzuhalten, du Niggerbalg! Ich kenn meine Rechte, und ich will einen Anwalt!«

»Mittlerweile kennen Sie Ihre Rechte bestimmt, Eugene«, sagt Neely ruhig. »Sie sind schließlich oft genug darüber aufgeklärt worden.«

»Scheiße, ja! Und se ham mir nix anhängen können, oder?«

»Jedenfalls nicht, seit vor vier Jahren Ihr Jugendstrafregister versiegelt worden ist.«

»Ich will einen Anwalt!«

»Schön, Eugene, aber Sie müssen ihn selber bezahlen.«

»Was quatschst du denn da? Ich bin mittellos.«

»Klar sind Sie das, Eugene. Aber Sie sind nicht verhaftet.«

Seine Augen sind nur noch Schlitze, die Hände auf dem Tisch zu Fäusten geballt. Bleiche Hände, die seltsam kindlich aussehen. Der Ring mit dem eisernen Kreuz ist zu weit für den kleinen Finger. Er fragt herausfordernd: »Also, weshalb zum Teufel haltet Ihr mich hier fest?«

»Zur Befragung.«

»Scheiße, mir reichts!« Er steht so heftig auf, dass der Stuhl über den Boden schrammt, und steuert auf die Tür zu.

»Eugene, Sie müssten besser Bescheid wissen«, sagt Neely unbewegt. »Ich habe auch Rechte, und eines davon ist, dass ich jemanden vernehmen kann, der eines Verbrechens verdächtigt wird.«

»Keine Ahnung, wovon du redest!«

»Aber sicher doch, Eugene. Erzählen Sie mir von letzter Nacht. Wo waren Sie und Ihre Kumpels um Mitternacht?«

Er schlurft wieder zu seinem Stuhl und lässt sich betont lässig auf die Sitzfläche plumpsen. »Mitternacht? Glaub nicht, dass ich mich so weit zurückerinnern kann. Aber du bestimmt. Ich wette, du brennst drauf, mir davon zu erzählen.«

»Da sind wir ja beim Thema. Dann erzählen Sie mal, Eugene.«

Er gibt nur ein knurrendes Lachen von sich.

Sie starrt ihn geschlagene zehn Sekunden an, ohne zu blinzeln. Dann sagt sie: »Mitternacht, Eugene. Wo sind Sie gewesen?«

»Scheiße, weiß ich nicht. Jedenfalls nicht in der Nähe von deinem Haus, das ist schon mal klar.«

»Wie kommen Sie denn darauf, dass ich glaube, dass Sie in der Nähe von meinem Haus gewesen sind?«

Er blickt zu Boden und fummelt an seinem Ring herum.

»Und warum hat Buck leere Benzinkanister und Rinde von Erlenschösslingen hinten auf Ihrem Pick-up gefunden?«

»Das war eine ungesetzliche Durchsuchung. Ich hab jedenfalls keinen Durchsuchungsbefehl gesehen.«

Neely schüttelt den Kopf. »Eugene, wo haben Sie bloß Ihre Rechtskenntnisse her? Vom Fernsehgucken in MacLaren?« Die Anspielung auf die staatliche Jugendstrafanstalt quittiert Riker mit einem giftigen Blick. Sie fährt fort: »Von Durchsuchung kann keine Rede sein, Eugene. Die Pritsche von Ihrem Pick-up ist schließlich offen einsehbar. Also, was haben Sie letzte Nacht um Mitternacht gemacht?«

»Geht dich einen Scheißdreck an!«

»Das geht mich sehr wohl etwas an, Eugene. Ich werde nämlich dafür bezahlt, dass ich so einen Scheißdreck von der Straße schaff.«

Jedesmal, wenn sie seinen Vornamen betont sarkastisch ausspricht, zeigt er eine Reaktion, und sei es bloß ein Muskelzucken. Jetzt springt er – auch wenn es länger gedauert hat, als sie erwartet hatte – auf die Füße, stützt die Arme auf und beugt sich zu ihr hinunter.

»Ich heiß Dirk Riker! Nicht Eugene!«

Sie steht auch auf, stützt sich auf ihr linke Hand, die rechte lässt sie baumeln. »Ich heiße Deputy Neely Jones.« Dann lächelt sie ihn kalt an. »Aber bald heiße ich Sheriff Neely Jones. Das sollten Sie sich merken.«

»Du willst mich wohl verarschen.«

»Eugene, ich weiß, dass Sie von demokratischen Wahlen nicht viel halten, und bin mir sicher, dass Sie die Ergebnisse nicht mitverfolgen, aber diesmal hätten Sie es tun sollen. Gestern bin ich nämlich zum Sheriff von Taft County gewählt worden.«

Er fängt an zu lachen, aber anscheinend bringt ihn irgendetwas in ihrer Miene zur Ernüchterung. Er lässt sich auf den Stuhl fallen. »Sie meinen, Sie haben den alten Giff geschlagen?«

»Genau das meine ich. Der gute alte Giff mag ja ein Auge zugedrückt haben bei Ihren Späßchen. Ich allerdings nehme rassistische Übergriffe ziemlich ernst und werde bei Ihnen ganz bestimmt kein Auge zudrücken. Einer meiner Lehrer an der Los Angeles Police Academy hat immer gesagt: Früher oder später baut jeder Verbrecher Scheiße. Man braucht bloß zuzuschauen und abzuwarten. Und genau das werd ich tun, Eugene, zuschauen und abwarten.«

Sie hat mit einem Gefühlsausbruch gerechnet. Sein Schweigen ist ihr unheimlich. Seine hasserfüllten Augen ebenfalls. Ihr geht durch den Kopf, dass sie einen taktischen Fehler begangen hat, so befriedigend es auch war, ihm zu drohen.

Ein kräftiges Klopfen lässt sie zusammenfahren. Die Tür geht auf und Molly Teller, die Sekretärin und Aufseherin, steht davor. Sie ist eine grobknochige Frau mit stahlgrauen Haaren und einem strengen stahlgrauen Kostüm. Neely weiß, dass Molly nach Feierabend einen trockenen Humor und ein wundervolles Lachen an den Tag legen kann, aber im Dienst hat sie eine einschüchternde Präsenz.

Sie sagt knapp: »Jemand will dich sehen, Neely.«

Hinter ihr steht ein Officer von der Oregon State Patrol. Er nickt und sagt: »Lieutenant Bivins hat mir aufgetragen, hier was abzuholen, Ma'am.«

Sie überreicht ihm den Umschlag. Als er ihn entgegennimmt, spürt sie eine geradezu körperliche Erleichterung. »Schneller Service, Sergeant. Danke.«

Molly sagt: »Ich lass Sie raus, Sergeant. Neely, was ist mit dem da?« Sie zeigt mit dem Daumen auf Riker.

*Es gibt 'ne Menge Dornen auf der Straße des Lebens, Neely, Süße. Wenn du gute, feste Schuhe an hast, dann tritt einfach drauf. Wenn du barfuß gehst, mach 'nen Bogen drum.*

Keine Bange, Gramma Faith, ich hab gute, feste Schuhe an.

»Lass ihn gehen, Molly. Ich bin mit ihm fertig.«

Neely wendet sich ab und hört, wie Riker ihr hinterherbrüllt: »Aber ich bin noch nicht fertig mit dir, du Schlampe!«

## 10

Es sieht nicht aus, als würde der Morgen noch besser. Das Gerücht von Giffs Rücktritt und Neelys Beförderung zum Sheriff hat schon die Runde gemacht. Das bedeutet, dass noch mehr offizielle Telefonanrufe und, im Fall von Elspeth Prentiss, der Bürgermeisterin von Westport, ein persönlicher Besuch fällig sind. El macht sich Sorgen über die Polizeipräsenz innerhalb der Stadtgrenzen. Neely beruhigt sie: »Wir werden trotz der sehr knappen Mittel unser Bestes tun.« Eine in Watte verpackte Spitze. Damit will sie El klarmachen, dass sie von der Stadt einen größeren Beitrag zum Budget erwartet.

Die Gerüchte sind auch bei der Presse angekommen. Heather hat alle Anrufer von den Medien an das Büro des Staatsanwalts weiterverwiesen. Mit dieser Masche hat sie Culpeppers Geduld auf eine harte Probe gestellt, und er befiehlt Neely, zu einer Pressekonferenz in sein Büro zu kommen. Sie teilt den Reportern nichts mit, was sie nicht schon wissen. Das wiederum gefällt dem Staatsanwalt, der sowieso das Wort an sich gerissen hat.

Dann erhält Danny Beecher, der Animal Control Deputy, einen anonymen Hinweis auf einen Hahnenkampf in einer Scheune im Norden des County. Buck Dolin und Whit Chaffee fahren zur Überprüfung mit ihm dorthin – mit dem Resultat, dass die Scheune leer ist, drei Deputies zwei Stunden lang unabkömmlich sind und ein Streifenwagen fahruntüchtig auf einer matschigen Bergstraße steht.

Dabei sind die üblichen Einsätze noch nicht eingerechnet: antisemitische Schmierereien bei Sterne's Antiques – die Neely Riker und seinen Kumpeln zuschreibt –, ein Autodiebstahl, ein minderjähriger Kaufhausdieb und eine Messerstecherei in der High School.

Heather macht sich zwischendurch daran, Giff Wills' Besitztümer in Kartons zu verfrachten. Neely gelingt es, den Inhalt ihres Kartons im Schreibtisch zu verstauen, ohne darüber ihre anderen Pflichten zu vernachlässigen. Dazu gehört auch, dass sie in der Leitstelle für Lonnie Weaver einspringt, während er Mittagspause macht. Es ist niemand anderes greifbar. Seine Mittagspause dauert sehr sehr lange.

Das ist natürlich Absicht. Die Männer würden nie einen direkten Befehl missachten, aber sie schaffen es, sie ständig misszuverstehen und kennen genug miese Tricks, um ihre Geduld zu strapazieren.

Um Viertel nach eins taucht Lonnie endlich wieder auf, und Neely kann wieder ins Büro zurück – sie betrachtet es immer noch nicht als ihr Büro. Sie bittet Heather, ihr in der Gerichtscafeteria ein paar Sandwichs und eine Milch zu holen.

Kaum ist Heather weg, lässt sich Neely auf ihren Schreibtischstuhl fallen. Im Moment ist Darrell Logan, dessen Schreibtisch Kopf an Kopf mit dem von McMinn steht, der einzige reguläre

Deputy, den sie zur Hand hat. Logan sieht sich gerne als Romeo des Departments, mit seinen dunklen Locken, blauen Augen mit langen Wimpern und dem markanten Kinn.

Ach, beruhige dich, mein Herz, denkt Neely verärgert, als er einen Kamm hervorzieht und seine Frisur in Ordnung bringt. Vielleicht bemerkt er ihren Blick. Er bedenkt sie mit einem strahlenden Grinsen, das so viel besagen soll wie: »Hättste wohl gerne.«

Das Telefon klingelt, und sie versucht stirnrunzelnd herauszufinden, zur welcher Leitung das blinkende rote Licht gehört. Giffs Privatleitung. Sie nimmt den Hörer ab und bellt ein knappes »Deputy Neely Jones« hinein.

Zuerst kommt keine Antwort. Sie hört nur, wie jemand langsam atmet.

Meine Güte, bloß kein Stöhner.

Sie schreibt sich die Nummer auf, die auf der Anruferkennung erscheint. Es ist die Vorwahl von Westport. Sie winkt Logan herbei, aber der ist auf einmal intensiv damit beschäftigt, einen Bericht zu tippen.

»Neely Jones ...« Die Worte kommen als heiseres Flüstern. Der Sprecher scheint den Mund direkt an der Muschel zu haben. Sie hört nicht heraus, ob es eine männliche oder weibliche Stimme ist. Während sie den Aufnahmeknopf sucht, horcht sie nach Hintergrundgeräuschen.

»Kleine Warnung, Neely Jones«, fährt die Flüsterstimme fort, und sie versucht noch einmal vergeblich, Logans Aufmerksamkeit zu erhaschen.

Sie sagt ins Telefon: »Kleine Warnung vor was?«

»Davor, Stunk zu machen. Riskante Sache, so was. Ziemlich riskant sogar.«

Irgendwie hat die Aussprache etwas Melodramatisches an sich. Sie sieht es geradezu bildlich vor sich, wie zwei oder drei Deputies dämlich grinsend um ein Telefon herumstehen, während einer davon in den Hörer flüstert.

Neely sagt sarkastisch: »Mir wird schon ganz schlecht vor Angst.« Dann legt sie mehr Autorität in ihre Stimme und fügt hinzu: »Jetzt bewegt eure Ärsche wieder hierher.«

Sie will gerade auflegen, da sagt der Flüsterer: »Das ist kein Witz.«

Eine männliche Stimme? Sie klingt für eine Frau zu tief. Nein. Es passt noch gut in den weiblichen Stimmbereich. Hupt da ein Auto im Hintergrund?

»Überzeugen Sie mich«, sagt sie.

»Für Giff Wills hat sich sein Entgegenkommen gelohnt.«

Neely sackt das Herz in die Hosen. Nein, das ist kein Witz. Sie wartet. Schließlich redet der Flüsterer weiter: »Ein bisschen Entgegenkommen kann sich auch für Sie lohnen, Neely Jones.«

»Was heißt in dem Fall lohnen?«

Ein leises Lachen. Irgendetwas daran kommt ihr bekannt vor, aber sie kommt nicht darauf, was. »Schweigen ist Gold. In Ihrem Fall … ist das Schweigen das Hundertfache von dem wert, was Giff für sein Entgegenkommen erhalten hat. Eine einmalige Zahlung natürlich. Zahlbar bei Ihrem Rücktritt.«

Ein metallisches Krachen im Hintergrund.

»Hundert Riesen für meinen Rücktritt? Vielleicht sollte ich mich geschmeichelt fühlen.«

»Und für Ihr Schweigen.«

»Über Giffs Entgegenkommen?«

»Exakt. Außerdem haben Sie den Job als Sheriff ja nicht einmal haben wollen. Haben Sie jedenfalls gesagt.«

»Vielleicht hab ich meine Meinung geändert.«

»Das würde ich Ihnen nicht raten. Das könnte sehr gefährlich sein.«

»Gefährlich inwiefern?«

Ein vorbeifahrender Laster im Hintergrund. Irgendwo im Freien, in der Nähe eines Highways. Wahrscheinlich eine Telefonzelle.

»Es kommt jeden Tag vor, dass Polizeibeamte in Ausübung ihrer Pflicht ums Leben kommen.«

Ihr läuft ein Schauder den Rücken hinunter, aber sie fröstelt noch mehr, als die Stimme hinzufügt: »Manchmal geraten auch unsere Lieben ins Kreuzfeuer. Denken Sie drüber nach, Neely.«

Ein Klicken. Die Verbindung bricht ab.

Neely denkt über den Anruf und besonders über die Anspielung auf »unsere Lieben« nach, während sie ein Telefonbuch aus der oberen Schublade zieht. Sie ruft die örtliche Niederlassung der Telefongesellschaft an und verlangt den Geschäftsleiter. »Ich möchte einen Anschluss ermitteln.« Sie gibt ihm die Nummer. »Es könnte eine Telefonzelle sein.«

Er legt sie auf die Warteschleife, und sie muss eine Polka von Lawrence Welk über sich ergehen lassen.

»Ham Sie was von mir gewollt, Neely?« Deputy Darrell Logan steht in der Tür zum Dienstzimmer. Neely legt hastig das Telefonbuch zurück und arrangiert die Stifte in dem Gefäß neu – Hauptsache, sie hat einen Grund, Logans Anwesenheit zu ignorieren.

Endlich erlöst der Geschäftsleiter sie von der Polka. »Sie haben Recht – es ist eine Telefonzelle. Sie steht am Highway 13, Nummer 1142. Das müsste die Eastgate Mall sein.«

Sie nickt. Das erklärt das metallische Krachen, das sie gehört hat. So hört es sich an, wenn vor einem Supermarkt Einkaufswagen ineinander geschoben werden.

Beim Auflegen schaut sie Logan an und überlegt, ob sie ihn zum Einkaufszentrum schicken soll, um herauszufinden, ob jemand in der Telefonzelle beobachtet wurde. Ein aussichtsloses Unterfangen, aber Logan hätte es verdient.

Nein. Im Moment sind Logan und zwei Reserven die einzigen verfügbaren Deputies. Außerdem hat gerade sie die Mitarbeiter davor gewarnt, Spielchen zu treiben.

»Ich brauch Sie nicht, Deputy Logan.«

Als er zu seinem Schreibtisch zurückgeht, wirkt er verärgert und enttäuscht.

Sie spult das Band zurück und hört es sich noch einmal von

vorn an. Sie wird das Gefühl nicht los, dass die Stimme ihr vertraut ist, kann sie aber auch nicht zuordnen.

Als Heather mit einem Milchkarton und zwei Sandwichs wiederkommt – Schinken und Käse und Eiersalat auf Weißbrot –, schaltet Neely schließlich den Rekorder aus und legt den Notizzettel mit der Nummer der Telefonzelle und ihrem Standort in die oberste Schublade.

Heather seufzt ungestüm. »Tut mir Leid, dass es so lange gedauert hat, Sheriff. Die Schlange war so lang. Und alle reden über Sie.«

»Was sagen Sie denn?« Dann lacht sie. »Auch egal. Sie machen am besten jetzt gleich Mittagspause.«

»Hab ich schon. Ich hab beim Warten einen Jogurt gegessen.« Sie schaut sehnsüchtig auf das Sandwich, das Neely auspackt. »Ach, muss das schön sein, wenn man nicht jede Kalorie einzeln zählen muss.«

Neely lässt ihren Blick über Heathers perfekte Figur schweifen. Sie hat sich nie darüber Gedanken gemacht, was der Preis dafür ist, in Größe 36 zu passen.

In Heathers Büro klingelt das Telefon, und Neely merkt, wie sie sich verkrampft. Sie wirft einen Blick auf das Telefon auf ihrem Schreibtisch, um zu sehen, ob das rote Lämpchen für die Privatleitung blinkt. Es blinkt nicht, aber ihr wird klar, dass der Flüsterer sein Ziel erreicht hat. Sie ist nervös.

Zur Hölle mit ihm! Oder mit ihr oder egal was immer.

## 11

Bevor sie das Foyer des Taft County Sheriff's Office betritt, wirft Willow Thornbeck einen Blick auf ihre alte Timex. Kurz vor drei. Das müsste ein gute Zeit sein. Sie fragt sich, ob sich Neely an sie erinnert. Sie sind sich oft am Strand begegnet, wenn Neely und ihr junger Freund joggen waren und Willow frühmorgens ihre Hunde ausgeführt hat.

Nein, Neely kann sich bestimmt nicht an sie erinnern. Sie ist nur eine von vielen dicken, alten Frauen, die am Strand spazieren gehen. In Westport wimmelt es von ihnen. Und die meisten haben wie Willow kurz geschnittene weiße Haare, auch weil sie sich mit diesen lockigen Dauerwellen nicht herumquälen wollen. Fast alle tragen Tennisschuhe und Hosen mit Gummizug und knallbunte Windjacken. Und fast alle haben mindestens einen Hund dabei.

Jemanden, der ihnen Gesellschaft leistet. Die meisten von ihnen sind verwitwet.

Willow Thornbeck ist seit dreißig Jahren Witwe, auch wenn sie sich eher wie eine alte Jungfer vorkommt. Sie hat ihre Ehe nicht als besonders angenehm empfunden. Deshalb war es für sie fast eine Erleichterung, als John Quincy Thornbeck, dieser missionarische Gesundheitsfanatiker, in der Blüte seiner Jahre beim Besteigen des Mount Hood einen Herzinfarkt erlitten hat.

Willow bleibt im Foyer kurz stehen, dann geht sie auf das Empfangsbüro zu, wo Heather Blessing an ihrem Schreibtisch sitzt. Ein hübsches junges Ding. Sie weiß nicht, dass sie für drei verschiedene Heldinnen Modell gestanden hat.

Heather schaut auf und sagt freundlich: »Hallo, Mrs Thornbeck.«

»Hallo, Heather. Ich möchte den Sheriff sprechen. Den neuen Sheriff.«

Bevor Heather etwas sagen kann, ruft Neely von ihrem Platz am Schreibtisch aus: »Mrs Thornbeck? Kommen Sie nur rein.« Na, wenn das kein gutes Zeichen ist. Das Büro des Sheriffs befindet sich in einem Übergangsstadium. Überall stehen volle Kartons herum. Zu Willows Erleichterung ist der enthauptete Hirsch von der Wand verschwunden. Neely bedeutet ihr, auf dem Stuhl vor dem Schreibtisch Platz zu nehmen und warnt sie: »Passen Sie auf mit dem Stuhl, Mrs Thornbeck.«

»Sagen Sie bitte Willow zu mir.« Sie lässt sich vorsichtig auf dem Stuhl nieder, denn sie kennt seine Tücken.

»Okay, Willow. Und Sie können genauso gut Neely zu mir

sagen. Ich bin noch nicht offiziell vereidigt. Was kann ich für Sie tun?«

Meine Güte, was für ein Unterschied. Neely könnte auch eine gute Heldin abgeben. Willow fragt sich, ob ihr Verleger darauf bestehen würde, dass sie aus Neely eine Weiße macht, wenn sie eine Figur nach ihrem Vorbild schafft.

»Ja, Neely, es gibt etwas, was Sie für mich tun können.« Sie merkt, wie sich beim Sprechen der Knoten aus Wut und Angst in ihrem Bauch verhärtet. »Ich ... ich will eine Hundeentführung melden.«

»Ist Ihnen Ihr Hund weggelaufen?«

»Nicht weggelaufen. Gestohlen worden. Benny. So ein kleiner Kerl. Eine Terriermischung, hauptsächlich Cairn Terrier. Und ich weiß, dass er nicht einfach weggelaufen ist. Ich habe einen einszwanzig hohen Maschendrahtzaun um mein Grundstück herum. Na ja, nur um meine Doppelhaushälfte. Die andere hab ich vermietet. Aber Benny hätte nur raus gekonnt, wenn er sich unter dem Zaun durchgewühlt hätte, und dafür habe ich keine Spuren gefunden. Er ist auch kein Streuner; er ist kastriert.«

Neely lehnt sich in ihrem Stuhl zurück. »Wann haben Sie Benny denn zuletzt gesehen?«

»Letzten Montagmorgen um neun. Ich hab – hatte – drei Hunde. An dem Tag hab ich ihn ungefähr um halb neun in den Garten gelassen und bin wieder reingegangen. So um neun bin ich wieder raus und hab nach ihm gerufen. Da war Benny verschwunden. Ach, verflixt ...« Sie durchforstet ihre Jackentasche nach einem Kleenex. Sie hatte sich vorgenommen, nicht zu weinen. Nach kurzem Schweigen fragt sie: »Haben Sie schon einmal einen Hund gehabt, Neely?«

Neely wirkt überrascht, als habe die Frage an vergrabenen Erinnerungen gerührt. »Nein. Jedenfalls nicht selbst. Ein paar von meinen Cousins und Freunden hatten Hunde. Haben Sie im Tierheim nachgefragt?«

»Als Allererstes, denn dort habe ich ihn ja her. Ich hab alle meine Hunde aus dem Tierheim geholt. Außer Sal. Aber das ist schon lange her. Sal hatte ich schon, als ich hergezogen bin. Sie war ein Minipudel. In Wirklichkeit sind Pudel nämlich tolle Hunde, wenn sie nicht so schrecklich getrimmt sind.« Oh weh, sie wird geschwätzig. Der Sheriff wird denken, sie sei nur eine von diesen bekloppten alten Weibern. Willow fügt bestimmt hinzu: »Ich hab auch im Radio und in der Zeitung eine Suchmeldung aufgegeben und bei meinen Nachbarn rumgefragt. Und ich habe Deputy Beecher, Ihren Animal Control Officer, angerufen.«

»Oh? Und was hat er gesagt?«

Das klang vorsichtig. Fast misstrauisch. Willow antwortet: »Er hat gesagt, er ist nur für Belästigung durch Tiere oder Misshandlung zuständig. Ich frage mich, warum ich mir diesmal überhaupt die Mühe gemacht hab, ihn anzurufen.«

»Diesmal?«

»Benny ist der dritte Hund, der mir innerhalb von einem Jahr gestohlen worden ist. Ich glaube, dass sie jemand klaut und an ein Labor verkauft. Aber als ich das Sheriff Wills gesagt habe – und das hab ich jedes Mal – hat er einfach gesagt, ich soll mir keine Sorgen machen, die kommen schon zurück, wenn sie Hunger haben. Dann hat er mir erzählt, wie beschäftigt er ist, und mich rausgescheucht. Und das, nachdem ich beim ersten Mal über eine Stunde gewartet hab, bis er für mich Zeit hatte, und beim zweiten Mal zwei!«

Neely sitzt mit zusammengekniffenen und funkelnden Augen da. Hier herrschen eindeutig Animositäten, und Willow findet dies ebenso beruhigend wie ihre Antwort.

»Ich entschuldige mich für das Verhalten meines Vorgängers, Willow. Es gehört sich nicht, einen Bürger mit einem Anliegen so zu behandeln.«

»Danke. Ich weiß, dass viele Leute mich für eine übergeschnappte alte Frau halten.« Willow lacht und tupft ihre Augen trocken. »Ich habe Benny erst seit zwei Monaten. Auch die anderen, die geklaut worden sind, habe ich noch gar nicht lange gehabt.

Bevor ich sie bekommen habe, hatten sie es so schwer gehabt im Leben …«

»Fangen wir mit dem ersten Verlust an.« Neely greift nach dem Notizblock und dem Stift in ihrer Brusttasche. »Wann war das?«

»Letztes Jahr am fünften September. Katya.«

»Was für ein Hund ist sie gewesen?«

»Ach, so ein lieber Hund. So verspielt und fröhlich.«

»Nein, ich meine – können Sie sie beschreiben?«

»Oh, ja natürlich. Sie war eine Mischung aus Sheltie und Schäferhund, drei Jahre alt, Schulterhöhe ungefähr sechzig Zentimeter, gelbbraunes Fell, mit sehr großen Ohren.«

»Und unter welchen Umständen ist Katya verschwunden?«

»Genau wie Benny, wirklich. Nur dass es etwas früher am Morgen passiert ist.«

»Und der zweite Hund?«

»Button. Genau dasselbe. Das ist ja das Seltsame daran.«

»Haben die anderen Hunde gebellt oder sonst ein Warnzeichen von sich gegeben?«

»Nein. Aber Kili ist ein Basenji. Er kann nicht bellen. Er gibt so eine Art Winseln von sich, aber es ist nicht besonders laut. Und Abby ist halt schon ziemlich alt und hört und sieht nicht mehr gut. Sie bellt fast nie.«

Neely nickt. »Erzählen Sie mir von Button.«

»Er war ein schwarzer Mischling aus Spitz und Pudel, etwa fünfundzwanzig Zentimeter hoch. Und mein bester Wachhund. Ich meine, was das Bellen angeht. Er war nicht groß genug, um wirklich was auszurichten, aber er hat sich für 'nen Wolf gehalten. Tun sie alle.« Willow macht ihre Tasche auf und kramt darin herum. Eine Tasche, wie sie für alte Frauen typisch ist, denkt sie trübselig, ausgebeult und riesig, mit klapperndem Kleinkram vollgestopft. Schließlich findet sie das kleine Album.

»Ich habe Fotos von ihnen«, sagt sie und blättert die Plastikhüllen um. »Hier. Die letzten drei.«

Neely schaut sich pflichtbewusst das Album an. Sie sagt, vielleicht ein wenig zu beiläufig: »Sie haben eine ganze Menge Hunde gehabt.«

»Das Album geht über dreißig Jahre, und ein paar davon hatte ich nur in Pflege. Wie vor ein paar Jahren zum Beispiel, als die Chinook Bay über die Ufer getreten ist und so viele Häuser beschädigt waren.«

Neely reicht Willow das Album über den Schreibtisch zurück. »Ich wäre froh, ich könnte Ihnen ein bisschen Hoffnung machen, was Ihre Hunde angeht, aber …«

»Ich weiß, dass ich sie nicht wiederbekomme. Aber so kann es nicht weitergehen. Ich mag nicht einmal drüber nachdenken, was ihnen zugestoßen ist.«

»Ich brauche Ihre Adresse und Telefonnummer.«

»Ich wohne ganz in Ihrer Nähe – in diesem Doppelhaus südlich vom Sea View Motel. Mit Schindeln aus Zedernholz und einer Garage zwischen den Haushälften. Ich hab es damals gekauft, als Uferstücke noch kein Privileg für Reiche waren. Zum Glück reicht die Miete für die Grundsteuer. Aber ich vermiete nie an Kurzmieter. Das ruiniert doch eine Stadt, wenn man ganze Wohnviertel in Motels verwandelt. Und ich hab immer Glück mit meinen Mietern.«

»Haben Sie zur Zeit einen Mieter?«

»Ja. Er ist vor … ähm, Moment, vor eineinhalb Jahren eingezogen. Genau, letztes Jahr im Juli.«

Neelys dunkle Augen sind plötzlich zusammengekniffen. »Können Sie mir seinen Namen sagen?«

»Gordon Wyland. Er ist so ein angenehmer Mieter. Keine Partys oder laute Musik spät in der Nacht. Er mäht sogar den Rasen für beide Haushälften. Ich sehe ihn natürlich nicht oft, weil er nachts arbeitet. Er ist Barmann in der Beachside Lounge. Arbeitet von sechs Uhr abends bis zwei Uhr morgens. Und er hat mir erzählt, dass er noch einmal ein paar Stunden braucht, um sich so weit zu entspannen, dass er schlafen kann. Seine Arbeit ist ganz schön strapaziös. Aber er sagt, dass er gern nachts arbeitet. Er ist ein Nachtmensch. Wissen Sie, das kann ich ja gar nicht verstehen. Ich bin immer schon morgens um sechs auf den Beinen. Meine beste Zeit ist vor zwölf Uhr mittags.« Dann fällt Willow auf, dass sie schon wieder geschwätzig wird, und sie steht auf. »Ich will Sie nicht länger aufhalten. Danke, dass Sie sich meine Sorgen angehört haben.«

Neely steht auf. »Ich tu nur meine Arbeit, Willow. Ich hoffe nur, ich kann auch etwas ausrichten.«

Als Willow das Büro verlässt, ist sie vor Erleichterung und Hoffnung fast übermütig. Wenigstens weiß sie, dass Sheriff Neely Jones etwas unternehmen wird. Neelys Namen auf den Stimmzettel zu schreiben war das Klügste, was sie seit langer Zeit getan hat.

## 12

*Einer ist schon genug, Neely. Wenn du einen guten Menschen auf deiner Seite hast und Gott hinter dir steht, bist du eine Armee.*

Neely ist nicht ganz überzeugt, dass Gott hinter ihr steht, und sie kommt sich nicht gerade wie eine Armee vor. Trotzdem hat der Besuch von Willow Thornbeck sie aufgebaut.

»Sheriff?« Heather kommt mit einem Papierstapel ins Büro. »Das hat mir jemand auf den Schreibtisch gelegt, als ich auf der Toilette war. Das ist der Papierkram vom Fahrzeugunterhalt und ein Bewilligungsgesuch für – o Gott o Gott!«

»Was?«

Heather reicht Neely das Bewilligungsformular – für einen messingbesetzten BH Größe 44D, Farbe: schwarz.

Wieder ein Schuss im Zermürbungskrieg. Und doch muss Neely lachen. Sie sagt: »Logan.«

Heather nickt. »Wer sonst?«

Neely nimmt das Formular und geht ins Dienstzimmer, wo Darrell Logan und Danny Beecher an ihrem Schreibtisch sitzen und geschäftig tun. Sie lässt das Formular im Vorbeigehen auf Logans Schreibtisch fallen. »Sorry, Darrell. Beim Zuschuss zur Uniform ist Ihre Unterwäsche nicht mit drin.«

Beecher kichert, wohingegen Logan offensichtlich nichts dazu zu sagen hat. Neely geht zu Buck Dolins Büro weiter. Er schaut von der Schreibmaschine auf und wartet darauf, dass sie das Gespräch beginnt.

»Chief, ist Ihnen irgendetwas über einen gewissen Gordon Wyland bekannt? Er macht die Spätschicht an der Bar der Beachside Lounge.«

Buck lehnt sich auf seinem Stuhl zurück und verschränkt die großen Hände hinter dem Kopf. »Bin ihm mal begegnet. Hat uns mal ins Beachside gerufen wegen einem Besoffenen, der Stunk gemacht hat. Hat sich ständig angegriffen gefühlt, war aber sonst ganz höflich.« Buck kneift nachdenklich die Augen zusammen. »Still. Ein sehr stiller Mann.«

»Danke, Chief.« Neely geht in die Leitstelle und sucht unter Lonnie Weavers scheelem Blick im Computer, ob Gordon Wyland Einträge im Vorstrafenregister hat. Nichts zu finden.

»Lonnie, ich bin so für eine halbe Stunde außer Haus.«

Er gibt einen nichts sagenden Laut von sich. Als sie einen Schlüsselbund vom Schlüsselbrett neben dem Ausgang nimmt, fragt sie sich, ob er sie überhaupt anfunken würde, es sei denn das Gerichtsgebäude würde von Terroristen angegriffen.

Als sie das Gebäude verlässt, nimmt sie leicht überrascht wahr, dass es ein perfekter Herbsttag ist – mit strahlendem Sonnenschein und schwachem, lauem Wind. Sie nimmt den Highway 13 in Richtung Osten, vorbei an der Eastgate Mall, einer Ansammlung kleiner, ramschiger Läden um einen Supermarkt herum. Sie bemerkt in der Nähe des Supermarkts eine Telefonzelle, die sie an den Flüsterer erinnert.

Zwei Blocks weiter biegt sie auf den Schotterparkplatz vor dem Flachdachgebäude ab, das das Tierheim beherbergt. Sie geht in den Empfangsraum, wo ein ehrenamtlicher Helfer ihr sagt, dass die Leiterin da ist, und auf eine Tür auf der rechten Seite zeigt. Als Neely die Tür öffnet, wird sie von einer Gebellsalve begrüßt.

Der Hund steht auf Janie Dials Schreibtisch. Er sieht mit seinem langhaarigen Fell in Gold- und Sandtönen, seiner weißen Halskrause, weißen Beinen und einem schmalen weißen Streifen auf der langen Schnauze wie ein Minicollie aus. Janie steht hinter dem Hund und schwingt eine Drahtbürste. »Hallo Neely. Und herzlichen Glückwunsch, Sheriff Jones! Schscht, Vixen. Ist ja schon gut, Kleine. Sie ist ein Freund.«

Der Hund scheint nicht überzeugt, aber als Janie ihm etwas ins Ohr flüstert, hört er auf zu bellen. Sie hat ein Händchen für Tiere. Sie ist eine große, spindeldürre Weiße mit kastanienbraunen, schulterlangen Haaren und großen braunen Augen und sieht aus, als habe sie gerade erst ihren letzten Wachstumsschub hinter sich gebracht. In Wirklichkeit ist sie in Neelys Alter und ist diplomierte Sozialarbeiterin – vom Dienst an Menschen zum Dienst an Tieren übergewechselt.

»Das ist Vixen«, sagt Janie.

Der Hund hat etwas an sich, was ihr ein unbehagliches Gefühl verschafft. Vielleicht ist es sein direkter Blick. Er scheint nie zu blinzeln.

Janie bürstet weiter. »Sieht sie nicht umwerfend aus? Reinrassiger Shetland-Schäferhund. Ihre Besitzer haben sie vor einer Stunde hier ausgesetzt. Angeblich haben sich die Nachbarn über das Bellen beschwert. Mit der Ausrede werden bei uns viele Hunde abgegeben. Wenn sich für Vixen nicht innerhalb einer Woche jemand findet, müssen wir sie umbringen.« Beschönigende Worte sind nicht Janies Sache. »Na, ich kann mir nicht vorstellen, dass du gekommen bist, um dir meinen Sermon anzuhören. Was kann ich für dich tun?«

»Willow Thornbeck war bei mir.«

»Ich kenn sie seit Jahren. Hoppla! Sorry, Vixen. Du hast hier hinten einen fiesen Knoten. Willow leidet bestimmt nicht unter Realitätsverlust, Neely. Wenn sie was sagt, kannst dus auch glauben.«

»Hast du was über ähnliche Fälle in der Gegend gehört?«

»Es kommt schon vor, dass Tiere an Tierversuchslabors verkauft werden. Sogar ein paar Tierheime in der Stadt machen das mit Tieren, die sie sonst in den Tod schicken müssten. Aber warum sollte es ein Hundefänger ausgerechnet auf ihre Tiere abgesehen haben. Und das in Abständen von einem Monat?«

Neely merkt, dass sie Vixens Blick ausweicht. »Hast du irgendeine Idee, was Willows Hunden zugestoßen sein könnte?«

»In unserer Branche sagen wir immer: *Cherchez le voisin.*«

»Suchen nach … was?«

»Dem Nachbarn. Dem Nachbarn, der sich beschwert. Wobei Willow behauptet, dass keiner ihrer Nachbarn Beschwerden angemeldet hat.«

Neely nickt. »Vielleicht suchen wir nach einem stillen Mann. Einem sehr stillen Mann.« Dann streckt sie, ohne es zu wollen, die Hand aus, um dem Sheltie über den Kopf zu streicheln. Das Fell um das Gesicht herum ist seidenweich. Neely dreht sich um und geht zur Tür.

Als sie zurückkommt, ist es fast vier Uhr und die Nachmittagsschicht fängt gleich an. Neely setzt den Schichtleiter, Lt. Brad Skinner, in Kenntnis, dass sie diesen Abend dableibt. Skinner, ein Mann mittleren Alters, der seinen Stress mit Essen abbaut und dem man das inzwischen ansieht, grunzt nichts sagend. Sie überlässt es Skinner und Buck, die Funkprotokolle der Tagschicht durchzugehen, und geht ins Büro des Sheriffs.

Dort durchsucht Heather gerade einen der Aktenschränke. »Ich suche die Protokolle des Departments, nach denen Sie gefragt haben, aber ich finde sie einfach nicht.«

»Vielleicht hat er sie unter V wie ›Vergiss es‹ abgelegt.« Neely sinkt auf den Stuhl hinter dem Schreibtisch. Sie gewöhnt sich langsam daran und fühlt sich fast wohl. »Jetzt ist Feierabend, Heather.«

»Schon? Ich könnte für die Nachmittagsschicht bleiben.«

»Was? Keine wichtige Verabredung heute Abend?«

Heather errötet dezent. »Thomas hat ein Basketballspiel.« Das muss Thomas Stockton sein, Hilfstrainer an der Westport High School.

»Vielleicht sollten Sie hingehen und seine Mannschaft bejubeln.«

»Ja, sollte ich wohl. Das Dumme ist ...« Heather blickt nach oben, als bitte sie um göttliche Absolution. »Ich kann Basketball eigentlich nicht ausstehn, und nach einem Spiel kann Thomas über nichts anderes reden – jeden kleinen Spielzug, all die winzigen Einzelheiten.« Sie seufzt. »Aber ich glaube, ich liebe ihn wirklich. Ich hab alle Basketballregeln auswendig gelernt.«

Neely lacht. »Dann muss es ja Liebe sein. Gehn Sie nach Hause, Heather. Und danke für Ihre Unterstützung heute.«

Als Heather geht, merkt Neely, dass sie auf einmal müde ist. Vom Stress. Was sie jetzt braucht, ist ein Strandlauf oder ein Stündchen Training im Dojo mit Jan. Nein. Sie braucht nur Jan. Er muss jetzt von seiner Expedition mit Andrea zurück sein. Sie beugt sich zum Telefon und ist überrascht, als es klingelt, bevor sie es angerührt hat. Die Privatleitung.

Sie nimmt den Hörer ab, sagt aber nichts. Alles, was sie hört, ist ein lautes Atmen. Der Flüsterer.

Sie drückt auf die Aufnahmetaste.

Die Stimme beginnt: »Neely Jones ...«

»Nein, hier ist Oprah Winfrey. Was wollen Sie?«

Ein leises Lachen. »Sie haben ja Humor. Ich hab schon gesagt, was ich will. Nein – was ich verlange.«

Neely schreibt schnell die Nummer des Anrufers vom Display ab. Es ist eine andere als heute Morgen. Sie überlegt, ob sie einen Deputy auf sich aufmerksam machen soll. Vielleicht besteht ja eine Chance, den Standort des Telefons ausfindig zu machen und eine Streife hinzuschicken, bevor der Anrufer verschwindet.

Nein. Der Flüsterer ist zu gerissen, um ihr so viel Zeit zu geben. Und welchem Deputy kann sie genügend vertrauen, um ihn damit zu betrauen?

»Sie meinen meinen Rücktritt?«

»Exakt.«

»Für hundert Riesen, ja?«

»Sie scheinen ein gutes Gedächtnis zu haben.«

»Sowas hinterlässt schon einen Eindruck.«

»Können wir uns in der Sache einigen?«

Neely zögert. Sie will, dass der Flüsterer weiterhin anruft, sonst bekommt sie ihn nie zu fassen. Sie sagt: »Ich brauche ein bisschen Zeit, um drüber nachzudenken.«

»Ich bedaure.« Die Stimme ist immer noch ein Flüstern, aber unterschwellig ist eine Drohung darin zu erkennen. »Die Zeit ist Ihnen ausgegangen. Sie haben die Wahl: Zuckerbrot oder Peitsche. Dazu gibts keine Alternative.« Ein Klicken, die Leitung ist tot.

»Scheiße!«

»Ist was nicht in Ordnung, Neely?« Buck Dolin steht in der Tür und schaut sie stirnrunzelnd an.

»Alles in Ordnung, Chief. Gehn Sie nach Hause.« Das kommt gereizter heraus als beabsichtigt. Er zuckt mit den Schultern und geht wortlos ins Dienstzimmer zurück. Neely wählt verärgert die Nummer der Telefongesellschaft. Ein paar Minuten später erfährt sie, dass der Anruf von einer Telefonzelle beim Jachthafen an der Chinook Bay aus geführt worden ist.

Warum zeigt sich Buck gerade in diesem Moment so besorgt?

*Ist was nicht in Ordnung, Neely?*

*Ach was, Buck, alles in bester Ordnung.*

Offensichtlich ist er nicht der Flüsterer, möglicherweise aber der Kurier – derjenige, der heute Morgen die tausend Dollar für Giff hinterlegt hat. Sie geht ins Dienstzimmer, wo sich gerade die Nachmittagsschicht für den unvermeidlichen ersten Notruf bereit macht. Das Wortgeplänkel ist bis in ihr Büro gedrungen, aber als sie den Raum betritt, herrscht augenblicklich feindliches Schweigen. Auch gut. Hier wird sowieso zu viel Zeit mit unnötigem Gerede vertrödelt.

Sie mustert die anwesenden Deputies: Lieutenant Skinner, Senior Deputy Sonny Hoffstead und Kevin Locksey. Ja, Kev käme in Frage. Kevin Locksey mit seinem anständigen, ansprechenden Äußeren verkörpert ganz den netten weißen jungen Durchschnittsamerikaner aus einer netten weißen durchschnittlichen Vorstadt. Er ist der jüngste Deputy und auch der dienstjüngste. Er arbeitet noch kein Jahr hier. Genau aus diesem Grund hat Neely ihn herausgepickt.

Sie fragt: »Kev, sind Sie je in der Beachside Lounge gewesen?«

Locksey wirft einen Blick auf die anderen Deputies, bevor er antwortet: »Nein. Melanie und ich gehen nicht viel aus.«

»Perfekt. Ich hab einen Spezialauftrag für Sie.« Sie schaut Skinner an und wartet auf einen Einspruch.

Der Lieutenant zuckt mit den Schultern und sagt: »Nehmen Sie ihn, Neely, er gehört Ihnen.« Er kann anscheinend nicht widerstehen, dazu fast zweideutig zu lachen.

Neely bedeutet Locksey, ihr ins Büro zu folgen. »Ich erkläre Ihnen, worum es geht.«

## 13

Der wissenschaftliche Name für die Spezies lautet *Aurelia aurita*. Im Volksmund heißt sie »Ohrenqualle«. Quallen. Selbst die Wissenschaftler im Ozeanographischen Zentrum benutzen den landläufigen Namen. Jan auch, auch wenn er sie manchmal Medusen nennt.

Das da nennt er das Medusenbecken.

Es ist das neueste Schauobjekt des Instituts, und für Neely das schönste. Aber sie ist ja auch voreingenommen. Jan Koto hat es entworfen.

Ein Zylinder von etwa zweieinhalb Meter Durchmesser aus acht Zentimeter dickem Plexiglas ragt vom Boden bis zur Decke auf. Die Rohre und Pumpen, mit denen Meerwasser aus der Chinook Bay her- und wieder zurückgepumpt wird, Schmutzfilter, Thermometer und Messgeräte für den Salzgehalt, Brutkästen für Larven von Shrimps und anderen Nahrungsmittellieferanten, sind alle außer Sicht im Versorgungsraum über der Decke untergebracht.

Neely hat den Museumsflügel um Viertel nach fünf, eine Viertelstunde nach der Schließungszeit im Winter, für sich allein. Durch die Fenster am Ende des Flügels kann Neely die Bucht sehen, in der sich graue Wolken spiegeln, und den Anleger, an dem die *Poseidon* festgemacht hat, strahlend weiß und geschmeidig wie die Meerestiere, die sie verfolgt.

Wände und Decke im Museumsflügel sind in einem satten Blaugrün gehalten, um die Aufmerksamkeit auf die beleuchteten Aquarien zu lenken, die entlang der Wände aufgereiht sind und wie Halbinseln rechtwinklig in den Raum ragen. Das Medusenbecken ist das einzige freistehende Aquarium. In dem durchsichtigen Zylinder tanzt in langsamen Bewegungen eine Formation von zwei Dutzend Ohrenquallen, von Spots im Boden des Beckens beleuchtet.

Die hirn- und augenlosen Tiere können sich nur durchs Wasser bewegen, indem sie richtungslos pulsierend ihre großen Schirme auf- und zufalten. Und doch sind Quallen fünfhundert Millionen Jahre lang durch die Meere der Erde getrieben und haben Myriaden von Erscheinungsformen entwickelt. Sie bestehen praktisch nur aus Wasser – lebende Kapseln des Meeres.

Das hat Neely von Jan gelernt. Bevor sie ihn kannte, waren Quallen für sie nicht mehr als eklige tote Zellklumpen, um die sie auf ihren seltenen Ausflügen zum Strand einen Bogen gemacht hat. Jetzt sieht sie den lebenden Wesen zu. Leuchtend weiß, mit einem Anflug von Rot, erscheinen sie wie Schöpfungen aus fein besticktem Seidenorgandy, die von bogenförmigen Augen mit perfekten Saumstichen gekrönt und mit langen, feinen Fäden gesäumt sind. Der Schirm aus Organdy verhüllt gerüschte Läppchen und eine Schleppe aus langen Bändern von feiner Gaze, die sich in langsamen, pulsierenden Bewegungen wellenförmig fortbewegen.

»Zum Abspannen hier?«

Jan. Sie hat ihn nicht kommen hören. Er knetet ihre verspannten Schultermuskeln. Sie schließt die Augen. »Oh, Jan, das tut so gut. Ich hab mir schon immer einen Masseur im Haus gewünscht.«

»Herzlichen Glückwunsch übrigens, Sheriff Niri-san.«

»Ich hab gewusst, dass du das sagst. Heute Glück gehabt? Hast du ein paar von deinen Lieblingsquallen zu fassen gekriegt?«

»Es gibt doch mehr davon, als wir gedacht haben. Ich hab zehn davon im Labor und an die zehn Filme, die ich noch entwickeln muss.«

»Wie war Andrea?« Neely lächelt flüchtig, als sie das sagt.

»Hinreißend in ihrem Tauchanzug«, antwortet er mit einem kurzen Lachen. Weder die Antwort noch das Lachen überraschen sie. Aber sie ist überrascht, als er zu lachen aufhört und stattdessen beunruhigt das Gesicht verzieht.

»Jan, was ist denn los?«

Er zuckt mit den Schultern. »Ich fürchte, es könnte in Zukunft schwierig werden, mit ihr zusammenzuarbeiten. Wenn nicht unmöglich.« Dann schenkt er Neely dieses Lächeln, das für sie immer alles ins Lot bringt. »Vergiss es, Sheriff Niri-san. Jetzt feiern wir.«

»Was denn? Dass ich für einen Tag zum Sheriff gekrönt bin?«

Er legt ihr den Arm um die Schultern, und sie gehen durch die Drehkreuze, am Eintrittskartenstand und am Museumsshop vorbei und betreten das helle Foyer. Drei Doppeltüren aus Glas führen auf den Besucherparkplatz auf der Nordseite des Gebäudes. Neely ist überrascht, den Direktor des Instituts, Dr. S. Benjamin Nicholass zu sehen. Er hält gerade drei ehrenamtlichen Helfern die Tür nach draußen auf und wünscht ihnen einen schönen Abend, wobei er jeden einzelnen mit Vornamen anspricht.

Ben Nicholass ist ein geschickter Politiker. Er hat eine tragende Stimme und eine väterlich-wohlwollende Art. Neely fragt sich, ob er weiß, dass seine Mitarbeiter ihn hinter seinem Rücken »Saint Nick« nennen. Oder »Saint Nickel-ass«, Sankt Nickelarsch.

Das Saint Nick würde ihm gefallen. An Weihnachten spielt er immer den Nikolaus für die Kinderweihnachtsfeier der Kiwanis. Dazu muss er sich kaum verkleiden, denn seine Haare sind – zu früh für sein Alter, wie er betont – weiß, und er trägt einen Bart. Für die Rolle muss nur er ein paar Polster anlegen, obwohl sein sportlicher Körper mit den Jahren etwas auseinander zu gehen scheint.

Seine Augen sind von einem so hellen Blau, dass Neely ihn im Verdacht hat, getönte Kontaktlinsen zu tragen. Aber die Kinder haben vielleicht einen weniger kritischen Blick. Wahrscheinlich denken sie auch, dass die geröteten Wangen von einem Leben in der Kälte herrühren, obwohl sich der Rotton viel eher seiner Vorliebe für guten Scotch verdankt.

»Neely!« Mit einem strahlenden Lächeln schreitet er auf sie zu. »Ich darf annehmen, dass Glückwünsche angebracht sind!« Er umfasst ihre Hand mit beiden Händen – eine Vertraulichkeit, die sie fast als beleidigend empfindet. Sie fragt sich immer, ob er damit beweisen will, dass er keine Berührungsängste gegenüber Schwarzen hat.

Sie bringt ein Lächeln zustande. »Ich weiß nicht, ob ich schon reif bin für Glückwünsche.«

Nicholass lässt endlich ihre Hand los. »Wie feiern Sie beide das große Ereignis?«

»Es wird sicher eine kurze Feier«, sagt Neely. »Ich will wieder zurück sein, bevor um sieben die Spätschicht anfängt.«

Nicholass nickt verständnisvoll. »Das ist der Preis für eine Führungsposition. Haben Sie vor dem Haus geparkt? Ich schließe hinter Ihnen ab. Sie sind die Letzten.«

Neely überlegt sich, warum nicht Sgt. Curtis McMinn in seiner Eigenschaft als Nachtwächter abschließt, aber sie fragt nicht nach. Nicholass geleitet sie mit herzlichen, aber hastigen Abschiedsfloskeln hinaus auf die überdachte Veranda.

Der Besucherparkplatz, auf dem verstreut kleine Beete mit Strauchkiefern und kugelförmigen Lampen verteilt sind, hat sich geleert. Jetzt steht nur noch ihr Toyota da. Der Wind bläst kalt, und Neely schaut zum grauen Himmel hoch.

»Sturm im Anzug«, sagt Jan. »Mersky hat den ganzen Tag schon herumgeunkt.« Als sie vor dem Wagen stehen, sagt er: »Ich hab gedacht, wir könnten zum Abendessen ins Château la Mer gehen. Ich lade dich ein.«

»Du lädst mich ein? Na, dann reicht mir ein Hamburger bei Henny's.«

Als Neely sich auf den Beifahrersitz setzt, fällt ihr ein Auto auf, das dröhnend am Institut vorbeirast. Es ist der weiße Mercedes SLK von Ben Nicholass. Sie sieht zu, wie das kleine Angeberauto zum Highway abbiegt. Sie murmelt: »Männer und ihre Kolben!«

Jan lacht nur, als er den Schlüssel ins Zündschloss steckt und den Toyota lautstark auf Touren bringt.

Jan scheint nicht allzu enttäuscht darüber, ein mehrgängiges Schlemmeressen im ambienteschweren Château la Mer gegen Hamburger bei Henny's einzutauschen, einem altehrwürdigen Café-Restaurant, das ganz in der Nähe des Gerichtsgebäudes liegt. Sie lassen sich die riesigen Hamburger und Berge von knackigen Pommes frites schmecken, während Neely Jan von ihrem ersten Tag als Sheriff von Taft County erzählt. Ihr fällt auf, dass sie ihrem Frust freien Lauf lässt, Jan ist ein guter Zuhörer.

Als sie das Henny's verlassen, ist Neely pappsatt und innerlich ruhig. Jan sagt, dass er die vier Blocks zum Institut zu Fuß gehen will. Er muss noch Notizen in den Computer eingeben und Filme entwickeln. »Ich ruf dich an, wenn ich fertig bin, Neely. Wenn du noch im Einsatz bist, geh ich zu Fuß nach Hause.«

Diese Art von Absprache ist nichts Ungewöhnliches. Neely weiß, dass Jan die Zeit völlig vergisst, wenn er sich in seine Forschungsarbeiten vertieft. Sie hat gelernt, sich keine Sorgen um ihn zu machen, wenn er erst spät nachts nach Hause kommt. Und er hat gelernt, sich keine Sorgen um sie zu machen, wenn sie ein Notruf spät in der Nacht bis in die frühen Morgenstunden aufhält. Zumindest versichern sie sich gegenseitig, dass sie sich keine Sorgen machen.

## 14

Jennifer Kaynard radelt die Ebbtide Street in Richtung Süden entlang, von Lichtkegel zu Lichtkegel, von Kreuzung zu Kreuzung. Ihre strammen, muskulösen Beine bewegen sich mit der Effizienz einer Maschine. Sie denkt gerade darüber nach, dass die Walkers nicht nur echt süße Kinder haben, sondern total nette Leute sind. Obwohl sie schon um neun nach Hause gekommen sind – die arme Mrs Walker hatte es am Magen –, haben sie ihr die drei Stunden voll bezahlt, für die sie als Babysitterin eingeplant war. Er hat ihr angeboten, sie nach Hause zu fahren, aber sie hat es nicht angenommen. Nicht, wo es doch Mrs Walker so schlecht war. Außerdem sind es nur zwölf Blocks. Mit dem Fahrrad nur ein paar Minuten.

Jennifer Kaynard ist fünfzehn, und fast alle Erwachsenen scheinen sie zu mögen. Mrs Walker nennt sie »ein reizendes Mädchen«. Aber wenn Jennifer in den Spiegel schaut, findet sie sich hässlich: Sie ist zu klein, zu dick, die Haare sind schlammfarben, und immer dann, wenn es am wenigsten passt, sprosst ein Pickel auf ihrem Gesicht. Ihre Mama sagt, sie soll froh sein, dass sie nicht hübsch ist. Bete darum, angenommen zu werden, wie du bist; bete darum, die wahre Schönheit im Angesicht des Herrn zu erkennen. Jennifer betet, wenn auch nicht darum, angenommen zu werden, wie sie ist.

Weiter vorn stößt die Ebbtide Street auf die North First Street. Direkt gegenüber der Einmündung liegt der Parkplatz des Ozeanographischen Zentrums. Normalerweise müsste sie hier links abbiegen. Aber heute hält sie an.

Jennifer liebt das Bauwerk mit den Wänden aus Zedernholz und dem Schindeldach. Es passt sich so natürlich zwischen die Strauchkiefern und wilden Rhododendren ein, als würde es hierher gehören. Und sie hegt ein persönliches Interesse am Zentrum – nicht nur, weil sie stundenweise im Museumsshop jobbt, sondern weil sie sich vorgenommen hat, eines Tages Meeresforscherin zu werden. Davon hat sie nie jemandem erzählt. Nur Mr Lutz, ihrem Biologielehrer.

Aber heute bleibt sie stehen, weil in einem Fenster rechts vom Haupteingang Licht brennt. Sie kann nicht hineinsehen, denn die Jalousien sind heruntergelassen. Es ist das Büro von Dr. Nicholass. Vielleicht macht er Überstunden.

Das ist allerdings seltsam. Dr. Nicholass und Überstunden, das passt nicht zusammen. Vielleicht sollte sie auf dem Mitarbeiterparkplatz hinter dem Gebäude nachsehen, ob sein weißer Mercedes dort steht.

Das Licht von Autoscheinwerfern lenkt sie ab. Ein Wagen fährt in Richtung Norden. Sie erhascht einen deutlichen Blick auf das Fahrzeug, bevor es verschwindet. Einer von diesen Minivans mit schräger Windschutzscheibe, Farbe Dunkelblau.

Ein ihr unbekanntes Fahrzeug, das vom Mitarbeiterparkplatz her kommt, macht sie stutzig. Jennifer radelt mit surrenden Speichen über den Besucherparkplatz auf den Museumsflügel zu. Aber sie ist noch nicht auf halber Höhe, da hält sie wieder an. Das Licht in Dr. Nicholass' Büro ist ausgegangen. Dann war es wohl Sergeant McMinnt, der auf seinem Kontrollgang durch die Büros das Licht eingeschaltet hat.

Das hätte sie sich gleich denken können.

Und schon wieder zieht ein Fahrzeug ihren Blick auf sich, das in nördlicher Richtung fährt. So viel Verkehr kommt ihr ungewöhnlich vor. Als sie den großen rotschwarzen Pick-up erkennt, wird ihr plötzlich kalt, und sie zittert. Dirk Riker, der Möchtegern-Nazi. Mit seinem rasierten Kopf sieht er schrecklich dumm aus. Riker und seine Kumpels gehören nicht gerade zu den Typen, denen man in dunkler Nacht gerne über den Weg läuft.

Jennifer tritt hart in die Pedale. Nichts wie weg. Sie will möglichst schnell außer Sicht gelangen. Sie wirft einen Blick hinter sich. Der Pick-up ist verschwunden. Sie seufzt vor Erleichterung.

Ein Schlagloch bringt ihren Vorderreifen zum Flattern. Die Straße ist schmal und holprig, und zwei Blocks weiter gibt es schon keine Bürgersteige, Häuser und Straßenlampen mehr. Die Reifen rattern auf dem Schotter. Weiter vorn kann sie schon eine Straßenlaterne und den hohen Bretterzaun sehen, der das Messegelände umgibt. Und noch weiter vorn ein Stoppschild.

Sie hält pflichtbewusst an, obwohl die Fairgrounds Road völlig leer scheint. In diesem Moment hört sie Stimmen und lautes Gelächter. Sie schaut nach links. Im Schein der Straßenlaterne ist etwa fünfzehn Meter entfernt am Straßenrand ein Auto geparkt.

Das rote Taurus-Cabrio von Jeff Amato. Und der Idiot hat das Dach offen stehen, als wäre es Sommer. Jeff macht gerade sein letztes Collegejahr, und alle Mädels finden ihn ja sooo sexy. Er sich auch.

Sie fragt sich, mit wem er hier ist. Der eine ist Dylan Unger. Der Blonde mit der Prinz-Eisenherz-Frisur. Ein süßlicher Geruch zieht ihr in die Nase. Marihuana. Das passt. Jeff Amato meint, er kann sich alles erlauben, bloß weil sein Vater ein großer Anwalt und stinkreich ist.

Sie muss hier nach Norden abbiegen, und das heißt, sie muss an ihnen vorbeifahren. Um möglichst viel Abstand zu den Jungs zu haben, fährt sie auf den gegenüberliegenden Seitenstreifen zu. Sie hört ein schrilles Pfeifkonzert. Ein Pfeifen, wie wenn jemand nach seinem Hund ruft. Arschlöcher!

Mom wäre tödlich verletzt, wenn sie wüsste, dass Jennifer das Wort auch nur kennt.

Scheinwerfer gehen an und blenden sie. Aber sie beugt sich über den Lenker wie eine Radrennfahrerin und strampelt weiter.

»Hey, Jennifer!« Schattengestalten tauchen undeutlich aus dem Licht auf. »Hey, langsam, Baby!«

»Suchst was, Jennifer?« Fußgetrappel auf dem Asphalt.

T.J. O'Neill. Noch einer von Jeffs Kumpels. Er lacht wie ein Bekloppter. Direkt vor ihr. Volltrottel! Er packt den Lenker.

Das Fahrrad rutscht unter ihr weg und sie schreit auf. Es kommt ihr vor, als werde sie von einer riesigen, unsichtbaren Hand gepackt und vom Fahrrad gerissen, als schiebe sich der Asphalt nach oben und krache in sie hinein. Sie hört, wie etwas bricht. Ein Teil ihrer Seele weiß, dass es ihr linker Arm ist, der bricht, aber ein endloser Schmerz löscht alles andere aus.

Zumindest, solange sie über den Asphalt schlittert.

Jemand versucht sie zu bewegen.

»Nein, rührt mich nicht an! Aufhören! Bitte …«

Sie zerren an ihr, lachen und stoßen Worte aus, die sie nicht versteht. Sie erstickt im Schmerz, schreit vor Schmerz. Unten im Straßengraben. In kaltes, nasses, totes Gras versunken. Sie schreit und schreit.

»Halt die Klappe, du Schlampe!« Dylan schlägt sie mit der Faust. Schlägt sie nochmal. Und nochmal. Jemand zerrt an ihren Beinen. Zieht ihr die Jeans herunter, zerreißt ihren Slip. Dylan spreizt ihre Beine. Andere Hände drücken ihre Hand- und Fußgelenke wie eiserne Fesseln auf den Boden. Kreuzigen sie auf dem Gras. Sie bekommt keine Luft. Sie sieht nichts. Hat den erdigen Geruch von Schmutz in der Nase, den Geruch von Bier, Marihuana und heißem, moschusartigem Schweiß.

Dylan keucht und lacht. Jeff und T.J. lachen auch. Ihr Mund ist voller Blut, ihre Muskeln krampfen sich zusammen, als Dylans ächzendes Gewicht sie in den Dreck presst, als sein dickes, hartes Ding in sie dringt.

Ich bin noch Jungfrau! Ich bin noch Jungfrau, und Mom hat gesagt, ich soll mich aufheben für …

Warum wird sie nicht bewusstlos? Warum kann sie nicht sterben?

## 15

Das Westport General Hospital ist ein ansprechendes einstöckiges Gebäude. Es liegt auf einem Hügel südwestlich der Chinook Bay, von dem aus man eine spektakuläre Aussicht hat. Vielleicht haben die Patienten, die die fünfzig Betten belegen, ja Freude daran. Auf jeden Fall sind sie froh, dass sie nicht eine Stunde bis zum nächsten Krankenhaus fahren müssen – ein Luxus, den sie erst seit zehn Jahren genießen.

Aber von der Notaufnahme aus hat man keine schöne Aussicht.

Der Notruf wurde um 21.32 Uhr von Senior Deputy Sonny

Hoffstead während seiner Streifenfahrt an die Zentrale abgesetzt. Er hatte sich aus südlicher Richtung einem am Straßenrand geparkten roten Ford-Taurus-Cabrio genähert, als drei männliche Weiße ins Auto sprangen, eine 180-Grad-Wende machten und mit stark überhöhter Geschwindigkeit davonrasten. Sonny hat sich das Kennzeichen des Wagens aufgeschrieben. Aber weil er in diesem Moment das kaputte Fahrrad bemerkt hat, hat er nicht die Verfolgung aufgenommen.

Dann sah er Jennifer Kaynard. Sie lag im Entwässerungsgraben.

Jetzt ist es kurz vor Mitternacht. Neely wartet in der durch Vorhänge abgeteilten Kabine darauf, dass Dr. George Standish mit der Untersuchung von Jennifers Unterleib fertig wird. Sie liegt stoisch da und hat die Augen geschlossen. Ihr linker Arm ist vom Handgelenk bis zum Ellenbogen eingegipst. An Händen und Stirn hat sie offene Wunden, wo sie über den Asphalt geschrammt ist. Ihr Mund und die linke Gesichtshälfte sind zugeschwollen und von blauen Prellungen übersät. Standish hat gesagt, sie habe Glück, dass ihr Unterkiefer nicht gebrochen ist. Glück. Mit Glück hat das alles für Jennifer Kaynard gar nichts zu tun.

Zur ihrer Linken sitzt Kelly Bower, die ihre silbergrauen Haare herausfordernd lang und offen trägt, und spricht ihr leise gut zu. Kelly ist Sozialarbeiterin im Frauenhaus und vor kurzem zur Beauftragten für Verbrechensopfer ernannt worden.

Zu Jennifers Rechten steht in einem alten, grauen Tuchmantel ihre Mutter. Einen Mr Kaynard gibt es nicht. Er hat sich vor langer Zeit ohne Hinterlassung einer neuen Adresse aus dem Staub gemacht. Grace Kaynard hält die Hand ihrer Tochter und murmelt Gebet vor sich hin.

Warum wohl Dr. Standish so lange gebraucht hat, bis er in der Notaufnahme war, obwohl er Bereitschaft als Internist hatte? Der Orthopäde, der bei Jennifers Ankunft angepiepst wurde, war innerhalb von eine Viertelstunde da, um ihren gebrochenen Arm zu verarzten. Aber Standish hat Jennifer eineinhalb Stunden warten lassen.

Neely hegt den Verdacht, dass es daran lag, dass ihm die Schwester, die ihn angerufen hat, erzählt hat, dass es um eine Vergewaltigung geht. Das hieß für ihn, dass keine Eile geboten war. Die Untersuchung hätte auch eine Schwester vornehmen können, aber nach den Klinikvorschriften musste es ein Arzt sein.

Schließlich wird Standish fertig. Er packt den letzten Abstrichtupfer in einen Plastikbeutel und versieht ihn mit seinem Namen, Datum und Uhrzeit und dem Namen des Opfers. Dann streift er seine Handschuhe ab, wirft sie auf den Boden und übergibt den Beutel Neely. Und schon rauscht er aus der Kabine.

Sie legt den Plastikbeutel zu den Nagelresten, Haarproben, Polaroidfotos und Kleidern in den Kasten, der das nötige Zubehör für Vergewaltigungsfälle enthält. Dann schiebt sie den Vorhang zur Seite. Sonny Hoffstead wartet davor.

Sonny ist kein Spitzname. Der Name steht auf seiner Geburtsurkunde und passt schon lange nicht mehr zu ihm. Ihm gehen die Haare aus, er steht nur wenige Jahre vor seiner Pensionierung. Er hat unter drei verschiedenen Sheriffs gearbeitet und scheint Neelys überraschendem Aufstieg in diesen Rang gleichgültig gegenüberzustehen.

Gleichgültigkeit ist etwas, wofür sie dankbar ist.

»Sonny, würden Sie das bitte mitnehmen und in die Asservatenkammer aufnehmen?«

Er nickt. »Wie geht's Jennifer?«

»Sie hat große Schmerzen.«

»Eine echte Schande. Ist ein nettes Mädchen. Passt auf die Kinder von meinem Sohn auf.«

»Ist bei diesem Kennzeichen was rausgekommen?«

»Das Auto ist auf Jeffrey Amato angemeldet. Den Jungen von Francis Amato. Der Anwalt, Sie wissen schon.«

Neely weiß Bescheid, und sie schneidet angesichts der Aussicht, sich mit einem Anwalt zu herumzuschlagen, der sich für den Staranwalt von Oregon hält, eine Grimasse. »Dann versuche ich mal, von Jennifer eine Aussage zu bekommen.«

Mutter Kaynard hat offensichtlich mitgehört. Als Neely wieder in die Kabine kommt, schüttelt sie den Kopf. »Keine Aussage. Jennifer muss ihren Frieden mit Gott machen, nicht mit dem Gesetz. Keine Aussage!«

»Sie hat nichts verbrochen, Mrs Kaynard«, sagt Neely. »Und wenn die jungen Männer, die das getan haben, nicht vor Gericht gestellt werden ...«

»Gericht! Es gibt keine Gerechtigkeit, es sei denn durch den Herrn.«

Kelly Bower kommt um das Bett herum, um Mrs Kaynard in den Arm zu nehmen. »Der Herr wird Gerechtigkeit üben, und Neely ist ...«

»Nein! Ach, ich kann doch nicht zulassen, dass sie das durchmacht.«

»Das Schlimmste hat sie schon durchgemacht«, versichert Kelly ihr.

»Mom ...«

»Nein, hat sie nicht! Das Schlimmste liegt noch vor ihr.«

»Mom ... bitte!« Die Worte kommen undeutlich über Jennifers geschwollene Lippen. »Was ist mit Tim und Ted? Wer passt auf sie auf?«

»Mrs Hamlin. Die Frau ist eine Heilige. Hab sie aufwecken müssen, damit –«

»Sie ist achtzig Jahre alt, Mom. So lange kann man sie doch nicht mit zwei zweijährigen Jungs allein lassen. Sie kriegt noch einen Herzinfarkt.« Jennifer versucht dabei zu lächeln. »Bitte, Mom ... geh jetzt nach Hause. Hier passen sie gut auf mich auf.«

Nach einigem Hin und Her geht Mrs Kaynard endlich. Das Mädchen sagt ruhig: »Sheriff, ich möchte eine Aussage machen.«

Kelly wirft ein: »Jennifer, du weißt, dass du jetzt nicht darüber reden musst?«

»Schon in Ordnung.« Sie schaut zu Neely auf. »Sie müssen Mutter verstehen. Das ist ... hart für sie. Ihr ist es auch passiert.«

»Sie ist vergewaltigt worden?«

»Ja. Sie meint, das hat ihr Leben ruiniert. Ist wahrscheinlich auch so. Aber ich …« Sie schließt einen Moment lang die Augen, dann redet sie weiter: »Ich will nicht, dass die Jungs mit so was davonkommen. Dafür tu ich alles, was ich tun muss. Sogar … vor Gericht aussagen.«

Neely sagt leise: »Du hast wirklich Mut, Jennifer.«

»Wenn ich wirklich mutig wär … hätt ich sie irgendwie davon abgehalten.«

»Es waren drei. Dagegen kann der größte Mut nichts ausrichten. Hör zu, in den nächsten Tagen wirst du viel Zeit mit Kelly verbringen. Sie kann dir dabei helfen, mit Fragen wie diesen fertig zu werden. Meine Aufgabe ist es, diese Dreckskerle hinter Gitter zu bringen.« Neely holt einen kleinen Recorder aus der Jackentasche, schaltet ihn ein und spricht Datum, Uhrzeit und Namen darauf, bevor sie die erste Frage stellt: »Jennifer. Weißt du, wer dich vergewaltigt hat?«

Sie starrt das Aufnahmegerät an und nickt. »Ich weiß es. Dylan Unger hat mich vergewaltigt. Die anderen … haben ihm dabei geholfen. Jeff Amato und T.J. O'Neill.«

»Ich muss genau wissen, was passiert ist. Deine Mutter hat gesagt, du warst heute Abend zum Babysitten bei Mr und Mrs Jeffrey Walker.«

»Ja. Mr Walker hat mir angeboten, mich nach Hause zu fahren. Hätte ich wohl annehmen sollen …« Zum ersten Mal treten Tränen in ihre zugeschwollenen Augen.

Kelly sagt: »Jennifer, du musst vor allem lernen, nicht darüber nachzudenken, was gewesen wäre, wenn.«

Das Mädchen zuckt zusammen und nickt. Neely sagt: »Fangen wir damit an, dass du dich von den Walkers verabschiedet hast. Du bist mit dem Fahrrad unterwegs gewesen?«

»Ja. Ich bin die Ebbtide in Richtung North First runtergefahren. Normalerweise bieg ich da links ab, aber letzten Abend …« Sie seufzt. »Es ist immer noch heute Abend, oder? Jedenfalls hab ich im Ozeanographischen Institut Licht gesehen und gedacht, ich sollte mal nachsehn.«

Neely runzelt die Stirn. »Wo genau hast du Licht gesehen?«

»Im Büro von Dr. Nicholass. Dann ist es aber ausgegangen. Wahrscheinlich hat einfach Sergeant McMinn das Büro kontrolliert. Aber deswegen bin ich die South First bis zur Fairgrounds Road langgefahren. Und dann habe ich Jeff Amato in seinem Auto gesehen. Es hat am Straßenrand gestanden. Dylan und T.J. waren dabei. Ich hab Marihuana gerochen. Und später auch Bier. Sie haben angefangen, mich anzubrüllen. Ich hab versucht, an ihnen vorbeizukommen, aber T.J. hat den Lenker gepackt. Da bin ich hingefallen und hab mir den Arm gebrochen. Ich ... hab's gehört.«

Sie atmet stockend ein, bevor sie weiterredet: »Sie haben mich in den Graben gezerrt. Meine Jeans runtergezogen und mich festgehalten. Ich weiß nicht genau, wer was gemacht hat, aber ich weiß, dass alle drei mitgemacht haben, und ich weiß, dass es Dylan war, der ... der auf mir war, der mich vergewaltigt hat. Und sie haben alle dabei gelacht ... gelacht!«

Kelly Bower murmelt: »Das Lachen wird ihnen schon noch vergehen. Spätestens wenn sie verhaftet werden.«

»Das hoffe ich. Das hoffe ich ...«

Bevor Neely das Krankenhaus verlässt, ruft sie im Institut an, um nachzufragen, ob Jan noch dort ist. Aber es kommt nur eine Bandansage, die sie über die Öffnungszeiten informiert. Sie probiert es zu Hause, aber dort geht auch niemand ans Telefon. Dann meldet sie sich bei Charlie Eckholm in der Leitstelle und gibt den Befehl, Jeffrey Amato, Dylan Unger und T.J. O'Neill zur Vernehmung zu bringen. Sie sagt ausdrücklich, dass die drei keinen Kontakt untereinander haben dürfen.

Neely wartet schon, als die drei jungen Männer gebracht und jeweils mit ihren wutentbrannten Eltern in getrennte Vernehmungsräume gesteckt werden. Jennifers Zeugenaussage liefert einen hinreichenden Tatverdacht, um die jungen Männer einem Alkoholtest und einem Urintest zu unterziehen. Die Ergebnisse des Alkoholtests zeigen einen Blutalkoholspiegel von 0,8 bis 1,2 Promille. Die Urinproben müssen ins gerichtsmedizinische Labor geschickt werden.

Die Vernehmungen bringen erwartungsgemäß keine Ergebnisse. Francis Amato lässt nicht zu, dass sein Sohn auch nur eine Frage beantwortet. Dylan Unger und T.J. O'Neill behaupten, dass sie den ganzen Abend zusammen bei Jeff zu Hause gelernt haben.

Offensichtlich hatten sie Zeit genug, um sich abzusprechen.

Neely setzt sie auf freien Fuß und geht in ihr Büro. Es bereitet ihr eine perverse Freude, Staatsanwalt Owen Culpepper um diese Uhrzeit – es ist halb zwei in der Nacht – anzurufen, um ihn über Jennifer Kaynards Vergewaltigung in Kenntnis zu setzen. Culpepper ist entsetzt, als er erfährt, wer die Täter sind. Sprösslinge von führenden Westporter Familien. Er dringt darauf, dass niemand verhaftet wird, bevor nicht genug Beweismaterial zusammengetragen ist, um Einsprüchen von Francis Amato standhalten zu können.

Es wird genug Beweise geben, verspricht ihm Neely, und zwar streng nach den Vorschriften. Die nächste halbe Stunde verbringt sie damit, Berichte zu verfassen. Um zwei Uhr bricht sie endlich übermüdet auf und fährt in ihrem Toyota nach Hause.

Ein kalter Regen geht nieder. Als sie vor ihrem Haus ankommt, zittert sie schon vor Kälte. Sie ist zu erschöpft, um beim Anblick der Überreste des Kreuzes vor ihrem Haus mehr als einen Anflug von Ärger zu empfinden. Sie schließt die gläserne Schiebetür auf und geht hinein. Sie rechnet mit einer warmen, schläfrigen Begrüßung von Jan. Aber das Haus ist kalt und Jan ist nicht da.

Mist. Aber sie will sich keine Sorgen um ihn machen. Wenn er sich mit seinen geliebten Quallen beschäftigt, verliert er jedes Zeitgefühl.

Neely dreht die Heizung hoch und lässt sich aufs Sofa fallen. Ihre Gliedmaßen tun so weh, als hätte sie gerade einen Marathonlauf hinter sich gebracht. Sie greift nach dem Telefon und tippt die Nummer des Instituts ein.

Wieder nur das Band. Sie lässt ihren Kopf auf die Kissen fallen und schließt die Augen. Sie will sich nur ein paar Minuten ausruhen und dann zum Institut fahren.

Innerhalb von Sekunden ist sie eingeschlafen.

## 16

Das Telefon klingelt. Neely schreckt aus einem schlechten Traum auf, ist aber trotzdem wie immer sofort hellwach. Im ersten Moment ergibt alles keinen Sinn.

Sie liegt zusammengekauert auf dem Sofa. In dem grauen Dämmerlicht braucht sie eine Weile, bis sie weiß, wo sie ist. Das Telefon klingelt zum zweiten Mal, nur ein paar Zentimeter von ihrem Kopf entfernt. Sie tastet danach und krächzt: »Hallo?«

»Neely? Mein Gott, bist dus?«

Jan? Nein, das ist nicht Jan. Wo ist er? Oben im Schlafzimmer?

Sie fragt: »Wer ist denn dran?«

»Curtis McMinn. Oh Scheiße, Neely, du musst sofort herkommen!«

»Wohin kommen, Curtis? Und warum?« Im ersten Augenblick denkt sie, dass McMinn ihr einen Streich spielen will.

»Ins Institut. Ich bin im Institut. Neely, wir haben hier einen Mord!«

»Was habt ihr?« Aber McMinn hat schon aufgelegt. Mistkerl! Er will ihr einen Streich spielen. Irgendetwas an diesem Anruf hat nicht echt geklungen. Sie steht mühsam auf und dehnt ihre steif gewordene Rückenmuskulatur. Als frisch gebackener Sheriff von Taft County kann sie es sich nicht leisten, auf die Meldung eines Mordes nicht zu reagieren. Aber früher oder später wird sie es McMinn heimzahlen.

Neely steckt ihr zerknittertes Hemd in die Hose. Scheiße, sie hat noch nicht einmal ihre Waffe abgelegt, bevor sie eingeschlafen ist. Heute Morgen. Wie viel Uhr ist es, zum Teufel?

Ihre Armbanduhr zeigt 6.15 Uhr an. In diesem Moment kommt

ihr die Stille um sie herum voll zu Bewusstsein. Außer dem entfernten Murmeln der Brandung ist kein Laut zu hören.

»Jan?« Sie horcht. Sie hat das Gefühl, dass das wolkenverhangene Morgengrauen gegen die Scheiben drückt. Panik drückt gegen ihren Brustkorb.

»Jan!« Sie knipst die Deckenlampe an, springt die Wendeltreppe zum Dachzimmer hoch und knipst noch mehr Lampen an. Das Bett ist leer. Einen unerklärlichen Moment lang starrt sie das Samuraischwert an der Wand an.

Wieder hinunter. In die Küche, ins Bügelzimmer, ins Esszimmer, ins Dojo. Sie knipst immer mehr Lichter an. Das ganze Haus ist hell erleuchtet. »Jan!«

Er ist im Institut. Im Labor. Oder vielleicht in seinem Büro über dem Computer eingeschlafen.

*Wir haben hier einen Mord.*

Nein. Oh nein. Das ist verrückt.

Aber sie ist schon auf dem Weg durch die Haustür.

Bei dem Nieselregen, der die Scheibenwischer zum Quietschen bringt, schafft sie die zweieinhalb Kilometer in knapp drei Minuten. Und knapp drei Minuten reichen ihr, um sich eine Unzahl von Szenarien vorzustellen. Aber sie weigert sich, eines davon ernst zu nehmen. Außer einem: Curtis McMinn erlaubt sich mit ihr etwas, was er für einen Scherz hält.

Sie muss an Jennifer Kaynard denken, die vergangene Nacht auf den Besucherparkplatz abgebogen ist, genau wie sie selbst jetzt.

Was hat Jennifer über ein Licht im Institut gesagt?

Neely kommt auf dem gelb gestreiften Feld zum Stehen. Keine Streifenwagen auf dem Parkplatz. McMinn hat also keine Verstärkung angefordert. So ist es: Er will sie auflaufen lassen.

McMinn steht hinter einer der Glastüren. Die Lichter im Foyer sind an, und als sie über die Veranda geht, nimmt sie wahr, dass er anscheinend Teile seiner Uniform verloren hat: Sein Hut und seine Krawatte fehlen. Und sein Pistolengürtel. Curtis McMinn, der seine Glock und all die anderen Pistolen seiner Sammlung fast so sehr liebt wie seinen Thunderbird – McMinn ohne seinen Pistolengürtel?

Er passt den Moment ab, in dem sie die Tür aufdrückt, um sie von innen aufzumachen, sodass sie beim Eintreten ein bisschen das Gleichgewicht verliert. Ja ja, die Feinheiten in dem Zeigs-Neely-Spielchen.

Sie fragt sich, ob er getrunken hat. Das könnte erklären, warum einige seiner Uniformteile fehlen und warum auf seiner linken Wange eine frische Wunde zu sehen ist. Vielleicht ist er gegen eine geschlossene Tür gelaufen. Aber er hat doch diese verdammten schwarzen Lederhandschuhe an. Sie hat ihn schon die ganze Zeit im Verdacht, die Fingerknöchel mit Metall verstärkt zu haben.

»Was zum Teufel ist hier los?«

Er sagt barsch: »Hier rein«, und marschiert auf den Museumsflügel zu. Neely folgt ihm. Ihre Tritte hallen auf dem wolkengrauen PVC-Boden wider. Im Museumsflügel sind keine Lichter an, nicht einmal in den Aquarien.

Nur im Medusenbecken, wo die Ohrenquallen aus Seidenorgandy in langsamen Bewegungen über den Spots tanzen.

McMinn steuert auf den Zylinder aus Plexiglas zu und bleibt dann ein paar Schritte davon entfernt stehen. Neely bleibt erst eine Armeslänge davor stehen.

*Stirb, du Niggerficker! Japsenbastard!*

Die Graffiti, zwischen denen Hakenkreuze prangen, sind in einem ekelhaften, planlosen Muster um den ganzen Zylinder herum gesprayt. Das Licht dahinter lässt sie schwarz erscheinen, nur dort, wo die Farbe in dünnen Schlieren heruntergelaufen ist, erkennt man ihre tatsächliche Farbe: blutrot.

Riker. Dirk Riker alias Eugene Buxman.

*Aber ich bin noch nicht fertig mit dir, du Schlampe!*

Die Graffiti lenken sie ab – wie es scheint für eine ganze Weile. Oder vielleicht will sie einfach nicht auf die dunkle Form blicken, die über dem Boden des Tanks driftet. Vielleicht hat sie gewusst, was sie da erwartet.

Sie sinkt auf die Knie und presst die Hände an die kalte Wölbung der Plexiglaswand. Sie spürt die eingetrockneten Farbschmierereien unter den Handflächen. Das Wasser ist rötlicher, als es sein sollte. Sie begreift es erst jetzt, als sie die Ursache der Verfärbung sieht. Dünne Blutschlieren wirbeln wie Rauchfahnen um die dunkle Form.

Um die Leiche.

Sie treibt mit ausgebreiteten Armen und Beinen bäuchlings im Wasser. Sie sieht entspannt aus. Feines schwarzes Haar treibt wie ein Schleier um den Kopf. Die gewölbte Wand des Wasserbehälters und die Wassersäule darin geben eine riesige Linse ab, die den Anblick zu einer spöttischen Illusion verzerrt.

Aber sie weiß, dass es echt ist.

Jan.

Sie hört ein jämmerliches Wimmern und weiß, dass der Ton aus ihrem Inneren kommt.

*Nimm mich mit. Ach, Jan, nimm mich mit …*

Ein Spiegelbild flattert über Jans schwarzen Rollkragenpullover. Neely starrt darauf. Sie fragt sich, ob es ihr eigenes Gesicht ist. Nein. Es ist ein anderes Gesicht, durch die Linse aus Plexiglas und Wasser länglich verzerrt. Ein struppiger Schnauzer. Und der Anflug eines höhnischen Lächelns.

Curtis McMinn.

Sie hatte Recht. Er hat sie angerufen, um ihr einen miesen Streich zu spielen:

*Wir haben hier einen Mord.*

Unmöglich, dass McMinn nicht gewusst haben soll, um wen es sich bei dem Mordopfer handelt. Unmöglich, dass er nicht von Jans Beziehung mit Neely gewusst haben soll. Sie und Jan haben nie ein Geheimnis daraus gemacht, und in einer so kleinen Stadt wäre es ohnehin nicht lange ein Geheimnis geblieben.

Trotzdem hat McMinn ihr bei seinem Anruf weder gesagt, wer ermordet worden ist, noch hat er Verstärkung angefordert. Er hat sie hierher gelockt, um ihr den ultimativen Streich zu spielen, um sie vor seinen Augen Jans Leiche finden zu lassen und höhnisch dazu zu lächeln.

In ihr flammt Wut auf. Sie erwächst aus einem Schmerz, dessen Ausmaß sie noch nicht ermessen kann.

Diese Wut, diese Weißglut lässt sie klar sehen. Sie begreift, was sie jetzt herausfinden muss, was sie tun muss. Begreift, dass ihre Wut sie durch die nächsten paar Minuten, Stunden, Tage, Wochen, Monate und Jahre tragen wird. Bis sie herausfindet, wer Jan Koto ermordet hat. Bis sie dafür gesorgt hat, dass der Gerechtigkeit genüge getan wird.

So oder so.

Sie springt rasend schnell auf, dreht sich, die Beine gegrätscht und angespannt, die rechte Hand zu einer offenen Karatefaust geballt, auf Zehenspitzen um ihre eigene Achse. Geballte Kraft strömt von ihren Füßen durch Beine, über Rücken und Schultern in ihren Arm und lenkt ihre Faust in Curtis McMinns Bauch wie einen Vorschlaghammer.

Sie sieht zu, wie sein Hohn in sich zusammenfällt, spürt, wie sein Atem in einem plötzlichen Husten herausgepresst wird, während seine Beine unter ihm wegsacken und er, krampfhaft seinen Bauch haltend, auf dem Boden zusammenbricht.

Neely sagt leise: »So fühlt man sich dabei, du Arschloch.«

## 17

McMinn krümmt sich in Embryonalstellung auf dem Boden und schnappt mit lilarotem Gesicht nach Luft. Er sieht Neely völlig fassungslos an.

Er hat wohl nicht damit gerechnet, dass die Niggerschlampe es drauf hat. Sie fährt ihn an: »Sergeant, Sie sind der erste Deputy am Tatort. Haben Sie Unterstützung angefordert? Den Tatort abgesperrt? Im Gebäude nach Verdächtigen gesucht? Eine Fahndung nach Riker rausgegeben?«

Er stößt keuchend hervor: »Scheiße, Neely, ich bin doch grad erst gekommen!«

»Sie sind seit Ihrem Anruf bei mir hier, also seit fünfzehn Minuten. Wann haben Sie ... die Leiche gefunden?« Sie bringt das Wort heraus, ohne dass ihr Herz mehr als einmal stottert. Allerdings dreht sie dem Medusenbecken nach wie vor den Rücken zu.

McMinn stellt sich mit Mühe auf die Beine und stöhnt: »Ich hab sie gar nicht gefunden. Oh Gott, ich glaub, du hast mir eine Rippe gebrochen.« Er ist noch wacklig auf den Beinen, schafft es aber, stehen zu bleiben. »Ben hat die Leiche gefunden. Er und Dr. Olenick sind so um sechs hier angekommen.«

Neely zuckt zusammen. Andrea, die Amazone, ist der letzte Mensch, den sie jetzt sehen will. »Wo sind die beiden jetzt, Sergeant?«

»Ben ist in seinem Büro. Keine Ahnung, wo die Olenick ist.«

»Sie wissen es nicht? Meine Güte! Kommen Sie, wir haben am Tatort schon genug Spuren verwischt.« Ihre Sorge um die Unversehrtheit des Tatorts ist echt. Nur sagt sie nicht dazu, dass es sie an den Rand der Selbstbeherrschung bringt, so nah bei Jans Leiche zu stehen.

Auf dem Weg zurück ins Foyer geht sie voran. Durch die Glastüren fällt ein fahles, kaltes Licht, das die Farbe aus dem Mosaik mit einer Unterwasserszene an der gegenüberliegenden Wand filtert. Sie nimmt ihr Sprechfunkgerät vom Gürtel und ruft die Zentrale. Sie befiehlt Charlie Eckholm, Buck Dolin zu verständigen, jeden verfügbaren Mann zum Institut zu schicken und Culpepper zu informieren. Letzteres ist streng genommen ihre Aufgabe, aber sie fühlt sich noch nicht in der Lage, sich mit dem Staatsanwalt abzugeben.

Als Letztes befiehlt sie, die Fahndung für Dirk Riker zu erneuern und anzugeben, dass er im Zusammenhang mit einer Morduntersuchung gesucht wird. »Höchste Priorität, Charlie. Ende.«

Dann sieht sie McMinn ins Gesicht. »Was meinen Sie damit, Sie sind gerade erst gekommen?«

»Ich, äh, bin letzte Nacht nicht hier gewesen. Ich war zu Hause. Mir war kotzübel. Muss wohl was Verdorbenes gegessen haben.«

Neely hakt das Sprechfunkgerät wieder am Gürtel ein. Ihre Hand zittert. Ihr fällt erst jetzt ein, dass es ein Fehler war, die Zentrale über Funk anzurufen und auch noch das Wort Mord fallen zu lassen. Zu viele Leute – nicht zuletzt die Journalisten – haben Scanner.

Konzentrier dich, verdammt nochmal. Du darfst die Ermittlung nicht verpfuschen.

»Weiter, Sergeant.«

»Heute Morgen, kurz vor sechs, hat mich Dr. Nicholass angerufen und gesagt, ich soll sofort herkommen. Also hab ich mich schnell angezogen und bin so um zehn nach da gewesen. Er hat mir … na ja, da hab ich Sie angerufen. Ich meine, wenn Culpepper sagt, dass Sie jetzt Sheriff sind.«

»Sind Sie durch die Tür an der Laderampe reingekommen?« Er nickt. Sie fragt: »Ist sie jetzt zugeschlossen?«

»Ja. Sie schließt sich automatisch.«

»Und die Notausgänge?«

»Davon gibt's vier, aber sie lassen sich nicht von außen aufmachen, und wenn jemand versucht, sie von innen aufzumachen, geht die Alarmanlage los. Nach dreißig Sekunden wird der Alarm an die Dienststelle weitergeleitet.«

»Sie bleiben hier, bis die Verstärkung da ist. Bis dahin lassen Sie niemanden rein. Verstanden?«

McMinn wirft ihr einen bösen Blick zu. Als sie durch das Foyer geht, brüllt er ihr nach: »Wenn Sie mir eine Rippe gebrochen haben, überleg ich mir, ob ich nicht eine Dienstaufsichtsbeschwerde abgebe.«

Neely dreht sich um. »Curtis, wollen Sie wirklich, dass jeder Deputy im Staat mitkriegt, dass eine Frau – noch dazu eine schwarze Frau – Sie umgehauen hat?«

Mit leiser Genugtuung bemerkt sie, dass sein Gesicht rot anläuft.

Vor der zweiten Tür rechts bleibt sie stehen. Sie trägt eine Aufschrift in Blattgold: Dr. S. Benjamin Nicholass, Direktor.

Hinter der Tür verbirgt sich das Büro seiner Sekretärin. Eine Tür an der linken Seite führt von dort aus in sein Privatgemach. Neely geht hinein ohne anzuklopfen. Der Raum ist unerwartet schlicht gehalten: Wände und Teppichboden sind weiß, die Möbel schwarz lackiert, und die weißen Jalousien vor dem großen Fenster rechts sind zugezogen. Sie registriert die Tür auf der linken Seite: Saint Nick hat einen eigenen Zugang zum Flur. Gegenüber der Tür steht ein Schreibtisch mit Glasplatte. Ein Bücherregal links hinter dem Computer ist mit Abhandlungen und Zeitschriften vollgestopft, und auf dem unteren Regalboden steht ein Binokularmikroskop mit einer aufgesetzten 35-mm-Kamera. Ein graues Plastikgehäuse dafür steht davor auf dem Boden und daneben ein Karton mit dem Logo von Intel – das einzige Anzeichen von Unordnung. Zwei gerahmte Poster – eins mit dem Zoo von San Diego, das andere mit dem Zoo von St. Louis – sind die einzigen Farbtupfer im Raum. Damit stellt Dr. S. Benjamin Nicholass seine unübertrefflichen Qualifikationen zur Schau, denkt Neely verächtlich. Er hat in beiden Zoos gearbeitet.

Nein, es gibt noch einen Farbtupfer im Raum: Nicholass selbst. In seinem gelben Seidenhemd, einem braunrosa Jackett, Designerjeans und, wie immer, weißen Nikes, sieht er fesch aus. Nicholass steht in der Nähe des Fensters und sucht etwas im Aktenschrank. Als er Neely sieht, legt er einen mitfühlenden Gesichtsausdruck auf und geht auf sie zu. Einen Augenblick lang fürchtet sie, dass er sie umarmen will.

»Dr. Nicholass, ich muss telefonieren.«

Er lässt die Arme sinken. »Sie können hier telefonieren, Neely. Oder wenn Sie ungestört sein wollen in Carlas Büro.«

»Danke. Wo ist denn Dr. Olenick?«

»Ich, äh, nehme an, in ihrem Büro. Neely, wenn ich irgendetwas tun kann …«

»Das können Sie. Bleiben Sie hier im Büro, bis ich Ihre Aussage habe. Und ich brauche eine vollständige Liste der Angestellten samt Adressen und Telefonnummern. Außerdem möchte ich wissen, wer Schlüssel zu dem Gebäude hat und den Zugangscode zur Alarmanlage kennt.« Angesichts der Graffiti auf dem Medusenbecken ist das wahrscheinlich vergebliche Mühe, aber der Ordnung halber darf sie keine Spur vernachlässigen.

Nicholass sagt: »Einen Schlüssel zur Laderampe und den Zugangscode haben alle, die zum Forschungsteam gehören. Curtis natürlich auch. Er hat auch einen Hauptschlüssel.«

»Heißt das, der Schlüssel passt in jedes Schloss in dem Gebäude?«

»Ja.« Er druckst herum. »Na ja, in das Schloss zu meinem Büro nicht – dafür hab ich einen extra Schlüssel – aber in jedes andere Schloss.«

»Hat noch jemand einen Hauptschlüssel?«

»Ja … ich.«

»Den geben Sie besser mir.«

Die blauen Augen von Saint Nick verhärten sich. »Aber ich … ich komm doch ohne Schlüssel nicht rein.«

Das ist ja der Sinn der Sache, denkt Neely und sagt: »Das ist bequemer für Sie. Wir brauchen Zugang zu allen Bereichen des Instituts. Ich will Sie nicht wegen jeder einzelnen Tür belästigen.«

Dagegen scheint Nicholass kein Einwand einzufallen. Verkniffen nimmt er den Schlüssel vom Schlüsselring ab und gibt ihn Neely. Dann sagt er: »Wegen der *Poseidon* … Ich nehme an, dass sich unsere Abfahrt verzögert, aber ich würde die Crew gerne wissen lassen, wie lange …«

»Auf unbestimmte Zeit, Dr. Nicholass.« Sie dreht sich um und geht in Carlas Büro. »Und lassen Sie die Crew noch nichts über den Grund der Verzögerung wissen.« Mit diesen Worten schließt sie die Tür hinter sich.

Sie ruft die Spurensicherung der Oregon State Police in Salem an. Für Fälle wie diesen ist ihre Dienststelle eindeutig nicht gerüstet. Sie wird mit Abteilungsleiter Steve Travers verbunden. »Sheriff

Jones«, stellt sie sich vor, informiert ihn knapp über die Lage und bittet um ein Spurensicherungsteam.

Nachdem er ein paar Fragen gestellt hat, sagt Travers: »Okay, Sheriff. Ich schick Lieutenant Heathman raus. Es kann ein paar Stunden dauern, bis er mit seinem Team bei Ihnen ist.«

Sie hat gerade aufgelegt, da steht Nicholass in der Tür und fragt: »Neely, soll ich Jans Eltern benachrichtigen?«

Die neue Welt, in der sie jetzt lebt, ist voller Landminen, die ihren fragilen Zustand erschüttern.

An Jans Vater Ando Koto, dessen würdevolles Verhalten auf große Selbstbeherrschung schließen lässt, hat sie noch nicht gedacht. Vor seiner Pensionierung war Ando ein renommierter Architekt in San Francisco. Auch an Jans Mutter Miko hat sie noch nicht gedacht. Trotz ihrer siebzig Jahre hat sie die erlesene Schönheit einer Lotusblüte. Sie haben sie immer wohlwollend behandelt, obwohl sie der Meinung waren, Neely sei nichts für ihren Sohn. Kim Miyu, seine ältere Schwester, kommt besser mit ihr zurecht. Aber wie werden Kim und ihre Eltern damit zurechtkommen?

*Neely, Mädchen, manche Dinge sind einfach nicht leicht, aber es kann nicht schaden, zu beten, wenn man sie durchmacht.*

Klar, Gramma. Aber hilft das Beten auch?

»Ich werde die Kotos verständigen, Dr. Nicholass.«

Neely lässt ihn mit seinem mitleidstriefenden Ausdruck stehen. Entlang des langen meergrünen Gangs, der zur Laderampe führt, leuchten fluoreszierende Lampen. Von beiden Seiten gehen in unregelmäßigen Abständen Holztüren ab. Hinter der drittletzten Tür auf der rechten Seite liegt Jans Büro, hinter der viertletzten das von Andrea Olenick. Neely bleibt davor stehen und schaut durch das kleine Fenster auf Augenhöhe.

Sie sieht Andrea von der Seite. Andrea sitzt am Schreibtisch vor dem Computer, aber ihre Augen sind geschlossen. Der Bildschirmschoner – bunte Fische – hat sich eingeschaltet.

Neely fragt sich plötzlich, warum Andrea ausgerechnet Jan mit Zuneigung überhäuft hat. Mit den langen, dicken kastanienbraunen Haaren und dem durchtrainierten Körper ist sie eine attraktive Frau. Ihr Gesicht entspricht nicht ganz dem klassischen Schönheitsideal, hat aber etwas Verführerisches an sich. Man sollte meinen, dass Andrea sich jeden Mann angeln kann, den sie will. Warum ist sie ausgerechnet auf den Einzigen verfallen, der nichts von ihr will?

Neely geht eine Tür weiter.

Vor dem Fenster ist von innen ein Vorhang zugezogen. Der Vorhang war vorher nicht da. Sie zieht ein Paar Gummihandschuhe aus der Hosentasche, streift sie über und drückt die Klinke herunter. Die Tür ist nicht abgeschlossen. Sie geht hinein.

Es ist kein Vorhang, sondern ein ockergelbes Sweatshirt. Es gehört Jan.

Sie schaltet das Licht ein und sieht sich in dem kleinen Raum um. Auf den Regalen an der einen Wand stehen ordentlich sortiert Bücher, Zeitschriften, Notizbücher und Disketten. An der anderen hängt eine Karte der Weltmeere. Jan hat mit einem Pfeil die Stelle bezeichnet, an der das Institut liegt und als Zeichenerklärung darunter gesetzt: »Hier sind die Monster.«

Auf der Rückenlehne des Schreibtischstuhls hängt sein Jackett. Die Staubschutzhaube des Computers liegt achtlos am Boden – untypisch für Jan. Der Computer ist ausgeschaltet. Im Laufwerk und auf dem Schreibtisch sind keine Disketten. Mitten auf dem Schreibtisch liegt ein Haufen Farbfotos. Es sieht aus, als hätte sie jemand in Eile fallen gelassen. Ohne sie zu berühren, schaut sie die Fotos an, die oben liegen. Es sind die Fotos, die Jan gestern beim Tauchen mit Andrea gemacht hat.

Irgendetwas ist auf der Expedition passiert. Etwas, das in Jan die Befürchtung geweckt hat, die Zusammenarbeit mit Andrea könnte in Zukunft problematisch sein.

Neely sieht sich den blaugrauen PVC-Fußboden genau an. Zwischen Tür und Schreibtisch ist ein Fleck, an dem das Bohnerwachs abgerubbelt ist. Sie bückt sich, um den Abdruck direkt neben dem Metallbein des Schreibtischs zu untersuchen. Der Schreibtisch ist in Richtung Tür gerückt worden. Sie geht auf die Knie und stützt sich mit den Händen ab. Das Metallbein weist Kratzspuren auf.

Sie untersucht die anderen Tischbeine – nichts. Als sie beim vierten Bein angelangt ist, sieht sie im Schatten unter dem Schreibtisch etwas aus Metall liegen.

Jans Brille.

Sie zuckt zurück und ballt die Hände zu Fäusten, um das überwältigende Bedürfnis zu unterdrücken, die Brille aufzuheben und an sich zu pressen. Sie versucht sich zu beherrschen, indem sie mit den Fäusten auf ihre Hüften einhämmert.

Neely richtet sich hinter dem Schreibtisch auf. Sie ist überrascht, dass jemand in der Tür steht.

Dr. Andrea Olenick wirkt genauso überrascht. Mit aufgerissenen grauen Augen starrt sie Neely an: »Was machst du denn hier?«

»Nein, das ist meine Frage, Andrea.«

»Ich hab jemand hier drin gehört, als ich aus meinem Büro raus bin.«

Erst jetzt bemerkt Neely, dass Andrea eine große schwarze Lederumhängetasche dabei hat. Neely packt sie am Arm und drängt sie auf den Gang zurück. Dann macht sie die Tür zu. »Andrea, du hast hoffentlich nicht vor, schon zu gehen?«

Andrea reißt sich los. »Warum nicht? Gehöre ich etwa zu den Verdächtigen?«

Neely lacht beinahe. Sie traut Andrea nicht zu, dass sie rassistische Graffiti an die Wand pinselt. Aber scheidet sie damit als Verdächtige aus? Neely wird klar, dass sie aufgrund der Graffiti nur einen Verdächtigen im Auge hat.

Mit Wut kann sie vielleicht ihre Trauer im Zaum halten, aber sie darf nicht zulassen, dass ihr deswegen die Objektivität verloren geht. Vielleicht ist der nahe liegendste Verdächtige der Täter. So geht es im wahren Leben zu. Aber das entschuldigt nicht, dass sie andere Möglichkeiten außer Acht lässt.

Irgendetwas an dem Graffiti auf dem Medusenbecken lässt sie nicht los.

Aber sie kann sich im Moment nicht damit befassen.

»Du bist eine Zeugin, Andrea, und ich brauche eine Aussage. Aber ich muss damit warten, bis Verstärkung kommt. Bitte bleib bis dahin in deinem Büro.«

Andrea starrt sie an und geht in ihr Büro. Neely schaut auf die Uhr: 7.05 Uhr.

Wo zum Teufel bleibt die Verstärkung? Treiben sie wieder ihre Spielchen mit ihr?

## 18

Chief Criminal Deputy Buck Dolin stürmt geradewegs in die Leitstelle. Er schaut auf die Uhr. Es ist fünf nach sieben. Er hat noch nicht einmal eine Tasse Kaffee getrunken, geschweige denn gefrühstückt. Er ist nicht besonders gut drauf.

»Charlie, was zum Teufel ist hier los?«

Deputy Charles Eckholm, der immer noch mit einer Armeefrisur herumläuft, obwohl er die Army längst hinter sich gelassen hat, dreht sich in seinem Drehstuhl um. »Keine Ahnung. Deswegen hab ich dich ja angerufen. Neely hat mich angefunkt. Die hat 'nen Knall. Will jeden freien Mann im Ozeanographischen Institut – als hätten wir um die Zeit die Bude voll davon.«

»Wen hast du denn hingeschickt?«

»Ich hab gedacht, da frag ich erst mal dich.«

Mit anderen Worten, Charlie hat niemanden losgeschickt, denkt Buck.

Charlie fügt hinzu: »Sie will auch noch, dass ich den Staatsanwalt anrufe und ihm sage, dass es im Institut einen Mord gegeben hat.« Er schaut Buck an, als wolle er gleich in Lachen ausbrechen, aber Buck bleibt ernst. »Curtis muss im Institut sein, Chief. Warum hat der sich nicht gemeldet, wenn es dort einen Mord gegeben hat? Ich hab versucht, ihn zu erreichen, aber er antwortet nicht.«

Buck schnappt sich einen Schlüssel für einen Streifenwagen.

»Glaubst du etwa, Neely erzählt dir, dass es einen Mord gegeben hat, wenn es nicht stimmt?«

»Kann doch sein, dass sie ihre Tage hat oder was weiß ich. Ich mach doch nicht die Pferde scheu, bevor ich nicht ...«

»Volltrottel«, sagt Buck leise und beugt sich zu ihm herunter. »Was soll denn das? Wie kommst du dazu, etwas anzuzweifeln, was ein Deputy sagt, der vor Ort ist? Egal welcher Deputy. Neely hat übrigens an der Polizeischule von LA gelernt, was es heißt, in einem Mordfall zu ermitteln. Ich gehe also davon aus, dass sie weiß, wie eine Leiche aussieht.« Er richtet sich auf und steuert auf die Tür zu. »Krieg deinen Arsch hoch und gib allen Leuten Bescheid. Die Tagschicht fängt sofort an – im Institut. Und die Nachmittagsschicht soll sich bereithalten. Und ruf verdammt nochmal den verdammten Staatsanwalt an!«

Charlie murmelt: »Zu Befehl«, aber Buck ist schon ab durch die Tür.

Als Buck im Institut ankommt, ist es 7.13 Uhr. McMinn hält schon eine der Glastüren für ihn auf.

»Also, was ist los hier, Curtis? Charlie sagt, du hast dich nicht gemeldet.«

»Ich ... äh ... hab mein Funkgerät nicht dabei.«

»Was?« Buck bemerkt, dass McMinn anscheinend den ganzen Pistolengürtel zu Hause gelassen hat. »Wo ist denn deine Dienstwaffe?«

Aber Buck hört nicht auf McMinns dahergestotterte Erklärung. Schritte im Gang lenken ihn ab. Neely Jones marschiert auf ihn zu wie ein Soldat bei der Parade. Sie fragt: »Chief, wo bleibt die Verstärkung, die ich angefordert habe?«

»Ist unterwegs.« Buck kommt sich vor, als würde er von ihrem Blick durchlöchert. In ihren zusammengekniffenen schwarzen Augen kommt etwas zum Vorschein, was er nie vermutet hat.

Sie sagt kalt: »Charlie hat's mal wieder versaut, oder?«

Buck antwortet nicht darauf, aber damit rechnet sie wohl auch nicht. Sie sagt: »So sieht's aus, Chief. Curtis hat's am Magen. Er ist letzte Nacht gar nicht hier gewesen. Heute Morgen um sechs sind

Dr. Nicholass und Dr. Andrea Olenick ins Institut gekommen. Nicholass hat eine Leiche gefunden, und statt der Polizei hat er McMinn angerufen. Der wiederum hat mich angerufen.« Sie sieht McMinn nicht einmal an, aber in ihren Augen blitzt etwas auf. »Das Opfer ist Dr. Jan Koto, einer der Biologen hier im Institut.«

Buck flüstert: »Mein Gott, Neely ...« Er kommt sich vor, als hätte er eine Faust in den Bauch bekommen. Er nimmt beiläufig wahr, dass sich McMinn den Bauch hält. Aber Bucks Gedanken sind bei Neely. Er weiß, wer Jan Koto ist – war. Er weiß, was er Neely bedeutet hat.

Buck ist klar, dass er gerade gefühlsmäßig Gegenwart und Vergangenheit miteinander vermischt. Er erinnert sich an den Tag vor zehn Jahren, an dem ein Arzt ihm mitgeteilt hat, dass Val die letzte Operation nicht überstanden hatte. Der Krebs war erst entdeckt worden, als es zu spät war. Sie war so jung und vital gewesen. Nach ihrem Tod war er lange nur noch ein Häufchen Elend. Neely dagegen steht hier vor ihm und leiert den Namen des Opfers herunter, als wäre sie zufällig in einem Bericht darüber gestolpert.

Buck sagt mit rauer Stimme: »Es tut mir schrecklich Leid, Neely. Sie gehn am besten nach Hause. Ich kann hier die Leitung übernehmen.«

»Nein!« bellt sie. Sie zittert wie eine Stimmgabel. »Das ist mein Fall, Buck. Ich sorge dafür, dass keiner ihn vermasselt!« Ein tiefer Atemzug, und sie hat ihre Fassung wiedergewonnen. »Ich hab Charlie gesagt, er soll den Staatsanwalt informieren. Hat er wenigstens das gemacht?«

»Es kümmert sich jemand drum«, sagt Buck ausweichend.

»Gut. Ich hab ein Spurensicherungsteam angefordert. Die Leute werden gegen neun hier sein. Ich will den Tatort aber jetzt gleich auf Video aufnehmen. Ich bin natürlich nicht mit einem Streifenwagen hier. Ich brauch also eine Videokamera und ein Tonbandgerät von Ihnen.«

Buck gibt McMinn seinen Autoschlüssel. »Geh die Sachen holen, Curtis.«

Als McMinn weg ist, redet Neely weiter: »Demnächst trifft das Personal hier ein. Alle wissenschaftlichen Mitarbeiter haben Schlüssel zu den Türen an der Laderampe. Wir müssen sie also versiegeln und alle zum Haupteingang dirigieren. Bis die Spurensicherung kommt, können wir nichts tun, als sie nach Hause zu schicken und ihnen zu sagen, sie sollen sich am Telefon bereithalten. Hat Charlie die Fahndung für Riker noch mal rausgeschickt?«

»Ich klär das mit ihm.« Buck will sein Funkgerät zücken, aber Neely schüttelt den Kopf.

»Nicht über Funk. Den Fehler hab ich schon gemacht.« Sie schaut McMinn missbilligend an, der über die Veranda auf sie zukommt. Als er vor ihr steht, steckt sie das kleine Tonbandgerät in die Jackentasche und nimmt die Videokamera an sich. »Sergeant, suchen Sie ein Telefon und vergewissern Sie sich, dass Charlie die Fahndung für Dirk Riker auf den neuesten Stand gebracht hat. Und wenn die Verstärkung eintrifft, geben Sie mir sofort Bescheid. Kommen Sie, Chief. Das Opfer ist im Museum.«

Neely marschiert in Richtung Museumsflügel. Den stinkigen Blick, den McMinn ihr zuwirft, scheint sie im Gegensatz zu Buck nicht zu bemerken. Buck sagt: »Curtis, wir haben zu tun – alle.« Dann geht er Neely nach. Bei den Drehkreuzen holt er sie ein. Sie ist stehen geblieben, um den Boden unter den Gerüsten zu filmen. Ein drei mal drei Meter großes Stück Boden liegt frei. »Eine Plastikplane fehlt, Chief, und ich weiß, dass sie gestern um fünf noch hier gewesen ist. Und schaun Sie sich das an.« Sie zeigt auf eine Sprühdose, die unter einer Leiter liegt. Blutrote Farbe.

Sie filmt die Dose und steuert dann auf das große Quallenbecken in der Mitte der Ausstellungsfläche zu. Buck folgt ihr. Im schwachen Licht hält er nach der Leiche Ausschau. Zuerst sieht er nur die Graffiti auf dem Wassertank. Jetzt kapiert er, warum Neely so hinter Dirk Riker her ist.

Dann sieht Buck die Leiche.

Ihm wird klar, dass es Neely genauso ergangen sein muss. Zuerst die Graffiti, dann die Leiche.

Aber da steht sie mit der Videokamera vor der Nase und filmt die Graffiti. Buck fühlt sich wieder um zehn Jahre zurückversetzt. In dem Moment damals konnte er nicht einmal mehr aufrecht stehen und musste sich auf einen Stuhl helfen lassen.

Jetzt wendet sich Neely allerdings ab. Sie bekommt weiche Knie, und in ihren Augen zeigt sich der Schmerz, den Buck nur zu gut kennt. Er nimmt ihr die Videokamera weg und legt den Arm um sie, um ihr Halt zu geben, aber sie versteift sich und schiebt ihn von sich. »Übernehmen Sie das für mich, Buck. Ich … ich muss die Zeugen befragen.«

Als er ihr nachsieht, fragt er sich, wie lange sie das durchhalten kann.

Buck filmt das Aquarium methodisch von allen Seiten. Er passt auf, wo er hintritt. Die Quallen bewegen sich wie langsam aufsteigender roter Rauch, wie entwichene Seelen durch das rote Wasser. Zum Schluss bückt er sich, um die Leiche aus der Nähe zu anzuschauen.

Mein Gott, warum sollte irgendjemand Jan Koto umbringen wollen? Aber als Buck bemerkt, dass er Kotos Leiche durch das »b« in Japsenbastard betrachtet, scheint die Antwort auf der Hand zu liegen.

Buck nimmt an, dass Neely zu dem selben Schluss gekommen ist. Aber in diesem Fall führt sie die Ermittlungen vorschriftsmäßig durch.

## 19

Als Neely im Foyer an McMinn vorbeikommt, öffnet er gerade für Deputy Danny Beecher die Tür. Beecher, ein sommersprossiger Rotschopf ist fast so hoch und breit wie die Tür, ohne dabei dick zu sein. Er ist der Animal Control Deputy der Dienststelle. Sie erteilt Beecher Anweisungen, wie er den Eingang zu bewachen hat. Dann dreht sie sich zu McMinn um. »Soviel ich weiß, haben Sie einen Hauptschlüssel, Sergeant.«

Er sieht sie misstrauisch an. »Und?«

»Her damit«, sagt sie und streckt die Hand aus.

McMinn zögert, aber zieht schließlich einen Schlüsselbund aus der Hosentasche und übergibt ihr einen Schlüssel. Sie nickt. »Ich versuche ein paar vorläufige Aussagen zu bekommen. Ihre nehme ich am besten auch gleich auf.«

Er folgt ihr ins Büro von Nicholass, der an seinem Schreibtisch sitzt und mit der Linken Briefe unterschreibt, während er mit der Rechten den Telefonhörer ans Ohr hält. Als er Neely sieht, beendet er den Anruf mit einem knappen: »Ich geb Ihnen Bescheid.«

Sie zieht eine Augenbraue hoch. Er sagt: »Das war Captain Olsen. Mir ist gerade eingefallen, dass er heute Morgen das Beladen der *Poseidon* überwachen wollte. Ohne dass er die Einstiegsklappe aufmacht, können wir nicht mal einen Fuß auf das Boot setzen. Ich hab ihm nur gesagt, dass er nicht zu kommen braucht. Den Grund dafür hab ich ihm nicht genannt. Das kann Andrea bezeugen.«

Andrea Olenick sitzt auf einem Stuhl vor dem Schreibtisch. Sie sieht zu Neely auf. Bis auf einen ungewohnten Schimmer in ihren eisgrauen Augen sind ihre Züge völlig unbewegt. Neely äußert sich nicht dazu, dass sie nicht wie angeordnet in ihrem Büro geblieben ist.

Nicholass holt einen Blätterstapel aus dem Drucker. »Das sind die Namen und Adressen, nach denen Sie gefragt haben, Neely. Bei denen, die einen Schlüssel zum Hinterausgang haben und den Sicherheitscode kennen, habe ich ein Sternchen daneben gemacht. Ich habe zwei Ausdrucke zusätzlich gemacht, falls Ihre Leute welche brauchen.«

Neely legt die Listen auf den Schreibtisch, schaltet den Recorder ein und spricht die nötigen Informationen darauf. Dann fragt sie: »Dr. Nicholass, um wie viel Uhr sind Sie heute Morgen ins Institut gekommen?«

»So fünf oder zehn Minuten vor sechs.«

»Gehen Sie immer so früh zur Arbeit?«

»Nein, aber ich hab so viel zu tun, bis die *Poseidon* ablegt. Wobei der Zeitpunkt ja jetzt … äh … in die Diskussion geraten ist. Aber Sie verstehen ja hoffentlich, dass der zeitliche Rahmen begrenzt ist, wenn wir die Grauwale im Golf gebären sehen wollen.«

Neely reagiert nicht darauf. »Erzählen Sie mir doch, was aus Ihrer Sicht heute Morgen hier passiert ist.«

»Andrea ist zur selben Zeit wie ich gekommen – auf den Parkplatz, meine ich – und wir sind zusammen hineingegangen.«

»Durch die Tür an der Laderampe?«

»Ja.«

»War abgeschlossen?«

»Ja, und die Alarmanlage war eingeschaltet. Andrea ist in ihr Büro gegangen und ich in meins. Als ich vor meiner Tür – dem Privateingang – gestanden hab, hab ich gesehen, dass im Museumsflügel ein schwaches Licht brennt.«

»Ist das etwas Ungewöhnliches?«

»Wir versuchen, den natürlichen Tagesrhythmus unserer kleinen Pfleglinge beizubehalten. Deshalb ist das Licht nachts immer aus. Ich hab gedacht, die Putzkolonne hat ein Licht angelassen, aber …«

»Wer ist dafür zuständig?«

»Pinkley's Raumpflegeservice.« Er fügt gönnerhaft hinzu: »So nennt Mrs Pinkley ihre Firma. Wir versuchen natürlich immer, mit Firmen am Ort zusammenzuarbeiten, und Jenny ist absolut vertrauenswürdig.«

»Hat sie einen Schlüssel zum Gebäude, oder kennt sie den Alarmcode?«

»Nein. Sie und ihre Mädels kommen kurz bevor wir schließen. Wenn sie fertig sind, lässt Curtis sie raus und schaltet die Alarmanlage wieder ein.«

»Wer ist denn mit den Malerarbeiten im Museum beauftragt? Auch eine Firma von hier?«

»Ja. Billy Huff. Und er hat keinen Schlüssel und kennt auch nicht den Code. Seine Leute arbeiten während der regulären Öffnungszeiten.«

»Was ist heute Morgen passiert, als Sie das Licht im Museumsflügel bemerkt haben?«

»Ich bin natürlich rübergegangen, um nach dem Rechten zu sehen, und als ich das Quallenbecken gesehen habe ...« Ihm entfährt ein Seufzer. Andrea schließt die Augen.

*Andrea, drück bloß nicht auf die Tränendrüse. Du weißt gar nicht, was Tränen sind.*

Aber vielleicht weiß sie es doch. Vielleicht hat Neely nur deshalb so viel Verachtung für Andreas Tränen, weil es ihr sonst noch schwerer fällt, ihre eigenen zurückzuhalten.

Nicholass fährt fort: »Wie Sie sich denken können, war ich fassungslos. Ich hab Andrea geholt. Ich hätte es ihr wohl nicht zumuten sollen ... aber ich glaube, ich hab in dem Moment meinen eigenen Augen nicht getraut.«

Andrea nickt. »Er ist durch den Gang gerannt und hat meinen Namen gebrüllt. Er war völlig außer sich ...«

»Tut mir Leid, Andrea. Ich hab einfach nicht klar denken können.«

Neely fragt kalt: »Was haben Sie beide dann gemacht?«

»Wir sind in den Museumsflügel«, antwortet Nicholass, »und ... also, dann hab ich einfach meinen Augen trauen müssen. Die arme Andrea war total schockiert.«

Andrea murmelt: »Mir ist schlecht geworden und ich bin zum Klo gerannt. Zu dem im Museumsflügel.«

»Wie lange bist du dort geblieben?«

»Weiß ich nicht. Vielleicht fünf Minuten. Dann bin ich in mein Büro. Ich hab allein sein wollen. Und ich bin erst wieder rausgekommen, als ich dich in Jans Büro gehört hab.«

»Also gegen 7.05 Uhr«, ergänzt Neely um des Tonbands willen. »Dr. Nicholass, was haben Sie gemacht, nachdem Sie die Leiche gefunden haben?«

»Ich war so außer mir, dass mir außer Curtis niemand eingefallen ist, den ich hätte anrufen können. Er ist ja schließlich ein Deputy. Also bin ich wieder in mein Büro und hab ihn angerufen.«

Neely dreht sich im Stuhl zu McMinn um. »Dr. Nicholass hat Sie also zu Hause erreicht, Sergeant? Wie viel Uhr war es da?«

»So um sechs. Ich hab Ihnen ja schon gesagt, dass mir schlecht war. Eine Darmgrippe wahrscheinlich. Mir war die ganze Nacht kotzübel.«

»Was ist mit Ihrem Gesicht passiert? Woher kommt die Verletzung an der linken Wange.« Das ist auch fürs Band. Nimm immer alles auf, ob es wichtig erscheint oder nicht, hat Lieutenant Wolanski von der LAPD-Academy immer gesagt. Dass Frauen es bei der Polizei nie zu etwas bringen werden, weil sie zu wenig Testosteron haben, hat er auch gesagt.

»Ich … äh … bin im Badezimmer ausgerutscht«, antwortet McMinn. »Bin aufs Waschbecken aufgeschlagen. Mann, ich hab die halbe Nacht im Bad verbracht.«

Neely schwingt sich wieder zu Andrea herum. »Kommst du immer so früh zur Arbeit?«

»Ich komme oft früh. Morgens hab ich meine beste Zeit. Ich gehöre zu denen, die mit den Hühnern aufstehen.« Dann fügt sie hinzu, als wüsste Neely das nicht: »Jan war eine Nachteule. Er hat gern nachts gearbeitet.«

Neely zuckt zusammen. Miststück. Das hätte sie nicht zu sagen brauchen. »Andrea, was hast du gestern Abend nach sieben gemacht?« Das ist die Zeit, um die Neely Jan zum letzten Mal lebend gesehen hat.

»Denkst du, ich hab Jan umgebracht? Mensch, Neely, warum in Gottes Namen hätt ich das tun sollen? Er war ein … guter Freund.«

Neely starrt ihr schweigend in die Augen.

Schließlich sieht Andrea Nicholass entschuldigend an: »Tut mir Leid, Ben, aber wir müssen es ihr sagen.« Bevor er darauf antworten kann, sagt sie zu Neely: »Gestern Abend nach sieben bin ich bei Ben zu Hause gewesen. Wir haben zusammen gegessen – Lachssteaks, Ofenkartoffeln, Artischocken und dazu ein wunderbarer Sokol Blosser Riesling. Danach, na ja, haben wir die Nacht miteinander verbracht.«

Neely fängt ein überraschtes Zucken in Nicholass' Augen auf. Ist er überrascht, weil Andrea lügt oder weil sie unerwartet etwas aufs Tapet gebracht hat, was sie hätte verschweigen sollen? Neely versucht sich die beiden zusammen in Nicholass' dreistöckigem Strandhaus bei einem Glas »wunderbaren« Riesling vorzustellen. Sie malt sich aus, wie die beiden auf einem der Balkone sitzen und Saint Nick an ihrem Ohr knabbert, während der Wind ihre kastanienbraunen Haare zaust.

»Ja, das stimmt«, gibt Nicholass vorsichtig zu. »Mir, äh, wäre es lieber, wenn das unter uns bleiben könnte. Der Vorstand sieht es nicht gern, dass, nun ja, die Mitarbeiter untereinander enge Beziehungen eingehen.«

Praktisch, denkt Neely. Zwei Alibis zum Preis von einem. Aber das ist wahrscheinlich scheißegal. Andrea ist nicht der Typ, der rassistische Graffiti an die Wand sprüht, und Nicholass schon gar nicht. Sein pastellfarbenes Hemd und seine weißen Nikes könnten ja Farbe abbekommen.

Aber sie kann nicht widerstehen, Nicholass zu fragen: »Seit wann läuft denn etwas zwischen Andrea und Ihnen?«

»Seit gut zwei Monaten. Seit unserer letzten Exkursion zur Baja. Im September.« Er fügt mit einem selbstgefälligen Lachen hinzu: »Ja, ja, diese Tropennächte sind schon was Besonderes.«

Andrea lächelt kühl, sieht aber Nicholass nicht dabei an.

Neely fragt: »Dr. Nicholass, was haben Sie getan, nachdem Curtis hier angekommen ist.«

»Nichts. Ich bin hier in meinem Büro geblieben.«

»Andrea?«

»Wie gesagt, ich bin in meinem Büro geblieben.«

Neely denkt einen Augenblick darüber nach, dann klappt sie ihr Notizbuch zu. »Das reicht fürs Erste. Es kann sein, dass wir später noch ein paar Fragen haben.« Sie schaltet das Aufnahmegerät aus.

Andrea ist schon aufgestanden und hievt ihre schwere Umhängetasche hoch. »Kann ich jetzt gehn? Mir gehts beschissen.«

»Ja«, sagt Neely. Sie weiß, dass sie keine Handhabe hat, Andrea gegen ihren Willen hier festzuhalten. »Halte dich in der Nähe des Telefons bereit.«

Andrea stapft hinaus, ohne auch nur ein Wort zu ihrem angeblichen Lover zu sagen. Neely sagt mit einem Wink zu McMinn: »Begleiten Sie sie zum Haupteingang. Ja, ich weiß, dass sie hinter dem Gebäude geparkt hat. Sie kann außen herumgehen. Ich will nicht, dass irgendjemand die Türen an der Laderampe anfasst.«

Draußen sind Autos und Stimmen zu hören. Sie geht zum Fenster und zieht eine Jalousie hoch. Der bewölkte Himmel hat sich seit ihrer Ankunft kaum aufgehellt. Es ist eine Stunde her. Eine Lebenszeit. Eine Todeszeit.

Halt durch.

Endlich ist die Verstärkung eingetroffen. Buck bespricht draußen mit den Leuten den Einsatz. Sechs Männer. Die ganze, jämmerliche Tagesbesetzung plus Deputy Kevin Locksey von der Nachmittagsschicht.

Sie wendet sich ab und bemerkt, dass Nicholass sie beobachtet. Er sagt mitfühlend: »Neely, ich würde Ihnen so gerne irgendwie helfen.«

»Bleiben Sie einfach hier in Ihrem Büro, Dr. Nicholass. Ich habe die Spurensicherung angefordert. Die wollen bestimmt mit Ihnen sprechen.«

Sie nimmt die Liste vom Tisch, die er ihr gegeben hat, und geht hinaus, bevor er etwas sagen kann. Am Haupteingang schiebt immer noch Beecher Wache. Sie geht an ihm vorbei auf die Veranda. Ein Weilchen steht sie einfach da und atmet die kalte, regenschwere Luft ein.

Buck lässt die Männer an den Einfahrten zum Parkplatz Sperren aufstellen. Auf der North First Street hat sich ein kleiner Stau gebildet. Einige Fahrer haben angehalten, um die Polizei bei ihrer Arbeit zu begaffen, andere versuchen, auf den Parkplatz zu gelangen. Der alte VW-Bus gehört Tom Jordan, dem Eigner, Verleger, Reporter, Herausgeber und Setzer der *Gazette,* der örtlichen Tageszeitung.

Buck gesellt sich zu ihr. Mit seiner verspiegelten Sonnenbrille wirkt er steinern anonym. Sie gibt ihm eine der Listen. »Das Personal des Instituts«, erklärt sie. »Die Namen mit Sternchen haben Schlüssel zu den Türen an der Laderampe und kennen den Sicherheitscode. Chief, Sie können genauso gut zum Gerichtsgebäude zurückfahren. Sie haben ja hier alles organisiert. Ich möchte, dass Sie die Vorstrafenregister der Mitarbeiter checken. Jenny Pinkley und ihre Angestellten auch.«

»Jenny?« Er lacht. »An dem Tag, an dem Sie bei Pinkley's Raumpflegeservice Vorstrafen finden, geht die Sonne mittags unter.«

»Ja, weiß ich. Ich will nur gründlich vorgehen. Checken Sie Billy Huff und seine Anstreicher auch. Am liebsten wär's mir allerdings, dass mir irgendjemand erzählt, dass Riker ins Netz gegangen ist!« Die Worte kommen mit mehr Verve heraus, als sie beabsichtigt hat.

Buck scheint auf die Straße zu blicken. Bei der blöden Sonnenbrille kann sie sich allerdings nicht sicher sein.

»Ob Sie das alles wirklich schaffen, Neely?«

Sie will plötzlich schreien: Nein! Ich schaffe das nicht! Genauso unvermittelt packt sie die Wut.

»Ob es Ihnen gefällt oder nicht, Buck – oder ob es mir gefällt oder nicht –, ich bin jetzt der Sheriff. Amtierender Sheriff zumindest. Sie werden in der Dienststelle gebraucht. Das ist heute sicher nicht das einzige Problem im County.«

Er dreht sich zu ihr um und nickt schließlich. Dann geht er auf den Streifenwagen zu.

Neely schließt die Augen. Vielleicht hat er Recht. Vielleicht ist sie alldem nicht gewachsen. Aber sie hat keine Wahl.

## 20

Heather Blessing kommt immer eine halbe Stunde vor Arbeitsbeginn und hält eine strikte Routine ein. Als Erstes setzt sie Kaffee auf. Während er durchläuft, holt sie in der Cafeteria eine große Schachtel Doughnuts. Bis sie zurück ist, ist auch der Kaffee fertig, und sie schenkt sich eine Tasse ein und nimmt sie mit in ihr Büro. Dann sortiert sie die Post und hört den Anrufbeantworter ab.

Aber kaum hat sie die Doughnuts, läuft heute Morgen alles aus dem Ruder.

Sie nimmt gerade den Deckel von der Schachtel, da kommt Dispatcher Charlie Eckholm aus der Leitstelle. Charlie hat eine Vorliebe für Doughnuts. Er hat um acht Feierabend, holt sich aber immer seinen Anteil ab, bevor er geht.

Heather kann Charlie nicht besonders gut leiden – vielleicht liegt es daran, dass er in seinem Alter noch mit diesem grässlichen Bürstenschnitt herumläuft. Trotzdem lächelt sie ihn an.

»Guten Morgen, Charlie.«

»Guten Morgen, Sonnenschein. Sind heute keine mit Himbeergelee dabei?«

»Leider nicht. Hatten Sie eine ruhige Nacht?«

Charlie greift nach einem gezuckerten Doughnut. »Na, die Nacht war ziemlich ruhig. Aber ab sechs war die Kacke richtig am Dampfen.«

Sie versucht, seine Ausdrucksweise zu ignorieren. Der Kerl findet es witzig, wenn sie bei den Sachen, die die Deputies loslassen, rot wird. »Was ist denn passiert?«

»Wir ham 'nen Mord.«

Ihr dreht sich der Magen um. Klar gibt es in Westport hin und wieder Verbrechen, vor allem wenn die Sommergäste und Touristen im Land sind, aber Mord ist Gott sei Dank nicht alltäglich.

»Wo? Wer ist denn ermordet worden?«

»Im Ozeanographischen Institut.« Er beißt ein Stück von seinem Doughnut ab. Dabei rieselt Zucker auf seine braune Krawatte. »Einer von den Wissenschaftlern. Der Japs. Koto heißt er.«

Heather starrt Charlie an. Sie merkt, wie sie innerlich zu zittern anfängt. »Koto? Oh nein … Nicht Jan Koto?«

»Ich glaub, so heißt er.«

»Herr im Himmel. Arme Neely! Weiß sie schon Bescheid?«

»Na sicher. Sie ist unten im Institut und spielt den Sheriff.«

»Das ist ja schrecklich!«

Charlie fragt mit vollem Mund: »Was meinen Sie damit?«

»Wissen Sie nicht, wer Jan Koto ist?« Als Charlie nur mit den Schultern zuckt, sagt sie wütend: »Er ist Neelys Freund. Sie sind praktisch verheiratet!«

»Ach ja. Jetzt erinnere ich mich, die haben ja eine Bude zusammen.«

»Charlie, Sie sind unmöglich!«

»Aber, aber, Heather, das hab ich doch nicht so gemeint ... Heather, fangen Sie bloß nicht an zu weinen ...«

Sie stürzt durch das Dienstzimmer und das Büro des Sheriffs in ihr Büro, lässt sich auf ihren Schreibtischstuhl fallen und hält den Kopf zwischen den Händen.

Es werden doch keine Leute umgebracht, die sie kennt. Nicht dass Jan Koto ein guter Freund gewesen wäre oder so, aber sie hat sich manchmal mit ihm unterhalten, wenn er Neely abgeholt hat. Er war ein netter Mann. Sie hat immer gedacht, dass Neely und er ein schönes Paar waren. Ach Gott, das bricht Neely das Herz. Bei diesem Gedanken bricht Heather in hemmungsloses Weinen aus.

Erst als sie zwei Leute von der Nachmittagsschicht durchs Foyer gehen sieht, macht sie sich klar, dass Weinen nichts bringt. Sie zieht ein Kleenex aus der Schachtel auf dem Schreibtisch und drückt es auf die Augen. Danach ist es mit Wimperntusche und Lidschatten verschmiert. Sie hat ihr Make-up ruiniert. Und sie kann es nicht ausstehen zu weinen, wenn sie Kontaktlinsen an hat. Dann brennen die Augen noch mehr.

Heather holt ihre Tasche zwischen ihren Füßen hervor und rettet vom Make-up, was zu retten ist. Dann nimmt sie entschlossen ihre morgendliche Routine wieder auf. Als sie ins Büro des Sheriffs geht, ist es acht Uhr. Sie bringt die schmutzige Tasse von dort in die Toilette, spült sie aus und gießt dann mit einer Tasse Wasser die Orchidee.

»Du musst einfach tapfer sein und dich an mich gewöhnen«, murmelt sie zu der Pflanze. »Du bist so schön, und ich will nicht, dass du mir wegstirbst.« Sterben. Das erinnert sie wieder an den Mord. Sie merkt nicht, dass sie laut redet, als sie sich sagt: »Nein, ich fange nicht an zu weinen.«

Ach, was für ein schrecklicher Tag.

## 21

Um Viertel vor neun steht Neely Jones hinter der Glastür und schaut auf den feinen Regenschleier. Danny Beecher ist immer noch auf seinem Posten vor der mittleren Glastür und starrt fasziniert auf den Stau auf der North First. Whit Chaffee und Darrell Logan stehen mittendrin und versuchen einen Weg für die kleine Karawane von hellgrünen Fahrzeugen freizumachen. Es überrascht Neely kein bisschen, Tom Jordan von der *Gazette* und ein Dutzend Gaffer unter einem Baum vor dem Parkplatz stehen zu sehen. Jordan hat zum Schutz für sich und seine Kamera ein gelbes Regencape übergezogen. Allerdings ist sie überrascht, als sie einen Kleinbus mit KEEN-TV-Logo im Stau entdeckt. Er kommt aus Portland, der größten Stadt in Oregon.

Endlich hat die pastellgrüne Kolonne den Parkplatz erreicht: der Kombi des Gerichtsmediziners, der Kleinbus der Spurensicherung und zwei Limousinen. In der letzten Stunde war Neely wie betäubt, aber beim Eintreffen der Fahrzeuge mit den Experten tickt ihr Herz schneller. Diese Leute werden ein paar Antworten bringen.

Den Mann im Kombi mit den widerspenstigen schwarzen Haaren und dem schwarzen Brillengestell kennt sie. Es ist Dr. Gregory Feingold. Bevor er in der neuen gerichtmedizinischen Abteilung von Oregon in Portland angefangen hat, hat er eine Zeit lang in Westport gearbeitet.

Feingold ist allerdings nicht der Erste, der aussteigt. Aus der Limousine am Anfang der Kolonne steigt ein Mann in einem hellbraunen Regenmantel, unter dem er einen dunklen Dreiteiler trägt. Der kommt von hier, denkt Neely. Er hat weder Schirm noch Hut, um die kahle Stelle auf seinem Kopf gegen den Regen zu schützen.

Seine kurzen Haare sind schwarz und kraus wie ihre eigenen. Er ist Afroamerikaner. Der Überschwang der Gefühle, den dieser dunkelhäutige Mann in ihr auslöst, bringt sie zum Stutzen. Was erwartet sie denn? Dass er sich mit ihr verbündet, weil er auch schwarz ist?

*Eine Krähe hackt der anderen kein Auge aus, aber das heißt noch lange nicht, dass sie Freunde sind.*

Eine Weisheit von Gramma Faith.

*Aber es kann verdammt einsam sein, die einzige Krähe unter Singvögeln zu sein.*

Eben, Gramma. Ich war mein Leben lang eine Krähe unter Singvögeln.

Sie macht dem Mann die Tür auf und streckt ihm die Hand entgegen. »Ich bin Neely Jones.«

Als er ihr die Hand schüttelt, blitzen seine Zähne weiß auf: »Sheriff Jones. Habe in letzter Zeit viel über Sie gehört. Ich bin Lieutenant John Heathman.«

Neely sieht zum Kleinbus hinüber. Fünf Männer und eine Frau, alle weiß, laden die Ausrüstung aus. Sie dreht sich zu Danny Beecher um. Er muss sich zusammennehmen, um nicht mit offenem Mund dazustehen. Vielleicht hat er nicht damit gerechnet, dass der Leiter des Spurensicherungsteams schwarz sein könnte. Sie sagt: »Deputy Beecher, gehn Sie doch den Kollegen zur Hand.«

»Okay, Neely«, antwortet er, nicht etwa »Ja, Sheriff« oder wenigstens »Ja, Ma'am«. Immerhin befolgt er ihren Befehl überraschend bereitwillig.

Der Lieutenant sagt: »Sheriff, damit Sie Bescheid wissen, wir treten hier nur als … sachverständige Berater auf. Das Sagen in der Angelegenheit haben immer noch Sie. Und der Staatsanwalt. Ist Mr Culpepper hier?«

»Wir rufen ihn an, wenn Sie da sind. Kommen Sie, ich mache Sie mit Dr. Nicholass bekannt. Er ist der Direktor des Instituts. Hier, das brauchen Sie.« Sie fischt einen Hauptschlüssel aus der Tasche. »Der öffnet Ihnen alle Türen – zumindest hier im Institut.«

Heathman antwortet mit einem Lächeln und begleitet sie zum

Büro von Nicholass. Kurz davor hält sie ihn an. »Es gibt etwas, was Sie wissen sollten, Lieutenant. Das Opfer und ich, wir ... haben uns nahe gestanden.«

Heathman mustert sie. Ihr fällt auf, dass seine Augen eher grau als braun sind. Er fragt: »Ist das für Sie ein Problem?«

»Nein.«

»Dann ist's ja gut. Am besten bringen wir die Honneurs gleich hinter uns und machen uns an die Arbeit.«

Die Forschungsbibliothek ist zur Einsatzzentrale umfunktioniert. Heathman hat dort sein Team zu einer Lagebesprechung versammelt. Neely und zwei Deputies ihrer Wahl nehmen ebenfalls teil – Lieutenant Chaffee, der sonst einen wässrigen Mund bekäme, und Kevin Locksey, dem die Erfahrung sicher nicht schaden kann. Und natürlich Owen Culpepper. Er ist in redseliger Stimmung aufgetaucht, hat aber genug Taktgefühl, um zu schweigen, als Heathman die Sitzung einleitet.

Nach dem Briefing verschwindet das Team in den Museumsflügel. Culpepper auch, aber nach einem kurzen Blick in das Medusenbecken sucht er das Weite unter dem Vorwand, er habe noch einen Fall auf dem Terminkalender. Heathman weist er an, ihn auf dem Laufenden zu halten.

Neely überlässt der Spurensicherung das Feld. Sie begleitet Heathman und zwei seiner Leute hinauf in den Versorgungsbereich. Aus dieser Perspektive wirkt das Medusenbecken wie eine überdimensionale Badewanne, über deren Rand Schläuche und Sonden hängen. Auf dem Boden drumherum sieht man noch Wasserspritzer. Sie versucht Abstand zu halten, um nicht in das Becken hineinsehen zu müssen.

Später bringt sie Heathman zum Eingang des Museumsflügels, um ihm die Sprühdose und den Fleck zu zeigen, an dem die Plastikfolie gelegen hat. Er schreibt etwas ins Notizbuch und blickt stirnrunzelnd zum Medusenbecken. »Haben Sie und Dr. Koto sich so was öfter ansehen müssen?«

Neely antwortet: »In zwei Jahren hat es acht solche Vorkommnisse gegeben. Die Täter sind drei Skinheads von hier. Ich hab eine Fahndung für den Anführer rausgegeben – Eugene Buxmann alias Dirk Riker.«

»Was für eine Art von Vorkommnissen meinen Sie denn damit?«

»Dass unser Haus mit solchen … Kunstwerken verziert worden ist. Beim letzten Mal war's ein brennendes Kreuz. Das war am …« Für einen Augenblick hat sie die Orientierung verloren. Sie weiß nicht einmal, welcher Tag heute ist.

Donnerstag. Heute ist Donnerstag.

»Am Dienstag«, sagt sie, »gegen Mitternacht. Wir haben Riker gestern festgenommen, aber wir hatten nicht genug in der Hand, um ihn festzuhalten.«

Sie starrt das obszöne blutrote und nachtschwarze Raster von Worten und Symbolen auf dem Wassertank an. Irgendetwas stimmt damit nicht, aber sie kommt nicht darauf. Irgendetwas verschwimmt vor ihren Augen, wie die dunkle Form …

»Alles okay, Schwester?«

Neely nickt. Sie wendet sich vom Wassertank ab. »Ich würde Ihnen gern Jans Büro zeigen. Ich glaube, dass er dort gestorben oder zumindest angegriffen worden ist.«

Er folgt ihr. Als sie am Haupteingang vorbeikommen, macht Danny zwei Leuten aus dem Forschungsteam die Tür auf. Sie sind hier, um Fingerabdrücke abzugeben und Zeugenaussagen zu machen: Dave Townsend, der Jan von allen Mitarbeitern am nächsten stand, und Lili Spenser, die Museumsdirektorin. Als sie Neely sehen, machen sie zögernd Anstalten, ihr Beileid auszusprechen, aber Neely speist sie mit dem Versprechen ab, später mit ihnen zu reden.

Aber das hat sie nicht vor. Jedenfalls nicht so bald. So gut die warmen Worte auch gemeint sind, sie kann sie jetzt kaum ertragen.

In Jans Büro schaut Heathman vom Türrahmen aus zu, wie sie auf die Indizien deutet, dass Jan hier angegriffen worden ist: der abgeschabte Fleck auf dem Boden, der verrückte Schreibtisch, Jans Brille darunter.

Der Lieutenant hört aufmerksam zu und nickt gelegentlich. »Das mit dem Sweatshirt ist seltsam«, sagt Heathman schließlich. »Als ob er versucht hätte, zu verhindern, dass jemand sieht, was er hier drin macht. Aber was könnte das gewesen sein?«

»Er hat sich die Fotos angeschaut, die er gerade entwickelt hat, oder seine Notizen in den Computer eingegeben – der Staubschutz ist ja abgenommen. Gestern war er fast den ganzen Tag mit Frau Dr. Olenick tauchen.«

Heathman blickt auf Jans Computer. »Hat er Backups gemacht?«

»Er hat immer Backups gemacht. Das hat er sehr genau genommen.« Sie zeigt auf Diskettenschachteln, auf denen mit Filzstift Datum und Thema vermerkt sind. »Das sind die vollen Disketten. Ich schaue sie durch.«

»Einverstanden – nachdem meine Leute mit dem Büro hier fertig sind.«

Neely nickt und geht wieder hinaus. In diesem Moment kommt Ben Nicholass auf sie zu. In der einen Hand hat er eine Aktentasche und in der anderen das schwere graue Kunststoffgehäuse, das sie in seinem Büro gesehen hat.

Als er vor ihr steht, sagt er fast vergnügt: »Neely ... Lieutenant. Ich bin mit den Fingerabdrücken und so durch und habe erfahren, dass meine Anwesenheit nicht länger vonnöten ist. Ich überlasse Ihnen das Feld. Sie erreichen mich zu Hause.«

Heathman lächelt freundlich und vertritt Nicholass mit einem lässigen Schritt seitwärts den Weg. »Tut mir Leid, Dr. Nicholass, aber nichts verlässt dieses Gebäude.«

Neely ist erleichtert, dass Heathman die Initiative ergriffen hat. Sonst hätte sie ein Machtwort sprechen müssen, und Nicholass hätte sich sicher nicht widerspruchslos gefügt.

Er macht Anstalten, sich mit Heathman anzulegen. »Was meinen Sie denn damit? Hören Sie, Lieutenant, ich habe noch jede Menge Arbeit, bis die *Poseidon* ablegt. Hier drin sind die Stipendienanträge von fünf unserer Wissenschafter.« Er hebt die Brieftasche an. »Und das ist wahrlich keine leichte Lektüre. Dann muss ich noch zehn Exposees lesen und …«

»Mir ist klar, dass Sie sehr beschäftigt sind, Dr. Nicholass«, sagt Heathman ungerührt. »Aber ich muss dafür sorgen, dass bestimmte Regeln eingehalten werden. Eine davon ist, dass nichts den Tatort verlässt.«

In den blauen Augen von Nicholass flammt Wut auf. Dann bekommt er sich in den Griff. »Also gut. Ich bring das in mein Büro zurück.«

»Besten Dank, Dr. Nicholass. Ach ja, was ist denn in der Tasche?«

»Das? Das ist ein Gerät, das ich für die Exkursion brauche. Ein Binokularmikroskop mit Kameraaufsatz. Ich will es nur überprüfen.« Er macht eine Pause. Vielleicht rechnet er damit, dass Heathman etwas dazu sagt, aber der Lieutenant bemerkt nur freundlich: »Wenn Sie gehen, Dr. Nicholass, nehmen Sie bitte den Haupteingang.«

Nicholass dreht sich mit einem verärgerten Blick um und stapft davon. Als er außer Hörweite ist, murmelt Heathman: »Ich passe am besten auf, dass er den Kram auch wirklich hier lässt. Ich kenne die Sorte. Der meint, für ihn gelten die Regeln nicht. Der erträgt es garantiert nicht, dass ein unverschämter Nigger ihn rumkommandiert.«

Neely lacht. »Sie haben's erfasst, Lieutenant.«

Um halb zwölf wird die Leiche aus dem Medusenbecken geholt. Neely schaut nicht dabei zu. Sie wartet draußen auf der Veranda. Es hat aufgehört zu regnen. Sonnenstrahlen brechen durch die Wolkendecke. Das Wasser tropft von den Bäumen und plätschert an einer schweren Kette herunter, die von einer Dachrinne hängt. Zwei Officers von der Oregon State Police bemühen sich, den Stau auf der Straße aufzulösen. Inzwischen sind auch drei Minibusse mit Satellitenschüsseln im Stau stecken geblieben. Tom Jordan hat von einer Frau und zwei Männern mit Videokameras Gesellschaft bekommen.

Etwa eine halbe Stunde später hört Neely ein metallisches Geräusch. Danny und Kevin bringen die Bahre heraus. Die Leiche steckt in einem schwarzen Plastiksack.

Neely schaut ins Foyer und entdeckt Dr. Feingold. Sie heftet ihren Blick auf ihn, um nicht zusehen zu müssen, wie die Bahre in den Leichenwagen verfrachtet wird. Feingold kommt durch eine der Glastüren auf sie zu. Er schaut sie unbehaglich an. Er hatte seine Dienststelle noch in Westport, als Neely hier – mit Jan – angekommen ist.

»Scheiße, Neely, ich weiß nicht, was ich sagen soll.«

»Ich möchte jetzt auch gar nichts hören. Was können Sie mir zum gegenwärtigen Zeitpunkt über das Opfer sagen?«

»Das ... Opfer?« Feingold setzt die Brille ab und putzt sie mit einem gelben Taschentuch. Ohne die dicken Vergrößerungsgläser sehen seine Augen so klein aus wie die eines neugierigen Maulwurfs. »Also, mit der Todeszeit wird es nicht leicht, weil die Leiche in kaltem Wasser gelegen hat. Haben Sie – äh – eine Ahnung, wann die letzte Mahlzeit stattgefunden hat?«

Neely hält die Luft an. »Gestern Abend gegen sechs.«

Feingold zieht ein Notizbuch aus der Brusttasche und schreibt hinein. »Die Todesursache ist möglicherweise Ertrinken, aber am Brustkorb findet sich links oben eine Schusswunde. Der Schuss ist aus nächster Nähe abgefeuert worden. Ich glaube nicht, dass die Wunde tödlich gewesen wäre, aber sie hat zu großem Blutverlust und möglicherweise Bewusstlosigkeit geführt. Keine Austrittswunde. Ich kann die Kugel also sicherstellen. Male an den Händen und im Gesicht. Wahrscheinlich Quallenbisse.«

Das heißt, dass Jan noch gelebt hat, als er ins Aquarium geworfen wurde. Neely nickt und schluckt den Speichel herunter, der sich in ihrem Mund zusammengezogen hat.

Feingold fährt anhand seiner Aufzeichnungen fort: »Ein paar Druckstellen um das linke Handgelenk. Keine Abdrücke von Stricken oder Stofffesseln, einfach nur Druckstellen. Und Prellungen links am Kinn, Schnitte im Mundraum und ein loser Backenzahn im linken Unterkiefer. Mehr kann ich Ihnen nicht sagen, bis ich die Autopsie gemacht hab.«

Neely verschließt vor einem scheinwerferartigen Sonnenstrahl die Augen. Halt durch. Sie spürt, wie der Strahl weiterwandert und schaut Feingold an. Er sieht elend aus. »Wann wollen Sie die Autopsie durchführen, Greg?«

»Ich seh schon kommen, dass die Angelegenheit oberste Priorität erhält, schon weil alles so abartig ist. Ich werde die Autopsie wohl gleich durchführen, wenn ich wieder in Portland bin.«

»Ich muss die Angehörigen benachrichtigen. Sie leben in San Francisco. Sie werden sicher wissen wollen, wann ...«

»Wann ich die Leiche freigebe? Kommenden Montag wahrscheinlich. Sie sollen mich anrufen. Also, ich mache mich besser an die Arbeit.«

Sie sieht ihm nach, wie er zu seinem Bus eilt, über den leeren Parkplatz fährt und von zwei Deputies vom Parkplatz geleitet wird.

»Hey, Neely!«

Sie dreht sich verärgert um. Beecher hält eine Tür offen.

»Was ist los, Danny?«

»Ein Anruf von Buck. Er sagt, Sie sollen bei Culpepper im Gericht erscheinen. Richter Lay ist da und will Sie vereidigen.«

Neely hätte große Lust, Richter Lay warten zu lassen, aber sie weiß, dass es dumm wäre, sich einen Mann zum Feind zu machen, der so wichtige Dokumente wie Durchsuchungsbefehle unterzeichnen muss.

Außerdem muss sie ein Telefonat führen, das sie lieber in ihrem Büro erledigen möchte, wo niemand sie stört. Sie muss die Kotos anrufen.

## 22

Die Zeremonie ist kurz. Weil Richter Harvey einen Teil seiner Mittagspause opfern muss, nimmt er ihr in der feierlichen Atmosphäre seines Amtszimmers nahezu in Rekordzeit den Eid ab. Als Zeugen sind nur Owen Culpepper und Sally Blessing Greenleaf, die Sekretärin des Richters, zugegen. Sie ist Heathers Schwester. Neely hat oft mitbekommen, wie Heather Sally ihre »wunderschöne Schwester« genannt hat, als sei sie selbst das hässliche Entlein.

Nachdem Neely geschworen hat, die Gesetze von Taft County, des Staates Oregon und der Vereinigten Staaten von Amerika zu respektieren, legt Richter Lay seine Robe ab und verschwindet durch die Tür. Es bleibt Sally Greenleaf vorbehalten, ihr zu gratulieren. Neely bringt ein Lächeln zustande. Die Glückwünsche wirken aufrichtig.

Aber als Sally mit aufrichtigen Beileidsbekundungen wegen »Dr. Kotos Ableben« anfängt, fällt ihr Neely mit einem knappen »Danke, Sally« ins Wort und folgt dem Staatsanwalt hinaus auf den Flur. »Mr Culpepper, ich muss mit Ihnen über Jennifer Kaynard reden.«

Culpepper hat es eilig, zum Mittagessen zu kommen, aber er geleitet Neely mit einem Seufzer in sein Büro. Im Vorraum packt seine Sekretärin, eine dicke, plumpe Frau in mittleren Jahren, gerade ihr Mittagessen aus. Neely bemerkt leicht überrascht, dass Thelma Clapton *Push* von Sapphire liest.

In seinem Büro nimmt Culpepper an seinem antiken Schreibtisch Platz und bedeutet Neely, sich auf einen Stuhl davor zu setzen. Er sagt: »Es überrascht mich, dass Sie mit mir über den Fall Kaynard reden wollen. Man sollte meinen, Sie hätten mit der … äh … Angelegenheit im Institut genug zu tun.«

»Bis die Spurensicherung fertig ist, kann ich dort nichts tun.«

»Ja, natürlich, Neely. Sind Sie sicher, dass Sie sich in der Lage fühlen, den Fall zu übernehmen? Ich meine, Sie sind ja … waren ja …«

Sie sagt kühl: »Ich fühle mich in der Lage. Also, haben Sie mit Jennifer gesprochen?«

»Äh, nein.« Er räuspert sich. »Grace Kaynard hat mich angerufen. Sie hat gesagt, dass ihre Tochter nicht gegen die jungen Männer aussagen will.«

»Und was sagt Jennifer?«

»Nun, ich habe keine Gelegenheit gehabt ... Außerdem war das Ganze wahrscheinlich, Sie wissen schon, ein simples Missverständnis. Die Jungs haben wohl einfach ein bisschen über die Stränge geschlagen.«

Neely springt auf. Sie ist an einem Punkt angelangt, an dem fast nichts mehr wichtig ist. »Missverständnis? Sehen Sie sich Jennifer doch an! Sehen Sie sich die Fotos an, die ich gestern Abend von ihr gemacht hab. Reden Sie mit ihr!«

Der Staatsanwalt starrt Neely entgeistert an: »Also wirklich, ich hab doch nur gemeint ...«

»Sie haben ja nur gemeint, dass Sie sich nicht mit Jeff Amatos Vater, dem Staranwalt, anlegen wollen. Nun, ich sorge dafür, dass Sie sich da nicht rauswinden!« Sie zittert. Sie weiß genau, dass sie jetzt gehen muss. Sonst passiert noch etwas, was sie bereuen wird. Sie dreht sich auf dem Absatz um und stürmt aus dem Büro. Es dringt nicht einmal zu ihr durch, dass Thelma vor sich hin murmelt: »Sag ihm ruhig die Meinung, Schwester.«

Als Neely zurückkommt, hat sie sich zwar nicht beruhigt, aber immerhin die Fassung wieder. Sie findet Buck Dolin bei Lonnie Weaver in der Leitstelle. Keine besonderen Vorfälle im Laufe des Morgens. Buck berichtet auch, dass er persönlich den Wohnwagen von Dirk Riker im Camden Loop Mobile Home Park und die Orte, an denen er gewöhnlich zu finden ist, überprüft hat, aber keinen Erfolg hatte. »Niemand, mit dem ich gesprochen hab, hat ihn heute gesehen.«

Neely fragt erregt: »Wo zum Teufel könnte er sein?«

Es ist eine rhetorische Frage, aber Buck antwortet: »Vielleicht hat er die Stadt verlassen. Die Fahndung gilt allerdings für ganz Oregon. Bei der aufgemotzten Kutsche, mit der er rumfährt, geht er uns früher oder später ins Netz. Jedenfalls haben wir noch die Mitarbeiter des Instituts durchgecheckt. Die Einzige, auf die eine Waffe registriert ist, ist Andrea Olenick. Eine Smith & Wesson 9 mm Halbautomatik.«

»Andrea?« Es wäre Neely nie eingefallen, dass Andrea es für nötig halten könnte, eine Waffe zu besitzen. »Was sonst?«

»Hab Jenny Pinkley, ihr Personal und Billy Huff und seine Arbeiter überprüft. Nichts. Ich hab Sonny losgeschickt, er soll von Billy und seinen Leuten die Fingerabdrücke zum Vergleichen beschaffen, und ich hab Jenny und den Mädels, die gestern Abend mit ihr gearbeitet haben, Bescheid gegeben, dass sie im Institut Fingerabdrücke abgeben und Zeugenaussagen machen sollen.«

»Sie haben ja schwer geschuftet, Chief.«

Er zuckt mit den Schultern. »Ich will gerade für Lonnie und mich Sandwichs bei Henny's bestellen ...«

»Schinken und Käse«, wirft Lonnie ein und schaut vom Steuerungspult auf. »Amerikanischen Käse, nicht diesen Schweizer Scheiß.«

Buck lacht. »Wollen Sie auch was?«

Allein beim Gedanken an Essen dreht sich ihr der Magen um. Sie schüttelt den Kopf und will gerade gehen, da sagt Buck beiläufig zu ihr: »Übrigens wartet jemand auf Sie in Giffs Büro.«

Giffs Büro? Neely sagt gereizt: »Ich hab gerade für niemanden Zeit.«

»Für den Typen besser schon. Der ist vom DEA.«

Sie kann sich gerade noch bremsen, Buck zu fragen, was ein Agent der staatlichen Drogenbehörde in Westport macht. Das fragt sie ihn besser selbst.

Als Neely ins Büro des Sheriffs – ihr Büro – kommt, stellt Heather gerade eine dampfende Kaffeetasse neben einen Aktenordner auf den Couchtisch. Der Ordner gehört offensichtlich dem Mann, der auf der Couch sitzt. Er sieht wie ein Versicherungsvertreter auf Urlaub aus: Ein weißer Mittelklassetyp, langweilig und anonym, mit hellbraunen Haaren und einer Brille mit einem dicken Plastikgestell. Er trägt Levi's, Turnschuhe und eine hellbraune Windjacke. Als er Neely sieht, steht er auf.

Aber er kommt nicht dazu, etwas zu sagen. Heather dreht sich um. In ihren lavendelblauen Augen stehen ohne Vorwarnung Tränen. »Oh, Neely ... Es tut mir ja so Leid mit Dr. Koto ...«

Bloß nicht, denkt Neely mit zusammengebissenen Zähnen. »Heather, würden Sie mir bitte auch eine Tasse Kaffee bringen?«

»Oh ja, natürlich.« Heather eilt ins Dienstzimmer.

Der Mann streckt die Hand aus. »Ich bin Special Agent Scott Sayson vom DEA.«

Ein fester Handschlag. Die Affengesichter der Malaienblume scheinen sie boshaft anzugrinsen. »Was kann ich für Sie tun, Agent Sayson?«

Er setzt sich wieder und nimmt die Tasse in die Hand. »Also erstens, Sie können ruhig Scott zu mir sagen. Ich bin schon so lange undercover, dass ich auf meine Dienstbezeichnung kaum mehr reagiere.« Ein kurzes Lächeln, dann ist er wieder ernst: »Ich will Ihnen nur sagen, dass ich in der Stadt bin. Ich führe mit zwei Agenten zusammen eine Observierung durch. Wir haben vor etwa sechzehn Monaten damit angefangen. Ihren ... äh ... Vorgänger hab ich damals aus dem gleichen Grund darüber verständigt wie Sie jetzt.«

»Damit ich Ihre Operation nicht gefährde, indem ich zum Beispiel Sie oder Ihre Kollegen als Spanner einbuchte?«

»So in etwa.«

Heather kommt mit dem Kaffee für Neely zurück. Sie zieht unauffällig die Nase hoch, verschwindet wieder in ihr Büro und macht die Tür hinter sich zu.

Neely sagt: »Ich kann nichts garantieren, Agent ... äh ... Scott, aber ich werde mein Bestes tun, dass niemand hier Sie hochgehen lässt. Wo haben Sie denn Ihr Hauptquartier?«

»Wir haben ein Haus in der North Abalone 522 gemietet.«

Neely wirft einen Blick auf die Uhr. Zur Zeit fällt es ihr schwer, mehr als einen Funken Interesse für Saysons Observierung aufzubringen. Sie muss endlich diesen Anruf hinter sich bringen, auch wenn sie sich noch so sehr davor fürchtet.

Sayson scheint allerdings fest entschlossen, sie ausführlich über seine Aktion zu informieren. »Die fragliche Person nennt sich selbst William Johnson. Gibt sich als pensionierter Börsenmakler aus. Hat ein Strandhaus am North Front Drive 526.«

»Ist William Johnson ein Deckname?«

»In Wirklichkeit heißt er George Tarbet und ist Drogenschmuggler und Drogenhändler. Hat von San Diego aus als unabhängiger Kleinunternehmer operiert. Hatte eine kleine, aber ziemlich profitable, reiche Kundschaft – bis vor fünf Jahren. Da ist im Hafen von San Diego sein Boot in die Luft gegangen. Angeblich war er an Bord. Wir wissen inzwischen, dass er seinen Tod vorgetäuscht hat, aber nicht etwa, weil wir kurz davor gewesen wären, ihn zu verhaften. Es geht das Gerücht, dass er mit einem größeren Fisch in einen Territorialstreit geraten ist.«

Neely nippt an ihrem Kaffee. »Er hat seinen Tod inszeniert und ist hierher gezogen, nach Westport?«

»Warum nicht? Hier gibts einen netten kleinen Hafen. Tarbet ist gern auf See. Er hat auch die Ware per Boot geschmuggelt. Aber bis Juli letzten Jahres haben wir nicht gewusst, wo er ist. Einer unserer Jungs hat ihn auf Grand Cayman gesichtet und bis hierher verfolgt. Auf der Insel hat er auch ein Haus direkt am Meer. Es ist allerdings auf *Robert* Johnson eingetragen.«

»Ist er irgendwie mit William Johnson verwandt?«

»Sozusagen. Tarbet gibt ihn als seinen Neffen aus. Sandro Spinski, bekannt als ›Sandy‹. Er hat in San Diego den Bodyguard, Schläger und Gelegenheitskiller für Tarbet gespielt. Und Rund-um-die-Uhr-Pfleger.«

»Pfleger? Wozu braucht er denn einen Pfleger?« Neely stellt fest, dass Saysons Story sie trotz ihrer Ungeduld in den Bann zieht. Vor allem fragt sie sich, weshalb Sayson sich die Mühe macht, ihr alles so detailliert zu erzählen.

Er schlägt den Aktenordner auf dem Couchtisch auf und gibt ihr ein Schwarzweißfoto in die Hand. Es ist ein grobkörniges Bild, wahrscheinlich eine Vergrößerung. Man sieht einen großen, dünnen Mann mit schmerzhaft verkrümmtem Rücken, der sich auf zwei Stöcke stützt. Er steht auf einem Dock. Die Krempe seines Panamahuts wirft einen Schatten auf sein Gesicht.

»Rheumatische Arthritis«, klärt Sayson sie auf. »Er ist fünfundfünfzig und sieht aus wie achtzig. Mann, man sollte meinen, er wär bereit, sich aus dem Geschäft zurückzuziehen. Mein Boss ist der Ansicht, dass genau das der Fall ist. Aber ich kenn George Tarbet. Der hört nicht freiwillig auf. Dafür zieht er zu gern die Strippen.«

Es kann sein, dass Neely heute hellhöriger ist für die Wut in Saysons Stimme, als sie es an einem anderen Tag wäre. Sie sagt: »Sie haben ein persönliches Interesse an der Sache, irre ich mich, Scott?«

Er fixiert sie hart. Der anonyme Ausdruck in seinem Gesicht ist auf einmal verschwunden. »Ja, das hab ich. Vor fünf Jahren hab ich ihn fast gehabt. Ich hatte eine Zeugin, die bereit war, gegen ihn auszusagen. Die hatte Mumm, die Frau. Mir … Mir hat sie viel bedeutet.«

Oh ja, denkt Neely, wir haben dieselbe Wellenlänge – davon kann ich nicht noch mehr gebrauchen. Trotzdem muss sie die Frage stellen: »Was ist denn mit ihr passiert?«

»Sie ist erschossen worden. Die Kugel war eine .44er Magnum. Spinski rennt mit einer israelischen .44er Magnum Desert Eagle Halbautomatik rum. Aber wir haben weder ihm noch Tarbet was nachweisen können. Einen Monat später ist Tarbets Boot in die Luft gegangen, und Spinski ist einfach von der Bildfläche verschwunden.«

»Fall abgeschlossen.«

»Genau.«

Neely schaut sich das Foto genauer an. Sie findet es paradox, dass sie Mitleid mit dem Mann hätte, wenn sie ihm auf der Straße begegnen würde. Aber sie hat ihn in Westport noch nie auf der Straße gesehen. »Scott, ich kann mich nicht erinnern, dass ich den Mann je gesehen hätte, und bei der Rückgratverkrümmung wäre er mir aufgefallen.«

»Sie haben ihn nicht gesehen, weil er sein Haus praktisch nicht verlässt. Spinski macht alle Besorgungen. Er findet es geil, mit seinem weißen Porsche rumzukurven. Manchmal fährt er auch hoch ins indianische Kasino oder runter ins Jade. Scheint die Mädels da zu mögen. Der ist da Stammgast.«

Neely nickt. »Spinski hab ich gesehen. Blond, fast einsneunzig groß, so um die Dreißig?«

»Das ist er.«

»Und wenn Tarbet sein Haus nicht verlässt, wie will er dann Drogengeschäfte machen? Macht Spinski die Laufarbeit für ihn?«

Sayson kneift misstrauisch die Augen zusammen: »Sie denken wohl, ich bin völlig auf dem Holzweg?«

»Denkt das Ihr Boss?«

»Ja. Aber ich hab nicht gesagt, dass Tarbet nie aus dem Haus geht. Er und Spinski sind zweimal mit dem Lexus zum Portland International Airport gefahren und von dort aus auf die Cayman-Inseln geflogen. Der erste Trip hat im Dezember letzten Jahres stattgefunden, der zweite jetzt im September. Er ist nur ein paar Tage geblieben und ist beide Male bei seiner Bank vorbeigegangen.«

»Vielleicht ist er deswegen hingeflogen.«

»Wahrscheinlich. Eins ist klar, seine Ware holt er nicht dort ab. Das Geld muss für seine Mittelsmänner bestimmt sein. Noch was – wenn er wieder zu Hause ist, geht er zwar nicht weg, aber es tauchen Leute bei ihm auf. Beziehungsweise holt Spinski die Leute am Flughafen in Portland ab und bringt sie wieder hin. Vom Typ her sind's Geschäftsleute, praktisch nur Männer. Sie bleiben so eine Stunde in Tarbets Haus, dann bringt Spinski sie wieder zum Flughafen.«

»Haben Sie Namen von diesen Besuchern herausgefunden?«

»Nur einen. Mein kleines Projekt genießt nicht gerade höchste Priorität. Deshalb haben wir außer mir niemanden zur Verfügung, der sich an die Typen weiter dranhängen könnte. Die meisten davon hab ich am Flughafen in dem scheiß Parkhaus aus den Augen verloren. Nur bei einem hab ich mehr Glück gehabt. Er ist ein gewisser Maurice Danko aus Vancouver, BC. Hat da so einen schicken Laden namens Treasures of the First People. Keine Vorstrafen, von einer Connection zum Drogenhandel ist nichts bekannt. Dasselbe könnte man natürlich über Tarbet auch sagen. Er lässt sich einfach nicht erwischen!«

Neely registriert die Anspannung, mit der er das letzte Wort hervorstößt. »Scott, haben Sie Sheriff Wills genauso ausführlich von Ihren Ermittlungen erzählt?«

»Nein.«

»Und warum dann mir?«

Er sieht sie einen Moment lang prüfend an. »Ich hab mich ein bisschen über Sie erkundigt. Sagen wir mal, Sie wirken einfach … vertrauenswürdiger. Und zum anderen – ich bin am Verzweifeln. Mein Boss hat mir gesteckt, dass ich bis ersten Dezember was in der Hand haben muss. Wenn nicht, können Tarbet und Spinski ihr Ding weitermachen und ich krieg sie trotzdem nicht.«

»Ich hoffe, Sie verlassen sich nicht darauf, dass wir hier was für Sie aus dem Hut zaubern. Wir sind zu knapp besetzt und haben schon mehr als genug damit zu tun, unser kleines County im Griff zu halten.«

»Weiß ich. Und jetzt habt ihr auch noch einen Mord am Hals. Aber wie gesagt, ich bin am Verzweifeln. Mann, mir würde schon ein Knöllchen reichen.«

Neely lacht. »Dann sind Sie wirklich am Verzweifeln. Sind Sie sicher, dass Tarbet sich jetzt mit Drogengeschäften abgibt? Kann ja sein, dass wir einen netten kleinen Hafen haben, aber wir haben auch eine Flotte von Fischern, die tendenziell konservativ sind und die Augen offen halten, und außerdem die Station der Küstenwache an der Hafeneinfahrt. Wenn ich was mit dem Boot schmuggeln wollte, würde ich mir einen abgelegeneren Ort aussuchen, um sie an Land zu bringen.«

»Ich kann nicht genau sagen, was für Dinger er dreht. Ich weiß nur, er hat sich nicht zur Ruhe gesetzt. Außerdem war er immer in Drogengeschichten verwickelt, warum sollte er also jetzt was anderes machen? Verbrecher sind Gewohnheitstiere.«

»Haben die Besuche von Geschäftsleuten irgendwelche Gesetzmäßigkeiten?«

»Na, in sechzehn Monaten haben insgesamt zwölf Besuche stattgefunden, jeweils ein bis zwei Monate nach seinen Trips auf die Cayman-Inseln. Mann, es muss doch was zu finden sein! Ich krieg einfach nicht genug Leute, um …«

Das Telefon auf dem Schreibtisch klingelt. Sayson starrt aufgeschreckt darauf. Neely steht auf und geht hin.

Das Lämpchen für die Privatleitung leuchtet auf.

Sie hat den Flüsterer nicht vergessen. Sie hat ihn nur ins letzte Hinterstübchen ihres Gehirns verbannt. Der Anruf kann natürlich auch völlig harmlos sein. Aber wer kennt diese Nummer?

Geh endlich dran, verdammt nochmal! Sie drückt auf die Aufnahmetaste und nimmt den Hörer ab. Sie wartet. Dann hört sie die heisere Flüsterstimme: »Neely Jones …«

Sie schreibt die Telefonnummer auf und wartet. Die Stimme sagt: »Machen Sie auf schüchtern? Na, egal. Nur eine Frage, Neely: Haben Sie Ihre Lektion endlich gelernt?«

Ihre Knie werden weich und sie sinkt auf den Stuhl. Sie sagt immer noch nichts.

»Eine harte Lektion, Neely. Ich weiß. Guten Menschen passieren schlimme Dinge. Und das wird so weitergehen, bis Sie zurücktreten und aus Westport verschwinden. Schließlich gibts jetzt nichts mehr, was Sie hier hält, oder?«

»Scheißkerl!«

Mist, sie wollte nicht, dass ihre Wut in Worten oder in irgendetwas, was der Flüsterer hören kann, zum Vorschein kommt. Sie wollte nicht, dass der Schmerz durch den Schutzwall dringt, den sie in den langen Stunden seit Tagesanbruch um sich aufgebaut hat.

Aber der Flüsterer irrt sich. Jetzt hält sie hier mehr als je zuvor. Alles, was ihr geblieben ist, ist die Wut, die sie hier hält, bis …

Sie sagt kühl: »Ich trete nicht zurück. Ich gehe nicht weg.«

Es folgt eine lange Stille, dann zischt die Stimme: »An einem gewissen Punkt wird aus Sturheit Dummheit, Neely Jones!« Dann ist die Leitung tot.

Sie schaut auf das Telefon, ohne es zu sehen. *Guten Menschen passieren schlimme Dinge.* Bekennt sich der Flüsterer damit zum Mord an Jan?

Aber die Graffiti ...

In einem Punkt ist sie sich sicher – und wenn es das Einzige ist, was sie mit Sicherheit sagen kann: Der Flüsterer ist nicht Dirk Riker.

»Neely? Was ist los? War das ein Stöhner?« Sie schaut zu Scott Sayson auf. Er steht vor ihrem Schreibtisch. »Ja«, sagt sie. »Ein Stöhner.«

»Anonym, was? Diese Schlappschwänze trauen sich nicht, dir ins Gesicht zu wichsen. Na, Sie haben zu tun, ich verschwinde wohl besser.« Er legt den Aktenordner auf den Schreibtisch. »Das ist ein Duplikat. Wenn Sie mal ein paar Minuten Zeit haben, können Sie ja reinschauen.«

Neely bringt ein Lächeln zustande. »Ich werd's versuchen, Scott. Viel Glück.«

»Danke. Das können wir wohl beide gebrauchen.«

## 23

Der letzte Anruf des Flüsterers wurde von einer öffentlichen Telefonzelle in der Bay Road aus geführt. Neely schreibt eine Notiz und legt sie zu den anderen in der obersten Schublade. Ihr fällt ein, wie erleichtert ihre Mutter war, als sie ihr gesagt hat, dass sie nach Westport geht. Helene Cleary-Jones hatte zugegeben, dass sie es vermissen würde, ihre Tochter so oft zu sehen wie bisher, aber sie war erleichtert, weil sie dachte, Neely sei in einer Kleinstadt sicherer. Tut mir Leid, Mom.

*Den Schmerz um die Männer, die wir geliebt haben, haben wir gemeinsam, Mom.*

Für einen Moment verspürt sie das überwältigende Bedürfnis, ihre Mutter anzurufen.

Wenn sie wüsste, was mit Jan passiert ist, wäre sie ein paar Stunden später hier. Sie könnte Neely trösten und in den Armen halten. Neely weiß, dass sie das jetzt am allerwenigsten gebrauchen kann. Sie hat jetzt keine Zeit, das verletzte, traurige Kind zu sein. Sie muss jetzt einen Anruf hinter sich bringen. Sie muss den Kotos sagen, dass ihr Kind tot ist.

Vielleicht ist es besser, zuerst Kim, Jans Schwester, anzurufen. Vielleicht ist das auch nur eine feige Ausflucht. Aber es ist ihr immer leichter gefallen, mit Kim zu reden.

Leichter? Nichts kann ihr dies erleichtern.

Neely nimmt den Hörer ab und tippt die Nummer. Kim antwortet beschwingt: »Naito Data Services. Was kann ich für Sie tun?« Im Hintergrund surrt ein Drucker. Kim arbeitet von zu Hause aus als Steuerberaterin. Sie hat zwei Jungs von acht und zehn. Wenigstens bleiben der Familie dadurch Stammhalter, auch wenn sie nicht den Namen Koto tragen. Ob Ando Koto darin Trost findet?

»Hier ist Neely. Kim, ich … ich habe schlechte Nachrichten.«

Dann bringt sie mit erbärmlich unangemessenen Worten Kim bei, dass ihr Bruder tot ist. Ermordet. Diese Worte werden für Kims wie für Neelys Leben einen Scheidepunkt darstellen. Neely weiß danach nicht mehr genau, was sie gesagt hat, aber es ist auch egal.

Kim schweigt wie betäubt. Nach einer ganzen Weile sagt sie leise: »Ich kann es nicht glauben, Neely. Ich meine, ich glaube dir, aber …«

»Ich weiß.« Ja, sie weiß es. Die Tränen, die sie in Kims Stimme hört, brennen in ihren eigenen Augen wie Salzsäure.

»Neely, wer hat das getan? Warum sollte irgendjemand Jan umbringen wollen? Warum?«

»Das wissen wir im Moment noch nicht, Kim. Aber ich finde es heraus.«

»Hat es irgendetwas zu tun mit … also, Jan hat mir gesagt, dass ihr Ärger mit ein paar Skinheads gehabt habt.«

»Kann sein. Ich bin mir noch nicht sicher.« Vor ein paar Stunden war sie sich sicher gewesen. Vor dem dritten Anruf des Flüsterers. Bevor sie sich darüber klar geworden ist, dass ihr irgendetwas entgangen ist, was sie hätte bemerken müssen ... »Kim, ich hab deine Eltern noch nicht angerufen. Ich hab gedacht ...«

»Nein. Ruf sie bloß nicht an. Es ist besser, wenn ich ... wenn ich es ihnen sage. Aber ich muss es ihnen von Angesicht zu Angesicht sagen. Außerdem hast du gerade genug am Hals. Oh Neely, er hat dich so geliebt.«

»Kim, ich kann nicht ...« Sie schluckt. »Ich geb dir die Telefonnummer des Gerichtsmediziners, der die Autopsie macht.«

»Autopsie? Ja, natürlich, sie müssen ja eine Autopsie machen.«

Neely sucht die Nummer von Greg Feingold heraus und diktiert sie Kim. »Ich kenne Dr. Feingold. Er wird sein Möglichstes tun, um dir und deinen Eltern zu helfen«, fügt sie hinzu.

»Danke. Ich sag dir Bescheid wegen der ...«

Neely weiß, was Kim sagen wollte und nicht herausgebracht hat: wegen der Beerdigung. »Ich komme, Kim.«

Kim räuspert sich. »Da ist noch was ... was Dad viel bedeutet. Jans Schwert, das Samuraischwert. Es ist in unserer Familie seit dreihundert Jahren immer vom ältesten Sohn an den ältesten Sohn weitergegeben worden.«

Dreihundert Jahre. Vor dreihundert Jahren haben Neelys Vorfahren womöglich noch in Afrika gelebt. Oder sie haben zu denen gehört, die als Erste eingefangen und als Sklaven in die neuen Kolonien in Amerika verkauft worden sind. Das gilt für die väterliche Seite. Mütterlicherseits waren die Clearys vielleicht Bauern irgendwo in der Bretagne oder Händler irgendwo in England. Sie weiß es nicht. Wer in eine neue Welt geht, erinnert sich nicht immer gern an die alte. Und Sklavenhalter setzen sich nicht gerade dafür ein, dass ihre Leibeigenen familiäre Traditionen pflegen.

»Kim, ich bring das Schwert mit, wenn ich zur ...« Das Wort geht wirklich nur schwer über die Zunge. Es ist so endgültig. »Wenn ich zur Beerdigung komme.«

»Danke, dass du mich als Erste angerufen hast, Neely. Wir reden …« Sie wollte sicher noch mehr sagen, aber Neely hört die ersten verzweifelten Schluchzer. Dann legt Kim auf.

Neely schließt die Augen. Ein Schwindelgefühl überkommt sie. Sie fühlt sich, als stünde sie um Gleichgewicht ringend am Rand einer Klippe, unter der die Brandung tost.

»Neely?«

Sie macht die Augen auf. Sie hat Herzklopfen. Deputy Kevin Locksey steht in der Tür zum Dienstzimmer. Sie fragt wie betäubt: »Was machen Sie hier, Kev?«

»Ich hab Pause. Lieutenant Chaffee gibt immer zweien von uns eine halbe Stunde Pause zum Essen.«

»Gibts im Institut irgendwelche Probleme?«

»Nein. Die Spurensicherung ist noch nicht durch. Ich hab gedacht, ich würd Ihnen gern über meine Undercover-Aktion berichten.«

Neely hat keine Ahnung, wovon er redet. Der Groschen fällt erst, als er sagt: »Wegen Mrs Thornbeck und ihren Hunden. Ich kann auch später wiederkommen …«

Kevin scheint so begierig darauf, ihr davon zu erzählen, dass sie es nicht fertig bringt, ihn zu abzuwimmeln. »Kommen Sie rein und setzen Sie sich.«

Er setzt sich vorsichtig auf den unzuverlässigen Stuhl und holt ein Notizbuch und ein Aufnahmegerät aus der Innentasche seiner Jacke. »Ich hab das Ganze auf Band – meine Unterhaltung mit Gordon Wyland.«

»Ich hör mir's später an. Geben Sie mir einfach eine mündliche Zusammenfassung.«

»Also, ich ging abends um sieben in die Beachside Lounge und hab mich an den Tresen gesetzt. Wyland war hinter der Bar. Ich hab ein Bier getrunken und eine ganze Weile mit ihm gequatscht. Hauptsächlich über das Spiel mit den Blazers im Fernsehen.« Kevin grinst und schüttelt den Kopf. »Ich war keine zehn Minuten da, da hab ich einen ganz schönen Schrecken gekriegt. Über den

Spiegel hinter der Bar hab ich den Eingang im Auge gehabt. Na, auf einmal ist Curtis McMinn reingekommen. Ich war überzeugt, dass er mich bemerkt und was zu mir sagt. Aber er hat mich nicht gesehn. Ist nach hinten zu einer Nische durchgegangen und hat sich zu ein paar Typen gesetzt. Das waren so Holzfällertypen, die sich alle gekannt haben.«

Neely sitzt mit ausdrucksloser Miene da. Sie unterdrückt ihre Wut. Offensichtlich ist McMinn erst schlecht geworden, als er seinen Dienst im Institut hätte antreten sollen. Sie sagt: »Das waren vielleicht Verwandte. Es gibt eine Menge McMinns in der Gegend. Haben Sie bemerkt, wann Curtis gegangen ist?«

»So um neun. Ich bin um Viertel nach neun gegangen und er nur ein paar Minuten früher.«

»Was hat Wyland zu sagen gehabt?«

»Ziemlich viel. Es war nicht viel los, sodass er eine Menge Zeit zum Reden hatte. Ich hab ihm erzählt, dass ich gerade erst nach Westport gezogen bin und allein bin, weil meine Frau für eine Woche bei ihrer Mutter in Portland ist. Ich hab nicht lang gebraucht, um zu merken, dass er einer von denen ist, die dem, was jemand anderes erzählt, immer noch eins draufsetzen müssen. Ich hab also angefangen, drüber zu klagen, dass der Hund meiner Nachbarn ständig bellt und mich nicht schlafen lässt. Und er hat eins draufgesetzt. Hat mir über die Hunde seiner Vermieterin erzählt. Die fangen am frühen Morgen an zu kläffen, sagt er, und weil er bis spät nachts arbeitet, stinkts ihm, im Morgengrauen geweckt zu werden. Ich hab gesagt, ich seh nicht so das Problem. Er könnte doch einfach umziehen. Ich dagegen hätte für meine Wohnung einen Kredit aufgenommen und könnte nicht einfach meine Sachen packen und ausziehen. Da ist er mir damit gekommen, dass er ein echtes Schnäppchen gemacht hat: eine Doppelhaushälfte direkt am Strand für 275 Dollar im Monat. Seine Vermieterin sagt, das sei der Preis von vor dreißig Jahren, als sie das Haus gekauft hat. So ein Schnäppchen lässt man sich nicht einfach durch die Lappen gehn. Da hab ich gesagt: Na dann bleibt uns beiden wohl nichts anderes übrig, als Stöpsel in die Ohren zu stecken.«

Neely lächelt. Es gefällt ihr, wie Locksey mit Wyland umgegangen ist.

»Er hat mir ein paar Ratschläge erteilt, wie ich das Problem lösen könnte. Meint, es sei das Wichtigste, sich mit den Hunden und dem Herrchen gut zu stellen. Wenn der Hundebesitzer nicht zuguckt, schnappt man sich den Hund, nimmt ihn mit in die Wohnung und setzt ihm einen Hamburger vor, der mit Schlafmittel versetzt ist. Wyland hat erzählt, er hat ein Rezept für Seconal, weil er immer Schlafprobleme hat. Wenn der Hund eingeschlafen ist, schmeißt man ihn in den Kofferraum und ertränkt ihn dann im Fluss. Er meint, das merkt der Hund gar nicht, und man kann zur Abwechslung mal gut schlafen.«

Neely sieht Willow Thornbeck mit Tränen in den Augen vor sich, und sie murmelt: »Was für ein Arschloch …«

»Der hats wirklich in sich. Jedenfalls hab ich das alles auf Band. Es sind zwar jede Menge Hintergrundgeräusche drauf, aber unser Gordon kommt klar und deutlich rüber.«

»Gut gemacht, Kev. Bringen Sie das Band so bald wie möglich zu Richter Lay und besorgen Sie einen Durchsuchungsbefehl für das Haus und das Auto von Wyland. Dann müssen Sie nach dem Seconal und Hundehaaren suchen.«

»Ich seh zu, dass ich den Richter erwische, bevor die Nachmittagsverhandlungen anfangen.« Kevin geht zur Tür und bleibt noch einmal stehen. »Ich weiß, dass Mrs Thornbeck und ihre Hunde keine Staatsaffäre sind, aber es tut trotzdem gut.«

Neely sieht Kevin nach, bis er um die Ecke im Dienstzimmer verschwunden ist.

Ja, es tut gut. Nach dem ganzen Gefühlschaos kommt ein kleiner Sieg wie ein Geschenk des Himmels.

# 24

Als Neely beim Ozeanographischen Institut ankommt und sich durch den Stau schlängelt, ist es Viertel vor zwei. Ihr Erscheinen wird endlos fotografiert und gefilmt. Sie geht eilig zum Eingang. Curtis McMinn schiebt dort Wache.

Fast hätte sie ihn gefragt, was er gestern Abend in der Beachside Lounge gemacht hat, aber er würde einfach behaupten, dass Kevin ihn verwechselt haben muss. Trina, seine liebende und, wie es scheint, ständig schwangere Ehefrau, würde zweifellos auf einen ganzen Stapel Bibeln schwören, dass er den ganzen Abend zu Hause verbracht hat und dass ihm hundeelend war.

Außerdem ist es manchmal nicht schlecht, sich gewisse Informationen für den geeigneten Moment aufzuheben. Sie nickt deshalb McMinn nur kurz im Vorbeigehen zu und begibt sich im Museumsflügel auf die Suche nach Lt. John Heathman. Als sie ihn findet, ist er gerade im Gespräch mit zwei Kriminaltechnikern, kommt aber gleich zu ihr herüber.

»Ich hab gehört, Sie sind jetzt offiziell vereidigt, Sheriff.«

Sie lacht auf. »Scheint so. Wie läuft's?«

»Ganz gut. Wir sind mit den Fingerabdrücken und den Aussagen der Mitarbeiter fertig.« Seine graubraunen Augen scheinen etwas in ihren zu lesen. »Ich möchte, dass Sie sich die persönlichen Gegenstände des Opfers ansehen. Sie sind in seinem Büro.«

Neely ist dankbar, dass er nicht fragt, ob sie sich dazu in der Lage fühlt. Sie gehen schweigend zu Jans Büro und schlüpfen unter dem gelben Absperrband durch. Es ist nichts verändert worden. Nur auf dem Tisch liegt jetzt ein großer Beweismittelumschlag. Heathman macht ihn auf und reicht ihn ihr. Darin befinden sich mehrere kleinere Umschläge.

Neely holt sie heraus und macht sie auf. Sie versucht, nicht dabei zu zittern. Zwei Kugelschreiber, ein schwarzer und ein roter. Ein Schlüsselanhänger mit Taschenlampe in Form eines Phantasiefischs. Ein Ring von Berkeley. Eine nass gewordene Brieftasche. Es ist nichts Ungewöhnliches dabei, und es fehlt auch nichts. Im nächsten Umschlag findet sie den Yin-und-Yang-Anhänger aus Gold und Onyx, den sie Jan letztes Jahr zu Weihnachten geschenkt hat. Sie lässt den Umschlag fallen. Die Erinnerungen haben sie überrumpelt. Hastig greift sie nach dem nächsten Umschlag.

Er enthält Jans verbogenes Brillengestell.

Sie schaut nachdenklich auf die Schreibtischplatte. Das Brillenetui liegt neben dem Computer, aber der Computer ist ausgeschaltet, und es liegen weder Zeitschriften noch Bücher oder Notizbücher auf dem Schreibtisch. Sie schaut die Fotos durch. Es sind ein paar ausgezeichnete Unterwasseraufnahmen dabei, aber nichts Ungewöhnliches.

Sie sagt: »Die hat Jan gestern Abend entwickelt, aber er hat sie noch nicht sortiert. Er hat sie einfach hier abgelegt. Gelesen hat er auch nicht. Hier liegt nichts zum Lesen herum, und seine Notizen kann er auch nicht übertragen haben, sonst würden da Stenoblätter liegen. Er muss also den Computer benutzt haben. Die Schutzhülle ist runter, und er hat seine Brille aufgehabt. Die hat er nur zum Lesen oder am Computer gebraucht.« Sie dreht sich zur Tür um und fragt sich wieder, warum Jan sein Sweatshirt übers Fenster gehängt hat. Was hat er getan, was sonst niemand im Gebäude mitbekommen durfte? Wer sollte nichts mitbekommen? Curtis McMinn? Er hat die Beachside Lounge um neun verlassen, aber sie weiß nicht, wohin er danach gegangen ist.

Heathman zieht noch einen kleinen Umschlag hervor. »Fällt Ihnen dazu was ein?«

Neely schüttet den Inhalt auf ihre Hand. Es ist ein flaches, schwarzes Rechteck aus Metall, etwa sieben mal fünfzehn Zentimeter groß, mit einem aufgedruckten Intel-Logo. »Was ist das?«, fragt sie. »Eine Art Mikrochip?«

»Ben Ottley, der Computercrack in unserem Team, sagt, dass das ein Pentium-III-Xeon-Prozessor ist. Die kosten einen Tausender pro Stück, meint er. Ich frage mich, ob es möglich ist, dass Dr. Koto an seinem Computer herumgetüftelt hat.«

»Jan?« Sie muss beinahe lachen, aber dann wird ihr klar, dass ihr Lachen unweigerlich in Weinen umschlägt, wenn sie jetzt über Jans Eigenheiten lacht. »Er hatte keinen blassen Schimmer, wie sein Computer funktioniert. Wo haben Sie das gefunden?«

»In seiner Gesäßtasche.«

Sie starrt Heathman an. »Wo sollte Jan einen Pentiumprozessor für tausend Dollar herhaben?« Sie seufzt. »Ich schau mir seinen Computer an. Ich will sowieso rauskriegen, woran er grade gearbeitet hat.«

Heathman nickt und steckt die kleinen Umschläge wieder in den großen. »Die persönlichen Gegenstände muss ich ins Labor schicken. Aber Sie kriegen sie so bald wie möglich wieder.« Dasselbe hat sie schon mehr als einmal zu den Angehörigen von Opfern gesagt.

»Ja, ich weiß.«

»Klar, tut mir Leid. Ich bin im anderen Flügel, wenn Sie mich brauchen.« Heathman geht hinaus und schließt die Tür hinter sich. Neely setzt sich an Jans Schreibtisch. Sie prüft den Computer und bringt die Finger über der Tastatur in Stellung.

Konzentrier dich!

Sie fährt den Computer hoch. Auf dem Bildschirm erscheinen ordentlich angeordnete Icons. Sie durchsucht die Verzeichnisse chronologisch nach dem Dokument, das er zuletzt bearbeitet hat. Aber es scheint, er habe gestern den Computer nicht angerührt. Es ist natürlich möglich, dass er ihn nicht benutzt hat, sondern unterbrochen wurde, als er gerade anfangen wollte.

Sie zwingt sich wieder zur Konzentration. Woran hat er aller Wahrscheinlichkeit nach gearbeitet? Nach seiner Exkursion mit Andrea muss es ein Dokument über die neue Meduse gewesen sein. *Chrysaora kotii.*

Sie ruft den Explorer auf und durchsucht die ganze Festplatte. Nein, keine Dokumente mit Namen oder Inhalt *Chrysaora kotii.* Sie öffnet zur Sicherheit jeden Ordner einzeln und überprüft die Dokumente nach Dateiname, Größe, Datum und Inhalt. Schließlich wird ihr klar, dass alles über die neue Meduse verschwunden ist.

Neely geht zu dem Regal mit den Backup-Disketten. Es überrascht sie nicht, dass keine Schachtel mit Disketten zur *C. kotii* dabei ist. Sie könnte zwar die Disketten einzeln anschauen, um sich zu vergewissern, dass keine verlegt worden ist, aber das wäre Zeitverschwendung. Jan war in solchen Dingen sorgfältig.

Sie geht zu einem anderen Regal und prüft die Stenoblöcke, die er unterwegs für seine Aufzeichnungen benutzt hat. Überall sind Datum und Thema vermerkt. Wieder nichts.

Die Bürotür war am Vormittag offen. Jeder hätte hineingelangen können.

Nein, nicht jeder. Andrea Olenick. Wer könnte sonst mit Jans Dateien über die *Chrysaora kotii* etwas anfangen? Außer ihr forscht keiner der Wissenschafter über Quallen. Außerdem ist Andrea heute Morgen schon um sechs Uhr ins Institut gekommen. Nachdem sie sich von dem Schock erholt hat, den der Anblick von Jans Leiche verursacht hat, ist sie, so sagt sie, in ihr Büro gegangen und mindestens eine halbe Stunde geblieben. Sie hatte also genug Zeit, in Jans Büro zu gehen, die Notizbücher und die Backup-Disketten einzustecken und alles von der Festplatte zu löschen, was mit der Meduse zu tun hat.

Was ist auf der Exkursion passiert? Hat sich Andrea an Jan rangemacht und ihm, der in Bezug auf sie so naiv war, klargemacht, dass sie mehr von ihm wollte als eine wissenschaftliche Zusammenarbeit? Oder war es etwas anderes?

Neely geht aus dem Büro und zur nächsten Tür auf dem Gang. Sie ist verschlossen. Aber Neely hat den Hauptschlüssel.

Damit kommt sie zwar in Andreas Büro, aber nicht in ihren Computer. Dazu braucht sie ein Passwort.

Neely stürmt über den Flur zum Museumsflügel und sucht nach Heathman. Sie fragt ihn: »Hat Ihr Computerexperte gerade Zeit?«

»Sergeant Ottley? Eigentlich ist er Experte für Faseranalyse. Er ist grade oben, ich schick ihn runter.«

Ben Ottley ist ein junger weißer Mann, den man eher für den Verteidiger einer Collegemannschaft halten würde, als für einen

Computercrack – oder Kriminaltechniker. Er versucht es. Eine halbe Stunde lang versucht er, ohne Andreas Passwort in den Computer zu kommen, aber er schafft es nicht.

Er hilft auch mit, Andreas Büro nach Jans Aufzeichnungen und Backup-Disketten zu durchsuchen. Andrea ist nicht so ordentlich, wie Jan es war. Die Suche nimmt nochmal eine halbe Stunde in Anspruch. Sie bringt nichts.

»Ihre Tasche«, sagt Neely schließlich. »Diese Satteltasche von Handtasche. Mist, ich hätt sie durchsuchen sollen, bevor ich sie nach Hause geschickt hab.«

Ottley verzieht das Gesicht. »Eine Körperkontrolle? Juristisch ist das heikel.«

»Danke, Sergeant. Tut mir Leid, dass es so eine Zeitverschwendung war.«

»Fast alles, was ich mache, ist Zeitverschwendung.« Er zuckt mit den Schultern. »Aber man kann ja nie wissen.«

## 25

Um halb vier erscheint Staatsanwalt Owen Culpepper im Institut und beruft eine Konferenz ein: Heathman, Neely und er selbst sind zugegen. Er möchte hören, welche Fortschritte sie gemacht haben.

Heathman geht auf dem Weg zur Forschungsbibliothek voraus. Die Taschen mit Beweismaterial bedecken fast den ganzen Konferenztisch. Er erklärt alles in allen Einzelheiten. Um vier schaut Culpepper alle paar Sekunden auf die Uhr und verkündet schließlich: »Nun, das scheint ja eine eindeutige Sache zu sein.«

Neely steht vor Erstaunen der Mund offen. Nach Heathmans Bestandesaufnahme liegt für sie auf der Hand, dass in diesem Fall nichts so eindeutig ist, wie es anfangs schien.

Culpepper nickt überzeugt: »Ja, unser gesuchter Mann ist dieser Skinhead. Wie nennt er sich selbst?«

Neely hilft ihm auf die Sprünge: »Dirk Riker.«

»Genau, Neely, Sie müssen eine Fahndung rausgeben …«

»Die Fahndung für Riker ist schon seit heute Morgen halb sieben raus, und Chief Dolin hat Rikers Wohnwagen und seine Stammplätze persönlich überprüft.«

»Nun, da haben Sies ja.«

»Was hab ich, Mr Culpepper?«

»Riker ist Ihr Mann. Er hat herausgefunden, dass er gesucht wird und die Biege gemacht.«

»Sir, ich glaube nicht, dass wir voreilig Schlüsse …«

»In Anbetracht der Schmierereien auf dem Aquarium halte ich den Schluss kaum für übereilt. Schließlich haben Sie und Dr. Koto schon öfter Ärger mit diesem Riker gehabt, oder? Das hat mir Chief Dolin heute erzählt.«

»Ein paar Graffiti an unserem Haus und ein brennendes Kreuz.«

»Genau. Ich wäre froh, Sie hätten die Vorfälle gemeldet, Neely. Wir hätten eine bessere Vorstellung, womit wir es da zu tun haben.«

»Ich habe die Vorfälle gemeldet«, hält Neely dagegen, »und zwar Sheriff Wills.«

»Oh.« Culpepper schaut wieder auf die Uhr und verkündet: »Ich habe für vier Uhr eine Pressekonferenz draußen vor dem Zentrum anberaumt, und jetzt ist es fünf nach. Ich möchte, dass Sie und Lieutenant Heathman dabei sind. Das Reden können Sie – äh – einfach mir überlassen. Ich habe mehr Erfahrung mit der Presse.«

Neely und Heathman werfen sich einen vielsagenden Blick zu.

Die letzten Fotografen und Reporter fahren vom Parkplatz. Die Pressekonferenz ist ziemlich kurz und schmerzlos verlaufen. Hauptsächlich hat, wie angekündigt, Culpepper geredet. Und Dr. S. Benjamin Nicholass.

Culpepper hat Nicholass zur Pressekonferenz eingeladen. Saint Nick war aufrichtig betroffen angesichts »dieser sinnlosen Gewalt«, voll des Lobes für Jan Koto, »einen viel versprechenden jungen Wissenschaftler, dahingerafft in der Blüte seines Lebens«, und strotzte vor Vertrauen, dass der neue Sheriff und die staatliche Spurensicherung den »Schuldigen zur Rechenschaft ziehen werden«.

Der Hauptverdächtige ist laut Culpepper Dirk Riker, nach dem jetzt mit allen Mitteln gefahndet werde.

Neely steht neben Heathman auf der Veranda und sieht zu, wie sich Culpepper und Nicholass hinter vorgehaltener Hand unterhalten. Im Laufe des Nachmittags ist die Wolkendecke wieder dichter geworden. Auf dem leeren Parkplatz picken Möwen den verstreuten Inhalt einer Chipstüte auf, die ein Reporter liegen gelassen hat.

Culpepper dreht sich zu Neely um: »Dr. Nicholass möchte gerne wissen, wann das Wartungspersonal im Museumsflügel mit dem Saubermachen anfangen kann.«

»Ich weiß es nicht. Heute jedenfalls noch nicht.«

Nicholass protestiert: »Aber Neely, die Aquarien müssen überprüft und gewartet werden, sonst sterben die Tiere.«

»Dr. Spenser kann die dringendsten Wartungsarbeiten durchführen, und zwar unter Aufsicht von Lieutenant Heathman oder mir.«

»Vielleicht kann ich ihr ja helfen.«

»Lili kennt sich mit allen Ausstellungsobjekten des Museums bestens aus. Sie braucht sicher keine Hilfe, Dr. Nicholass.«

Nicholass schaut Culpepper an. Der Staatsanwalt scheint drauf und dran, ihre Entscheidung umzustoßen, aber das lässt sie nicht zu. Sie sagt bestimmt: »Dieses Gebäude ist jetzt ein Tatort. Bis alles ausgewertet ist und wir sicher sein können, dass wir nichts übersehen haben, haben ausschließlich Polizeikräfte Zugang zum Institut.«

Culpepper sieht sie scharf an, Nicholass dagegen gibt sich verständnisvoll: »Ja, Sie haben natürlich Recht, Neely. Ich rufe Dr. Spenser an. Und die *Poseidon,* ich meine, unsere geplante Exkursion …«

»Ich gebe Ihnen Bescheid, Dr. Nicholass.«

Der Staatsanwalt mischt sich ein: »Sind Sie da nicht ein bisschen zu unnachgiebig, Neely?«

»Das ist mein Job«, hält sie dagegen. »Wir haben gerade erst mit den Ermittlungen begonnen, wir haben Riker bisher nicht gefasst, und wir können nicht mit Sicherheit sagen, dass er der Täter ist. Einstweilen habe ich nicht die Absicht, mögliche Verdächtige außer Landes reisen zu lassen.«

Nicholass wirkt aufrichtig schockiert. »Aber Neely, Sie denken doch nicht etwa, dass jemand aus der Forschungsabteilung …«

»Ich weiß es nicht. Wenn wir gegen den mutmaßlichen Täter Anklage erheben, möchte ich nicht, dass er freigesprochen wird, weil ich auch nur im Geringsten zu nachgiebig war.«

»Das stimmt«, gibt Nicholass zu. »Sie stehen unter großem Druck, Neely, und ich will Sie wirklich nicht noch mehr belasten.« Er lächelt Culpepper kurz zu. »Wiedersehn, Owen. Wir sprechen uns später.«

»Okay, Ben. Wir werden Ihnen nicht mehr Ungelegenheiten bereiten als unbedingt nötig.« Culpepper wirft Neely dabei einen bedeutungsvollen Blick zu. Neely ignoriert den Wink. Sie dreht sich auf dem Absatz um und geht ins Institut. Heathman ist nur ein paar Schritte hinter ihr.

Als sie wieder im Foyer sind, sagt Heathman beiläufig: »Dieser Nicholass scheint bei den Herren ja einen Stein im Brett zu haben.«

»Und wie. Eine Säule der Gesellschaft. Und Culpepper ist auch eine. Sie verbringen eine Menge Zeit damit, sich gegenseitig zu stützen.«

»Das sehe ich. Na, für heute sind wir fast fertig hier. Ich schicke den Rest unserer Leute nach Portland zurück. Ich selbst bleibe hier, bis Dr. Spenser sich um die Fische gekümmert hat. Ich könnte genauso gut hier übernachten. Gibt es hier in der Gegend ein gutes Motel?«

Neely muss lachen. »Etliche. Wenn Sie's auf die Spesenrechnung setzen können, sollten Sie es im Glencove Resort ganz im Süden der Stadt probieren. Ich werde mich jetzt mit Andrea Olenick unterhalten. Sie ist die einzige Mitarbeiterin, auf die eine Waffe registriert ist.«

Heathman zieht eine Augenbraue hoch. »Sie sind tatsächlich nicht davon überzeugt, dass Riker unser Mann ist, oder?«

»Ich wäre froh, es wäre so einfach, Lieutenant.«

»Vielleicht ist es das.«

Neely nickt. »Vielleicht.«

## 26

Auf der Brücke über die Bay nimmt Neely Jones den Fuß vom Gas, um auf die unruhige See zu blicken, die in einen dunklen Horizont übergeht. Ein Fischerboot fährt in die offenen Arme der Mole ein. Dahinter ist das Gewässer ruhig genug für kleine Boote, die den mächtigen Wogen auf offener See heute Nacht nicht gewachsen sind.

Sie ist müde und unglaublich erschöpft. Trotzdem spürt sie ein schwer definierbares Surren in ihren Nerven. Es erinnert sie an ihr Abschlussjahr in Berkeley. In der letzten Examenwoche ist sie beim Angebot eines Freundes schwach geworden und hat Dexedrin genommen, um sich durch die letzten Prüfungen zu schleppen. Es war genau dasselbe Gefühl: elektrische Ströme unter der Haut und die Überzeugung, mit allem fertig werden zu können.

Jetzt hat sie keine andere Wahl, als daran zu glauben.

Am Ende der Brücke biegt sie nach links ab. Sie kommt auf der kurvenreichen Straße an einer Ladenzeile vorbei und streift den Chinook Bay Park. Die zweigeschoßige Wohnanlage Bayview Manor liegt zu ihrer Rechten. Sie ist in Ost-West-Richtung angelegt, sodass alle Apartments auf den Park und die Bay ausgerichtet sind. Neely fährt auf den Parkplatz hinter den Apartments. Hinter dem westlichsten Block steht Andreas roter Saab.

Eigentlich müsste Neely einen Durchsuchungsbefehl dabeihaben. Aber sie hat keinen. Um fünf war sie kurz im Gericht und hat Richter Lay erwischt, als er gerade gehen wollte. Ihre Theorie, dass Andrea Olenick Jans Disketten und Notizbücher gestohlen und alle Dateien, die etwas über die neue Qualle enthalten, von seiner Festplatte gelöscht hat, hat ihn nicht überzeugt.

»Neely, Sie haben keinen hinreichenden Tatverdacht, um anzunehmen, dass sie etwas gestohlen hat. Wenn ihre Fingerabdrücke auf der Tastatur wären, wäre das etwas anderes. Außerdem haben wir es hier ganz einfach mit einer rassistisch motivierten Tat zu tun. Ich habe mit Owen gesprochen, und er hat mir von den Graffiti erzählt. Wenn Sie mich also jetzt bitte entschuldigen würden –, ich habe einen Termin – und zwar mit einem rohen Steak bei Henny's.«

Jetzt macht sich Neely Gedanken über das Berufsethos eines Richters, der mit dem Staatsanwalt einen Fall diskutiert, der möglicherweise eines Tages in seinen Händen liegt.

Sie stellt den Streifenwagen hinter den roten Saab und rennt durch den anhaltenden Regen zu dem überdachten Treppenaufgang. Noch bevor sie den Fuß auf die Treppe setzt, hört sie wummernde Musik. Am Ende der Treppe kann sie darin eine elektronische Bearbeitung von »Louie, Louie« erkennen. Andreas Apartment liegt am äußersten Ende der Anlage im obersten Stockwerk. Von dort kommt auch die Musik. Neely muss dreimal klingeln, bis die Tür aufgeht.

Andreas graue Augen werden eiskalt, als sie Neely sieht. Ihre üppigen Haare sind mit einem perlenverzierten Band zurückgebunden, auf ihrem muskulösen Körper glitzern Schweißperlen und ein hautenges orangeblaues Trikot aus Spandex.

»Was willst du?« Sie muss schreien, um die Musik zu übertönen.

Neely brüllt zurück: »Ich muss dir ein paar Fragen stellen.«

Andrea macht den Eindruck, als würde sie ihr gleich die Tür vor der Nase zuschlagen, aber sie macht sie so weit auf, dass Neely durchpasst, und begnügt sich damit, die Tür hinter ihr ins Schloss zu knallen.

Neely schaut sich im Wohnzimmer um. Die hundsgewöhnlichen Möbel, die Wände und der Teppichboden in einem eintönigen Beige lassen den Raum so langweilig erscheinen, dass der

Heimtrainer in der Mitte exotisch und seltsam wirkt – wie ein riesiges Roboter-Insekt. Neely bemerkt, dass es hier keinen Computer gibt. Auf den Regalen entlang der einen Wand kann sie keine Notizbücher oder Disketten entdecken.

»Nettes Apartment«, sagt sie absichtlich so leise, dass Andrea sie nicht hören kann.

»Was?« Andrea geht zur Stereoanlage und dreht die Musik mitten in »Louie« ab.

»Ich hab gesagt, das ist ein nettes Apartment. Wie viele Zimmer hat denn die Wohnung?«

»Vier. Ich zeig dir die Wohnung aber nicht. Wenn du dich für ein Apartment interessierst, kannst du dich an den Verwalter wenden. Wenn du etwas suchst, besorg dir einen Durchsuchungsbefehl.« Andrea nimmt ein Handtuch und wischt sich über Gesicht und Arme. Sie bietet Neely keinen Platz an. »Du hast gesagt, du willst mir ein paar Fragen stellen – als hätte ich noch nicht genug beantwortet.«

»Ich denke, es sind noch ein paar Fragen offen. Zum Beispiel, wo die Waffe ist, die auf dich registriert ist – eine Smith & Wesson 9 mm Halbautomatik?«

Andrea scheint für einen Moment zu erstarren, dann legt sie sich das Handtuch über die Schultern. »In Everett, Washington, wahrscheinlich.«

»Everett?«

»Ein Typ, mit dem ich mal zusammen war, hat sie mir gegeben. Wir haben uns vor zwei Jahren getrennt, und ich hab ihm das blöde Ding zurückgegeben. Ich hab nicht dran gedacht, dass ich was an der Zulassung ändern müsste.«

Neely zückt ihr Notizbuch. »Wie heißt der Exfreund?«

»Donald Grabenhorst.«

»Adresse?«

»Ich hab keine Ahnung.«

»Aber er lebt in Everett?«

»Könnte sein. Als er von Westport weggegangen ist, hat er gesagt, man hat ihm einen Job als Manager in einem Restaurant in Everett angeboten.«

»Wie heißt das Restaurant?«

»Was weiß ich? Wir sind nicht gerade in Freundschaft auseinander gegangen. Zum Glück waren wir nicht verheiratet, sonst wären wir immer noch vor Gericht.«

»Ihr seid nicht in Verbindung geblieben?«

Andrea stößt ein bitteres Lachen aus. Sie setzt sich breitbeinig auf den Heimtrainer und stemmt die Hände auf die Knie. Sie hat etwas Einschüchterndes an sich. Ihr durchtrainierter Körper ist so golden, so perfekt, dass er fast unmenschlich wirkt. Ihre Sportschuhe haben ein so wildes, abstraktes Muster, dass sie wie Waffen aussehen. »Ich habe nichts mehr von Don gehört, seit ich seinen Kram in einen Karton gepackt und vor die Wohnungstür gestellt habe. Die Waffe war auch drin. Nein – stimmt nicht …« Ihre Lippen verziehen sich zu einem Lächeln. »Ich hab was von ihm gehört. Einmal.«

»Und wie? Ein Anruf oder ein Brief?«

»Eine Heiratsanzeige. So ein halbes Jahr, nachdem ich ihn rausgeworfen habe. Tja, Donny, die Drecksau, hat geheiratet. Er hat wohl gedacht, ich bin todunglücklich. Aber mir tut bloß die arme Frau Leid.«

»Du hast die Heiratsanzeige nicht zufälligerweise behalten.« Das ist keine Frage.

»So komisch das aussehen mag, nein. Aber es würde auch nichts ändern, wenn ich sie behalten hätte. Er hat die Adresse des Hochzeitspaars unkenntlich gemacht, und ein Absender war auch nicht auf dem Umschlag.«

Andrea hat anscheinend Freude daran, ihr das zu mitzuteilen, als wüsste sie, wie schwierig es werden konnte, Donald Grabenhorst ohne Adresse ausfindig zu machen.

Neely wechselt das Thema. »Ich bin überrascht, dass es Dr. Nicholass und dir so lange gelungen ist, eure Beziehung geheimzuhalten.«

»Wir waren halt diskret. Was geht dich das an?«

»Nicholass gibt dir ein Alibi, also geht es mich was an.«

»Alibi? Du denkst ... ich hab Jan das angetan? Meine Güte, Neely! Das ist doch krank.« Ihre Schultern sacken auf einmal herunter, und ihre Miene ist von Kummer gezeichnet. »Oh Gott, er war ein liebenswerter, guter Mann, und ich ... hab ihn so gebraucht.«

Du Miststück! Mir brauchst du nicht zu erzählen, was für ein liebenswerter Mann er war. Neely sagt die Worte, die ihr hochkommen, nicht laut. Sie fragt: »Nimmst du an der nächsten Exkursion zur Baja teil?«

»Ja. Wenn sie je stattfindet.«

»Mir war gar nicht klar, dass du dich so für Grauwale interessierst.«

»Das tue ich auch nicht. Ich hab für Dave und Carla Townsend und Eric Winslow Wasseranalysen gemacht. Die sind unsere Spezialisten für Wale.«

»Hast du an allen Exkursionen zur Baja teilgenommen?«

»Ja. Und an allen Exkursionen nach Juan de Fuca und in den Golf von Alaska.«

»Was ist dein Passwort für den Computer?«

Andrea schnappt: »Das geht dich beim besten Willen nichts an. Weswegen willst du an meinen Computer?«

Neely hat leise gehofft, sie mit der Frage zu überrumpeln. »Wegen der Sachen, die in Jans Computer fehlen.«

Andrea zögert einen flüchtigen Moment lang, dann fragt sie ziemlich überzeugend: »Wovon redest du überhaupt?«

Neely ignoriert die Antwort. »Zu dumm, zumal Jan so ein guter Freund war, dass diese ... Meinungsverschiedenheit dir den letzten gemeinsamen Tag mit ihm verdorben hat.«

Wieder folgt eine kurze Pause, dann sagt Andrea: »Du sprichst in Rätseln, Neely.«

»Das glaube ich nicht.« Neely steckt ihr Notizbuch und den Stift weg. »Danke für die Hilfe.«

Andrea wirft ihr einen Blick zu, der die ganze Kraft ihres Körpers verrät. Neely fragt sich, ob sie genug Kraft hatte, um einen anderen Körper von einem Büro im einen Flügel des Instituts bis zum anderen Flügel und die Treppe hoch zum Versorgungsbereich über dem Medusenbecken zu zerren.

Neely dreht sich um und verlässt die Wohnung. Ein paar Sekunden später dröhnt wieder »Louie, Louie« bis ins Treppenhaus. Sie geht nicht sofort zum Streifenwagen zurück. Stattdessen klopft sie ein Stockwerk tiefer an die Wohnungstür.

Ein Rentnerpaar – Maggie und Geoffrey Hunsaker – bittet sie herein. Man kann Andreas Musik hier hören. Genau dazu hat Neely ein paar Fragen.

»Gestern Abend?«, wiederholt Geoffrey ihre Frage und schaut zur Decke. »Jeden Abend. Bis zehn oder elf.«

Maggie nickt. »Ausnahmslos.«

»Wir haben uns schon beim Verwalter beschwert«, fügt Geoffrey hinzu. »Er sagt jedes Mal, dass er sie darauf ansprechen will, aber ich glaube nicht, dass er das je getan hat.«

»Sind Sie sicher, dass Sie auch gestern Abend die Musik gehört haben?«

»Sind wir«, sagt Maggie. »Mensch, die ist doch noch gelaufen, als wir um zehn ins Bett sind.«

»Ja«, bestätigt ihr Mann, »aber etwa eine Stunde später hat sie aufgehört.«

»Haben Sie bemerkt, ob das Auto von Dr. Olenick gestern Abend vor dem Haus stand?«

Maggie sagt: »Wir hatten gestern alle Läden runtergelassen, aber heute Morgen, als ich in der Küche die Läden hochgezogen hab, war das rote Auto weg.«

Neely versucht, jedes Anzeichen von Anspannung in ihrem Gesicht oder ihrer Stimme zu unterdrücken, als sie fragt: »Um welche Zeit war das, Mrs. Hunsaker?«

»Oh, so gegen sieben, oder, Geoffrey?«

»So ungefähr, ja.«

Um den Hunsakers eine Freude zu machen, schreibt Neely die Zeit auf. Aber sie weiß schon, wo der rote Saab um sieben Uhr gestanden hat: auf dem Mitarbeiterparkplatz des Instituts. Sie steckt das Notizbuch weg. »Nun, ich will Sie nicht länger belästigen. Sie haben mir sehr geholfen. Danke.«

»Aber gerne doch«, sagt Maggie. »Wissen Sie, Geoffrey und ich haben für Sie gestimmt.«

»Ich … äh … hoffe, Sie werden es nicht bereuen.«

Auf dem Rückweg denkt Neely über Andreas Alibi nach. Dass die Stereoanlage an war, heißt natürlich nicht, dass sie auch zu Hause war. Wenn sie den Abend mit Nicholass verbracht hat, könnte es auch sein, dass sie die Musik in ihrer Wohnung versehentlich oder absichtlich – um Einbrecher abzuschrecken – angelassen hat. Diese Wechsel-CD-Player können stundenlang am Stück laufen.

Aber wenn sie gestern Abend zu Hause war, hat sie dann gelogen, um sich ein Alibi zu verschaffen oder Ben Nicholass?

## 27

Regen hat seine Vorteile. Verbrecher werden genauso ungern nass wie andere Leute. Das lässt auf eine ruhige Nacht hoffen. Als Neely um sieben zurückkehrt, kommt gerade die Nachtschicht an. Sie bespricht sich kurz mit dem Dispatcher und dem Schichtleiter, dann geht sie in ihr Büro und setzt sich hinter den von Akten und Berichten überhäuften Schreibtisch. Ihr geht durch den Kopf, wie schwer es ihr fällt, Andrea Olenick gegenüber objektiv zu sein.

*Er war ein liebenswerter, guter Mann …*

Scheiße.

Sie ruft die Auskunft an, lässt sich die Vorwahl für Everett, Washington, geben und sagt: »Ich versuche, Donald Grabenhorst zu erreichen.«

»Einen Moment, Ma'am.«

Neely wartet. Sie rechnet damit, entweder überhaupt keine Nummer zu bekommen oder eine ganze Liste abtelefonieren zu müssen. Entsprechend überrascht ist sie, als sich die Bandansage einschaltet und eine Nummer abspult.

Mein Glückstag, denkt Neely, aber ihre Glückssträhne ist schon zu Ende. Unter der Nummer meldet sich nur ein Beantworter. Sie zieht in Erwägung, die Polizei von Everett anzurufen und zu Grabenhorst zu schicken, überlegt es sich aber anders. Es handelt sich ja nicht um einen Notfall. Fürs Erste begnügt sie sich damit, auf dem Beantworter eine offiziell und dringlich klingende Nachricht zu hinterlassen.

Als sie auflegt, kommt gerade Heather aus ihrem Büro. Sie hat in der einen Hand eine Thermoskanne, in der anderen einen Löffel und einen Becher.

»Heather, Sie sollten längst zu Hause sein.«

»Ich war zu Hause, Sheriff.« Sie schraubt den Deckel der Kanne auf und gießt den Becher voll. »Das ist Hühnerbrühe.«

Neely muss beinahe lachen. »Ich hab nicht gewusst, dass Sie Jüdin sind.«

»Das bin ich auch nicht. Ich bin Methodistin. Ich wette, Sie haben den ganzen Tag nichts gegessen und das … das verstehe ich, aber Sie müssen bei Kräften bleiben. Versuchen Sie mal.« Sie reicht ihr den Becher und sagt: »Die Suppe ist hausgemacht.«

Neely nimmt einen Löffel davon zu sich, als wäre es Medizin. Die Brühe schmeckt vielleicht köstlich, aber es kommt ihr vor, als seien ihre Geschmacksnerven durchtrennt. Trotzdem isst sie weiter, denn Heather hat Recht: Sie muss bei Kräften bleiben.

»Es schmeckt wunderbar, Heather.«

»Ich könnte bei Ihnen übernachten. Sie sollten heute Nacht besser nicht …«

»Ich komme allein klar«, meint Neely. »Und danke für die Suppe.«

Heather seufzt. »Aber wenn ich irgendetwas tun kann, rufen Sie mich an.«

Als Heather geht, taucht Deputy Kevin Locksey aus dem Dienstzimmer auf. Er hat zwei Beweismitteltaschen in der Hand. »Haben Sie eine Minute Zeit, Neely?«

»Klar. Ich mache gerade Essenspause.«

Kevin setzt sich auf den Stuhl vor dem Schreibtisch. »Ich komme gerade von der Durchsuchung bei Gordon Wyland zurück.«

»Hat's irgendwelche Probleme gegeben?«

»Nein. Wyland war da. Er war stinkwütend, aber das war nur Geschwätz. Und wissen Sie, ich glaub, er hat mich nicht mal wieder erkannt.«

Neely nickt. »Die Uniform. Die Leute sehen nur die Uniform.«

»Kann sein. Jedenfalls hab ich diese Flasche Seconal gefunden. Ich hab die Apotheke angerufen. Wyland nimmt das Zeug, seit er nach Westport gezogen ist. Und das.« Er gibt ihr die andere Tasche. »Hundehaare. Glaub ich zumindest. Haben wir im Kofferraum seines Autos gefunden.«

Neely sieht sich die Haarsträhnen genau an. »Wunderbar, Kev. Bringen Sie das morgen zu Janie Dial ins Tierheim und fragen Sie sie, ob die Haare von einer Terriermischung, einem Sheltie-Schäferhund-Mischling oder einem Pudel-Spitz-Mischling stammen können. Janie kann ein Gutachten abgeben, mit dem Sie einen Haftbefehl beantragen können. Dann schicken wir Proben ins Tiermedizinische Institut in Ashland. Die können dann ein Gutachten anfertigen, das vor Gericht standhält. Sie müssen sich mit dem Staatsanwalt in Verbindung setzen.«

Kevin grinst. »Das mach ich gleich morgen früh.«

Als Kevin weg ist, trinkt Neely die Brühe aus und zwingt sich dazu, noch einen Becher hinunterzuwürgen. Sie ist noch nicht ganz fertig, da steht auf einmal Buck in der Tür zum Dienstzimmer. Vor Schreck fragt sie zu scharf: »Was machen Sie hier?«

»Na, ich hab Rikers Wohnwagen und das Salty Dog gecheckt. Nada. Jetzt geh ich wieder den Wohnwagen überwachen.«

»Das ist nicht nötig, Chief. Gehn Sie nach Hause und holen Sie sich eine Mütze Schlaf.«

»Und Sie? Haben Sie vor, schon wieder drei Schichten in Folge einzulegen?«

Warum ärgert sie sich über die Frage? »Ich muss einen Bericht schreiben.«

»Dabei kann ich Ihnen helfen.«

»Ich brauche keine Hilfe.«

»Neely, ich glaube, Sie brauchen so viel Hilfe, wie Sie nur kriegen können.«

»Gehen Sie nach Hause, Buck.«

Er zuckt mit den Schultern. »Vielleicht sollten Sie das auch tun.«

Als er weg ist, schließt Neely die Augen. Sie fröstelt. In Wahrheit will sie deshalb nicht nach Hause gehen, weil sie das Haus ohne Jan nicht ertragen kann. Es hat etwas Schizophrenes an sich, wie sie mit Jans Tod umgeht. Ein Teil ihres Hirns erkennt das tiefe Loch, das sein Tod in ihr Leben gerissen hat, aber sie verkorkt diese Erkenntnis wie einen Flaschengeist. Wenn sie die Flasche entkorkt, kommt ein lähmender Schmerz heraus. Ein anderer Teil ihres Hirns weigert sich zu glauben, dass Jan tot ist. Er ist einfach irgendwo anders. Zu Hause, wo er auf sie wartet. Wenn sie nicht nach Hause geht, muss sie nicht begreifen, dass er nicht da ist und nie wiederkommt.

Sie lauscht dem Regen, der gegen die Scheibe prasselt. Sie hört aus dem Dienstzimmer her Stimmen und eine Schreibmaschine. Schließlich bleibt ihr Blick an einer Akte auf dem vollen Schreibtisch hängen. *Kaynard.*

Verdammt nochmal, sie hat den ganzen Tag kaum an Jennifer Kaynard gedacht. Sie kann nur hoffen, dass jemand anderes an sie gedacht hat. Dass jemand ihr hilft, mit dem Schreckenserlebnis der vergangenen Nacht fertig zu werden.

Neely stutzt. Sie erinnert sich an ein kleines Detail aus Jennifers Aussage, das sie übersehen hat.

Sie steht auf, greift nach ihrem Stetson und geht.

## 28

Das zweite Bett im Krankenzimmer ist nicht belegt, und Jennifer ist darüber geteilter Ansicht. Es war angenehm, dass sie keine fremden Zuhörer hatte, als sie heute Nachmittag mit Kelly Bower, der

Beauftragten für Verbrechensopfer, oder vorhin mit ihrer Mutter geredet hat.

Mom hat geweint. Sie konnte sich anscheinend nicht einmal selber helfen. Das war beängstigend. Das hieß, dass Jennifer die Starke sein musste, und sie hat sich nicht stark gefühlt.

Aber jetzt ist es nicht so toll, das Zimmer für sich allein zu haben. Es ist acht, aber sie hat das Gefühl, es sei schon Mitternacht. Im Krankenhaus ist es still geworden, und der Regen passelt an das Fenster zu ihrer Rechten. Sie schaut zu dem schwarzen Fernsehbildschirm an der gegenüberliegenden Wand auf. Ihre Mutter kann es sich nicht leisten, für den Fernseher zu bezahlen, und ihre Versicherung kommt dafür nicht auf. Es gibt eine Menge, was die Versicherung nicht abdeckt. Jennifer schließt die Augen. Sie spürt, wie von verschiedenen Teilen ihres Körpers ein von Medikamenten gedämpfter Schmerz ausgeht. Ihre linke Gesichtshälfte pocht mit jedem Herzschlag. In ihrem linken Arm hat sie bohrende Schmerzen wie bei übelstem Zahnweh. Und zwischen ihren Beinen …

Dieser Schmerz sitzt vielleicht eher in ihrem Kopf oder ihrem Herzen …

»Jennifer?« Die Deckenlampe ist aus, und das Licht des Leselämpchens reicht gerade so weit, dass es den goldenen, siebenzackigen Stern auf der Uniform ihres Besuchs beleuchtet.

»Hallo Sheriff.«

Neely Jones kommt an ihr Bett. Jennifer fällt ein, was ihre Mutter ihr über Neelys Freund erzählt hat. Dass er ermordet worden ist.

»Oh, Sheriff. Es tut mir so Leid mit Ihrem Freund.«

Sie drückt ganz kurz und leicht Jennifers Hand. »Sag bitte Neely zu mir. Die Schwester sagt, du wirst morgen entlassen.«

Jennifer will nicken, aber es tut ihr zu weh. Sprechen tut auch weh. Die Worte kommen verzerrt heraus. »Dr. Standish hat gesagt, ich soll noch eine Woche nicht in die Schule.«

»Hat Kelly mit dir über die Schule geredet?«

»Ja, aber es ist immer noch …« Jennifer hat sich heute Morgen im Spiegel angesehen. Der Anblick war schrecklich. »Es wird schlimm, wieder in die Schule gehen zu müssen. Ich meine, jeder weiß Bescheid. Alle wissen, dass ich vergewaltigt worden bin.«

»Und was glaubst du, was sie denken?«

»Sie denken bestimmt …« Sie merkt, dass sie darauf keine Antwort weiß. Werden sie denken, sie hat es darauf angelegt? Dass die Jungs so eine Kuh sonst sowieso nicht einmal angucken würden? Werden sie denken, sie hat es gewollt?

Jennifer sagt: »Na ja, ist auch egal, was die anderen drüber denken. Außerdem hab ich sowieso nie damit gerechnet, zum Abschlussball eingeladen zu werden.«

»Abschlussbälle sind nichts Besonderes«, beruhigt Neely sie. Dann lacht sie. »Ich kann das sagen, ich war nämlich selbst auch nicht zum High-School-Abschlussball eingeladen.«

Damit bringt sie Jennifer zum Schweigen, bis sie herausplatzt: »Aber … aber Sie sind doch so schön. Es muss doch eine ganze Menge Jungs gegeben haben, die mit Ihnen zum Ball …«

»Tja, ich war zufällig an einer High School, die zu siebenundneunzig Prozent weiß war. Weißt du, Jennifer, das Schwierige ist, nicht ernst zu nehmen, was andere Leute von einem denken.«

Jennifer nickt. »Kann sein, aber ich kann es mir nicht leisten, das ernst zu nehmen. Ich gehe nämlich nicht von der Schule. Ich will aufs College gehen. Mr Lutz – mein Biolehrer – meint, dass er mir ein Stipendium verschaffen kann. Ich lass jedenfalls nicht zu, dass diese Typen mein Leben ruinieren, so wie sie das meiner Mutter ruiniert haben.« Sie holt erregt Luft. »Und ich hab meine Meinung nicht geändert, dass ich vor Gericht aussagen will.«

»Was sagt denn deine Mutter dazu?«

»Oh, die findet das nicht gut. Sie sagt, dass ich dann diejenige bin, die vor Gericht steht. Vielleicht hat sie ja Recht, aber das, was diese Typen getan haben …« Für einen Augenblick rauben ihr Wut und Schmerz die Luft. »Was passiert mit denen, wenn sie verurteilt werden?«

»Wenn sie nicht nach dem Jugendstrafrecht verurteilt werden – was durchaus der Fall sein könnte –, dann kommen sie nach MacLaren. Mit achtzehn werden sie entlassen und ihre Strafregister gelöscht.«

Obwohl Neely versucht, sich nicht darüber aufzuregen, hört Jennifer die Bitterkeit aus ihren Worten heraus. Jennifer fragt: »Werden sie verurteilt?«

»Wir haben die Spermaanalyse, und Deputy Hoffstead kann das Auto und das Kennzeichen identifizieren. Und vor allem haben wir dich. Sie werden verurteilt.«

»Dann ist es das wert.« Sie schließt die Augen. Schmerzen können einen auszehren. Das versteht sie jetzt zum ersten Mal.

»Jennifer, du hast eine gehörige Portion Mut. Ich hoffe, dass der Preis, den du dafür zahlst, nicht zu hoch ist.«

»Machen Sie sich um mich keine Sorgen. Sie müssen sich gerade über ganz andere Dinge den Kopf zerbrechen. Ich meine, wegen … wegen dem Mord.«

Neely nickt. »Ja. Einer der Gründe, weswegen ich hier bin, ist, dass ich dir noch ein paar Fragen stellen muss zu dem, was du gestern Abend am Institut gesehen hast.«

»Was ich gesehen hab?« Jennifer zieht die Augenbrauen hoch. Auch das bereitet ihr Schmerzen. »Das Einzige, was ich gesehen hab, war das Licht im Büro von Dr. Nicholass.«

»Ich weiß. Hast du sehen können, ob jemand im Büro war?«

»Nein. Die Jalousien waren heruntergelassen.«

»Bist du dir sicher, dass es das Büro von Dr. Nicholass war?«

»Na ja, es war vom Foyer aus das dritte Fenster. Das erste ist das Geschäftszimmer, das zweite das von Dr. Nicholass' Sekretärin, und das dritte seins. Ist irgendwas an diesem Licht … verdächtig? Ich hab einfach gedacht, dass Sergeant McMinn das Büro kontrolliert.«

»Nur kann Sergeant McMinn mit dem Hauptschlüssel die Tür zu diesem speziellen Büro nicht aufschließen.«

»Oh. Dann war es Dr. Nicholass?«

»Ich weiß es nicht.« Sie schaut mit zusammengekniffenen Augen aus dem Fenster. Dann fragt sie: »Hast du irgendjemand in der Nähe des Instituts gesehen? Oder irgendwelche Autos?«

Jennifer versucht wieder zu nicken und bedauert es im gleichen Moment. »Ich hab ein paar Autos gesehen. Das eine war ein Kleinbus und das andere war – also, es war Dirk Rikers Pick-up. Diese höher gelegte, aufgemotzte Karre, wissen Sie? Rot und Schwarz?«

»Kenne ich.« Neely holt ein Notizbuch hervor und schreibt hinein. »Erzähl mir alles, an was du dich erinnern kannst.«

»Es gibt nicht viel zu erinnern. Gleich nachdem das Licht im Büro von Dr. Nicholass ausgegangen ist, bin ich zur Osteinfahrt des Parkplatzes gefahren, und in dem Moment ist der Pick-up die Chinook runtergebraust.«

Neelys Augen scheinen zu funkeln. »Vom Mitarbeiterparkplatz her?«

»Ich hab die Einfahrt zum Mitarbeiterparkplatz nicht sehen können, deshalb weiß ich nicht, woher er gekommen ist. Könnte von der Bay Road auf die Chinook abgebogen sein, und die führt zum Highway.«

Das Funkeln verschwindet aus ihren Augen. »Richtig. Du hast etwas von einem Kleinbus gesagt?«

»Na ja, eher ein Minivan. Einer von denen mit den schrägen Windschutzscheiben. Dunkelblau. Er ist jedenfalls so eine Minute vor dem Pick-up von Dirk Riker die Chinook hochgefahren.«

»In Richtung Norden?«

»Ja. Dann ist er an der North First links abgebogen.«

»Aber du hast auch nicht sehen können, ob der Minivan vom Mitarbeiterparkplatz gekommen ist.«

»Nein.«

»Hast du den Fahrer sehen können?«

Jennifer seufzt. »Nein. Tut mir Leid.«

»Was sollte dir daran Leid tun? Du bist eine sehr gute Zeugin.« Neely steckt Notizbuch und Stift wieder weg. »Hast du schon mit einem Anwalt gesprochen?«

»Nein … ich, also, ich wüsste nicht, wie meine Mutter das Geld für einen Anwalt aufbringen sollte.«

»Manchmal arbeiten sie auf Erfolgsbasis oder umsonst. Ich kenne eine Anwältin, die sich für deinen Fall interessieren könnte. Sie heißt Susan Benedict. Soll ich sie fragen, ob sie Zeit für dich hat?«

Jennifer ist immer noch im Zweifel, wahrscheinlich weil ihre Mutter Anwälte nicht ausstehen kann. »Na ja, vielleicht … Ich meine, ich könnte ja mal mit ihr reden.«

»Ich rufe Susan heute Abend an. Ich kann dir schon genau sagen, was sie dir raten wird: Du solltest nicht nur ein Strafrechtsverfahren ins Auge fassen, sondern auch einen zivilrechtlichen Prozess. Eltern müssen für das einstehen, was ihre Kinder tun. Das heißt, dass die Eltern der Jungs für deine Krankenhausrechnungen, für mindestens ein Jahr Therapie und vielleicht auch für Schmerzensgeld aufkommen müssen. Das sollte reichen, um dich durchs College zu bringen.«

Jennifer starrt sie an. »Ich … ich hab über so was überhaupt nicht nachgedacht … über Geld, wissen Sie.«

»Francis Amato denkt garantiert darüber nach. Wenn er schon von Gerechtigkeit nichts versteht, dann von Geld. Vielen Dank erst einmal für die Informationen, Jennifer. Versuch ein bisschen zu schlafen.« Neely lächelt beim Hinausgehen.

»Gute Nacht, Neely …«

Als die Tür hinter Neely ins Schloss fällt, schaut Jennifer auf die Regenstreifen im Licht der Lampen und seufzt. Ja, jetzt kann sie vielleicht schlafen.

## 29

Als Neely um neun vom Krankenhaus zurückkommt, lässt der Regen gerade nach. Das Dienstzimmer ist leer. Lt. Brad Skinner, der Leiter der Nachmittagsschicht, ist in dem kleinen Büro, das tagsüber mit Whit Chaffee besetzt ist. Skinner mampft beim

Lesen eines Berichts Doritos. Er berichtet ihr, dass Kevin Locksey die Wachschicht im Ozeanographischen Zentrum übernommen hat, Sonny Hoffstead einer Anzeige wegen öffentlicher Ruhestörung in der Marina Tavern nachgeht, Sgt. Jimbo Ventrie einen Autodiebstahl in der Camden Loop bearbeitet und Deputy Andy Anderson auf dem Highway 101 Streife fährt. Ein relativ ruhiger Abend, stellt Skinner dankbar fest und nimmt sich eine Hand voll Chips.

Neely geht in die Leitstelle, um den Dienst habenden Deputy, Wayne Gerlach, zu informieren, dass sie wieder verfügbar ist. Er begrüßt diese Neuigkeit mit der Begeisterung eines erschöpften Bassets.

In ihrem Büro schaut Neely nach, ob sie Anrufe hatte. Sie rechnet beinahe damit, dass der Flüsterer sich wieder gemeldet hat, aber es hat niemand angerufen. Dann ruft sie Susan Benedict an, die sich sofort bereit erklärt, Jennifers Fall auf Erfolgsbasis zu übernehmen. Egal was passiert, verspricht Susan, sie wird die Eltern der drei Jungs tüchtig zur Kasse bitten. Jedenfalls, was die finanzielle Seite angeht.

Neely legt auf. Sie holt tief Atem und mustert ihren Schreibtisch. Ihr steht eine Menge Arbeit bevor. Die nächste Stunde bringt sie damit zu, aufzuräumen und einen Bericht über den Mordfall Koto zu schreiben.

Ja, der Mordfall Koto.

Sie bringt es fertig, objektiv zu sein, objektiv bis zur Versteinerung. Dass sie zittert, als sie den Bericht abschließt, hat nichts zu sagen.

Neely ist klar, dass sie jetzt eigentlich nach Hause gehen müsste, um ein bisschen zu schlafen, aber wenn sie nur daran denkt, kommt schon Panik in ihr auf. Es ist noch zu früh dafür.

Sie reibt sich die brennenden Augen. Es war ein langer Tag, zwei lange Tage. Noch gestern Morgen ist es ihr unmöglich vorgekommen, dass sie dieses Büro, diesen Schreibtisch, diesen Stuhl für sich beanspruchen könnte.

Der Umschlag mit dem Schmiergeld. Sie hat ihn fast vergessen. Morgen muss sie Mary Jo Bivins anrufen und sich erkundigen, ob sie Fingerabdrücke gefunden hat.

Giff Wills, dieser Mistkerl!

Was für ein Spielchen hat er getrieben, und mit wem?

Und in was für ein Spielchen ist Saint Nickel-ass verwickelt – oder wer auch immer gestern Abend in seinem Büro das Licht angemacht hat?

Und woher hatte Jan einen Intel-Pentium-III-Prozessor im Wert von tausend Dollar?

Intel. Bei dem Namen klingelt ein kleines Alarmglöckchen, aber sie weiß nicht warum.

Und was hat der dunkelblaue Minivan, den Jennifer gesehen hat, mit dem Ganzen zu tun?

Ist Riker gestern Abend vom Mitarbeiterparkplatz des Zentrums hergekommen oder hat er nur eine Abkürzung von der Bay Road über die Chinook nach wer-weiß-wohin genommen?

Und wo zum Teufel steckt Riker jetzt?

Sie merkt, dass sich ihre Gedanken im Kreis drehen und zu nichts führen.

*Gönn deinem geistigen Auge gelegentlich eine Pause. Schau etwas anderes an, damit du sehen kannst, was dir entgangen ist.*

Okay, Gramma Faith. Das ist einen Versuch wert.

Neely sucht die Akte über Tarbet/Johnson heraus, die Special Agent Scott Sayson ihr gegeben hat. Für das Thema bringt sie nur wenig Interesse auf, aber genau deshalb beschäftigt sie sich damit.

Nachdem sie ein paar Minuten durch den Ordner geblättert hat, kommt sie zu dem Schluss, dass Scott Saysons Haltung gegenüber George Tarbet und seinem Spezi Sandro Spinski, genannt »Sandy«, an Besessenheit grenzt. Das Überwachungsprotokoll listet Tag für Tag so weltbewegende Punkte auf wie »14.33 Uhr: Spinski verlässt das Haus und fährt mit dem Porsche zu Thriftway in der Eastgate Mall, Ankunftszeit 14.45 Uhr. 15.10 Uhr: Verlassen des Supermarkts mit zwei Einkaufstaschen. 15.21: Ankunft im Haus.«

Gelegentlich jedoch gibt es Abweichungen von der täglichen Routine. Es geht um die Ankunft der »Geschäftsleute«, von denen Sayson ihr erzählt hat. Haben sie Tarbet etwas geliefert oder etwas bei ihm abgeholt? Geht es um Drogen, wie Sayson vermutet? Aber er hat in einem Zeitraum von sechzehn Monaten nur zwölf Besuche aufgelistet. Lieferungen in so großen Abständen reichen nicht, um die Kundschaft bei der Stange zu halten. Und warum sollte der eine Mann, den Sayson identifizieren konnte, extra von Vancouver anreisen, um Drogen abzuholen? Vancouver ist ein bedeutende Hafenstadt. Für jemanden, der in Drogengeschäfte verwickelt ist, müsste es doch leicht sein, in seiner Heimatstadt die entsprechenden Kontakte aufzubauen.

Maurice Danko. Er ist der Besitzer des Edel-Antiquitätengeschäfts Treasures of the First People, wie der Bericht auf der folgenden Seite ausführt.

Neely überblättert wieder ein paar Seiten, bis sie bei den Ausdrucken einer Telefongesellschaft hängen bleibt. Tarbet und Spinski haben praktisch keine Anrufe getätigt. Es fällt Neely auf, dass zwei der ankommenden Anrufe von Telefonzellen in Westport aus geführt wurden. Sayson hat als Anmerkung daneben gekritzelt, dass die Anrufe von der Telefonzelle aus – einer am 28. Dezember letzten Jahres, der andere am 25. September dieses Jahres – jeweils einen Tag vor Tarbets Flug auf die Cayman-Inseln eingegangen sind.

Aus irgendeinem Grund klingeln bei diese Daten wieder die Alarmglöckchen. Mist, sie kann es nicht ausstehen, wenn dauernd Alarmglöckchen klingeln, und sie nicht weiß, warum …

»Neely!«

Erschrocken schaut sie auf. Lieutenant Skinner steht in der Tür zum Dienstzimmer. Er keucht, wobei sein Doppelkinn zittert. Er klingt merkwürdig zögerlich, als er ihr mitteilt: »Charlie hat gerade eine Feuermeldung reinbekommen. Er hat Art Hager angefunkt, damit er seinen Feuerwehrtrupp alarmiert.«

Neely klappt den Ordner zu und steht auf. »Wo ist der Brand, Lieutenant? Braucht Art Unterstützung?«

»Also ich … ich glaube nicht, dass er Unterstützung braucht. Die … äh … die Adresse … Neely, es ist Ihr Haus!«

Eine ganze Weile kann sie ihn nur anstarren. Sie versucht, den Worten eine Bedeutung abzuringen.

»Mein Haus?« Das ist auch ein Grund für ihre Verwirrung: Sie hat es nie als ihr Haus betrachtet, sondern immer nur als »unser« Haus.

»Tja. Norma Addisill hat uns benachrichtigt. Sie und Harry besitzen das Sea View Motel unten am Strand.«

»Ist sie sicher? Ich meine, ist sie sich sicher gewesen, dass es mein Haus ist?«

»Harry ist den Kittiwake Drive entlanggefahren, um zu schauen, welches Haus es ist.«

Mein Haus brennt, das Haus das einmal unseres war.

*Maikäfer flieg, der Vater ist im Krieg …*

Sie hat in diesem Haus niemanden mehr.

## 30

Es hat aufgehört zu regnen. Der Vollmond taucht die Wolkenränder um seinen Hof herum in ein irisierendes Licht. Sie schaut hinaus aufs Meer, auf dem sich der Mond spiegelt, aber sie kann sein beruhigendes Rauschen nicht hören.

Neely steht am Kittiwake Drive. Auf der anderen Straßenseite stehen zwei Löschwagen und Chief Art Hager mit seinen freiwilligen Feuerwehrleuten. Sie hört das Rauschen nicht, weil es vom Prasseln des Feuers übertönt wird. Neely wendet sich wieder dem Brand zu. Gleichgültig und fasziniert zugleich starrt sie ins Feuer. Es ist unglaublich schön.

Die Flammen wirbeln glimmende Ascheteilchen in die Nachtluft, die wie Sternschnuppen verglühen. Das Feuer kommt ihr vor wie ein körperloses Ungeheuer, das alles auffrisst. Kontrapunktisch zu dem Getöse zerbersten mit lautem Knall Fenster. Hochdruckschläuche pumpen pfeifend Hunderte von Litern Wasser pro Minute in den Brandherd. Das Dach und die beiden Flügel des A-förmigen Gebäudes sind schon abgebrannt. Die schwarzen, skelettierten Tragbalken und der First halten dem Feuer noch stand. Wenn der Brand vorüber ist, wird wohl nur noch der gemauerte Kamin stehen.

Alles, was sie besessen hat, alles, was sie und Jan besessen haben, ist in diesem Haus. Das gelbe Ungeheuer frisst alles bei lebendigem Leibe auf. Doch im Moment ist ihr davon nur ein einziger Gegenstand wichtig. Jans Samuraischwert.

Dreihundert Jahre lang wurde es von Vater zu Sohn weitergegeben, und hier ist Schluss. Wie soll sie Ando Koto beibringen, dass das Schwert nicht mehr existiert? Wie sein Sohn.

Art Hager kommt aus dem Rauch auf sie zu. Er ist ein großer, breit gebauter Mann in schwerer Ausrüstung, Stiefeln und einem verrußten Regenmantel. Er brüllt ihr zu: »Wir haben nicht viel ausrichten können. Muss Brandstiftung gewesen sein. War verdammt heiß, und als wir hier angekommen sind, hat's noch nach Benzin gestunken.«

Brandstiftung. Das Wort schreckt Neely aus ihrem abgestumpften Zustand auf. »Sind Sie sich sicher?«

»Ziemlich sicher. Mit hundertprozentiger Sicherheit kann ich es Ihnen erst sagen, wenn alles abgekühlt ist.« Er schüttelt den Kopf und stapft zurück zum Feuer.

Brandstiftung. Das hätte sie sich gleich denken können. Riker ist immer noch auf freiem Fuß.

*Jetzt gibt es nichts mehr, was Sie hier hält …*

Der Flüsterer ist auch noch nicht gefasst.

Sie will über Funk Verstärkung anfordern, da bemerkt sie, dass die Verstärkung schon da ist. In der Kurve des Kittiwake Drive sperrt ein Streifenwagen mit hektisch blinkendem Blaulicht die Straße ab. Wann ist Buck hier aufgetaucht?

Es ist tatsächlich Buck Dolin. Umringt von einem Häufchen Zuschauern, lehnt er sich an den Streifenwagen. Eilig geht sie auf ihn zu. Sie fragt sich, warum er hier ist. Vielleicht hat Charlie ihn angefunkt. Buck redet mit einem Paar mittleren Alters. Es sind die Addisills. Genau. Harry Addisill, der Präsident des Lions Clubs. Neely ist bei einigen Veranstaltungen des Lions Clubs als Gastrednerin aufgetreten. Er und seine Frau besitzen das Sea View Motel ein paar Blocks weiter.

»Chief …«

Buck dreht sich um. Seinen merkwürdigen Gesichtsausdruck kann sie sich nicht erklären, bis er fragt: »Alles in Ordnung mit Ihnen, Neely?«

»Ich war nicht zu Hause, als es angefangen hat. Art meint, es sieht nach Brandstiftung aus.«

Warnrufe werden laut. Ein rumpelndes Krachen. Neely dreht sich um und sieht gerade noch, wie das Skelett des Hauses in sich zusammenbricht und alle Flammen, Funken, der Rauch, ja sogar die Luft drumherum von einem Sog in den Brandherd gezogen werden. Sie bekommt fast keine Luft mehr.

»Ich hab mir gedacht, dass Sie hören wollen, was sie zu sagen haben.«

Sie dreht sich wieder zu Buck um. »Was?«

Buck sagt: »Die Addisills haben die Täter gesehen.«

Harry Addisill nickt eifrig. Er ist ein drahtiger Mann, in dessen üppigen Haaren keine Spur von Grau zu entdecken ist, obwohl er seinem Alter nach Vietnamveteran sein könnte. Er legt seiner Frau den Arm um die Schultern und fragt: »Sheriff, erinnern Sie sich an meine Frau, Norma?«

Norma streckt die Hand aus. Sie ist so drahtig wie ihr Mann, aber kaum anderthalb Meter groß. »Ja, wir sind uns schon begegnet. Ich kann Ihnen gar nicht sagen, wie Leid mir das mit Ihrem Haus tut. Schrecklich! Einfach schrecklich!«

»Mrs Addisill, wenn Sie etwas gesehen haben …«

»Sagen Sie einfach Norma zu mir. Harry, am besten, du sagst es ihr.«

»Ja. Also, wir haben mit ein paar Freunden drunten am North Front Drive Karten gespielt. Die wohnen nicht weit von uns, deswegen sind wir zu Fuß gegangen. So um halb zwölf haben wir uns auf den Heimweg gemacht. Es war kein Verkehr, bis auf einmal dieser Kleinbus von hinten auf uns zu gekommen ist. Mein Gott, ich hab gedacht, dieser Idiot fährt uns glatt über den Haufen. Na ja, als er dann vorbei war, hab ich auf das Kennzeichen geschaut und mir die Nummer gemerkt.«

Buck sagt zu Neely: »Ich hab sie schon an die Zentrale weitergegeben.«

»Gut. Haben Sie erkannt, was für ein Modell es war, Harry?«

»Ein alter VW Vanagon. So von '85 oder '86. Hellgrün.«

Neely zieht die Augenbrauen hoch. »Kein Pick-up?«

»Nein. Es war ein VW. Jedenfalls sind Norma und ich weitergegangen, und gerade als wir auf dem Parkplatz vor dem Motel waren, haben wir genau den Vanagon wie eine gesengte Sau vom Kittiwake Drive auf den North Front Drive abbiegen sehen. Dieser Bekloppte hat nicht mal das Licht angehabt. Aber als er unter der Straßenlaterne vor der Parkplatzeinfahrt durchgefahren ist, hab ich den Fahrer gesehen. Ich fress einen Besen, wenn das nicht dieser Skinhead gewesen ist. Nennt sich Riker. Ich weiß zwar, dass er normalerweise mit diesem schwarzroten Pick-up rumfährt, aber ich bin mir sicher, dass er in diesem VW gesessen hat.«

Neely fragt: »Hat er allein dringesessen?«

»Auf dem Beifahrersitz hat noch einer mit Glatze gesessen. Aber ich glaub nicht, dass ich ihn wieder erkennen würde. Ich hab in den paar Sekunden nur auf Riker geschaut.«

»Das ist in Ordnung. Riker genügt. Was ist dann passiert?«

»Der ist so gerast, dass er fast die Kurve nicht gekriegt hat. Wir haben gewusst, dass Sie schon öfter Ärger hatten mit diesen Halbstarken, und da haben wir gedacht, es wär ganz gut, wenn wir Sie anrufen würden. Aber als wir im Büro waren, hat Norma schon gesehen, dass es hier oben brennt.«

Norma wirft ein: »Ich hab dieses schreckliche orangene Leuchten gesehen. Und Rauch. Der Mond scheint so hell, dass ich sogar den Rauch gesehen hab.«

Neely kann in ihren Gesichtern und in denen der anderen Zuschauer dahinter den Schein der Flammen sehen. Sie dreht sich um und starrt ins Feuer. Der bittere Rauch brennt in ihrem Mund.

Norma Addisill sagt: »Übrigens, Neely, jetzt, wo Sie eine Unterkunft brauchen, können Sie gerne in unserer Anlage kampieren. Im ›Commodore‹ ist frei, findest du nicht, Harry?«

»Klar. Um diese Jahreszeit ist bei uns nicht viel los. Hat einen Jacuzzi und eine Miniküche.«

Neely hat den perversen Drang, das Angebot abzulehnen, aber irgendwo muss sie ja schlafen. Wenn sie je wieder schlafen kann. Sie bringt ein Lächeln zustande. »Danke. Aber es kann eine Weile dauern, bis ich dort bin. Ich will Riker finden, bevor er wieder verschwindet.«

Buck sagt verärgert: »Verdammt nochmal, Neely, heute kriegen wir ihn eh nicht mehr. Er hat fast eine Stunde Vorsprung. An seinen Lieblingsplätzchen lässt er sich bestimmt nicht blicken, und bei seinem Wohnwagen schon gar nicht. Also gehn Sie einfach mit und ruhn Sie sich aus.«

Neely zittert vor Wut. Wie kommt Buck dazu, sich so verdammt bevormundend aufzuführen? Das geht ihn gar nichts an.

Sie sagt nur deshalb nichts dazu, weil eine weißhaarige Frau auf sie zukommt und sanft ihren Arm berührt. Es ist Willow Thornbeck. Sie hat einen Hund an der Leine. Vixen.

Es kommt Neely lächerlich vor, dass sie bei diesem Anblick das Bedürfnis hat, sich an den Hund zu kuscheln und ihr Gesicht in sein weiches Fell zu vergraben.

Willow zeigt auf das Feuer und sagt: »Das ist einfach nicht gerecht. Jedenfalls wohne ich ein Stück weiter in derselben Straße wie die Addisills. Wenn ich irgendetwas tun kann, sagen Sie Bescheid.«

Neely nickt. Sie ist plötzlich so müde, dass sie fast in Ohnmacht fällt.

# 31

Neely geht nicht direkt zum Sea View Motel. Sie muss vorher noch den Streifenwagen zurückbringen und ihren Toyota abholen. Eigentlich will sie nur die Autoschlüssel in die Leitstelle bringen, aber Charlie Eckholm gelingt es, ihre Aufmerksamkeit zu ergattern, als er fragt: »Der Vanagon, den wir für Buck überprüfen sollen, Sie wissen schon? Das ist die Karre, die um neun gestohlen gemeldet worden ist. Jimbo hat sich drum gekümmert. Ist vor einem Haus auf dem Camden Loop geklaut worden. In der Nähe vom Wohnwagenpark.«

Neely lächelt verkniffen. »Dann wissen wir ja jetzt, wo Eugene sich ein anderes Fahrzeug besorgt hat. Stellen Sie eine Beschreibung des VWs in die Fahndung für Riker. Seine Spezis sollten auch rein. Einer davon hat heute Nacht auch mitgemischt.«

Charlie schreibt auf einen Notizzettel. »Namen?«

»Burton Lisker alias Lash. Männlicher Weißer, etwa 1,82 groß, 70 Kilo, haselnussbraune Augen, Glatze, schwarze Lederjacke mit silbernem Hakenkreuz auf dem Rücken. Jeremy Buhl alias Bomber. Auch ein männlicher Weißer, etwa 1,75 groß, 90 Kilo, braune Augen, kahl rasiert, die gleiche Jacke.«

»Buhl?« fragt Charlie. »Das ist ja ein Ding. Das ist der besoffene Randalierer, den Sonny festgenommen hat. Hat ihn so um elf reingebracht.«

Neely starrt Charlie an. Wut ballt sich unter ihren Rippen zusammen. »Warum zum Teufel hat mich niemand verständigt? Es müsste doch hier jeder wissen, dass Buhl einer von Rikers Kumpels ist. Es müsste doch jeder wissen, dass Riker seit Donnerstag Morgen gesucht wird.«

Charlie sieht ihr ausdruckslos ins Gesicht. »Die Fahndung gilt bloß für Riker.«

Sie treiben immer noch ihre Spielchen mit ihr. Sie stürmt aus der Leitstelle hinunter ins Foyer, biegt links zum Gefängnis ab und drückt auf die Klingel. Sie wartet ungeduldig, bis Deputy Jason Fleming sie einlässt und die Tür hinter ihr schließt.

»Ich will mit Jeremy Buhl reden«, bellt sie und stapft zum Einlieferungsschalter. »Bringt ihn ins Verhörzimmer A.«

Senior Deputy Ev Malachowski, der hinter dem Schreibtisch sitzt, merkt an: »Das wird nicht viel bringen.«

Sie beugt sich zu ihm hinunter. »Und wieso nicht, Deputy?«

»Der ist total weggetreten. Den können keine zehn Pferde aufwecken.«

Neely atmet tief durch. Schließlich sagt sie: »Okay. Aber lasst ihn auf keinen Fall – ich wiederhole: auf keinen Fall – frei, bevor ich mit ihm geredet hab.« Sie dreht sich auf dem Absatz um und geht zur Tür. »Jason, lassen Sie mich hier raus, aber dalli.«

Als Neely im Sea View Motel ankommt, ist es weit nach Mitternacht, aber Harry Addisill hat im Büro auf sie gewartet. Er geht mit ihr den überdachten Weg vor dem Motel entlang bis zur Einheit Nr. 12, dem Commodore. Der kiefergetäfelte Bungalow ist geräumig. Auf der Südseite stehen zwei Doppelbetten, auf der Ostseite ist eine kleine Einbauküche, auf der Nordseite ein Badezimmer mit dem versprochenen Jacuzzi, und auf der Westseite liegt eine Veranda mit Blick aufs Meer.

Sie sagt: »Ich bin Ihnen wirklich sehr dankbar, Mr Addisill.«

»Um diese Jahreszeit ist das kein Problem für uns. Sie können bleiben, bis Sie eine neue …« Er bricht ab, weil jemand an die Tür geklopft hat, und macht auf.

Heather steht vor der Tür. »Hallo, Mr Addisill. Ich bring nur das Zeug hier für den Sheriff vorbei.« In Jeans und Sweatshirt, stellt sie einen lavendelfarbenen Lederkoffer aufs nächstgelegene Bett. Neely hat sie noch nie so leger gekleidet gesehen.

»Oh, Neely, das ist so ungerecht. Ich meine, dass Ihr Haus abbrennt, wo Sie doch … wo Sie doch schon so viel verloren haben. Reverend Dill sagt, dass der Herr niemandem mehr aufbürdet, als er tragen kann, aber manchmal kann ich das einfach nicht glauben.« Sie lässt die Schlösser des Koffers aufschnappen. »Ich bestell gleich morgen früh ein paar neue Uniformen für Sie und lass sie per UPS schicken. Am besten sagen Sie mir gleich, welche Größe Sie haben. Stimmt 38 mit Überlänge?«

Neely lässt sich auf einen Sessel neben dem Bett fallen. »Uniformen? Aber ich hab doch ...« Fast wäre ihr herausgerutscht, dass sie drei saubere Uniformen zu Hause hat. Aber dann fällt ihr ein, dass sie außer dem, was sie auf dem Leib trägt, nichts mehr besitzt. Na ja, außer der Ersatzuniform, die sie in der Dienststelle im Spind hängen hat. Schließlich nickt sie. »Ja, Heather, 38 passt.«

Heather packt den Koffer aus. »Hab Ihnen ein paar Kleider und so von meiner Schwester gebracht. Ich hab gedacht, Sie müssten so in etwa Sallys Größe haben. Hier – Levi's, Sweatshirts, T-Shirts. Ein paar Schlafanzüge, ein Bademantel, Tennisschuhe. Kann sein, dass die Schuhe zu groß sind. Das ist das einzige, was an Sally nicht perfekt ist, wissen Sie, sie hat zu große Füße. Und hier noch Bürste, Kamm, Fön und Zahnbürste. Make-up hab ich keins mitgebracht. Sie benutzen keins, oder? Aber meine Farben passen sowieso nicht zu Ihnen.«

Neely muss beinahe lachen. Garantiert nicht, Baby. Es sei denn, ich will als Bleichgesicht rumlaufen.

Offenbar kommt es Heather nicht in den Sinn, dass das Wort Farbe im Zusammenhang mit Menschen für einen Afroamerikaner immer bedeutungsgeladen ist. Heather hat davon keinen Schimmer. Sie hält den Unterschied zwischen sich und Neely für eine Frage des Teints. Und Farbe spielt für sie nur in dem Zusammenhang eine Rolle, ob Grundierung und Rouge zum Hautton passen und ob Lippenstift, Lidschatten und Wimperntusche die Augenfarbe hervorheben.

Aber vielleicht sollte es genau so sein. Neely fragt sich, ob sie die Hoffnung aufgegeben hat, dass es je so sein wird, dass Heather einfach eine blauäugige, hellhäutige Blondine ist, und Neely ein braunäugiger, dunkelhäutiger ...

Nigger?

Warum ist ihr dieses Wort gerade jetzt in den Sinn gekommen? Heather hat es nie benutzt, und Neely bezweifelt, dass sie es auch nur gedacht hat.

Neely fährt zusammen. »Oh mein Gott …«

»Neely! Was ist los?«

Nigger.

Es ist dieses Wort, das die ganze Zeit an ihr genagt hat, seit sie über die Graffiti auf dem Medusenbecken nachgedacht hat. Ein erschreckendes Zeugnis von Hass. Aber so einfach ist das nicht. Hass? Vielleicht, aber vor allem ist es … Berechnung. In einem ist sie sich sicher, nämlich dass Eugene Buxman alias Dirk Riker nicht über Nacht die Rechtschreibung gelernt hat.

Heather fragt: »Neely, bitte – was ist denn los?«

»Was? Entschuldige. Mir ist gerade klar geworden, dass Riker Jan gar nicht umgebracht haben kann.«

»Aber was ist mit …?«

»Das Graffiti? Deshalb haben ja alle gedacht, es muss Riker gewesen sein. Aber Rikers Rechtschreibung ist unter aller Sau. Er schreibt ›Nigger‹ immer mit ›a‹ und ›Bastard‹ mit ›t‹ am Ende. In den Graffiti auf dem Medusenbecken war nicht ein Fehler drin. Aber ich glaube …« Sie schweigt und schließt die Augen. »Ja. Die Hakenkreuze waren gegen den Uhrzeigersinn gedreht. Aber wenn Eugene etwas weiß, dann wie ein Nazi-Hakenkreuz aussehen muss.«

Heather flüstert: »Aber wenn nicht Riker … wer dann?«

»Das weiß ich nicht. Ich weiß, das Riker unser Haus abgefackelt hat, aber damit scheidet er als Verdächtiger für …« Beinahe hätte sie *den Mordfall Koto* gesagt. Aber sie hat plötzlich ihre Objektivität verloren.

Sie kann die Worte nicht aussprechen.

Im Moment will sie nur noch allein sein. Sie steht auf und setzt ein Lächeln auf. »Heather, ich bin Ihnen und Sally ja so dankbar für das Carepaket, aber ich bin jetzt … ein bisschen müde.«

Heather sieht sie mit Tränen in den Augen an. »Sie müssen total ausgepumpt sein. Wissen Sie, ich könnte bei Ihnen bleiben, wenn …«

»Ich komm alleine klar.«

Heather seufzt. Dann nickt sie und geht zur Tür. »Bis morgen früh, Sheriff.«

Als die Tür hinter Heather ins Schloss fällt, steht Neely bewegungslos in dem leeren Raum. Das Einzige, was sie hören kann, ist die Brandung. Sie geht zum Fenster und zieht die Vorhänge zu.

Sie will heute Nacht auf keinen Fall im Bett liegen und auf den mondbeschienenen Ozean blicken.

Auf Jans magische Welt, seine rätselhafte Gottheit.

## 32

Am nächsten Morgen sitzt Neely Jones um halb neun im Verhörzimmer A Jeremy Buhl alias Bomber gegenüber. Am Tischende sitzt Deputy Mike Swenson. Heute ist er weniger der nette blonde Kerl von nebenan als der verzogene Rotzlöffel von nebenan. Er wirkt ziemlich vor den Kopf gestoßen. Vor dem Verhör hat Neely ihm unmissverständlich klargemacht, dass er eine solche Nummer wie neulich, als er sie mit einem Gefängnisinsassen im Verhörzimmer allein gelassen hat, nicht nochmal abziehen durfte, wenn ihm etwas an seinem Job lag.

Neely könnte nicht gerade behaupten, dass sie sich jetzt gut fühlt, aber solange sie sich zwingt, bestimmte Dinge auszublenden, fühlt sie sich doch besser, als sie erwartet hatte. Heute Morgen ist sie um sechs kaltschweißig und zitternd aus einem Traum erwacht, an den sie sich lieber nicht erinnern möchte. Sie hat Sally Greenleafs Jeans, ihr lila Sweatshirt und die Tennisschuhe in Größe 40 angezogen und hat – mit ausgestopften Zehen – einen Strandlauf gemacht. Sie ist nicht gejoggt, sondern gesprintet, bis sie nur noch an ihren Körper denken konnte.

Mit dem Laufen hat sie immerhin so viel Appetit bekommen, dass sie auf dem Weg zum Gerichtsgebäude bei Henny's einen Zwischenstopp eingelegt hat. Möglicherweise hätte sie ein anderes Restaurant gewählt, wenn sie gewusst hätte, dass Sheree bedient.

Sheree, eine gestandene Bedienung, hat aus ihrer Verachtung für Schwarze oder »Japse« noch nie einen Hehl gemacht. Sie ist immer etwas griesgrämig, und ihre Augen schauen steinhart unter den blau geschminkten Lidern und getuschten Wimpern hervor. Doch heute hat sie, als sie einen Teller mit Schinken und Eiern vor Neely auf den Tisch geknallt hat, gemurmelt: »Tut mir Leid mir Ihrem Haus.«

Zu Jans Tod hat sie nichts gesagt. Nur der Verlust des Hauses hat ihr Mitleid erregt. Neely kann einfach nicht nachvollziehen, wie sich Rassisten so verquere Gedankengänge zurechtlegen können.

Danach hat Neely ihre Versicherungsvertreterin angerufen. Sie war nicht überrascht, dass Joan Newberry über das Feuer Bescheid wusste und längst mit Fire Chief Art Hager gesprochen und die langsamen Mühlen der Bürokratie in Bewegung gesetzt hatte.

Jetzt sitzt Neely Bomber Buhl gegenüber, der sie in seinen orangefarbenen Gefängniskleidern an einen massigen Kürbis erinnert. Er ist so verkatert, dass er sich kaum bewegen kann.

Buhl ist schon an seinen besten Tagen keine attraktive Erscheinung. Er ist klein und übergewichtig und hat diese weichliche Fettschicht unter der Haut, die so typisch ist für Weiße, deren Vorfahren in kalten Regionen gelebt haben. Um das eine blutunterlaufene, braune Auge herum ist das Gewebe aufgequollen und rot, und seine weiche Unterlippe ist aufgeplatzt – das Resultat einer Kneipenschlägerei, die ihn gestern Abend ins Gefängnis gebracht hat.

Neely spricht die nötigen Informationen auf Band, dann lächelt sie Buhl an. »Jeremy, haben Sie mal mit dem Gedanken gespielt, zu den Anonymen Alkoholikern zu gehen?«

Er hat offensichtlich Mühe, sie zu fixieren. »Leck mich doch am Arsch.«

»Sie sind über Ihre Rechte belehrt worden. Können Sie sich daran erinnern?«

»Kann ich. Also warum zum Geier lassen Se mich nich raus? Hat der andere Anzeige erstattet?«

»Nein, Jeremy, der andere war schlau genug, sich rechtzeitig aus dem Staub zu machen. Die Schlägerei ist nicht der Grund, weswegen wir Sie hier festhalten.«

Das gibt ihm zu denken. »Und warum zum Geier sitz ich sonst hier fest?«

»Unter dem Verdacht der vorsätzlichen Brandstiftung.«

Buhl fährt hoch, dann stöhnt er und senkt den Stoppelkopf in beide Hände. »Scheiße nochmal. Hörn Se, ich hab Dirk gesagt ...« Dann hält er unvermittelt den Mund.

Neely wartet. Aber er schweigt beharrlich. Schließlich sagt sie: »Vielleicht haben Sie ja gedacht, dass es irgendwie witzig ist, unser Haus mit Graffiti vollzuschmieren oder das Kreuz abzubrennen. Aber Brandstiftung – also da sitzen Sie echt in der Scheiße. Das gibt fünf bis zehn Jahre.«

»Jesus, Maria ... Hören Sie, ich hab keine Ahnung, was Dirk so macht. Hab ihn nich mal gesehn seit ... was für 'n Tag ist heute überhaupt?«

»Freitag.«

»Erst?« Buhls teigige Hände sacken kraftlos auf den Tisch. »Na, ich hab Dirk seit gestern so um die Mittagszeit nicht gesehn. Der und ich, wir haben nix mehr mitnander zu tun.«

Mike Swenson hat offensichtlich beschlossen, wieder aus der Schmollecke herauszukommen und ergreift das Wort: »Buhl, Dirk und du, ihr haltet seit Jahren zusammen wie Pech und Schwefel. Willst du uns etwa weismachen, dass ihr jetzt getrennte Wege geht?«

»Ist mir doch scheißegal, was ihr denkt. Hab nix mit ihm zu tun oder mit dem, was er macht. Gar nix!«

»Klar«, sagt Swenson skeptisch. »Was hat er denn gemacht?«

»Weiß nicht.«

»Warum sagst du dann, dass er was gemacht hat.«

»Hab ich überhaupt nicht gesagt.«

»Soll ich das Band zurückspulen?«

Buhl verfällt wieder in störrisches Schweigen.

Neely sagt: »Komm schon, Jeremy. Wir wissen, dass die Brandstiftung auf Dirks Konto geht. Er und ein anderer Täter sind am Tatort gesehen worden. Waren Sie das?«

Buhl reißt das unverletzte Auge auf. »Ich? Ich doch nicht. War den ganzen Nachmittag und Abend in der Marina Tavern, bis Ihr Arschlöcher mich dort hochgenommen habt. Hab nix getan! Fragt doch Lash Lisker. Der hat doch rumgehangen mit …« Er verfällt schon wieder in Schweigen.

Neely fragt: »Lash hat sich mit Dirk rumgetrieben? Und das Feuer gelegt?«

»Hab nix zu sagen.«

»Jeremy, machen Sie sich doch nichts vor! Ihre Kumpels würden Sie sofort mit reinreißen, wenn wir sie wegen Verschwörung zur Brandstiftung unter Anklage hätten!«

Er macht den Mund nicht mehr auf, obwohl Neely und Swenson ihn noch eine ganze Weile in die Mangel nehmen. Schließlich befiehlt sie Swenson, ihn in seine Zelle zurückzubringen.

Als Neely wieder in ihr Büro kommt, klingelt das Telefon. Es ist die Privatleitung. Als sie nach dem Hörer greift, überläuft sie ein Schauder.

Aber es ist nicht der Flüsterer, sondern Lieutenant John Heathman. Er sagt: »Ich bin mit ein paar Leuten aus meinem Team im Institut. Wir holen ein paar Dinge nach, zu denen wir gestern nicht mehr gekommen sind. Übrigens – haben Sie nicht gesagt, Sie wollen den Tatort noch eine Weile versiegelt lassen?«

»Ja. Hat jemand deswegen Schwierigkeiten gemacht?«

»Sozusagen. Dr. Nicholass.«

»Was hat er gesagt?«

»Dass Sie ihm gesagt hätten, dass er wieder in seinem Büro arbeiten darf.«

»Ich hab ihm gar nichts in der Art gesagt.«

Heathman lacht. »Das hab ich mir schon gedacht. Tja, wir haben ihn auch nicht reingelassen, und ich hab dem Deputy, der hier Dienst hat, gesagt, dass der Tatort noch versiegelt ist. Für alle, ohne

Ausnahme. Jedenfalls ist Nicholass stinkwütend weggegangen.« Nach einer kurzen Pause sagt er: »Ich hab gehört, was mit Ihrem Haus passiert ist. Glauben Sie, das waren diese Skinheads?«

»Das glaub ich nicht, das weiß ich. Art Hager, unser Feuerwehrhauptmann, schaut sich heute die Brandstelle nochmal an. Er hat eine spezielle Ausbildung für Fälle von Brandstiftung. Und apropos Skinheads – egal welche Verbrechen er sonst noch auf dem Gewissen hat, ich bin mir sicher, dass Riker nicht den Mord an Jan begangen hat.« Sie erklärt Heathman, wie sie zu diesem Schluss gekommen ist. Dass er ihr Glauben schenkt, erleichtert sie ungemein. Sie weiß, dass sie an anderer Stelle wenig Glauben finden wird. Riker kommt als Sündenbock einfach zu gelegen.

Sie sagt bitter: »Komisch, dass ich auf einmal ein fieses kleines Bleichgesicht wie Eugene Buxmann in Schutz nehmen, nicht wahr, Lieutenant?«

»Na ja, vielleicht werden Sie ja damit belohnt, dass er wegen Brandstiftung verknackt wird.«

»Meine Belohnung ist es, rauszufinden, wer Jan umgebracht hat.«

Als Neely auflegt, kommt Heather mit einem Stapel Aktenmappen ins Büro. »Mr Culpepper hat versucht, Sie zu erreichen, Sheriff. Sie sollen ihn so bald wie möglich anrufen.«

Neely zuckt zusammen. »Weswegen denn?«

»Hat er nicht gesagt.« Sie stapelt die Mappen auf dem Aktenschrank. »Also ich frag mich, wann Giff je sein Zeug abholt. Vielleicht hat er ja den Schlüssel zu dem Aktenschrank da.«

Neely steht auf und greift nach dem Werkzeugset, das sie immer am Gürtel hängen hat. »Hier … ich mach das für Sie auf.« Mit dem einen simplen Schloss gehen alle vier Schubladen auf. Sie würde es wahrscheinlich mit einer Haarnadel aufbekommen – wenn sie eine hätte. Mit ihren Werkzeugen braucht sie etwa fünf Minuten dazu.

»Okay, Heather. Jetzt können Sie nach Herzensl…« Sie wird vom Klingeln des Telefons unterbrochen. Es ist wieder die Privatleitung. Das Klingeln, das verdammte rote Lämpchen lösen wieder eine Angstwelle in ihr aus. Sie nimmt den Hörer ab und schweigt.

»Neely Jones …«

Der Flüsterer.

Sie drückt auf die Aufnahmetaste und lässt sich auf den Stuhl fallen. Dann greift sie nach einem Stift, um die Nummer aufzuschreiben.

»Ich weiß, dass Sie dran sind, Neely. Vielleicht haben Sie endlich was dazugelernt.«

Sie fragt vorsichtig: »Was dazugelernt?«

»Dass eine unkooperative Haltung ziemlich teuer werden kann.«

»Besonders, wenn so Leute wie Sie den Einsatz in die Höhe treiben?«

»Exakt.«

»Vielleicht sollten besser Sie ein bisschen was dazulernen.«

»Oh nein. Ich bin der Lehrer. Ich bringe Ihnen Kooperation bei. Sie scheinen ziemlich langsam zu begreifen, aber daran lässt sich ja was ändern. Das ursprüngliche Angebot steht noch.«

Neely schluckt. Ihr Mund ist staubtrocken. »Und wenn ich es nicht annehmen will?«

»Das könnte eine gefährliche Entscheidung sein. Sie können nicht ständig über die Schulter schauen. Aber ich hab einen Tipp für Sie. Giff Wills ist zu Hause. Er hat vergessen zu kooperieren. Vielleicht kapieren Sies dann.«

»Giff? Was soll das …« Aber die Leitung ist tot.

Sie legt auf. Ihr Atem geht flach und schnell. Heather steht neben ihr am Schreibtisch und starrt sie an. Neely sagt: »Heather, gehn Sie Buck holen. Machen Sie keinen Wirbel. Sagen Sie ihm einfach, er soll herkommen.«

Heather eilt los. Neely spult das Band ein Stück zurück.

Warum hat sie sofort an Buck gedacht? Sie braucht Unterstützung, aber kann sie ihm eher vertrauen als den anderen Deputies? Mindestens einer der Deputies hat für den Flüsterer den Kurier gespielt, der Giff das Geld übergeben hat.

»Was ist denn los, Neely?«

Sie winkt Buck herein. »Machen Sie die Tür zu.«

Er schaut sie fragend an, dann macht er die Tür zu und kommt zu ihrem Schreibtisch. Sie spielt ihm das Band vor. Den Anfang bis »aber ich hab einen Tipp für Sie« lässt sie allerdings weg.

Als sie auf die Stopptaste drückt, murmelt Buck: »Ach du Scheiße, wer ist das denn?«

»Das weiß ich nicht. Haben Sie Giffs Telefonnummer?« Sie tippt die Nummer, die Buck ihr diktiert.

Es geht niemand dran.

Sie lässt das Telefon zehnmal klingeln. Dann steuert sie auf die Tür zu.

»Kommen Sie, Chief. Ab die Post.«

## 33

Das Haus von Giff Wills liegt eineinhalb Kilometer östlich von Westport an der River Road auf einem abgelegenen Grundstück, das sich bis zum Chinook River erstreckt. Es ist ein Fertighaus und sieht aus wie ein minzgrüner Güterwagen. Vor der Garage steht Giffs brauner Pick-up.

Neely parkt zehn Meter von Giffs asphaltierter Einfahrt entfernt in einer Haltebucht neben der Schotterstraße. Sie und Buck steigen aus, um sich das Haus genauer anzusehen. Giff hat offensichtlich eine Abneigung gegen Bäume. Er hat anscheinend jeden Baum auf dem Grundstück abgeholzt, sodass Neely einen unverstellten Blick auf den Bootsanleger hinter dem Haus hat. Dort ist ein glänzendes Rennboot aus Fiberglas vertäut.

Ein teures Spielzeug, aber weil ab und zu tausend Dollar unter der Schublade auftauchen, kann Giff sich so etwas leisten.

Sie geht auf die Einfahrt zu, Buck ihr nach. Irgendwann muss ein Fahrzeug in die Einfahrt abgebogen sein. In der Kurve ist es so weit vom Asphalt abgekommen, dass es eine Spur im Matsch hinterlassen hat. Sie schaut Giffs Pick-up an. »Giff wars nicht. Der hat M&S-Reifen.« Sie kniet auf dem Boden. »Die Reifenspur kann erst entstanden sein, nachdem es gestern Abend aufgehört hat zu regnen. Schauen Sie mal, wie deutlich die Spur ist.«

Buck nickt. »Wann wohl der Regen aufgehört hat?«

»Das war so um Mitternacht.« Die beste Zeit, um ein Haus abzufackeln.

Sie gehen zur Haustür. Neely drückt auf den Klingelknopf. Aber auch nach dreimal Klingeln tut sich im Haus nichts.

Buck versucht, die Tür aufzumachen, aber der Türknauf lässt sich nicht drehen. Er runzelt die Stirn. »Giff sperrt nie ab. Was geht denn hier ab?« Er haut mit seiner gewaltigen Faust auf die Tür ein und ruft laut nach Giff. Schließlich murmelt er: »Scheiße«, und geht in großen Schritten zum Pick-up zurück. Er greift durch das offene Fenster auf der Fahrerseite, klappt die Sonnenblende herunter und drückt auf den Knopf des Garagenöffners. Das Garagentor geht ratternd hoch.

Jetzt wird ihnen klar, warum Giff den Pick-up nicht in der Garage abgestellt hat. Es ist kein Platz. Giff hat die Garage zur Schreinerwerkstatt umgebaut. An der gegenüberliegenden Wand steht eine Werkbank, und darüber hängen an einer Aufhängeplatte alle Schreinerwerkzeuge, die man sich nur vorstellen kann. Die Werkzeuge sind alle glänzend sauber. Oder neu. Neben der Kreissäge in der Mitte der Garage sind große Bretter aufgestapelt. Der Boden ist von einem rötlichen Sägemehlfilm bedeckt, der einen beißenden Zederngeruch abgibt.

»Giff baut sich ein Sonnendeck hinters Haus«, erklärt Buck.

Die Bemerkung klingt seltsam vorwurfsvoll. Neely nickt nur. Sie geht in die Garage. Eine Tür führt ins Haus. Sie ist nicht verschlossen.

Direkt dahinter liegt eine Küche. Sie ist ein Schlachtfeld. Überall stehen schmutzige Gläser, leere Bierdosen, Schnapsflaschen und Schälchen mit Erdnüssen, Chips, Crackers und verschimmelten Dips und überquellende Aschenbecher herum. Der Gestank haut einen fast um.

Buck sagt: »Das sind die Überbleibsel der Wahlparty.«

Neely sagt nichts dazu, weil ihr gerade klar wird, dass das nicht nur Partytrümmer sind. Schubladen stehen offen, Küchengeräte, Bestecke und Tischwäsche liegen verstreut herum. Die Küchenschränke sind aufgerissen. Konserven und Vorratsgläser liegen auf dem Boden. Das Chaos lässt sie zuerst an Vandalismus denken, aber es sieht nicht aus, als sei jemand mutwillig vorgegangen.

»Chief, hier hat jemand nach was gesucht.«

Buck pflichtet ihr grummelnd bei. Neely ist schon im Wohnzimmer, wo sie auf das gleiche Durcheinander aus Partyüberresten und Durchsuchung stößt: Papiere und Nippes liegen wild durcheinander, Möbel stehen Kopf, und aus den Polstern von Couch und Sessel sind die Schaumstofffüllungen herausgerissen worden. Mitten im Raum steht ein brauner, lederbezogener Fernsehsessel. Er ist auf den Fernseher rechts neben der Eingangstür ausgerichtet. Auf dem Beistelltisch daneben steht eine fast leere Flasche Jim Beam.

Buck watet durch die Trümmer, bis er vor dem Fernsehsessel steht. In seinem sonst steinernen Gesicht treten plötzlich Schock und Wut offen zutage. Er murmelt. »Ach du große Scheiße ...«

Neely geht zu ihm. Anders als Buck ist sie nicht schockiert. Sie hat damit gerechnet.

Sheriff Gifford Wills trägt immer noch seine zerknautschte, fleckige Uniform. Sein Kinn ist unrasiert, der Mund steht offen. Man könnte denken, er sei einfach mit der Fernbedienung in der Hand eingeschlafen. Es ist eindeutig eine Hinrichtung.

Aber der Fernseher läuft nicht. Mitten in seiner Stirn befindet sich ein rotes Loch mit einem gezackten grauen Rand.

*Er hat vergessen zu kooperieren ...*

Neely zieht ein Paar Gummihandschuhe aus der Gesäßtasche, streift sie über und geht zum Telefon auf der Theke zwischen Wohnzimmer und Küche. Es ist genau der gleiche Apparat wie der auf ihrem Schreibtisch, und sie fragt sich, ob die Steuerzahler von Taft County für beide geblecht haben. Sie nimmt den Hörer ab.

Buck fragt scharf: »Holen Sie Verstärkung?«

»Mach ich«, antwortet Neely, »aber zuerst versuche ich, Heathman im Institut zu erreichen.«

Buck kommt auf sie zu. »Verdammt nochmal, Giff hatte so seine Fehler, aber er war einer von uns. Damit werden wir schon allein fertig.«

»Genau das hört ein Verteidiger gern, Buck. Wenn Sie Beweismittel wollen, die vor Gericht standhalten, dann lassen Sie die Finger davon. Sonst gelten Sie als voreingenommen. Genau aus dem Grund hole ich einen Ermittler von der staatlichen Behörde dazu.«

»Meine Güte! Sie sind ja eiskalt. So was ist mir noch nicht untergekommen!«

Neely zuckt unwillkürlich zusammen. Sie weiß, dass er nicht nur ihre Reaktion auf Giffs Tod meint. Gestern hat sie für einen Augenblick in Bucks Augen denselben Vorwurf gesehen. Die Frage, warum sie nicht leidet, warum sie nicht in die Knie gegangen ist.

Ihre aufgestaute Wut will sich entladen, aber sie beherrscht sich. Sie sagt: »Ich muss meinen Job machen. Und Sie auch.«

Buck setzt wieder die Maske der Unerschütterlichkeit auf. Seltsam, aber ihr wird erst jetzt klar, dass es eine Maske ist. Schließlich nickt er. »Ja. Aber es gibt keinen Grund, warum ich mich nicht umsehen sollte. Es könnte ja sein, dass der Täter sich irgendwo versteckt hält. Ich meine, das ist doch die übliche Vorgehensweise.«

»Okay, aber wir suchen gemeinsam. Chief, dieses Telefon hat eine Wiederwahltaste. Das ist zumindest ein Beweismittel, das wir sichern können. Ich kann nicht raustelefonieren, ohne es zu zerstören, und ich muss in der Leitstelle anrufen.« Sie fügt nicht hinzu, dass sie nicht noch einmal den Fehler begehen will, einen Mord über Funk zu melden.

Sie hält den Hörer so, dass Buck mithören kann. Am anderen Ende der Leitung klingelt es viermal, dann schaltet sich eine Bandansage ein: »Sie haben die Nummer von Dr. S. Benjamin Nicholass gewählt. Ich bin jetzt leider nicht erreichbar, aber nach dem Piepton können Sie …«

Neely wartet nicht. Sie legt auf und fragt sich laut: »Warum hat Giff bloß Nicholass angerufen? Und wann?«

»Letzteres kann uns die Telefongesellschaft sagen. Welche Nummern sind denn gespeichert?«

Die Nummern stehen unter einer Plastikklappe: die Leitstelle; Sue Anne Fritch, Giffs Haushälterin und mutmaßliche Geliebte; die privaten Anschlüsse von Curtis McMinn und Owen Culpepper.

Neely überprüft den Nachrichtenspeicher, aber es ist nichts darauf. Schließlich wählt sie die Nummer des Instituts und lässt es ungeduldig klingeln. Dann nimmt jemand mit einem barschen »Lieutenant Heathman« ab.

»Hier ist Neely Jones. Ich ... ich hab noch einen Mord für Sie.«

Nach einem Moment angespannten Schweigens fragt er: »Wer ist das Opfer?«

»Sheriff Gifford Wills.«

»Wills!« Wieder Schweigen. Dann sagt er: »Ich trommle den Rest des Teams zusammen. Wo ist die Leiche?«

Nachdem sie ihm den Weg erklärt hat, legt sie auf und sagt zu Buck: »Er kommt so schnell wie möglich her. Warum benachrichtigen Sie nicht die Leitstelle? Lonnie soll die Oregon State Patrol anrufen. Wir müssen die Straße absperren.«

Buck nickt und streift Gummihandschuhe über. Während er telefoniert, wendet sich Neely wieder der Leiche zu.

Ein paar Erkenntnisse liegen auf der Hand. Erstens war Giff bewusstlos, als er erschossen wurde – wahrscheinlich hatte er eine Überdosis Jim Beam intus. Dass er die Fernbedienung noch in der Hand hält, sagt ihr, dass er sich nicht bewegt hat, als jemand von vorn auf ihn zugekommen ist und ihn aus kürzester Entfernung mit einer großkalibrigen Waffe mitten in die Stirn geschossen hat. Der Mörder hatte jede Menge Zeit zum Zielen. Und er war kaltblütig genug dazu.

Die Methode spricht für einen Profikiller.

Neely ist nur ein Profikiller in der Gegend bekannt: Sandro

Spinski, genannt Sandy. Und zwar durch einen besessenen Agenten vom DEA.

Aber welche Verbindung könnte zwischen Giff und einem Profikiller aus San Diego bestehen? Vielleicht steht er mit Spinskis Boss, George Tarbet in Verbindung. Giff wusste von Anfang an über die Überwachung Bescheid, denn Sayson hatte ihn ja informiert. Vielleicht war er auf Informationen gestoßen, mit denen er Tarbet erpressen konnte. Das würde auch die Schmiergeldzahlungen erklären.

Aber die Anhaltspunkte sind dürftig. Neely verschwendet keine Zeit mit weiteren Überlegungen dazu. Was ihr ein Rätsel aufgibt, ist der Kontrast zwischen dem Fundort der Leiche und dem Zustand des Zimmers, der auf eine panische Suche schließen lässt. Wenn alle Polstermöbel bis hin zur Füllung durchsucht worden sind, warum ist dann der Fernsehsessel verschont geblieben?

Eine mögliche Antwort wäre, dass der Sucher fündig geworden ist, bevor er zum Fernsehsessel kam.

Eine andere Antwort wäre, dass der Sucher davor zurückgeschreckt ist, die Leiche zu bewegen, und damit ist sie bei einer anderen Frage: Ist es vorstellbar, dass jemand, der einem Mann kaltblütig eine Kugel in den Kopf jagt, so zimperlich ist, dass er es nicht fertig bringt, die Leiche anzufassen?

Oder sind der Mörder und derjenige, der etwas gesucht hat, nicht dieselbe Person?

Neely geht zum Telefon und tippt die Büronummer des Staatsanwalts ein. Sie erreicht nur seine Sekretärin Thelma Clapton, weil der Staatsanwalt im Gericht ist. Neely zögert. Dann beschließt sie für sich, dass Thelma eine Frau ist, der sie vertrauen kann.

»Das ist ein Notfall. Giff Wills ist ermordet worden. Ich muss den Staatsanwalt darüber informieren, aber sonst soll es niemand erfahren.«

»Ja, natürlich nicht. Ach du Schreck. Ich bring Mr Culpepper wohl am besten eine Nachricht rüber ins Gericht.«

Neely legt auf und dreht sich zu Buck um. »Wenn wir hier nach dem Täter suchen, will ich rausfinden, wie weit die Durchsuchung gegangen ist, damit wir eine Vorstellung bekommen, ob er gefunden hat, was er suchte.«

»Neely, was wissen Sie über denjenigen, der Ihnen den Tipp mit Giff gegeben hat?«

Sie erwägt kurz, ihn über den Flüsterer ins Vertrauen zu ziehen, aber ein nagender Zweifel hält sie davon ab. »Nichts.«

Die drei Schlafzimmer und zwei Badezimmer sind alle durchsucht worden. In allen Räumen sind die Vorhänge zugezogen. Offensichtlich wollte jemand nicht, dass vorbeifahrende Fahrzeuge auf das erleuchtete Haus aufmerksam werden. Das heißt womöglich, dass die Suche spät nachts stattgefunden hat.

Es gibt keinen Hinweis darauf, dass die Suche irgendwann abgebrochen wurde. Neely und Buck gehen hinaus in die Garage. Sie passen auf, dass sie keine neuen Spuren verursachen. Die Garage ist ebenfalls durchsucht worden. Allerdings ist derjenige hier entweder achtsamer vorgegangen, oder er konnte das meiste absuchen, ohne etwas anzufassen. Das Sägemehl auf den Holzstapeln ist unberührt, aber der Täter hat seine Fußspuren auf dem Boden nur unzureichend weggefegt. Neben der Küchentür hat er einen Fußabdruck vergessen. Nein, zwei. Einer ist nur zum Teil erhalten.

»Chief, haben Sie Giff je in Turnschuhen herumlaufen sehen?«

Er mustert die Fußabdrücke. »Nein, aber wir sollten seinen Kleiderschrank durchsuchen.«

»Das kann Heathmans Team erledigen.« Sie runzelt die Stirn, als sie in der Ferne eine Sirene hört. »Was für ein Klugscheißer hat denn die Sirene eingeschaltet. Da könnte er Tom Jordan und Konsorten auch gleich eine gedruckte Einladung schicken.

Buck geht hinaus. Sein Gang wirkt lässig, aber er tritt sorgfältig in seine alten Spuren. »Darrell wahrscheinlich. Den knöpf ich mir vor.«

Als Buck und Neely wieder an der Straße sind, kommen schon in einer riesigen Staubwolke drei Streifenwagen auf sie zu. Neely überlässt es Buck, sie auf den Seitenstreifen hinter ihren Streifenwagen zu winken und Darrell Logan wegen der Sirene zur Rede zu stellen. Sie geht an das Ende der Kolonne, wo gerade eine grüne Limousine zum Stehen kommt.

Lt. John Heathman steigt aus. Angesichts der Staubwolke rümpft er die Nase. Seine graubraunen Augen verhärten sich, als er das Haus mustert. »Manchmal hab ich den Eindruck, man merkt es einem Haus an, dass ein Mord darin passiert ist. Es hat so was … Leeres.« Er zuckt mit den Schultern. »An die Arbeit.«

## 34

Um halb elf hat Staatsanwalt Culpepper seinen obligatorischen Auftritt. Heathman hat die vorläufige Untersuchung abgeschlossen und wartet auf den Rest seines Teams und Feingold. Keiner sieht es gern, dass noch jemand den Tatort besichtigt. Neely führt Culpepper herum, zeigt ihm die Garage und ermahnt ihn, aufzupassen, wohin er seine Füße setzt.

»Neely, ich hab mir schon Tatorte angesehn, da haben Sie noch in den Windeln gelegen.«

Aber an diesem Tatort erwarten ihn einige Überraschungen. In der Küche schaut er sich verwirrt um. »Wie sieht's denn hier aus? Haben hier ein paar Kids einen draufgemacht?«

»Nein, Sir. Ich bin mir sicher, dass Jugendliche damit nichts zu tun haben.« Neely führt ihn ins Wohnzimmer. »Giff ist hier. Im Fernsehsessel.«

Culpepper geht hin und starrt eine ganze Weile auf Giffs sterbliche Überreste. Schließlich schüttelt er den Kopf. »Mein Gott, was passiert bloß in unserer Stadt, Neely? Die pure Lust an der Gewalt. Das ist aus unsrer Welt geworden.«

»Mit zielloser Gewalt hat das nichts zu tun, Mr Culpepper. Das ist ein professioneller Mord. Schauen Sie mal, wie gezielt die Kugel abgefeuert worden ist.«

Er macht keine Anstalten, es sich zu genau anzusehen. »Aber

das Haus, das ist doch verwüstet worden! Schrecklich. Fehlt irgendwas?«

»Nichts Offensichtliches. Fernseher, Videorekorder, Mikrowelle, Radio, Spirituosen, verschreibungspflichtige Medikamente – alles noch da.«

Der Staatsanwalt nickt, als hätte sie seine Annahme bestätigt. »Das haben ein paar durchgedrehte Kids unter Drogen angerichtet. Irgendeine Bande oder vielleicht sogar eine Sekte.«

»Oder aber das ist schlicht und einfach das Resultat einer gründlichen Durchsuchung.«

»Durchsuchung!« Er lacht verächtlich. »Was sollte Giff versteckt halten, weswegen ihn jemand umbringen würde? Giff Wills hat dem County viele Jahre lang treu und redlich gedient …«

»Sparen Sie sich das für den Nachruf, Mr Culpepper«, unterbricht Neely ungeduldig. »Erstens weiß ich, dass Giff Geld in Tausend-Dollar-Raten erhalten hat. Wofür weiß ich noch nicht. Zweitens hat mir ein anonymer Anrufer gemeldet, dass ich Giff hier finde. Ich zitiere: ›Giff Wills hat vergessen zu kooperieren.‹«

Die Gesichtsfarbe von Culpepper schlägt von kränklich weiß in leuchtend rot um. »Ist Ihnen klar, was Sie da sagen? Sie beschuldigen Giff, dass er Schmiergeld genommen hat! Ich hoffe bei Gott, Sie können das irgendwie untermauern, Mädchen!«

»Glauben Sie etwa, ich stelle so was in den Raum, wenn ich keine Gründe dafür habe? Und unterstehen Sie sich, mich noch mal Mädchen zu nennen. Ich bin Sheriff Jones.«

So viel zur Diplomatie, denkt Neely. Culpepper bellt: »Das werden wir ja noch sehen!« Er wirft noch einen Blick auf die Leiche, und sein Gesicht wird wieder bleich. »Zum Teufel, ich muss raus hier!«

Culpepper stolpert durch die Eingangstür hinaus, obwohl Neely ihn gewarnt hat, dass sie noch nicht auf Fingerabdrücke untersucht worden ist. Neely hört ihn gerade noch ein paar Worte zu Heathman und Buck sagen, bevor er in seinen Wagen steigt, wendet und so heftig aufs Gaspedal tritt, dass der Schotter hochspritzt. Dann rast er in Richtung Westport davon.

Buck rückt seinen Stetson zurecht. »Hoffentlich bremst er vor der Straßensperre rechtzeitig ab.« Dann seufzt er. »Owen und Giff kennen sich schon ewig, und der alte Owen hat den Anblick von Leichen noch nie gut weggesteckt.«

»Hoffentlich kommt er nie einer Wumme in die Quere«, sagt Heathman trocken. Er will etwas zu Neely sagen, wird aber von einem stotternden Motorengeräusch abgelenkt.

Ein leerer Holzlaster rast auf sie zu. Die Männer an der Straßensperre hatten die Anweisung, niemanden durchzulassen, der nicht in der River Road wohnt, deshalb nimmt Neely an, dass der Fahrer ein Nachbar von Giff ist.

Der röhrende Laster hält an, und der Fahrer klettert aus dem Führerhaus. Er lässt den Motor im Leerlauf laufen. Buck winkt ihn herüber. »Wie geht's denn so, Nate?« Neely flüstert er zu: »Nathan Jablonski. Wohnt ein gutes Stück weiter an der River Road.«

Jablonski ist ein zotteliger junger Mann mit Bart und langen Haaren, um die ihn jeder Hippie in den Sechzigern beneidet hätte. Neely würde allerdings wetten, dass er ein Rush-Limbaugh-Fan ist. Während er Buck ungezwungen anlächelt, mustert er Neely und Heathman nur kühl. Er wendet sich ausschließlich an Buck. »Hab nicht gewusst, dass ihr bei der Polizei auf einmal zwei Nigger habt.« Das sagt er so beiläufig, als würde er über das Wetter reden.

Neely setzt ein zuckersüßes Lächeln auf und sagt: »Und ich hab nicht gewusst, dass in der River Road mehr als eine weiße Arschgeige wohnt.« Sie hört dabei nicht auf zu lächeln.

Jablonski wirkt ganz verwirrt, als wüsste er nicht, ob er richtig gehört hat. Dann fragt er: »Ist bei Giff im Haus was passiert? Hat jemand eingebrochen?«

Buck antwortet: »Ja, es ist was passiert. Du bist nicht zufällig gestern Abend hier vorbeigefahren? So nach zehn?«

Jablonski kratzt sich den Bart. »Nein. Aber heute Morgen bin ich so um halb sechs losgefahrn. Sollte eine Ladung Baumstämme von einem Waldstück südlich von hier nach Willamina bringen. Hab nur zwei Ladungen geschafft, dann ham se den Holzschlag dichtgemacht. Jedesmal, wenn die Luftfeuchtigkeit ein kleines bisschen sinkt, machen diese nervösen Schwuchteln vom Forest Service uns dicht.«

Buck schüttelt Anteil nehmend den Kopf. »Die hören nicht auf, bis alle Holzfäller arbeitslos sind.«

Klar, denkt Neely, wenn die Holzfäller den letzten Baum abgeholzt haben und nur noch die kümmerlichen Zahnstocher rumstehen, die sie neu gepflanzt haben. Das sagt sie allerdings nicht laut. Jetzt ist es ihr ganz recht, dass Buck sich mit Nathan Jablonski herumschlägt.

Buck fragt: »Hast du heute Morgen jemanden in der Nähe von Giffs Haus gesehen? Vielleicht ein Auto oder so, das nicht hierher gehört?«

»In der Nähe von Giffs Haus nicht, aber mir ist schon ein Auto aufgefallen. Hab gedacht, das ist ja komisch, so früh am Morgen.«

»Was für ein Auto?«

»Einer von diesen kleinen Sportwagen, ein weißer. Ist in Richtung Stadt gefahren. Das war so« – er zeigt grob in Richtung Westport – »vielleicht dreihundert Meter weiter. Ich bin so von hinten rangekommen und hab ihn für eine Sekunde oder so im Scheinwerferlicht gesehen, da ist er auf einmal ab wie eine Rakete.«

Buck wirkt nicht mehr als höflich interessiert, aber seine Augen sind zusammengekniffen. »Das Kennzeichen hast du nicht zufällig gesehen?«

»Der hatte echt Speed drauf. Hab nicht mal gesehn, was die Marke war.«

»Ist gut so, Nate. Danke.«

»Klar. Sag Giff, es tut mir Leid, dass er ausgeraubt worden ist. Wie kommt denn jemand dazu, ausgerechnet den Sheriff auszurauben? Ist doch saublöd von dem.« Jablonski lacht und klettert wieder ins Führerhaus. Neely und Heathman würdigt er keines Blickes. Der Laster donnert los.

Als der Lärm und die Dieselabgase sich entfernen, sagt Buck zu Heathman: »Nate hat manchmal keine Ahnung, was er sagt, Lieutenant.« Heathman zieht eine Augenbraue hoch, und Buck fügt hinzu: »Wenigstens hat er uns einen Tipp gegeben, den wir verfolgen können. Das hier ist eine Sackgasse, in der nicht viele Leute wohnen. Zehn, zwölf Häuser auf die ganzen zwölf Kilometer. Da fragt man sich schon, was ein fremdes Auto morgens um halb sechs hier gemacht hat.«

Neely meint dazu: »In Westport gibt es nicht so viele weiße Sportwagen, aber der Täter könnte auch von außerhalb kommen.«

»Mir fällt dazu nur ein weißer Sportwagen ein«, sagt Buck. »Ein Porsche. Gehört einem Typen namens Bob Johnson.«

Neely schaut Buck an und versucht seinen unbewegten Blick zu entziffern. Weiß er, dass Robert Johnson der Deckname von Sandy Spinski ist? Möglicherweise. Vielleicht hat Giff seinem Stellvertreter von Saysons Überwachung erzählt.

Neely äußert sich nicht dazu. Sie erwähnt auch nicht, dass ihr noch ein anderer weißer Sportwagen einfällt: der Mercedes von Dr. S. Benjamin Nicholass.

## 35

Um die Mittagszeit treffen Dr. Feingold und der Rest von Heathmans Spurensicherungsteam in Giffs Haus ein. Neely überlässt Buck die Verantwortung. Hier kann sie nichts ausrichten. Sie muss sich mit einem anderen Mord beschäftigen.

Sie fährt wieder in ihr Büro. Gerade hat sie es sich an ihrem Schreibtisch bequem gemacht, da kommt Heather herein: »Oh, Sheriff, tut mir Leid mit dem Chaos hier.« Neely schaut sie verständnislos an. Heather erklärt: »Hinter Ihnen. Ich versuche gerade, die alten Akten aus dem Aktenschrank mit dem geknackten Schloss zu räumen, aber ich werde immer wieder gestört.«

Neely schwingt in ihrem Drehstuhl herum. Jetzt erst bemerkt sie die Stapel auf dem Boden und in einem Karton. »Kein Problem, Heather.«

»Das Telefon klingelt ständig. Meistens Reporter. Wie kriegen die das alles bloß immer spitz? Stimmt das, Sheriff?« Sie hat Tränen in den Augen. »Ich meine, mit Giff?«

»Ja, das stimmt. Er ist letzte Nacht ermordet worden.«

Heather plumpst auf den Stuhl vor dem Schreibtisch und schafft es gerade noch, ihn zu stoppen, bevor er unter ihr wegrollt. »Ach du liebe Güte, ich versteh das einfach nicht. Ich meine, wir leben ja nicht in der Großstadt. Zwei Morde in zwei Tagen? Das ist einfach … abartig.«

Neely nickt müde. »Ja, das ist es.«

»Oh, das hab ich fast vergessen. Mr Culpepper hat angerufen. Dreimal. Sie sollen sofort zu ihm kommen.«

»Ach ja?« Owen erledigt seine Aufgaben gern in der sicheren Umgebung seines Büros. Auch wenn es darum geht, Untergebene runterzuputzen.

Heather sagt: »Der Gerichtsmediziner hat Berichte über den … äh … Fall Koto rübergefaxt. Ich hab sie in die oberste Mappe auf Ihrem Schreibtisch gelegt. Mist, schon wieder das Telefon.« Sie eilt in ihr Büro.

Neely schlägt die Mappe auf. Den Stapel Fotos legt sie zur Seite. Das erste Fax enthält den Obduktionsbericht. Daran hat sie schwer genug zu schlucken, aber wenigstens schafft die wissenschaftliche Sprache ein bisschen Abstand zur Realität der Fotos.

Todeszeit: Mittwoch zwischen 21.00 Uhr und Mitternacht. Todesursache: Ertrinken. Das Wasser in den Lungen des Opfers hat die gleiche chemische Zusammensetzung wie das Wasser im Quallenbecken. Oben links im Brustbereich wurde in einer Schusswunde eine 9-mm-Kugel gefunden. Die Wunde war nicht tödlich. Die Kugel ist fünf Zentimeter unterhalb des linken Schlüsselbeins und acht Zentimeter neben dem Sternum eingetreten und im Schulterblatt stecken geblieben.

Der Rest des Berichts wiederholt, was Greg Feingold ihr gestern schon gesagt hat: tiefe Druckstellen am linken Handgelenk, Prellungen auf der linken Seite des Kinns, ein lockerer Zahn, der »darauf hinweist, dass das Opfer mit einem stumpfen Gegenstand geschlagen wurde, möglicherweise mit der Faust eines Rechtshänders.« Das klingt ganz nach Greg. Leichenschauhaushumor.

Aber eine Information ist neu: »In den Haaren und Kleidern des Opfers wurden getrocknete Spritzer von blaugrüner Farbe gefunden.«

Neely überblättert einige Seiten, bis sie einen Bericht über Jans Büro findet. Der Boden wurde geschrubbt, aber mit Luminol konnte man Blutspuren nachweisen. Ebenso wurden mikroskopisch kleine Farbspritzer gefunden – und danach hat sie gesucht: »... die nach Zusammensetzung und Farbton der Farbe entsprechen, die gegenwärtig auf die Wände im Museumsbereich aufgebracht wird.«

Die fehlende Plastikplane.

Sie überfliegt ein paar Seiten: »Ein drei mal drei Meter großes Stück Plastikplane wird am einen Ende des Museumsbereichs vermisst. Nach Aussage von Billy Huff, dem beauftragten Maler, lag sie noch dort, als er und seine Angestellten am Mittwoch um 17.00 Uhr das Zentrum verlassen haben. Daraufhin wurde eine Suche nach der Plane veranstaltet, die ohne Erfolg blieb.«

Neely lehnt sich zurück und starrt ins Leere. Als Jan von seinem Büro ins Medusenbecken gebracht wurde, war er wahrscheinlich aufgrund des Schlages und/oder der Schusswunde bewusstlos. Jemand musste ihn tragen. Diese Person hat vielleicht Jan in die Plastikfolie mit den Farbklecksen eingewickelt, um sich vor Blutflecken zu schützen. Dabei könnten sich winzige Farbpartikel gelöst haben.

In diesem Fall müssten auch am oberen Rand des Medusenbeckens Farbspritzer zu finden sein. Sie überfliegt den Bericht, findet aber keinen entsprechenden Hinweis. Offensichtlich ist dieser Bericht unvollständig.

Enttäuscht nimmt sie einen Bericht über Fingerabdrücke zur Hand. Sie sucht nach einem bestimmten Namen und findet ihn schließlich. »Die Fingerabdrücke auf der Computerhülle und der Tastatur des Opfers gehören zum Opfer und zu Dr. Andrea Olenick.«

Hab ich dich, Andrea, Baby!

Das reicht, um einen Durchsuchungsbefehl für Andreas Apartment zu erwirken.

Die übrigen Fingerabdrücke, die bislang im Institut gefunden wurden, gehören zu Mitarbeitern. Außer einem, der auf dem Pentium-III-Prozessor aus der Hosentasche des Opfers gefunden wurde.

Intel inside …

Intel ist der größte Baum im Silicon Forest bei Portland, Oregon. Neely sieht den offenen Kringel des Intel-Logos vor sich. Irgendwo anders hat sie ihn vor nicht allzu langer Zeit schon einmal gesehen. Aber wo?

Wahrscheinlich in einem Werbespot.

Aber wo zum Teufel hatte Jan diesen verdammten Pentium-Prozessor her? Und zu wem gehört dieser fremde Fingerabdruck?

Apropos Fingerabdrücke …

Sie wählt eine Nummer. Nach einer Weile nimmt Lt. Mary Jo Bivins ab und erkundigt sich besorgt: »Neely, ich hab gehört, was bei euch los ist. Bist du okay, Mädel?«

»Ich beiße mich so durch, Mary Jo. Ich rufe an wegen des Umschlags, den ich euch geschickt habe. Das war am …« Wann? Erst Mittwoch? Vor zwei Tagen?

»Ich sag's nur ungern, aber außer deinen haben wir keine Fingerabdrücke gefunden.«

Neely seufzt. »Das überrascht mich nicht weiter.«

»Soll ich dir den Umschlag zurückschicken?«

»Lieber nicht. Heb ihn einfach eine Weile auf.«

»Übrigens, wenn du einen konkreten Verdacht hast, könnten wir vielleicht eine Übereinstimmung der DNA nachweisen. Der Betreffende hat wahrscheinlich zum Zukleben am Umschlag geleckt. Ich bin mir nicht sicher, dass genug Speichelspuren übrig sind, aber einen Versuch wäre es schon wert.«

»Ja, falls mir ein passender Verdächtiger einfällt. Danke, Mary Jo.«

Neely legt auf. Sie starrt das Telefon an und denkt an sein Gegenstück in Giffs Haus. Wieso war Ben Nicholass die letzte Person, die Giff angerufen hat? Haben die beiden häufiger miteinander kommuniziert? Worüber haben Sie gesprochen? Es gibt eine Möglichkeit, wenigstens über die Häufigkeit etwas herauszufinden.

Sie ruft den Geschäftsführer der Telefongesellschaft an und bittet ihn, ihr einen Einzelverbindungsnachweis von Giff für den letzten Monat zu faxen. Unterdessen liest sie im Obduktionsbericht weiter, aber das erhoffte Gefühl, dass an irgendeiner Stelle bei ihr Alarmglöckchen klingeln, bleibt aus.

Keine zehn Minuten später kommt Heather mit dem Einzelverbindungsnachweis herein. Mit dem nach Nummern geordneten Telefonbuch ermittelt Neely die Teilnehmer zu den Nummern auf der Liste. Es sind Namen, die sie kennt: SueAnne Fritch, Buck Dolin, County Commissioner Vernon Clack. Fire Chief Art Hager und andere Namen, die, wie sie weiß, zu Giffs Saufkumpanen und Anglerfreunden gehören. Am vergangenen Mittwoch hat Giff um 6.00 Uhr Owen Culpepper angerufen. Der Staatsanwalt wird begeistert gewesen sein, dass ihn jemand nach seiner Wahlparty so früh aus dem Bett geholt hat.

Außerdem hat er am Mittwoch um 8.45 Uhr, also eine halbe Stunde nach seinem theatralischen Abgang in der Dienststelle, zum ersten Mal Nicholass angerufen. Der Anruf war kurz. Um 12.10 Uhr wurde Giff von einer Telefonzelle aus angerufen. Am Donnerstag Nachmittag um 13.03 Uhr hat Giff wieder Nicholass angerufen. Es war sein letzter Anruf.

Anrufe von Telefonzellen aus ... Irgendetwas wollte sie doch noch überprüfen, irgendetwas, das sie stutzig gemacht hat. Aber sie kann sich nicht erinnern, was es war.

Neely schaut auf. Aus Heathers Büro hört sie Stimmen: Heathers Stimme klingt aufgeregt, die männliche Stimme wütend.

Die Tür fliegt auf, und der Staatsanwalt kommt mit großen Schritten herein. Erst jetzt fällt Neely wieder ein, dass sie bei ihm im Büro erscheinen sollte. Er beugt sich über den Schreibtisch und brüllt: »Verdammt noch mal, es ist nicht meine Art, wie ein Laufbursche den Leuten hinterherzurennen!«

Neely steht auf, macht die Tür zum Dienstzimmer zu und setzt sich wieder auf ihren Platz. Sie sagt kühl: »Tut mir Leid, aber ich hab heute ziemlich viel zu tun.«

Die Entschuldigung scheint ihn etwas zu beschwichtigen. Er setzt sich, und prompt rollt der Stuhl unter ihm weg, so dass er sich nur mit Mühe fangen kann. »Ach du Schreck, wo haben Sie denn diese Falle her?«

»Gehört zur Originaleinrichtung. Um was gehts denn?«

Sie rechnet damit, dass es um ihre Anschuldigungen gegenüber Giff geht. Stattdessen antwortet er: »Ums Institut. Ich seh keinen Grund, weshalb nicht wenigstens die Mitarbeiter wieder Zugang haben sollten. Zumal umfangreiche Reinigungsarbeiten anstehen. Das Institut hat nicht nur seltene Pflanzen und Tiere, die ständig versorgt werden müssen – sonst gehen sie ein –, ich seh auch keinen Grund, warum die *Poseidon* nicht so bald wie möglich in See stechen sollte. Der zeitliche Rahmen, in dem die Geburt der Grauwale beobachtet werden kann, ist auch sehr eng gesteckt.«

»Das weiß ich. Ben hat mir gestern genau das Gleiche gesagt.«

»Dr. Nicholass hat mir heute Morgen einen Besuch abgestattet. Neely, er ist einer unserer führenden Bürger, und das Ozeanographische Zentrum ist für unseren Tourismus überlebenswichtig. Es kann einfach nicht angehen, dass wir das Institut oder einen so hochrangigen Wissenschaftler wie Dr. Nicholass in Bedrängnis bringen.«

Neely äußert sich nicht zu Dr. Nicholass' Ruf. Sie sagt: »Mr Culpepper, um die seltenen Exemplare kümmert sich schon Dr. Spenser, die Museumsdirektorin, die ja auch Meeresbiologin ist. Was die Freigabe des Tatorts angeht, so kann ich das nicht entscheiden, ohne Lieutenant Heathman zu Rate zu ziehen, und der hat gerade alle Hände voll zu tun. Was die wirtschaftliche Bedeutung des Instituts für Westport angeht, muss ich sagen, dass der

November nicht gerade Hochsaison ist. Und was die Poseidon angeht – die Gelegenheit, Grauwale zu beobachten, ist auch nächstes Jahr wieder gegeben. Ich sehe es nicht gern, dass irgendjemand das Land verlässt – nicht, bis wir wissen, wer Dr. Koto umgebracht hat.«

Culpepper springt so hastig auf, dass der Stuhl ins Rollen gerät. »Aber wir wissen doch, wer ihn umgebracht hat! Dieser Skinhead!«

»Nein, das wissen wir nicht.«

»Ich weiß es aber! Und ich bin derjenige, der ihn unter Anklage stellt! Sie brauchen ihn nur finden! Das ist Ihre oberste und einzige Pflicht.«

»Schließlich haben wir ja auch noch den Mord an Giff Wills … Sir.«

Culpepper starrt sie an. Durch die dicken Vergrößerungsgläser seiner Brille sieht er noch wütender aus. »Ich hatte gehofft«, sagt er kühl, »dass sich zwischen uns eine gute Zusammenarbeit und gegenseitiger Respekt entwickeln …«

Neely steht auf und stützt sich mit den Handflächen auf den Schreibtisch. »Was Sie gehofft haben, ist, dass ich aufgebe. Ich habe jetzt zu tun, Mr Culpepper. Ich muss in zwei Mordfällen ermitteln, und ich ermittle in beiden mit der gebotenen Sorgfalt und Gründlichkeit. Ich bedaure, wenn das für Sie ein Problem darstellt, aber es ändert nichts.«

Er starrt ihr einen Moment lang in die Augen, dann stapft er ohne ein weiteres Wort hinaus und knallt die Tür hinter sich zu.

Verdammt, denkt Neely, das mit der Diplomatie krieg ich einfach nicht auf die Reihe.

Sie sackt auf ihren Stuhl zurück und versucht ihren rasenden Puls unter Kontrolle zu bekommen. Dann versucht sie an den Gedankengang anzuknüpfen, bei dem Culpepper sie unterbrochen hat.

Anrufe. Es ging um Anrufe. Sie schaut auf die Akten und sucht nach einem Hinweis, der ihrem Gedächtnis auf die Sprünge helfen könnte. Sie findet ihn dort, wo sie ihn am wenigsten erwartet hat:

in der Akte Tarbet. Gestern Abend hat sie versucht herauszufinden, warum bei zwei Daten in der Akte die Alarmglöckchen losgegangen sind. Sie schlägt die Mappe auf und blättert darin.

Schließlich stößt sie auf die Seite, die sie gerade gelesen hat, als Brad Skinner mit der Nachricht ankam, dass ihr Haus brennt.

Im Laufe der sechzehn Monate wurde George Tarbet zweimal von öffentlichen Telefonzellen aus angerufen. Der erste Anruf war am 28. Dezember vergangenen Jahres, der zweite am 25. September dieses Jahres.

Sie wühlt in ihren Schreibtischschubladen herum, bis sie ihren Terminkalender findet. Am Anfang ist eine Seite für die letzte Woche des vergangenen Jahres.

Ja. Ein Eintrag vom 28. Dezember in ihrer eigenen Handschrift: »Jan ist von der Baja zurückgekommen.« Mit anderen Worten, an diesem Tag hat die *Poseidon* wieder in Westport angelegt.

Sie schlägt den 25. September auf und stößt auf einen gleich lautenden Eintrag, diesmal mit Ausrufezeichen: »Jan ist von der Baja zurückgekommen!«

Diese Daten sind identisch mit den Daten, an denen George Tarbet von einer öffentlichen Telefonzelle aus angerufen wurde. Jeweils am folgenden Tag ist er auf die Cayman-Inseln geflogen.

Eine zufällige Übereinstimmung? Das erscheint ihr unwahrscheinlich, aber zufällige Übereinstimmungen kommen einem nie wahrscheinlich vor.

Auf der Exkursion vom 25. September ist Andrea Olenick angeblich dem Zauber tropischer Nächte und Dr. Nicholass' erlegen.

Das tut wahrscheinlich nichts zur Sache. Neely runzelt die Stirn. Sie versucht sich auf George Tarbet zu konzentrieren. Und auf Giff.

Wenn Giff etwas erfahren hat, womit er Tarbet erpressen konnte, wäre das eine Erklärung für die Schmiergeldzahlungen. Aber nachdem Giff die Wahl verloren hatte und auf Sauftour gegangen war, war er womöglich keine Bedrohung mehr, sondern nur noch lästig. Vielleicht hat Tarbet ihn umgebracht oder Spinski die Ausführung überlassen. Allerdings muss Giff, um sich abzusichern, irgendeine Art von Beweismaterial gegen Tarbet irgendwo versteckt gehalten haben. Damit wäre die Durchsuchung bei Giff erklärt: Tarbet wollte das Beweismaterial an sich bringen.

Vielleicht ist Tarbet sogar der Flüsterer.

Neely verzieht abschätzig das Gesicht. Sie kann es sich einfach nicht vorstellen, dass ein Mann, der derart unter rheumatischer Arthritis leidet, dass er nur mit Krücken stehen kann, in Westport von einer öffentlichen Telefonzelle zur anderen springt.

Vielleicht hat Spinski ihn gefahren. In dem Lexus, den Sayson erwähnt hat? Ein Mann, der sein Haus nur verlassen hat, um auf die Cayman-Inseln zu fliegen? Ein Mann, der unter ständiger Beobachtung durch das FBI steht?

Vielleicht erledigt aber auch Spinski die Anrufe. Und das Geflüster. Trotzdem kommen ihr im Moment George Tarbet und sein vertrauenswürdiger Heimpfleger und Profikiller geradezu faszinierend vor.

## 36

Es ist fast zwei, als Buck Dolin ins Dienstzimmer kommt. Er schenkt sich einen Becher Kaffee ein, obwohl er weiß, dass er Kaffee auf leeren Magen nicht verträgt. Nicht, wenn ihm sowieso übel ist. Er wird einfach das Bild von Giff nicht los, wie er mit dem Loch in der Stirn in diesem Fernsehsessel liegt. Was er auch verbrochen hat – und das war nicht wenig –, so etwas hat er nicht verdient.

Giff hat sich um seine Leute gekümmert.

In dem Jahr, als Val gestorben ist und Buck es nicht mehr gepackt hat – er hatte angefangen zu trinken, war in Schlägereien geraten und hatte zu viel geweint und sogar Flashbacks von Vietnam gehabt –, da hat Giff dafür gesorgt, dass er nicht auch noch seinen Job verloren hat. Giff hat sogar den Papierkram dafür erledigt, dass er krankgeschrieben wurde, bis er sich wieder gefangen hat.

Buck schaut sich im leeren Dienstzimmer um. Sind alle im Einsatz oder in Giffs Haus? Nein. Curtis McMinn und Lonnie Weaver kommen gerade um die Ecke. Sie bleiben wie vom Blitz getroffen stehen. Er geht mit zusammengekniffenen Augen auf sie zu. »Wer hat in der Leitstelle Dienst, Deputy Weaver?«

»Äh … bin nur ganz kurz rausgegangen, Chief.« Er verschwindet schleunigst wieder in der Leitstelle.

McMinn grinst immer noch. »Wir haben grad bei einem echten Hahnenkampf zugehört.« Er zeigt mit dem Daumen auf das Büro des Sheriffs.

Buck schaut in die Richtung. Die Tür ist geschlossen. »Hast du nichts Besseres zu tun, als am Schlüsselloch zu lauschen, Curtis?«

»Von lauschen kann bei dem Geplärr keine Rede sein.« Er streicht über seinen dichten Schnauzer. Buck bemerkt Verletzungen an seiner linken Wange und den Knöcheln seiner rechten Hand. Er fragt sich, auf wen er eingedroschen hat. Hoffentlich nicht auf einen Gefängnisinsassen oder, noch schlimmer, auf Trina.

»Der Staatsanwalt und die Niggerschlampe«, fügt McMinn hinzu. »Die sind vielleicht aufeinander los …«

»Niggerschlampe? Was ist denn das für eine Ausdrucksweise. Halt lieber die Fresse!«

»Ach komm schon, Chief.« McMinn grinst immer noch. Dabei war er Giffs Liebling. Jetzt steht er hier und klopft blöde Sprüche, während Giff auf dem Weg ins Leichenschauhaus ist. Wahrscheinlich sucht Buck nur nach einem Anlass, um Dampf abzulassen. Jedenfalls findet er einen: den Perlmuttgriff, der aus seinem Halfter schaut.

»Was zum Teufel ist das in dem Halfter, Sergeant?«

Das Grinsen verschwindet schlagartig. »Äh … das ist eine von meinen eigenen Waffen.«

»Wo ist deine Dienstwaffe?«

»Also, das ist eine lange Geschichte, Chief.«

»Mach's kurz.«

»Ich … äh … sie … sie ist mir geklaut worden.«

Buck beugt sich zu ihm. »Sie ist was?«

»Also, das war so. Mittwoch Abend war mir kotzübel, und ein Kind aus der Nachbarschaft war da und hat mit Jason gespielt. Ich … äh … hab meinen Pistolengürtel auf einen Stuhl gehängt statt in den Schrank. Am nächsten Morgen ist meine Glock weg. Ich hab ja vorgehabt, mir die Eltern von dem Kind vorzunehmen, aber ich hab einfach noch keine Zeit gehabt …«

»Halleluja! Da läuft also ein Kind mit deiner geladenen Waffe draußen rum, und du hast keine Zeit, dich drum zu kümmern? Du gehst jetzt auf der Stelle nach Hause. Und ohne die Waffe brauchst du gar nicht erst wiederzukommen.«

»Schon gut, Chief, schon gut!« Er geht rückwärts auf die Tür zu. »Ich bring sie zurück, das schwör ich …« An der Tür stößt er mit Darrell Logan zusammen.

»Pass doch auf, Curtis!« Aber McMinn ist schon weg. Logan schaut Buck fragend an. »Was ist denn mit dem los?«

»Dringender Einsatz. Und wo kommst du her?«

»Ein Fall von häuslicher Gewalt. Bei den Peabodys. Der alte Carl hat heute früh losgelegt. Hab ihn für die Nacht in unser Luxushotel eingebuchtet.«

Die Tür zum Büro des Sheriffs geht auf, und Neely streckt den Kopf hinaus. »Chief, ich muss mit Ihnen reden«, sagt sie und geht wieder an ihren Schreibtisch, als käme es ihr nicht in den Sinn, dass er aufmucken könnte. Und das wird er auch nicht. Bei zwei Mordfällen, die gleichzeitig zu lösen sind, hat er keine Zeit, das Sensibelchen zu spielen.

Neely steht hinter dem Schreibtisch. Man sieht ihr die Anspannung an. Die dunkle Haut unter ihren Augen ist noch dunkler. Er hätte ihr heute Morgen nicht ins Gesicht sagen sollen, dass sie eiskalt ist. Menschen gehen mit ihrer Trauer unterschiedlich um.

»Chief, die vorläufigen Berichte zum Mordfall Koto sind eingegangen.« Neely gibt ihm eine Akte. »Heather hat Kopien für Sie und alle Schichtleiter gemacht. Hat Giff Ihnen je erzählt, warum die Leute von der DEA in der Stadt sind?«

Der Themawechsel überrascht ihn. »Ja. Sie überwachen einen Typen namens Tarbet. Soll ein Drogenhändler sein.«

»Und sein Helfershelfer ein mutmaßlicher Profikiller. Die Leute in dem Gewerbe leisten gewöhnlich saubere Arbeit. Ein Kopfschuss würde dazu passen.«

Bucks Magen krampft zusammen. Giff von einem Profikiller ermordet? Aber sie hat Recht: Das war saubere Arbeit. »Vielleicht sollten wir Tarbet und seinen Kumpel vorladen und vernehmen.«

Sie schüttelt den Kopf. »Mit welcher Begründung denn? Aber ich will mir Tarbet mal vornehmen. Die einzige Möglichkeit ist, ihm einen Besuch abzustatten. Ich denke da an die Brandstiftung. Wenn wir nicht mit zwei Mordfällen beschäftigt wären, würden wir von Tür zu Tür gehen und die Leute befragen, ob sie – sagen wir mal – gestern Abend um halb zwölf einen grünen Vanagon gesehen haben. Das wäre die Standardvorgehensweise.«

»Soll ich Ihnen dabei Rückendeckung geben?«

»Nein. Manchmal ist es für eine Frau von Vorteil, allein unterwegs zu sein. Die Männer nehmen sie einfach nicht ernst.« Sie greift nach einem Klemmbrett und ihrem Hut. »Ich will nur, dass Sie wissen, wohin ich gehe.«

Er sagt halb im Spaß: »Wenn Sie um halb vier nicht zurück sind, schick ich ein Aufgebot los, um Sie zu suchen.«

Sie wirkt überrascht. Dann lacht sie. »Machen Sie bloß keine Abstimmung dafür oder dagegen. Ich hab die Befürchtung, die würden dafür stimmen, mich mit Tarbet allein zu lassen.«

## 37

Vom North Front Drive her sieht das Haus gewöhnlich, fast bescheiden aus: Es ist einstöckig, im Stil einer alten Ranch mit grauem Ziegeldach und mit einer grauen, kunststoffbeschichteten Außenverkleidung. Auf der Südseite liegt eine Doppelgarage, im Norden das Wohnzimmer und dazwischen in einem Alkoven der Eingang.

Aber Neely hat dieses ungewöhnliche Haus von der Meerseite aus gesehen. Es liegt direkt am Strand, auf einem hundert Meter breiten Grundstück – das allein ist schon eine Viertelmillion wert. Das Terrain hat ein starkes Gefälle in Richtung Strand, so dass unter das von hier aus sichtbare Geschoss noch ein weiteres passt.

Sie parkt auf der gegenüberliegenden Seite. In der letzten halben Stunde hat sie vom Norden her die Häuser abgeklappert, die von George Tarbets Wohnzimmer aus zu sehen sind.

Auf ihrem Klemmbrett stehen die Namen von Leuten, denen gestern Nacht um halb zwölf nicht das Geringste aufgefallen ist. Jetzt geht sie über die Straße auf das graue Haus zu. Es entgeht ihr nicht, dass sich ein Schatten vom Fenster wegbewegt. Über eine abfallende Rampe für Rollstuhlfahrer gelangt sie zur Haustür und klingelt.

Die Tür geht auf, und Sandy Spinski schaut sie mit eisblauen Augen an. In Hollywood würde man ihn als gut aussehend bezeichnen. Man sieht ihm sein Fitnesstraining an. Seine blonden, lockigen Haare sind etwa schulterlang. Aber es geht eine gespenstische Stille, etwas Leeres, Roboterhaftes von ihm aus.

Sie hebt das oberste Blatt an und überprüft demonstrativ eine nicht vorhandene Liste. »Mr William Johnson?«

»Nein. Bob Johnson.«

»Oh, ist William Johnson da?«

»Wer will das wissen?«

»Neely Jones vom Taft County Sheriff's Office. Ich hör mich in der Nachbarschaft um, ob gestern Nacht jemand etwas im Zusammenhang mit einer Brandstiftung beobachtet hat.«

Ein kreischendes Surren wird laut, das Neely zurückschrecken lässt, wie das trockene Klappern einer Klapperschlange.

»Bob? Wer ist das?«

Spinski sagt: »Der Sheriff. Irgendwas mit Brandstiftung.«

Interessant, denkt Neely, dass Spinski weiß, dass sie Sheriff ist. Sie hat ihren Dienstgrad nicht erwähnt und trägt noch ihre alte Uniform mit dem Deputy-Abzeichen.

»Lass sie nicht vor der Tür stehen, Bob. Bitt sie herein.«

Spinski macht zwar keine Anstalten, sie ins Haus zu bitten, rückt aber immerhin so weit zur Seite, dass Neely eintreten kann. Sie steht in einem mindestens zehn Meter langen Flur mit braunem Teppichboden. Nach links gehen zwei Türen ab, die geschlossen sind. Durch zwei Durchgänge auf der rechten Seite sieht man in zwei hell erleuchtete Räume. In der ersten Tür sitzt George Tarbet in einem elektrischen Rollstuhl. Sein verkrüppelter, abgemagerter Körper scheint Schmerzen auszusenden, erregt aber trotzdem kein Mitleid in ihr. In seinen tief liegenden, fast farblosen Augen liegt ein reptilienartiger Glanz. Sie hat schon einige Menschen mit diesem Blick in den Augen gesehen. Sie waren alle Killer. Spinski hat auch diesen Blick.

Tarbet lächelt freundlich. »Ich bin William Johnson, Sheriff Jones. Hocherfreut, Sie zu sehen. Bitte verzeihen Sie, dass ich nicht aufstehe.« Er lacht über seinen kleinen Witz. »Eigentlich kann ich laufen, aber Rollstuhlfahren ist bequemer. Kommen Sie doch bitte rein.« Der Rollstuhl setzt zurück und macht eine Wendung. Tarbet rollt ins Wohnzimmer.

Neely weiß nicht genau, wie sie sich das Haus eines mutmaßlichen Drogenhändlers vorgestellt hat, aber etwas mehr Geschmack hätte sie schon erwartet. Der Teppich, die Vorhänge und die getäfelten Wände sind in einem gedeckten Braun gehalten, die dick gepolsterten Sitzmöbel sind mit einem schrillen, braun-orange gemusterten Stoff bezogen. Über dem Kamin hängt ein Seestück, das wahrscheinlich eine Postkarte zum Vorbild hatte. Auf Regalen an der linken Wand steht Nippes herum, darunter auch eine Sammlung von ausdruckslosen, niedlichen pseudoorientalischen Figurinen: Siamkatzen, tanzende Mädchen, Fu-Hunde, Ho Tais und Drachen, allesamt mit goldener Glasur.

Aber eine Figurine sieht nicht ganz so harmlos aus …

Die sitzende Figur mit einem Gesicht halb Tier, halb Mensch ist etwa fünfzehn Zentimeter hoch. Toltekisch? Mayakultur? Sie kennt sich in präkolumbianischer Kunst nicht gut genug aus, um die Herkunft genau bestimmen zu können, aber sie weiß, dass dieses Stück nicht zum Dekor passt.

Als sie das Stück in die Hand nimmt, lacht sie. »Sieh dir das an! Erinnert mich an Tiki. Als ich klein war, hat mir mein Vater aus Hawaii ein Tiki mitgebracht. Ich habe es so geliebt. Habe ihm alle meine Kindheitsgeheimnisse anvertraut. Bis mirs runtergefallen und in tausend Stücke zerbrochen ist. War halt aus Gips.« Sie schaut Tarbet an, als sie das Stück zurückstellt. Das Gewicht der Figur hat ihr verraten, dass sie nicht aus Gips besteht. Der Schein trügt nicht: Sie ist aus massivem Gold.

Sie lächelt Tarbet verlegen an. »Tut mir Leid, ich hatte nicht vor, in Kindheitserinnerungen zu schwelgen.«

»Manchmal kommen sie einfach so hoch, oder? Sheriff, darf ich Ihnen eine Tasse Kaffee anbieten? Oder eine andere Erfrischung?«

»Ein Glas Wasser wäre sehr nett. Ohne Eis. Einfach Leitungswasser.« Sie geht zum Kamin und tut, als würde sie das Seestück anschauen. An diesem Ende des Raumes schließt sich ein etwa neun Quadratmeter großer Bereich an, der gegenwärtig anscheinend als Fernsehecke genutzt wird. Auf der Westseite führt eine bogenförmige Öffnung in ein Esszimmer, dessen Fenster einen ungehinderten Blick auf den Strand und das Meer bieten.

Neely ruft aus: »Was für ein grandioser Blick!«

Tarbets Rollstuhl quietscht, als er ihr ins Esszimmer folgt. »Ja, die Aussicht ist grandios. Ich kann gar nicht genug davon kriegen. Bob, hol dem Sheriff ein Glas Wasser.«

Spinski brummt und geht in die Küche, die links neben dem Esszimmer liegt, und Tarbet manövriert seinen Rollstuhl zu dem Glastisch.

»Wollen Sie sich nicht setzen, Sheriff?«

»Nein danke.« Sie hebt einen Kugelschreiber und ihr Klemmbrett hoch. »Der Grund, warum ich hier bin, Mr Johnson – gestern Nacht hat jemand im Kittiwake Drive ein Haus in Brand gesetzt. Zeugen haben einen hellgrünen VW Vanagon wegfahren sehen. Er ist auf dem North Front Drive in südliche Richtung gefahren. Ich hoffe, dass sonst noch jemand am North Front Drive diesen Wagen gesehen hat, und vor allem das Kennzeichen.«

Tarbet schaut zu ihr auf. Er hält den Kopf so schräg, dass der Hinterkopf im rechten Winkel zur Wirbelsäule steht. »Um welche Zeit ist das Fahrzeug denn gesehen worden, Sheriff?«

»Ungefähr um halb zwölf.«

»Um diese Zeit war ich schon im Bett. Bob? Bist du noch auf gewesen?«

Spinski zuckt mit den Schultern. Er reicht Neely das Glas Wasser. »Nö.« Dann fügt er kalt lächelnd hinzu: »Brauch halt meinen Schönheitsschlaf.«

Neely trinkt das Glas halb aus. Sie bemerkt eine Veranda auf der Nordseite des Esszimmers und ein Teleskop, das auf einem Stativ steht. Es ist nicht aufs Meer ausgerichtet, wo man vorbeifahrende Schiffe oder Wale beobachten könnte, sondern in Richtung Osten auf das Haus, in dem Sayson und seine Kollegen wohnen.

Sie stellt das Glas auf den Tisch und schreibt etwas auf das Klemmbrett. »Anscheinend haben eine Menge Leute um die Zeit ihren Schönheitsschlaf gehalten. Oder vor dem Fernseher gesessen. Entschuldigen Sie die Störung.« Sie trinkt das Wasser aus und bringt das Glas in die Küche zur Spüle. Alle Arbeitsflächen haben eine rollstuhlgerechte Höhe. »Ich finde allein raus, Mr Johnson.« Aber anstatt so zurückzugehen, wie sie gekommen ist, nimmt sie einen anderen Weg: durch den Durchgang auf den Flur und dann links zur Eingangstür. Spinski ist dicht hinter ihr, und sie hört das Quietschen des Rollstuhls.

Spinski öffnet demonstrativ die Tür für sie. Sie dreht sich noch einmal zu Tarbet um. Er scheint im Rollstuhl zu schweben. Die eine Hand liegt auf der Steuerung. Die Finger stehen in einem grotesken Winkel von den Knöcheln ab. Er hat eine gewisse Präsenz – irgendwie unheimlich und irrational. Neely versteht jetzt, warum Scott Sayson diese Obsession hat.

»Das Haus, das letzte Nacht in Flammen aufgegangen ist«, sagt sie, »war meins. Schon deshalb würde ich den Kerl, der das getan hat, gern schnappen.«

Die blassen Augen von Tarbet flackern kurz. Hat er längst gewusst, dass es um ihr Haus geht? Er sagt: »Das tut mir aber wirklich Leid, Sheriff.«

Sie nickt und sagt: »Vielen Dank für Ihre Hilfe, Mr Johnson.« Hinter ihr fällt die Tür mit einem satten Knall ins Schloss.

## 38

Auf dem Rückweg fährt Neely kurz bei der öffentlichen Bibliothek im Westport Center vorbei, das nördlich vom Gerichtsgebäude liegt. Das Gebäude aus Glas und Ziegelsteinen verfügt auch über ein Schwimmbad, Versammlungsräume, ein Seniorenzentrum, zwei Tennisplätze und eine Skateboardrampe. Es wurde vor sechs Jahren nach einer öffentliche Anleihe gebaut, die mit dürftigen zweiunddreißig Stimmen durchkam, und ist in der Stadt immer noch umstritten.

Es wird schon dämmrig, als sie um halb fünf in ihr Büro kommt. Inzwischen war Schichtwechsel, aber Buck ist immer noch im Dienstzimmer, wie sie von ihrem Schreibtisch aus sieht. Heather erläutert ihr unterdessen einen Stapel Gesprächsnotizen. Heather ist der Meinung, Neely könne die Anrufe von Reportern ignorieren. Der Staatsanwalt hat um vier eine Pressekonferenz zum Mord an Giff abgehalten. Um zwanzig nach vier haben die letzten TV-Übertragungswagen und die Hälfte der Autos den Parkplatz verlassen.

»Aber der da …« Sie gibt Neely einen Zettel. »Der hat dreimal angerufen. Hat gesagt, Sie wissen, wer er ist. Er hat mir nur gesagt, dass er Scott heißt. Und Ihre neuen Uniformen sind angekommen. Sie haben das richtige Abzeichen und alles. Ich hab sie auf der Toilette aufgehängt.«

»Danke, Heather. Es ist übrigens Feierabend.«

»Ja, ich weiß, aber ich hab gedacht … Es ist so viel zu tun.«

»Das kann alles warten. Und Sie brauchen sich um mich heut Nacht keine Sorgen machen.«

Heather seufzt. »Na dann … Aber wenn was ist, rufen Sie mich an. Versprochen?«

»Versprochen. Gute Nacht, Heather, und schönes Wochenende.«

»Gute Nacht, Sheriff.« Bevor sie geht, strahlt sie Neely noch an. Neely fragt sich, ob dieses Strahlen sich nicht irgendwann abnutzt. Nein. Heathers Fröhlichkeit vergeht nicht. Dafür ist sie zu echt.

Neely wählt die Nummer, die auf dem Zettel steht. Special Agent Scott Sayson geht dran. Als Neely sich meldet, blafft er sie an: »Was zum Teufel haben Sie denn vor? Wollen Sie uns die ganze Aktion versauen?«

»Wir haben hier einen Mord, der ganz nach einem Profikiller aussieht, Scott, und soweit ich weiß, ist Spinski der einzige Profikiller in der Stadt. Ich hab ihn nur mal sehn wollen. Ihn und Tarbet.«

»Meinen Sie etwa Giff Wills?«

»Ja. Ein Schuss mit einem großen Kaliber. Mitten in die Stirn.«

Sayson schweigt einen Moment, dann sagt er: »Das sieht ganz nach Sandy aus. Wenn's eine .44er Magnum ist, gibt's daran keinen Zweifel.«

»Die Ergebnisse der ballistischen Untersuchung sind noch nicht da.«

»Das kapier ich einfach nicht! Warum sollte Sandy Giff abmurksen?«

»Das ist ja noch nicht sicher, aber vielleicht ist Giff über irgendwas gestolpert, was der Rest der Welt nicht erfahren soll.«

»Vielleicht. Zum Beispiel, wo die Drogen herkommen?«

»Denkbar. Jedenfalls hab ich bei meinem Besuch ein paar Sachen erfahren. Unter anderem, dass Tarbet über euch und eure Überwachungsaktion Bescheid weiß. Er hat ein Teleskop auf euer Haus ausgerichtet.«

»Klar, weiß ich, aber er kann uns nicht durch die Fenster gucken. Wir bei ihm natürlich auch nicht. Ich hab vom Justizminister auch nicht die Erlaubnis gekriegt, eine Wanze zu installieren. Was haben Sie sonst noch rausgefunden?«

»Dass es in Tarbets Haus ein Zimmer gibt, das keine sichtbare Tür hat. Das Bauamt müsste die Originalpläne für das Haus im Archiv haben. Prüfen Sie mal, ob zwischen Wohnzimmer und Küche nicht ursprünglich ein Zimmer war. Ich würde wetten, dass Tarbet die Tür zu dem Zimmer hinter Paneelen versteckt und einen geheimen Mechanismus zum Öffnen eingebaut hat.«

Sayson sagt angespannt: »Er hat also ein geheimes Kämmerchen. Vielleicht kocht er ja nebenbei auch ein paar Drogen zusammen. Oder vielleicht baut er was an. Nein. Ich hab seine Stromrechnung überprüft. Die ist sogar vergleichsweise niedrig.«

»Vielleicht ist es ja sein Ausstellungsraum.«

»Sein was?«

»Ausstellungsraum und Lager für die Ware, die er an diese nächtlichen Besucher verkauft. Kleine und sehr wertvolle Gegenstände.«

Man merkt Sayson seine Verärgerung an. »Was für Gegenstände?«

»Kunstgegenstände. Ich hab einen gesehen – Tarbet war sich ja so sicher, dass ich das nicht erkenne. Das Ding ist wahrscheinlich präkolumbianisch und aus massivem Gold. Ich weiß ja nicht, was so was wert ist, aber billig ist es sicher nicht.«

Sayson antwortet mit einem langen, leisen Pfeifen. Dann sagt er: »Treasures of the First People – dieser Laden in Vancouver. Die verkaufen doch bestimmt so indianisches Zeug. Ich meine, richtig antikes indianisches Zeug. Aber wie zum Teufel kommt Tarbet bloß an so was ran?«

»Kommt drauf an, woher es kommt, würd ich mal sagen. Peru, Mittelamerika, Mexiko, wer weiß?« Die Tür zu Heathers Büro geht auf, und Neely hört auf zu reden. Greg Feingold ist hereingekommen. Sie sagt zu Sayson: »Wir reden später weiter, Scott. Der Gerichtsmediziner ist da.« Sie winkt Feingold herein. »Machen Sie es sich bequem, Greg. Wie läuft's mit Giffs Haus?«

Feingold lässt sich mit einem lauten Seufzer auf die Couch

plumpsen. »Das reine Chaos. Heathman und seine Leute haben vollauf damit zu tun, den Müll zu sortieren. Ich soll Ihnen sagen, dass er einen super Abdruck von der Reifenspur hat.«

»Was haben Sie über Giff rausgefunden?«

»Aus kürzester Entfernung erschossen, zwischen Donnerstag 22.00 Uhr und Freitag 2.00 Uhr. Keine anderen Verletzungen, keine Hinweise auf einen Kampf. War zu der Zeit wahrscheinlich weggetreten. Ich nehme an, wir finden einen astronomisch hohen Alkoholpegel. Die Kugel ist am Hinterkopf ausgetreten und im Polster stecken geblieben. Wir haben sie rausholen können. Dafür, dass Giff einen ziemlich dicken Schädel hat, war sie in einem ziemlich guten Zustand.«

»Was für eine Kugel?«

»Auf den ersten Blick würd ich sagen: .44er Magnum.«

Das sieht ganz nach Sandy aus … Beweist aber gar nichts und erklärt erst recht nichts.

»Ist die Leiche nach dem Tod bewegt worden?«

»Nein. Die Austrittswunde und das Loch im Polster passen zusammen. Wenn er bewegt wurde, dann hat jemand sich ziemlich viel Mühe gegeben, ihn wieder genauso hinzusetzen.«

Sie seufzt und ruft sich den Raum ins Gedächtnis zurück. Bei der Durchsuchung war praktisch alles auseinandergenommen worden, nur der Sessel war unberührt geblieben.

»Neely?«

Sie runzelt die Stirn. Buck Dolin hat die irritierende Angewohnheit, ohne Vorwarnung in der Tür zu stehen. Die anderen tragen Schuhe mit festen Sohlen, die viel Krach machen, nur Buck kommt auf dicken, weichen, leisen Sohlen daher. Er stützt sich mit den Händen am Türrahmen ab und lehnt sich ins Büro. »Wayne hat gerade einen Anruf von Sonny reinbekommen. Er hat Rikers Pick-up gefunden.«

Sie steht abrupt auf. »Wo?«

»Hinter einem Schuppen am Ende der River Road. Sollen wir ihn abschleppen?«

»Ja, natürlich. Und sagen Sie Sonny Bescheid, dass er den Schuppen durchsucht.«

»Hat er schon. Niemand da. Es sieht so aus, als wär eine ganze Weile niemand da gewesen. Das Dach ist eingebrochen.« Buck dreht sich um und Neely hört, wie er Wayne Gerlach in der Leitstelle Anweisungen gibt.

Feingold fragt: »River Road? Steht dort nicht das Haus von Giff?«

»Ja, aber die Straße endet etwa zwölf Kilometer weiter.« Dennoch fragt sie sich, ob es einen Zusammenhang gibt.

Allerdings greift sie im Moment nach jedem Strohhalm, was solche Zusammenhänge angeht.

Feingold steht ächzend auf. »Ich muss dann mal los. Zurück nach Portland. Übrigens, Ando Koto hat mich angerufen.«

Sie verstummt. Schon wieder so ein Schlag aus dem Hinterhalt. Es kommt etwas viel zusammen zurzeit.

Feingold redet weiter: »Wenn Sie oder Heathman keine Einwände haben, geb ich die Leiche am Montag frei. Er hat nach den persönlichen Besitztümern des Opfers gefragt. Speziell nach einer Art … Schwert?«

Neely nickt nur. Feingold steuert auf die Tür zu. »Ich faxe die Berichte über Giff rüber, sobald ich mit der Obduktion fertig bin. Verdammt, das klingt ja, als hätten Sie da draußen einen Aufstand.«

Neely folgt Feingold durch Heathers Büro ins Foyer, wo Kevin Locksey und Lt. Brad Skinner einen schlaksigen weißen Mann in Handschellen in Schach halten, dessen dünne, dunkle Haare ihm vor Empörung in die Stirn gefallen sind.

»Ihr Arschlöcher! Habt wohl nix Besseres zu tun, als aufrechte Bürger zu schikanieren!«

Neely lächelt spöttisch. »Gordon Wyland.«

Der Mann pöbelt weiter. »Ihr könnt mich nicht einfach festnehmen. Ich schwör euch, ich verklag euren Scheißladen, dass euch die Ohren wackeln! Das sind doch bloß Scheiß-Tölen, verdammt noch mal. Die sind doch so besser dran.«

Neely sagt: »Gute Arbeit, Kev. Lieutenant, nehmen Sie ihn fest wegen Diebstahl und Misshandlung von Tieren und was Ihnen sonst noch so einfällt.«

»Niggerfotze!«, brüllt Wyland und tritt nach ihr. Sie kann dem Tritt gerade noch ausweichen.

»Und versuchten Tätlichkeiten gegen Beamte«, fügt sie hinzu.

Sie schaut zu, wie die Deputies Wyland abführen. Geschieht ihm recht – wegen Willow, und wegen Vixen mit ihren traurigen braunen Augen.

Es wird dunkel. Draußen auf dem Parkplatz gehen die Laternen an. Neely versucht das ungute Gefühl zu ignorieren, das sich einstellt, wenn sie daran denkt, in ihr provisorisches Zuhause zurückzukehren und zu schlafen. Allein. Aber sie hat hier genug zu tun. Sie holt sich am Automaten in der Cafeteria ein paar Sandwichs und tippt beim Essen einen Bericht über den Mord an Giff. Anstatt danach nach Hause zu gehen, nimmt sie sich eins der Bücher aus der Bibliothek vor. Es ist ein Buch über präkolumbianische Kunst.

Um elf gibt sie schließlich auf. Sie weiß, dass sie wenigstens versuchen muss, eine Runde zu schlafen. Dass sie ihre neuen Uniformen mitnehmen muss, fällt ihr erst ein, als sie schon auf dem Parkplatz ist. Sie geht noch einmal zurück, um sie zu holen.

Als sie im Sea View Motel angekommen ist, macht sie einen ausgedehnten Strandlauf im Mondschein und nimmt danach ein langes Bad. Kurz nach Mitternacht fällt sie in einen gnädigen, traumlosen Schlaf.

Genau um zwei Uhr in der Nacht wird sie wieder geweckt. Das Telefon klingelt.

In der Dunkelheit weiß sie zuerst nicht, wo sie ist, und findet nicht gleich das Telefon, aber beim dritten Klingeln nimmt sie den Hörer ab und murmelt ein Hallo.

»Neely Jones …«

Der Flüsterer.

Scheiße! Sie kann den Anruf nicht aufnehmen. Sie tastet nach dem

Lichtschalter und sucht in der Nachttischschublade nach Stift und Papier, damit sie wenigstens so viel wie möglich aufschreiben kann.

»Neely, Sie haben hier nichts mehr, wofür es sich zu bleiben lohnt. Ist Ihnen das Ihr Leben wert?«

»Das soll wohl eine Drohung sein, oder?«

Der Flüsterer lacht. Das Lachen klingt eher nach einem Mann. »Genau. Sie haben nur noch die Wahl, ob Sie Westport tot oder lebendig verlassen wollen. Denken Sie an Ihre Mutter, Neely. So eine sympathische, intelligente Frau, diese Dr. Helene Cleary-Jones. Sie sind zu Recht stolz auf sie – und sie auf Sie. Sie ist alles, was Sie noch haben.«

Mistkerl! Der hat seine Hausaufgaben gemacht. Neely kritzelt hastig auf das Blatt Papier. In dem Stift ist fast keine Tinte mehr. Sie sagt: »Soll ich Ihnen sagen, was ich denke? Sie sind doch bloß ein kleiner Irrer, der irgendwas kompensieren muss, weil er kein Sexleben hat. Geht Ihnen bei dem Scheiß einer ab?«

Wieder dieses Lachen. »So sehen Sie das also, Neely? Wenn Sie sich da nur nicht verrechnen.« Der Flüsterer redet noch leiser: »Morgen früh reichen Sie Ihr Rücktrittsgesuch ein. Morgen Abend sind Sie auf dem Heimweg. San Francisco! Klingt doch gut, oder? Home sweet home.«

»Fick dich doch ins Knie«, sagt sie zuckersüß. »Ich trete nicht zurück.«

»Dann sind Sie tot.«

Klick. Die Leitung ist stumm. Neely legt auf. Sie starrt auf ihr Gekritzel und lauscht dem melancholischen Anrollen der Brandung.

Wie kommt der Flüsterer zu dieser Telefonnummer? Jedes Zimmer in der Anlage hat einen eigenen Anschluss. Die Anrufe gehen nicht über eine Zentrale. Das hat Norma Addisill ihr ausführlich erklärt. Heute Morgen hat Neely ihre Telefonnummer auf einen Zettel geschrieben und Lonnie Weaver gegeben, und Lonnie hat ihn ans Schaltpult in der Leitstelle geklebt. Alle Deputies, die zufälligerweise daran vorbeigekommen sind, hatten sie sehen können.

Jetzt kann sie sich zumindest sicher sein, dass zwischen einem Mitarbeiter des TCSO und dem Flüsterer eine Verbindung besteht.

Aber das hat sie schon längst gewusst.

## 39

Über dem Strand liegt Nebel. Im Licht der Morgendämmerung schillert er blaurosa. Das Geräusch der Brandung dringt nur gedämpft hindurch. Feine Tröpfchen bleiben in Neelys Gesicht hängen. Bei ihrem Dauerlauf hinterlässt sie eine Fußspur im feuchten Sand. Manchmal entdeckt sie Fußabdrücke, die sie auf dem Hinweg hinterlassen hat, aber die meisten haben die Wellen schon weggespült.

Am Rand ist das Meer sauber … Das hat Jan immer gesagt, wenn sie zusammen joggen waren.

Neely kommt aus dem Rhythmus. Denk nicht an Jan. Lauf einfach weiter. Lauf. Konzentrier dich auf deinen Herzschlag und das Blut, das in die Muskeln strömt. Das Einatmen und Ausatmen. Den festen Sand unter deinen Füßen. Popp, popp, popp, popp. Lauf einfach weiter …

Ein Knall. Sie registriert das Geräusch kaum, so laut hört sie die Brandung, ihren Herzschlag und das Auftreffen ihrer Schuhe auf dem Sand. Erst beim dritten Knall wird sie aufmerksam und sieht keinen Meter entfernt zwei winzige Geysire aus Sand aufsteigen. Noch ein Knall, noch ein Geysir, noch dichter.

Schüsse.

Sie müssen von der Uferböschung her kommen, aber sie bleibt nicht stehen, um zu sehen, aus welcher Richtung sie genau kommen. Ihr Adrenalinspiegel schnellt noch höher, und sie rennt diagonal auf die Brandung zu, um Abstand von der Waffe zu bekommen. Dem Klang nach ist es eine Faustfeuerwaffe. Schon wieder ein Schuss. Sie ist ein bewegliches Ziel, und sie läuft schneller, als sie es je für möglich gehalten hätte. Sie ist mindestens hundert Meter von der Böschung weg und entfernt sich mit jedem Schritt weiter. Kein leichtes Ziel für den Schützen. Sie hat nicht die Absicht, es ihm leichter zu machen, indem sie langsamer wird.

Verdammt! Kein Stein, kein Stück Treibholz ist in Sicht, hinter dem sie in Deckung gehen könnte. Wieder ein Schuss. Wie viele sind das schon? Sechs? Sieben?

Der Sand ist so nah am Wasser zu weich. Jetzt rollt auch noch eine Welle an, und sie landet knietief im Wasser. Schaumige Spritzer stieben hoch.

Noch zwei Schüsse.

Mit dem rechten Fuß kommt sie auf eine weiche Stelle und sinkt unerwartet tief ein. Sie fällt hin. Eine eisige Welle bricht sich über ihr, reißt sie mit und schleudert sie auf den Strand.

Zuerst sieht sie nichts und spuckt hustend salzigen, fischig schmeckenden Sand aus. Das eiskalte Wasser hat sie gelähmt. Sie ist jetzt das perfekte Ziel.

Aber es folgen keine Schüsse mehr.

Als die Welle abebbt, liegt sie auf dem Bauch im Sand und hebt den Kopf, um zu horchen. Nichts. Ein 9er-Magazin? Eine kleinere Welle umspült sie. Sie sucht mit den Augen das Ufer ab. Südlich des Motels stehen die Häuser dicht an dicht. Sie sieht keine Bewegung um die Häuser oder am Strand.

Neely lässt es bleiben, zum Ufer zu rennen. Sie hat nicht die geringste Chance, noch rechtzeitig an die Straße hinter den Häusern zu kommen, um ein Auto wegfahren zu sehen.

Stattdessen steht sie, von Wasser und Sand beschwert, mühsam und heftig zitternd auf. Sie weiß, dass das Meer hier in dieser Jahreszeit aufgrund einer eigenartigen Strömung wärmer ist als im Sommer, aber es ist trotzdem viel zu kalt.

Dann sind Sie tot …

Noch nicht, denkt sie bitter. Aber nah dran. Viel zu nah dran.

Neely sucht nach ihren Fußabdrücken. Die letzten sind schon von den Wellen verwischt, aber an der Stelle, an der sie in Richtung Meer abgebogen ist, findet sie ihre Spur wieder. Sie sucht sie langsam ab.

Hier. Ein kleiner Krater im Sand.

Mit bloßen Händen buddelt sie und siebt die zähe Masse zwischen den Fingern durch. Nach einer Weile stößt sie auf etwas Hartes. Eine Kugel. Sie gräbt sie aus und wischt den Sand ab.

Sieht ganz nach 9 mm aus.

Das Kaliber, mit dem Jan erschossen wurde. Der gleiche Kaliber wie die Waffe, die Andrea Olenick angeblich ihrem Exfreund zurückgegeben hat.

## 40

Im Winter haben am Wochenende nur der Dispatcher in der Leitstelle und abwechselnd zwei Deputies Dienst. Aber an diesem Samstag Morgen sind – auf Anweisung von Buck Dolin – die ganze Schicht sowie Heather Blessing zugegen.

Neely ist ihm dankbar. Sie weiß, wie aussichtslos es für sie wäre, die ganze Besetzung aufzubieten.

Das aufregende Ende ihres morgendlichen Dauerlaufs bringt sie nicht zur Sprache, aber als sie mit den Funkprotokollen fertig ist und die Bewachung des Instituts organisiert hat, zieht sie sich zum Telefonieren in ihr Büro zurück.

Sie ruft Donald Grabenhorst in Everett, Washington an.

Nach dem fünften Klingeln antwortet eine verschlafene, weibliche Stimme. Wahrscheinlich ist es Mrs. Grabenhorst.

Neely stellt sich vor und fragt dann: »Ist Donald Grabenhorst da?«

»Sheriff wie noch?« Nachdem Neely ihren Namen wiederholt hat, fragt die Frau: »Was soll denn das? Westport? Warum rufen Sie denn Don an?«

»Ist er da?«

»Ich will wissen, was los ist! Er ist schließlich mein Mann.«

Neely hört Gemurmel, dann eine halbe Minute gar nichts. Schließlich fragt eine männliche Stimme: »Wer ist dran?«

Neely stellt sich wieder vor und fragt: »Sind Sie der Donald Grabenhorst, der bis vor zwei Jahren in Westport, Oregon gewohnt hat? So viel ich weiß, haben Sie in einem Restaurant gearbeitet.«

Er zögert kurz mit seiner Antwort, und in diesen paar Sekunden hört sie ein Knacken in der Leitung. An einem anderen Apparat hört jemand mit.

Donald gibt zu: »Nun ja. Ich hab das Glencove Resort Restaurant geleitet.«

»Ich brauche nur ein paar Informationen, Mr Grabenhorst. Haben Sie in Westport mit Andrea Olenick zusammengewohnt?«

Nach einer kurzen Pause lacht er laut los: »Hat sie Ihnen das etwa erzählt? Hören Sie, Frau Dr. Olenick war Gast in unserem Restaurant. Ich nehme an … Na ja, es hat einfach zu meiner Arbeit dazugehört, dass ich Gäste freundlich behandle. Dafür bezahlen sie ja. Anscheinend hat Frau Dr. Olenick meine … äh … Freundlichkeit missverstanden.«

Neely fragt: »Haben Sie sich je mit ihr verabredet?«

»Nein. Nie.«

»Haben Sie ihr je etwas geschenkt?«

»Aber nein! Ich hab's Ihnen doch schon gesagt – sie war nur Gast bei uns.«

»Haben Sie ihr je eine Waffe gegeben?«

»Was? Nein!« Wieder das laute Lachen. »Gute Frau, da spinnt jemand, und ganz bestimmt nicht Sie oder ich. Ich sag es Ihnen noch mal: Frau Dr. Olenick war bei uns einfach nur zu Gast.«

»Okay, Mr Grabenhorst. Vielen Dank.«

Er legt schneller auf als sie. Sie starrt aufs Telefon und fragt sich, ob sie ihm glauben kann. Andrea war ja auch über ein Jahr hoffnunglos in Jan verliebt. Vielleicht hat sie, was Liebesdinge angeht, ein Problem, Phantasie und Wirklichkeit zu unterscheiden. Das mag zwar für sie tragisch sein, aber es bleibt immer noch die verschwundene Waffe, die auf sie registriert ist.

Um zehn liest Neely den Bericht über die Brandstiftung. Da kommt Heather herein, um ihr zu sagen, dass ein Anrufer in der Leitung ist, den sie nicht abwimmeln kann.

»Mr Culpepper ist dran«, sagt Heather. »Er ist in seinem Büro, und Sie wissen ja, wie ungern er am Wochenende arbeitet.«

Widerwillig nimmt Neely den Hörer ab.

Der Staatsanwalt verschwendet keine Zeit mit höflichen Floskeln: »Neely, ich hab gerade mit Ms Susan Benedict und ihrer Klientin Jennifer Kaynard und deren Mutter geredet. Sie wollen nicht nur Strafanzeige stellen, sondern auch eine Zivilklage einreichen.«

Neely lächelt über die unverhohlene Wut in seiner Stimme und sagt in liebenswürdigem Ton: »Ich verstehe. Haben Sie die Haftbefehle für die Täter fertig?«

»Für die mutmaßlichen Täter. Ja. Ich hab sogar Richter Lay an einem Samstag herbitten müssen.«

»Ist er noch da?«

»Ja, hier in meinem Büro.«

»Er soll auf keinen Fall weggehen. Ich bin sofort da.«

»Was soll denn das wieder!«

Neely knallt den Hörer auf, sucht aus dem Chaos auf ihrem Schreibtisch schnell die richtige Akte heraus und spurtet zum Gericht.

Eine halbe Stunde später kommt sie triumphierend zurück. Sie hat nicht nur die Haftbefehle für die Vergewaltiger von Jennifer, sondern auch einen Durchsuchungsbefehl für das Apartment von Andrea Olenick in der Tasche.

Im Dienstzimmer ist Buck gerade dabei, sich eine Tasse Kaffee einzuschenken.

»Chief, hier sind die Haftbefehle für Dylan Unger, Jeff Amato und T.J. O'Neill. Die Anklage lautet auf tätlichen Angriff und Vergewaltigung. Darum kümmern Sie sich am besten selbst. Nehmen Sie Lieutenant Chaffee mit.«

Buck nimmt die Haftbefehle entgegen und pfeift durch die Zähne. »Darüber wird sich Jeffs Papa aber nicht gerade freuen.«

»Ich glaube, dass Jennifers Mutter auch nicht gerade glücklich ist.«

»Klar, aber Francis Amato macht sicher einen Mordsrabatz.

Übrigens – wir müssen Bomber Buhl auf freien Fuß setzen. Sie haben doch gesagt, Sie wollen wissen, wann er freigelassen wird.«

»Ja. Verdammt, den dürfen wir nicht aus den Augen lassen. Er ist der Einzige, der uns zu Riker führen kann.« Sie schaut sich im Dienstzimmer um. Curtis McMinn und Darrell Logan sind an ihren Schreibtischen beschäftigt.

Offensichtlich denkt Buck das Gleiche wie sie. Er sagt: »Neely, Sie wissen doch auch, dass wir niemanden haben, der Erfahrung damit hat, jemanden zu beschatten.«

»Weiß ich.« Klingt das etwa irgendwie verbittert? Oh ja. »Okay, Chief, die sollen Buhl laufen lassen.«

»Alles klar. Übrigens ist Heathman im Büro des Sheriffs.«

»Sie meinten wohl Lieutenant Heathman!«, sagt sie gereizt und eilt in ihr Büro. Wenigstens sagt Buck nicht mehr: Giffs Büro ...

John Heathman sitzt bei einem Becher Kaffee auf dem Sessel. Nur seine graubraunen Augen verraten, wie erschöpft er ist. Er lächelt sie an. »Na, haben Sie sonst noch einen Mord für mich?«

»Nein, Lieutenant.« Sie legt den Durchsuchungsbefehl in die oberste Schublade ihres Schreibtischs, holt eine kleine Plastikhülle heraus und geht auf ihn zu. »Aber dafür einen Mordversuch. Das ist eine von neun Kugeln, die jemand heute Morgen auf mich abgefeuert hat, als ich am Strand gejoggt bin.«

Heathman klappt die Kinnlade herunter. »Verdammt. Irgendeine Ahnung, wer es gewesen sein könnte? Oder weshalb?«

»Nein. Aber das sieht nach einer 9-mm-Kugel aus. Ich brauche einen ballistischen Vergleich mit der Kugel, die Greg aus Jans Brustkorb geholt hat.«

»Wird heute noch erledigt.« Er nippt an seinem Kaffee und zieht die Stirn in Falten. »Culpepper hat mich heute Morgen wegen des Instituts angerufen.«

»Lassen Sie mich raten. Er versteht nicht, warum es nötig ist, einer tragenden Säule der Gesellschaft wie Dr. S. Benjamin Nicholass Umstände zu machen. Er will, dass die Versiegelung aufgehoben wird.«

»Richtig geraten. Ich denke, wir können dort nichts mehr tun. Aber ich hab Culpepper gesagt, ich werd ihm später Bescheid geben. Sie müssen entscheiden, Sheriff.«

Sie schaut die Orchidee an. Die weißen Blüten lächeln sie an wie weise Äffchen. »Rein rechtlich gesehen, obliegt die Entscheidung dem Staatsanwalt, aber wenn er nicht auf seinem Recht besteht – einen Tag noch. Ich weiß auch nicht warum.«

»Ich geb's weiter.« Heathman seufzt beim Aufstehen. »Ich fahr wohl besser wieder zu Giffs Haus. Das Labor faxt Ihnen nachher ein paar Berichte zu.«

»Können Sie mir schon auf Anhieb was sagen?«

»Tja, also die Reifenspur ist von einem Michelin-Reifen. Die Fußabdrücke in der Garage sind von Nikes, Größe 43 und nicht von Giff. Er hat Größe 45. Eine Patronenhülse haben wir nicht gefunden. Der Täter hat den Tatort sauber hinterlassen. Zumindest was die Schüsse angeht. Wir haben Fingerabdrücke wie Sand am Meer und versuchen immer noch rauszufinden, wer genau auf Giffs Wahlparty war. Die Gäste, mit denen wir geredet haben, können sich nicht so genau erinnern. Und Giffs Blutalkoholspiegel liegt bei 2,4 Promille. Der wäre sonst an Alkoholvergiftung gestorben. Das ist so weit alles.«

»Danke, Lieutenant. Viel Glück.«

Er lacht beim Hinausgehen. »Das kann ich brauchen.«

Sie holt den Durchsuchungsbefehl aus der Schublade. Sie würde die Durchsuchung lieber allein machen, weiß aber, dass das nicht geht. Wenn sie schon jemanden mitnehmen muss, dann Buck. Es gibt sonst keinen, dem sie trauen kann. Nicht, dass sie ihm wirklich traut, aber jemand Besseren hat sie eben nicht. Mit anderen Worten, die Durchsuchung muss warten, bis er zurück ist.

Das Klingeln des Telefons schickt einen Stromstoß durch Neelys Nerven. Es ist die Privatleitung. Neely lässt es klingeln. Sie wartet, bis sie sich wieder unter Kontrolle hat. Bevor sie abnimmt, drückt sie die Aufnahmetaste. Sie sagt nichts.

»Neely Jones …«

Der Flüsterer. Sie beißt die Zähne zusammen. Ihr Atem geht viel zu schnell. Sie sagt immer noch nichts.

»Aha, machen Sie wieder auf schüchtern? Auch egal. Ich muss sagen, Sie rennen wie eine Gazelle. Es ist eine echte Freude, dabei zuzusehen. Aber eins merken Sie sich, Neely: Beim nächsten Mal schieß ich nicht daneben.«

Klick. Sie hört noch einen Moment in die Leitung, dann legt sie vorsichtig auf. Ihre Hand zittert.

»Ich red wohl besser mit dem Sheriff, Heather. Ich hab, glaub ich, diese Skinheads gesehn, nach denen alle suchen.«

Neely zuckt zusammen. Sie schaut in Heathers Büro und sieht einen Mann mittleren Alters in Khakihosen und schweren, dreckverkrusteten Wanderstiefeln. Neely schreit beinahe: »Kommen Sie rein! Bitte, Mr ...«

Er schlendert in ihr Büro und nickt. »Franklin Welby, Sheriff. Hab Sie vor einer Weile bei einem dieser Rotarytreffen getroffen.«

»Ich erinnere mich. Haben Sie gerade gesagt, dass Sie Riker gesehen haben?«

Welby schiebt seine Baseballmütze nach hinten und kratzt sich den Kopf. »Also, ich glaub schon.«

»Und wo? Wann?«

»So vor einer halben Stunde. Ich bin Holzmesser und war oben auf der Gemarkung von Minton, da wo die River Road aufhört, ein Stück weiter.«

»Moment mal. Hinter dem Ende der River Road? Ich hab gedacht, die hört dort ganz auf.«

»Na ja, der Rest interessiert das County nicht. Das Land von Jake Minton liegt östlich hinter dem Wendeplatz am Ende der River Road. Er hat eine Zufahrtsstraße zu seinem Land angelegt. Ich war da oben hinter der Sperre und hab mir ein paar Douglasfichten angeschaut, die er fällen will. Ist keine richtige Straße. Führt so anderthalb Kilometer am Chinook entlang und hört dann einfach auf. Ich war so ein paar hundert Meter hinter der Sperre, da hab ich einen zerbeulten VW-Campingbus gesehn ...«

»Welche Farbe?«

»Eine Art verwaschenes Grün. Jedenfalls waren da so zwei Homotypen mit Glatzköpfen und hatten ein Lagerfeuer am Fluss. Die hatten beide schwarze Lederjacken an. Einen davon hab ich von hinten gesehn. Da war so ein großes Hakenkreuz drauf.«

Neely muss beinahe laut loslachen. »Das sind Riker und sein Kumpel Lisker. Das müssen sie sein.« Dann wird sie wieder ernst. »Haben die Sie und Ihr Fahrzeug bemerkt?«

»Na, ich glaub nicht. War zu Fuß unterwegs, als mir der Rauch in die Nase gezogen ist. Rauch im Wald macht einen immer nervös. Könnte ja ein Waldbrand sein. Dann hab ich Stimmen gehört. Das macht einen ja heutzutage auch nervös. Man weiß ja nie, ob da oben nicht einer Marihuana anbaut, und die Typen, die so was machen, legen gerne Minen aus.«

Neely nickt. Solche Fälle sind ihr bekannt, auch wenn das in Taft County noch nicht vorgekommen ist. »Ich verstehe Ihre Vorsicht, Mr Welby.«

»Klar. Also ich hab mich dann leise rangepirscht. Der Chinook ist dort ziemlich wild und laut. Die haben nicht mal mitgekriegt, dass ich da war. Wenn Sie wollen, kann ich Ihnen die Stelle jedenfalls zeigen.«

»Das möchte ich, aber ich muss erst noch Verstärkung organisieren.«

Neely geht ins Dienstzimmer. Sie flucht leise, als ihr einfällt, dass Buck und Whit Chaffee im Einsatz sind. Außer Curtis McMinn und Darrell Logan ist niemand hier. Sie erklärt ihnen kurz die Situation und fügt hinzu: »Keine Sirene, Darrell. Das ist eine geheime Aktion.«

Er nickt eifrig. »Genau. Wir gehn da rein wie ein Sondereinsatzkommando.«

Klar, denkt Neely. Wir drei.

## 41

Deputy Darrell Logan ist begeistert dabei, an diesem Dschungel-Kommandoeinsatz zu speisen. Am liebsten würde er wohl sein Gesicht mit Dreck einschmieren und seinen Stetson mit Buschwerk dekorieren. Curtis McMinn – den Möchtegern-Chuck-Norris – scheint er mit seiner Begeisterung angesteckt zu haben. Beide sind mit Gewehren bewaffnet. Neely hat ihre Dienstwaffe dabei.

Sie folgen Franklin Welby etwa vierhundert Meter weit auf der unbefestigten Straße. Am Straßenrand wuchern Farne und Salal, und zwischen den Fahrspuren wächst kümmerliches, braunes, vom Regen niedergedrücktes Gras. Auf der linken Seite stehen die Douglasfichten. Das Wäldchen sieht unnatürlich gleichmäßig aus. Alle Bäume haben exakt die gleiche Höhe. Aber es riecht hier genauso erdig wie in einem natürlichen Wald. Rechts sieht man durch eine Reihe von blassen Erlenstämmen hindurch den Chinook River, der mit lautstarkem Brausen seewärts tost.

Neely bleibt stehen und sagt zu Welby: »Sie gehn jetzt besser zurück zur Sperre und warten dort auf uns.«

Er richtet seine Baseballmütze. »Ich würd lieber mit Ihnen gehn, Sheriff.«

»Mr Welby, ich würde Sie ja gerne zum Deputy ernennen, aber das geht nicht so einfach wie im Kino. Ich kann nicht riskieren, dass ein Zivilist eine verirrte Kugel abbekommt.«

»Ja, das seh ich ein. Sie sehn den VW gleich rechts, direkt neben der Straße.« Er nickt McMinn und Logan zu. »Viel Glück.« Er stapft auf dem gleichen Weg zurück.

Logan sagt: »Ich geh vor und erkunde die Lage.«

»Wer hat denn hier den höheren Rang?«, erhebt McMinn Einspruch. »Wenn hier jemand erkundet, dann ich.«

Neely knurrt: »Macht nicht so viel Krach! Ich bin diejenige mit dem höchsten Rang, und wir bleiben zusammen, bis ich etwas anderes sage. Los, weiter.«

Sie ignoriert die aufsässigen Blicke und setzt sich wieder in Bewegung. Ein paar Schritte weiter fallen die beiden hinter ihr zurück. Die dunkle Erde dämpft ihre Schritte, und der Fluss deckt alle anderen Geräusche zu. Schließlich entdecken sie etwa fünfzehn Meter von der Straße den VW.

Riker und sein Kumpan sitzen ein paar Meter daneben auf einem Baumstamm am Ufer und schauen auf den Fluss. Lash Lisker ist dünn wie eine Vogelscheuche und einen Kopf größer als Riker. Er steht auf und wirft eine Bierdose ins Wasser. Dann setzt er sich wieder, greift nach einer neuen Büchse aus dem Vorrat vor dem Baumstamm und macht sie auf.

Neely flüstert McMinn zu: »Sergeant, gehen Sie weiter bis zu der abgebrochenen Erle hinter dem Bus. Warten Sie, bis ich in Aktion trete. Los!« Zu ihrer Überraschung geht er tatsächlich los. Er huscht theatralisch von einem Baumstamm zum nächsten.

Sie dreht sich zu Logan um: »Deputy, Sie bleiben hier. Und passen Sie um Himmels Willen auf, auf was Sie mit dem Ding da zielen!«

»Was? Oh.« Er läuft rot an, als er bemerkt, dass sein Gewehr auf ihre Hüfte gerichtet ist.

Neely zückt die Glock und bewegt sich der Straße entlang auf den Wagen zu. Sie lässt Riker und Lisker nicht aus den Augen. Die beiden schauen nicht einmal in ihre Richtung. Am Heck des VWs bleibt sie stehen. Sie misst mit den Augen die Breite des Kiesbetts ab, das zwischen ihr und den beiden liegt. Mit drei großen Schritten geht sie auf die zwei zu. Sie richtet die Glock mit zwei Händen auf die Männer und ruft: »Polizei! Stehen bleiben!«

Lisker reißt so ruckartig die Hände hoch, dass die Bierdose in hohem Bogen durch die Luft fliegt. Riker springt mit einem lauten »Scheiße!« auf die Füße.

Neely schreit: »Ich hab gesagt stehen bleiben, Eugene!« Im selben Moment geht ein Gewehr los. Drei Schüsse fallen.

McMinn. Dieser Scheißkerl!

Aber alle drei Schüsse gehen daneben – auch eine Art Rekord. Riker geht plötzlich in die Hocke und streckt die Hände hoch.

Neely gibt ihrem Sonderkommando ein Zeichen. »Curtis, Sie übernehmen Riker. Darrell, Sie nehmen Lisker. Und vergesst nicht, ihnen ihre Rechte zu verlesen. Im Moment lautet die Anklage auf Brandstiftung.«

Die beiden Skinheads lassen die Festnahme wie brave Lämmer über sich ergehen.

Als die beiden Gefangenen bäuchlings auf dem Kies liegen, die Hände auf den Rücken gekettet, greift Logan nach seinem Funkgerät: »Ich mach in der Leitstelle Meldung, Neely.«

»Das tun Sie nicht. Nicht über Funk! Behalten Sie die zwei da im Auge. Curtis, wir schaun nach, was wir im Bus finden.« Sie zieht ein Paar Latexhandschuhe aus der Tasche und wirft einen Blick auf McMinn: Er trägt wie immer seine schwarzen Lederhandschuhe.

Der VW-Bus ist nicht abgeschlossen. Der Schlüssel steckt im Zündschloss. Neely und McMinn fangen mit ihrer Suche im hinteren Bereich an. Allein die vielen von cleveren deutschen Ingenieuren ausgedachten Stauräume auszukundschaften, stellt eine Herausforderung dar. Das meiste gehört ohne Zweifel dem rechtmäßigen Besitzer des Wagens: ein Erste-Hilfe-Kasten, ein Campingkocher, ein zusammengefaltetes Zelt und allerlei, was sonst noch zur Campingausrüstung gehört. Sogar ein Beutel Trockenfutter für Hunde ist dabei.

Auf dem Boden unter der hinteren Stoßstange finden sie vier leere Zwei-Liter-Benzinkanister. McMinn will einen herausziehen, aber Neely hält ihn davon ab. »Ich will vorher noch ein paar Fotos und Videoaufnahmen machen.«

Im Inneren des Wagens herrscht ein unglaubliches Durcheinander. Das Bett ist aufgeklappt. Es liegen zwei zerknautschte Schlafsäcke darauf, die wie der Boden mit Kippen, leeren Bierdosen, leeren Essenspackungen, Chipstüten, Papierchen von Schokoriegeln und Pornoheften zugemüllt sind. Im Schlafsack findet sie nur noch mehr Müll und eine stinkende Socke. McMinn hat mit dem zweiten Schlafsack auch nicht mehr Glück. Aber als er ihn zusammenrollen will, fällt etwas vom Bett auf den Boden, flach, gelbbraun, etwa elf auf fünfzehn Zentimeter. Er scheint es nicht zu bemerken, denn als er die Matratzen abtasten will, tritt er darauf.

Neely fragt: »Was ist denn das? Unter Ihrem rechten Fuß!«

Er richtet sich auf und schlägt mit dem Kopf ans Wagendach, wobei sein Hut herunterfällt. Er reibt sich fluchend den Hinterkopf und bückt sich dann ächzend, um seinen Hut aufzuheben. »Ich glaub, ich hab eine Gehirnerschütterung.«

»Das glaub ich nicht. Wo ist es, Sergeant?«

»Wo soll was sein?« Er verzieht das Gesicht, als er den Hut wieder aufsetzt.

»Der Briefumschlag, der unter dem Schlafsack rausgefallen ist.«

»Von was reden Sie überhaupt? Ich hab nichts gesehen, was …«

»Von diesem Umschlag«, sagt sie und greift danach. Unter dem Bettgestell schaut nur eine Ecke davon heraus. Eine interessante Darbietung. Hat McMinn den Umschlag wirklich nicht gesehen, oder hat er versucht, ihn zu verstecken?

Und ein interessanter Umschlag.

Er gleicht aufs Haar dem Umschlag, den sie unter der Schublade in Giff Wills' Schreibtisch gefunden hat, mit dem einzigen Unterschied, dass dieser hier aufgerissen worden ist. Sie schüttet den Inhalt aufs Bett.

Zwanzig-Dollar-Noten.

Neely zählt nach. Vierundvierzig gebrauchte Scheine, die nicht durchnummeriert sind. Sie hat keinen Zweifel, dass es ursprünglich fünfzig Scheine waren.

McMinn fragt: »Was macht denn so ein Kerl wie Riker mit dem ganzen Cash?«

»Ist wahrscheinlich eine Belohnung.« Neely steckt die Scheine wieder in den Umschlag und legt ihn gut sichtbar aufs Bett. »Jetzt noch die Fahrerkabine.«

McMinn steigt aus dem Wagen, und Neely folgt ihm. Dann wird ihr klar, dass sie etwas übersehen haben, und sie bleibt stehen. Die cleveren deutschen Ingenieure haben zwischen Bett und Wand einen Schrank eingebaut, der vom Boden bis fast zum Dach reicht. Zwei dicke Jacken hängen darin. Sie tastet herum und findet zwei paar Stiefel am Boden. An der Rückwand macht sie eine Entdeckung, bei der ihr die Luft wegbleibt.

Sie zieht ihren Fund heraus: Es ist Jan Kotos Samuraischwert. Ihre Hände umklammern die bestickte Schwertscheide, und sie hört einen entfernten, lang gedehnten Schrei. Auf einmal kniet sie auf dem Kies und hat das Schwert auf den Beinen liegen. Sie schaut es mit starren Augen an. Ohne zu wissen warum, zieht sie das Schwert aus der Scheide.

Diese Waffe hat etwas Magisches an sich, denn als sie die helle, blinkende Klinge herauszieht, wird es um sie herum dunkel.

Sie hört einen Motor starten. McMinn sagt etwas zu ihr, aber ihr ist, als spreche er eine unverständliche Sprache. Logan ruft etwas. Dann sind sie weg.

Aber das ist jetzt egal.

Es ist sogar egal, dass dies der unwiderlegbare Beweis ist, dass Eugene Buxmann alias Dirk Riker ihr Haus in Brand gesteckt hat. Das Haus, das ihr und Jan gehört hat.

Jetzt kann Ando Koto dieses dreihundert Jahre alte Schwert an seinen ältesten Enkelsohn weitergeben. An den Sohn seiner Tochter. Nicht an den Sohn seines Sohnes.

Und was wird Cornelia Faith Jones bleiben, was sie an den Mann erinnert, den sie mit Herz und Seele geliebt hat und bis zu ihrem Tod geliebt hätte?

Nichts.

Zum ersten Mal dringt ihr voll ins Bewusstsein, was sie durch das Feuer verloren hat. All die Möbel und Haushaltsgegenstände, die sie zusammen ausgesucht haben, die Bücher, CDs, Bilder, Skulpturen, Keramiken. Die Geschenke, die sie einander gemacht haben. Die Briefe, die Jan ihr geschrieben hat, wenn sie einmal voneinander getrennt waren.

Diese schrecklich schöne Waffe mit ihrer langen Geschichte ist das Einzige, was übrig ist. Aber sie darf sie nicht behalten.

Zunächst wird das Schwert als Beweismittel gebraucht. Dann wird sie es Jans Vater übergeben …

»Neely?«

Sie öffnet die Augen und schaut durch einen Schleier auf die blinkende Klinge.

»Alles in Ordnung, Neely?«

Buck Dolin. Er kniet halb vor ihr. Sie weiß nicht genau, was sie in seinen dunklen Augen sieht. Angst? Was könnte er in ihren Tränen schon Beängstigendes sehen? Sie schaut an ihm vorbei und stellt fest, dass McMinn und Logan mit den Gefangenen verschwunden sind.

Buck sagt: »Whit Chaffee ist mit mir hergefahren. Er und die anderen beiden gehen mit den Gefangenen zurück zur Absperrung, damit sie eine Gegenüberstellung mit Welby machen können.«

Sie nickt und steckt das Schwert wieder in die Scheide zurück. Dann steht sie auf, ohne Bucks ausgestreckte Hand zu ergreifen. Sie sagt: »Wir sind noch nicht mit der Durchsuchung des Wagens fertig geworden.«

»Ich kümmere mich drum.«

»Ich brauche ein Video mit den Benzinkanistern und dem Umschlag …« Sie dreht sich zum Bett um. Der Umschlag ist noch da.

»Ich filme alles, auch den Umschlag. Und das da – tut mir Leid – das ist auch Beweismaterial.« Er meint das Schwert. Sie überreicht es ihm. Ihre Hände fühlen sich danach leer an.

Er sagt: »Sie fahren am besten zurück in die Dienststelle. Sie müssen sich darum kümmern, dass die zwei Spezis ordnungsgemäß eingebuchtet werden.«

Sie weiß, worum es ihm geht. Er will es ihr leichter machen, von hier wegzukommen. Er sorgt sogar dafür, dass die Festnahme allein auf ihr Konto geht, wenn sie das will. Sie nickt und macht sich auf den Weg.

Sie müsste ihm danken, aber sie bringt es nicht fertig. Sie bringt es nicht einmal fertig, sich nach ihm umzudrehen. Sie weiß auch nicht, warum. Vielleicht, weil er sie weinen gesehen hat.

# 42

Wie haben sie denn das wieder spitzgekriegt? Etwa mit einer Art journalistischem Radar? Der Eingang ist von einem Pulk von Reportern blockiert. Auf dem Rücksitz sitzt hinter einem Stahlgitter und in Handschellen Riker. Lisker sitzt bei McMinn und Logan im Streifenwagen.

Zum Glück ist Danny Beecher in der Nähe, um ihnen zu helfen, die Gefangenen an den Mikros und Kameras vorbeizuschleusen. Riker gibt eine Tirade von sich, die man weder drucken noch senden kann. Lisker dagegen verhält sich still und ziemlich ernüchtert. Die Reporter bleiben enttäuscht vor dem Gefängniseingang stehen, und die Gefangenen werden zur Aufnahme gebracht. Riker pöbelt immer noch herum. Die Tür zu einem Verhörzimmer geht auf und Owen Culpepper kommt heraus. Seine empörte Miene scheint langsam zur Gewohnheit zu werden.

»Was ist denn hier draußen los?«

Neely schaut an ihm vorbei und sieht Jeff Amato mit seinem Vater als Anwalt in dem Raum sitzen. Culpepper schlägt die Tür zu.

»Wir haben gerade Burton Lisker und Eugene Buxman verhaftet.« Er starrt sie verständnislos an. Sie fügt hinzu: »Auch bekannt als Lash Lisker und Dirk Riker.«

»Riker!« Der Staatsanwalt verdreht die Augen. »Gott sei Dank! Das sind ja gute Neuigkeiten! Ich muss eine Pressekonferenz einberufen.«

Er rauscht zum Foyer, aber Neely hält ihn auf. »Was hat denn Jeff so gesagt?«

»Er beziehungsweise Francis hat gesagt, dass er einen Deal machen will. Deputy Swenson! Machen Sie mir die Tür auf.«

Neely geht zur Aufnahme. Liskers kahl rasierte Kopfhaut ist schweißgebadet. Sie nimmt sich vor, ihn zuerst zu verhören. Aber vorher will sie beide eine Weile schmoren lassen. Riker zetert immer noch herum. Schließlich bittet Neely Swenson, sie hinauszulassen.

Sie rechnet damit, das Foyer leer vorzufinden, weil Culpepper Pressekonferenzen gern in seinem Büro abhält: Das Ambiente ist dort stilvoller. Aber es sind noch ein paar Journalisten da. Sie scharen sich um einen Mann mit scheckigem Bart, der einen abgewetzten Mantel und einen Dreiteiler trägt, der ihm drei Nummern zu groß ist. Seine Haare stehen struppig unter einer dunkelblauen Strickmütze hervor. Donny Murchison ist in Westport eine Art Institution.

»Ich hab ihn gesehn, den Geist von Giff Wills!« Seine schlanken Pianistenhände gestikulieren wild. Die Journalisten sind hingerissen. Das ist Stoff für eine ergreifende Geschichte. »Ich hab ihn aus seiner goldenen Kutsche steigen sehen. Er hatte einen Smokey-Hut auf und seine Flügel unterm Arm. Sie haben das Scheinwerferlicht durchgelassen wie dünne Seide. Es war so wunderschön ...«

Neely runzelt die Stirn. Flügel unter dem Arm? Seidenstoff? Sein Smokey-Hut? Eine goldene Kutsche mit Scheinwerfern? Ziemlich merkwürdige Details für einen Alkoholrausch. Sie drängt sich zwischen den Reportern durch und zupft an Donnys Ellenbogen. »Wie gehts denn so, Donny? Erinnern Sie sich an mich?«

Die Reporter protestieren, als Neely mit Donny auf die geschlossene Tür zum Empfangsbüro zusteuert. Donny grinst Neely an: »Sie sind die nette Niggalady. Ich kenn Sie.«

Nigga? Ja, aus Donnys Sprechweise hört man andeutungsweise einen Südstaatenakzent heraus, der allerdings von einem deutlicheren Beigeschmack von billigem Fusel überdeckt wird. In ein paar Tagen wird es Gin sein. Am Zehnten jedes Monats kommt sein mysteriöses Stipendium an.

Neely klopft an die Tür und ruft nach Heather. Die macht die Tür einen Spalt weit auf und schaut heraus. Ihr Lächeln wird breiter, als sie Neely sieht: »Herzlichen Glückwunsch, Sheriff! Sie haben diesen schrecklichen Mann geschnappt ...« Sie schaut näher hin und rümpft die Nase, aber ihr Lächeln bleibt. »Hallo Donny.«

Die Pressevertreter meutern, als Neely Donny Murchison in den Raum schiebt und Heather ihnen die Tür vor der Nase zuschlägt. Donny geht mit Neely in ihr Büro, wo sie ihn mit einem Handgriff zum Stehen bringen muss. Sie führt ihn zu einem Sessel.

»Setzen Sie sich, Donny. Machen Sie sichs bequem. «

Neely zieht ihren Geldbeutel aus der Tasche und gibt Heather ein paar Scheine. »Tun Sie mir einen Gefallen und holen Sie drüben in der Cafeteria ein paar Sandwichs.« Als Heather im Laufschritt verschwunden ist, fragt Neely Donny: »Wie wär's mit einer Tasse Kaffee?«

»Keinen Kaffee. Den vertrag ich nicht. Wirklich nicht.« Er fügt hoffnungsvoll hinzu: »Vielleicht ein bisschen Weißwein?«

»Tut mir Leid. Der ist gerade aus.«

Er nickt bekümmert. Neely setzt sich auf die Couch. »Erzählen Sie mir mehr über Giffs Geist, Donny. Wann ist er Ihnen denn begegnet?«

»Gestern Abend. Oder vielleicht vorgestern. Vielleicht auch nicht. In welcher Nacht war ich im Knast?«

»Das letzte Mal? Moment, das war am ...« Es fällt ihr schwer, sich zu erinnern. Es ist, als seien in den letzten paar Tagen mehrere Jahre verstrichen. »Am Dienstag. Sie sind am Dienstag Morgen reingebracht worden. Am Wahltag.«

»Dann war's der nächste Tag. Nein, die nächste Nacht. Sie sollten einen Mann wie mich nicht schon nach einem Tag rauslassen. Echt nicht. Geregnet hat es auch noch. Ich glaub, die Götter waren sauer!« Er lacht. Dann wird er rot. »Tut mir Leid. Wo hab ich nur meine Manieren gelassen, vor einer Dame so ein Zeug daherzureden.«

Das klingt so wenig ironisch, wie das Wort »Nigga« beleidigend geklungen hat. Sie fragt sich, wann und warum Donny den Südstaaten den Rücken gekehrt hat. »Schon gut, Donny. Sie waren also Mittwoch Nacht draußen im Regen? Warum sind Sie denn nicht ins Obdachlosenheim gegangen?«

»Dort geh ich nie hin. Echt nicht. Dort hängen doch nur Tippelbrüder und Alkis rum.«

»Ah. Wo waren Sie denn dann?«

Darüber muss er eine Weile nachdenken. »Im Salty Dog. Aber Willy hat mich rausgeschmissen. In den Regen. Echt. Noch vor der Sperrstunde.«

»Und wo sind Sie dann hingegangen?«

»Zum Recyclingcenter. Dort geh ich immer hin, wenn's Wetter schlecht ist. Immer. Dort gibts ein trockenes Plätzchen unter der Durchfahrt und einen Haufen Zeug zum zudecken. Und Müllcontainer. Ohne Müll drin. Es darf bloß kein Glascontainer sein, da muss man schon aufpassen. Der alte George hat nix dagegen. Ich muss nur weg sein, bis die morgens aufmachen.«

»Erzählen Sie mir mehr über den Geist.«

Donny lächelt selig: »Vielleicht war's ein Engel. Ja, wär schon möglich. Ein Engel. Na, ich hatt's mir grad im Papiercontainer gemütlich gemacht, da hab ich so ein Gerumpel gehört. Rrrrrmmm. Ist immer lauter geworden und lauter, und auf einmal ists hell geworden. So ein wunderbares, blendendes Licht! Hab den Kopf oben rausgestreckt und ins Licht geguckt. Mein Gott, das war so schön, ich war wie gelähmt! Eine Kutsche aus glänzendem Gold, und Giff ist ausgestiegen und hatte seine Flügel unterm Arm, und das Licht hat durchgeleuchtet.«

Donny ist so in Fahrt, dass Neely nur aufmerksam zuhören muss, um ihn zum Weiterreden zu bewegen. Es passt ihr gar nicht, dass Heather ausgerechnet in diesem Moment mit einer Ladung Sandwichs wiederkommt. Donny soll ja nicht abgelenkt werden.

Neely greift in die Schachtel. »Ich hab noch nicht zu Mittag gegessen, Donny. Essen Sie was mit?«

»Hätt nix dagegen. Gar nix.« Er holt gleich alle zehn, zwölf Sandwichs heraus und studiert aufmerksam die Etiketten. Dann entscheidet er sich für eins mit Erdnussbutter und Marmelade, packt es aus und beißt kräftig zu.

Neely wartet, bis er den Bissen geschluckt hat und fragt, bevor er wieder zubeißen kann: »Woher wissen Sie denn, dass es Giff war?«

Donny beißt wieder zu.

»Donny?«

Und noch mal.

Er verputzt das ganze Sandwich, und Neely ist überzeugt, dass sie den Rest seiner Geschichte nie hören wird. Aber dann zieht er ein erstaunlich sauberes Taschentuch aus der Brusttasche, wischt sich Mund und Hände ab und antwortet: »Na, es muss Giff gewesen sein. Er hat doch seinen Smokey-Hut aufgehabt. Und er ist doch tot. Echt. Das hab ich doch im Salty Dog gehört.«

Neely weist ihn nicht darauf hin, dass er das Mittwoch Abend nicht gehört haben kann. Zu diesem Zeitpunkt war Giff noch am Leben. Donnys Zeitgefühl ist nicht besonders zuverlässig. Wahrscheinlich hat er das gestern Abend gehört.

Sie fragt: »Hat der Geist Sie gesehen?«

»Nein. Geht nicht. Andre Welt. Ein Moment lang hab ich gedacht, ich wär tot, aber das war ich nicht. Nein. Noch nicht.«

»Was hat er denn gemacht?«

»Weiß ich nicht.«

»Was meinen Sie denn?«

»Sie essen ja gar nichts.«

»Kommt noch. Später. Haben Sie …« Er starrt stumm auf die Schachtel mit den Sandwichs, und Neely seufzt. »Greifen Sie nur zu. Bitte.«

Donny grinst. »Hätt nix dagegen.« Auch diesmal studiert er gründlich die Etiketten und sucht sich eins mit Erdnussbutter und Marmelade aus. Und wieder wartet Neely ungeduldig, bis er das ganze Sandwich aufgegessen und Mund und Hände abgewischt hat.

Dann sieht er ihr in die Augen. »Ich bin wieder aus dieser Welt rausgeschlüpft.«

»Äh … Was für eine Welt denn?«

»Der Himmel vielleicht. Weiß ja nicht genau, wo Giff gewesen ist. Manchmal kann man halt so in eine andre Welt schlüpfen. Hab ich schon oft gemacht. Dauernd eigentlich. Tja, mehr kann ich aber dazu nicht sagen. Als ich wieder aus dem Container rausgeguckt hab, waren die goldene Kutsche, die Scheinwerfer und der Geist weg. Und es war Morgen. Ja, echt.«

Neely überlegt, wie sich Donny Murchison als Zeuge vor Gericht machen würde. Die reine Katastrophe. Aber irgendwie steckte zwischen den Zeilen seiner Erzählung die Wahrheit. Eine wichtige Wahrheit.

»Donny, vielen Dank fürs Erzählen.« Neely nimmt ein Sandwich für sich aus der Schachtel und bietet Donny den Rest an. »Hätten Sie was dagegen, die hier mitzunehmen? Heather hat mich falsch verstanden. So viele will ich gar nicht. Die gehen sonst nur kaputt.«

Er lächelt breit. »Hätt nix dagegen. Echt nicht.« Die Sandwichs verschwinden wie von Geisterhand in seinen zahlreichen Taschen. Dann eilt er hinaus. An der Tür dreht er sich noch einmal zu Neely um. »Ich wähl Sie aber trotzdem nicht. Ich wähl nie. Nein, echt nicht. Habs mal versucht, aber sie haben mich nicht gelassen. Tschüss, nette Niggalady.« Er flitzt durch Heathers Büro, und weg ist er.

Heather schüttelt den Kopf. »Eigentlich ist er ja ein lieber Kerl.«

Neely nickt abwesend. »Heather, wie heißt noch der Typ, der das Recyclingcenter hat? George noch was.«

»Ach ja, George Relska.«

»Danke.« Neely geht zu ihrem Schreibtisch zurück und sucht im örtlichen Telefonbuch nach Relska. Sie findet drei, die wahrscheinlich alle miteinander verwandt sind, aber nur einen George. Zu ihrer Erleichterung nimmt George selbst ab. Sie stellt sich vor und erklärt: »Mr Relska, ich suche nach einer Abdeckplane aus Plastik, etwa drei mal drei Meter groß. Sie muss letzten Mittwoch im Recyclingcenter abgeladen worden sein. Haben Sie zufälligerweise was bemerkt?«

»Gut dass Sie nicht nach Milchkannen suchen, Sheriff. Hab grade gestern eine Tonne davon nach Portland gebracht. Ja, jetzt wo Sies sagen, ich hab eine Plane gesehen. So aus durchsichtigem Plastik?«

»Ja, und mit Farbklecksen drauf.« Und ein paar Blutflecken vielleicht auch.

»Genau. Die hat jemand in den Plastikcontainer geworfen, dabei kann ich Plastikfolie gar nicht recyceln. Nur Flaschen. Steht extra auf dem Schild, aber das interessiert ja keinen.«

»Was haben Sie denn damit gemacht?«

»Na, das meiste von dem, was ich nicht verwerten kann, bring ich auf die Müllkippe.« Neely stöhnt, bis Relska hinzufügt. »Aber ich glaub, ich hab sie behalten, wissen Sie. Genau. Hab sie zusammengelegt und in meine Garage gelegt. Wer weiß, vielleicht kann ich sie ja mal gebrauchen. Meine Frau schimpft immer rum, dass ich alles Zeugs aufheb, aber ich kann's einfach nicht leiden, Sachen wegzuschmeißen, die man noch gebrauchen kann.«

»Das ist eine gute Einstellung«, sagt Neely. »Aber ich muss Ihnen die Plane wegnehmen. Wir brauchen sie als Beweismaterial.«

»Sie meinen für ein Verbrechen? Nur zu, Sheriff.«

»Ich lasse sie so bald wie möglich abholen.« Sie legt auf und flüstert triumphierend: »Ja!« Dann ruft sie bei Heathman in Giffs Haus an.

Er zeigt nur mäßige Begeisterung für ihren Fund und fragt, wie sie an die Plane gekommen ist. »Das ist eine lange Geschichte, Lieutenant. Eine Geistergeschichte«, wimmelt sie ihn ab.

Kaum hat sie aufgelegt, beginnt sie, sich Notizen über die Plane und ihre Herkunft zu machen. Als sie bemerkt, dass Heather abwartend in der Tür steht, hört sie auf. Neely fragt: »Was gibts denn, Heather?«

Das hat vielleicht etwas zu ungehalten geklungen, denn Heather verschränkt die Hände ineinander und ihre Augen weiten sich. Heute sind sie – passend zu ihrer Seidenbluse und einem Minirock – türkis. »Also, ich … ich muss kurz mit Ihnen reden, Sheriff.«

Neely bringt ein Lächeln zustande. »Klar, Heather. Stimmt was nicht?«

»Ich weiß nicht. Aber ich habe etwas im Aktenschrank gefunden.« Sie geht hin und zieht die dritte Schublade auf. »Da liegt sie, ganz hinten in der Schublade.«

Eine unbeschriftete, durchsichtige Beweismittelhülle aus Plastik. Neely holt sie heraus und legt sie auf ihren Schreibtisch. Durch das Plastik hindurch kann sie ein paar Polaroidfotos und eine kleine, grüne Figurine sehen.

Sie braucht die Hülle nicht einmal aufzumachen, um sagen zu können, dass die Figurine aus Jade geschnitzt ist und aus präkolumbianischer Zeit stammt, auch wenn sie den Stil nicht genauer bestimmen kann.

Neely greift mal wieder nach einem Paar Latexhandschuhe.

## 43

Neely wirft einen Blick in Richtung Dienstzimmer. Curtis McMinn arbeitet vorgeblich an einem Bericht, schaut aber in ihre Richtung. Sie sagt leise. »Heather, würden Sie bitte die Tür zumachen?«

Heather schließt nicht nur die Tür, sondern auch die Jalousien, dann kommt sie wieder zu Neely an den Schreibtisch. Neely macht die Hülle auf und nimmt vorsichtig den Inhalt heraus.

Die etwa acht Zentimeter hohe Figurine ist ein erlesenes Stück, aber sie bezweifelt, dass Giff sie wegen ihrer Schönheit behalten hat. Sie hat volle, sinnliche Lippen und eine Turmfrisur. Olmekische Herkunft? Was sie in den Büchern aus der Bibliothek aufgeschnappt hat, macht sie noch lange nicht zur Expertin.

Sie geht zu den Fotos über. Es sind drei. Auf den Großaufnahmen ist eine Art Kasten zu sehen, dessen Größe man ohne daneben stehende Messlatte nur erraten kann. Aber wenn man davon ausgeht, dass der Griff auf der Oberseite, der wie ein Koffergriff aussieht, eine Standardgröße hat, muss der Kasten etwa sechzig Zentimeter hoch und vierzig Zentimeter breit und tief sein. Die Vorderseite lässt sich aufklappen. Die Klappe steht offen. Die Schachtel ist mit Gegenständen voll gestopft, die in Zeitungspapier eingewickelt sind. Ein paar davon stehen ausgepackt davor: neun Stücke aus Jade, Keramik und Gold. Sie sind alle klein, der größte

Gegenstand ist eine Vase, und alle stammen unbestreitbar aus präkolumbianischer Zeit.

Sie holt ein Vergrößerungsglas aus der mittleren Schreibtischschublade. Die Sprache auf den Zeitungen ist Spanisch, und sie kann den Teil einer Überschrift auf einem zerknitterten Blatt entziffern: Ristas en Cabo San Lu.

Irgendetwas in Cabo San Lucas. Baja. Rumhängen in Cabo San Lucas. Die *Poseidon* legt auf ihren Expeditionen zur Baja immer für drei oder vier Tage dort an. Das Schiff eignet sich ideal zum Schmuggeln. Der Zoll schenkt dem Forschungsschiff einer renommierten Institution wahrscheinlich wenig Beachtung. Und an dem Morgen, an dem Jans Leiche gefunden wurde, hat Neely diesen – oder einen sehr ähnlichen – Kasten im Büro von Ben Nicholass auf dem Boden stehen sehen. Es war das Gehäuse für sein Mikroskop.

Ben Nicholass?

Warum nicht?

Und Andrea Olenick, die für ihre Arbeit auch ein Mikroskop benutzt, die auch immer mit zur Baja gefahren ist und die sich ein Alibi für den Mord an Jan zu verschaffen versucht hat, indem sie vorgegeben hat, die Nacht mit Ben verbracht zu haben.

Hat Jan deshalb gesagt, es könne schwierig werden, in Zukunft mit Andrea zusammenzuarbeiten? Nicht etwa, weil sie sich an ihn herangemacht hat, sondern weil er herausgefunden hat, dass sie mexikanische Kunstgegenstände schmuggelt?

»Sheriff? Was ist denn mit Ihnen los?«

Neely schaut zu Heather auf. »Hm? Ich bin nur … verwirrt.« Sie widmet sich wieder den Fotos. Der Kasten steht auf einem weißen oder beigen Teppich – durch das Blitzlicht erkennt man die Farbe nicht genau – vor einer Wand, die ebenfalls weiß oder beige ist. Aber sie findet keinen Hinweis auf einen bestimmten Ort.

Sie lehnt sich zurück und runzelt die Stirn. Jetzt weiß sie wenigstens, weshalb Giff Wills ermordet wurde. Mit den Fotos und der Jadefigur muss er jemanden um das Geld erpresst haben, das unter seiner Schreibtischschublade aufgetaucht ist. Giff hat die Schmuggler auf frischer Tat ertappt und sich auf einen Deal eingelassen. Aber nachdem er die Wahl verloren hat und von Alkohol benebelt zurückgetreten ist, und nachdem Neely die Schmiergeldzahlung entdeckt hat, wurde es zu riskant, ihn am Leben zu lassen.

George Tarbet? Er hat einen Killer im Haus und zwischen seinem Sammelsurium von Nippes stehen präkolumbianische Kunstgegenstände aus Gold.

Nein, sie kann nicht ausschließen, dass auch Nicholass präkolumbianische Kunstgegenstände in seinem Haus hat. Sie ist nur einmal dort gewesen – zur Weihnachtsfeier für die Mitarbeiter des Instituts. Die Einrichtung war so nüchtern wie in seinem Büro – in Anklang an den Bauhaus Stil. Aber sie hat auch nur das Wohnzimmer und die Veranda gesehen. Auch von Andreas Apartment hat sie nur das Wohnzimmer gesehen. Aber wenigstens hat sie für deren Apartment einen Durchsuchungsbefehl. Die Wahrscheinlichkeit, dass sie einen Durchsuchungsbefehl für das Haus von Dr. Nicholass bekommt, ist gleich Null.

Sie schaut sich den Jadegegenstand und die Fotos noch einmal genau an. Irgendjemand muss gedacht haben, diese Beweismittel seien in Giffs Haus versteckt. Aber in diesem Fall war Giff derjenige, der zuletzt gelacht hat. Er hatte alles in seinem Büro versteckt, das niemand durchsuchen konnte, ohne zu riskieren, dabei erwischt zu werden.

Auf allen Fotos stehen Datum und Zeit: der 28. Dezember letzten Jahres. Der Tag, als die *Poseidon* von der Baja zurückgekehrt ist, um 22.37 Uhr. Um diese Zeit muss Sgt. Curtis McMinn im Ozeanographischen Zentrum Wachdienst gehabt haben.

Nach Donny Murchisons »Zeugenaussage« besteht kein Zweifel mehr daran, dass McMinn etwas mit dem Mord an Jan zu tun hat. Er hat die Plastikplane entsorgt, in die Jan eingewickelt war, als man ihn von seinem Büro ins Medusenbecken gebracht hat. Lose zusammengefaltet und von hinten beleuchtet, hat Murchison die durchsichtige Plane als Flügel interpretiert, und die goldene Kutsche mit Scheinwerfern muss McMinns geliebter Thunderbird gewesen sein.

Neely atmet tief ein. Das Problem ist jetzt, wo sie diese Beweismittel sicher verstauen kann. In der Asservatenkammer kann jeder Mitarbeiter darankommen. Gibt es in der Dienststelle irgendeinen sicheren Platz?

»Heather, ich möchte, dass Sie mir genau zuschauen und sich merken, was ich jetzt mache, falls Sie dazu je eine Aussage machen müssen.«

Heathers schimmernde rote Lippen öffnen sich weit.

»Als Erstes schauen Sie sich diese Sachen genau an.«

Heather beugt sich vor und mustert die Figurine und die Fotos. Dann richtet sie sich auf. »Was ist denn das überhaupt?«

»Das ist eine lange Geschichte. Ich brauch noch eine Beweismitteltasche.«

»In der obersten Schublade links.«

Neely steckt die Figurine und die Fotos wieder in die Hülle. Das Ganze lässt sie in einen größeren Plastikumschlag gleiten, den sie dann zuklebt und beschriftet. Wenn Giff den Schmuggler mit Fingerabdrücken auf dem Kunstgegenstand und den Fotos überführen wollte, dann hätte er die Sachen nicht in einen Plastikumschlag stecken dürfen, aber Giff hat sich nie besonders mit den technischen Aspekten einer Ermittlung befasst. Vielleicht waren sie nicht lang genug in der Plastikhülle, um zu verwischen. Neely hat einen anderen Grund, eine Plastikhülle zu verwenden. Sie will die Sachen gegen Feuchtigkeit schützen.

Heather fragt: »Soll ich das in den Safe sperren?«

»Nicht, solange ich nicht weiß, wer die Kombination kennt.« Sie geht zum Couchtisch. »Holen Sie mir bitte im Bad ein paar Papierhandtücher.«

Neely legt die Papierhandtücher auf dem Tisch aus, um Erdkrumen aufzufangen, und holt die Orchidee aus dem Blumentopf. Sie legt den Umschlag in den Topf und setzt die Pflanze obendrauf. Die Affengesichter grinsen sie immer noch an, offensichtlich haben sie es unbeschadet überstanden. Sie spült die abgefallene Erde die Toilette hinunter. Dann zieht sie die Gummihandschuhe aus und öffnet die Tür zum Dienstzimmer. McMinn und Logan sitzen immer noch an ihren Schreibtischen. Sie schauen schnell weg.

Neely geht zu ihrem Schreibtisch zurück. »Danke, Heather.«

»Alles klar, Sheriff. Oh, hallo Buck.«

Neely dreht sich überrascht um. Verdammt, dauernd schleicht er sich an.

Buck sagt: »Wir haben den VW in den Wagenpark gebracht. Hats Probleme bei der Aufnahme von Riker und seinem Kumpel gegeben?«

»Nein. Bloß Riker hat Krach geschlagen. Ich bin froh, dass Sie wieder da sind. Ich brauche Ihre Hilfe.« Neely geht zu ihrem Schreibtisch und holt den Durchsuchungsbefehl für das Apartment von Andrea Olenick heraus.

Buck zieht eine Augenbraue hoch: »Wofür brauchen Sie mich denn?«

Schwingt in dieser Frage etwa Widerwillen mit? Oder klingt das Wort »brauchen« irgendwie ironisch?

»Ich brauche Sie bei der Durchsuchung von Andrea Olenicks Apartment. Am besten bringen wir's gleich hinter uns.«

Sie gehen durchs Foyer. Am Eingang hält Buck die Glastür für sie auf. Er handelt so automatisch, dass klar ist, dass seine Mutter ihm schon frühzeitig Manieren beigebracht hat. Draußen bleibt Neely stehen, um in ihren Hosentaschen nach dem Autoschlüssel für den Streifenwagen zu suchen.

Beim Geräusch eines stotternden Motors, der plötzlich zwei Gänge hochgeschaltet wird, schaut sie auf und sieht einen blauen Pick-up von der rechten Seite des fast leeren Parkplatzes auf sich zu kommen.

Es ist der Toyota.

Einen zitternden, traumartigen Moment lang sieht sie eine gesichtslose Figur am Steuer und legt im Geiste Jans Gesicht darauf. Es ist ihr Pick-up. Der Fahrer muss Jan sein. Und die letzten drei

Tage waren nur ein Albtraum. Nichts hat sich geändert, nichts ist verloren …

Nein!

Es ist nicht Jan, und der Fahrer ist auch nicht gesichtslos. Das Gesicht versteckt sich unter einer Skimütze, und der linke Arm zeigt aus dem Fenster. Die behandschuhte Hand hält eine Halbautomatik.

»Runter!« Neely wirft sich auf Buck und bringt ihn aus dem Gleichgewicht. Sie kommen hart auf dem Boden auf. Buck stößt einen überraschten Laut aus. In schneller Folge fallen fünf Schüsse.

Glas zersplittert. Irgendwo schreit jemand. Und der Pick-up rast vom Parkplatz und biegt nach Osten auf die North Fourth Street ab.

»Herrgott noch mal!« Buck kommt strauchelnd auf die Beine. Seine Dienstwaffe ist schon gezückt.

Auch Neely hat im Reflex ihre Waffe gezogen. Sie schaut ins Foyer. In der dicken Glastür sind Löcher, um die sich Sprünge ausbreiten. Und eineinhalb Meter dahinter liegt Heather auf dem Boden.

Neely schreit: »Heather ist getroffen!« Dann ruft sie Buck, der schon auf seinen Streifenwagen zuspringt und bei dieser Neuigkeit ins Stocken gerät, zu: »Los, Buck, los.«

Sie wartet nicht ab, was er tut. Sie weiß, dass er den Toyota verfolgt. Stattdessen hastet sie ins Foyer und kniet neben Heather nieder.

Die fünf Schüsse waren alle für Neely Jones gedacht. Und alle haben sie verfehlt. Aber mindestens einer davon hat Heather Blessing getroffen.

## 44

Heather lebt. Sie versucht sich aufzusetzen. Als Neely neben ihr niederkniet, klammert sie sich an sie wie ein verängstigtes Kind. »Oh Gott, Neely, was ist passiert? Was ist passiert?«

Auf einmal ist das Foyer voll. Alle Deputies stellen die gleiche

Frage. Lieutenant Booker stürmt durch die Tür zum Gefängnisflügel. Whit Chaffee, Darrell Logan, Kevin Locksey und Lonnie Weaver kommen im Eilschritt aus dem Flur.

»Jemand hat aus einem Auto geschossen«, sagt Neely. »Ich brauch ein Taschentuch.«

Zwei Deputies werfen ihr Taschentücher zu. Neely presst sie fest an Heathers rechten Oberschenkel. Die schwarzen Nylonstrümpfe haben eine Laufmasche. Auf dem Boden sammelt sich eine Blutlache.

»Whit, Sie und Darrell«, bellt Neely. »Buck ist hinter dem Täter her. Gebt ihm Verstärkung!«

Chaffee und Logan rennen auf die Tür zu, aber Logan bleibt noch einmal stehen und fragt: »Wo ist Buck überhaupt?«

»Woher zum Teufel soll ich das wissen? Sie haben doch ein Funkgerät!« Während Logan losprescht, ruft sie: »Lonnie, rufen Sie den Krankenwagen und sagen Sie Bescheid, dass sie eine Notoperation vorbereiten sollen für eine Schussverletzung. Kevin, Sie und Mike suchen die Kugeln. Es müssten fünf sein, falls keine in Heathers Bein stecken geblieben ist.«

Lieutenant Booker fragt: »Und was soll ich tun?«

»Wer bewacht das Gefängnis?«

»Niemand.« Er hat den Wink mit dem Zaunpfahl verstanden und geht zurück zum Gefängnis.

Heather schaut auf ihr verwundetes Bein und jammert: »Ach, verdammt, das waren funkelnagelneue Strümpfe.«

Neely muss lachen. »Sie haben eine Gefahrenzulage verdient.«

»Glaub ich auch. Oh, Neely, es tut so weh. Das tut vielleicht weh.«

»Ich weiß.« Sie lockert den Druck auf der Wunde ein klein wenig. Die Taschentücher sind blutdurchtränkt, und ihre Hand fühlt sich nass an.

In diesem Moment fällt Neely auf, dass jemand fehlt. Curtis McMinn. Als sie und Buck das Büro verlassen haben, war er noch da.

»Kev? Wo ist Curtis?«

Kevin Locksey malt mit Filzstift einen Kreis an die hintere Wand des Foyers. »Eine Kugel ist hier. Curtis? Vielleicht auf dem Klo. Ich seh mal nach.«

Lonnie Weaver streckt kurz den Kopf ins Foyer und berichtet Neely: »Krankenwagen ist unterwegs. Und ich hab Heathers Schwester benachrichtigt. Sie fährt gleich in die Klinik.«

Heather murmelt schwach: »Sally? Oh, das ist aber nett ...«

Kevin Locksey kommt mit McMinn im Schlepptau.

Neely fragt nicht, wo er gewesen ist. Sie sagt nur knapp: »Sergeant, Sie bewachen den Eingang.«

Die Gaffer kommen schon angeschwärmt.

Innerhalb einer halben Stunde ist die Krise überstanden. Heather ist auf dem Weg in die Klinik. Vier der Kugeln sind gefunden worden, und die fünfte befindet sich zweifellos in Heathers Bein, denn es gibt keine Austrittswunde. Die Reporter und die neugierigen Zuschauer haben das Interesse verloren oder sind weggeschickt worden.

Aber Buck, Chaffee und Logan suchen immer noch nach dem Toyota.

Neely geht in ihr Büro. Als Erstes wäscht sie sich auf der Toilette Heathers Blut von den Händen. Warum müssen ausgerechnet die Unschuldigen einen so hohen Preis dafür bezahlen, dass sie sich im Umkreis des neuen Sheriffs aufhalten?

Ist Jan deswegen umgebracht worden?

Das möchte ihr der Flüsterer gern weismachen.

Neely schaut in den Spiegel. Sie ist schockiert. Ihr Züge wirken hart und verbittert, in ihre Augen ist etwas Steinernes getreten. So hat sie sich noch nie gesehen.

Gereizt wendet sie sich ab und geht in ihr Büro. Da bemerkt sie, dass jemand in ihrer Abwesenheit im Büro war. Als sie hinausgegangen ist, stand am Aktenschrank nur die dritte Schublade von oben offen. Jetzt ist sie zu, und stattdessen steht die vierte offen.

Zwei Schreibtischschubladen stehen ebenfalls einen Spalt weit offen. Sie kontrolliert alle Schubladen und findet überall Durcheinander. Curtis McMinn ist kein vorsichtiger Mensch. Dann schaut sie zum Couchtisch.

Auf der Platte ist keine Spur von Dreck zu sehen, und die Orchidee steht da wie vorher. Sie lächelt den Affengesichtern zu. Gute Arbeit, Jungs.

Wenn McMinn genug Zeit hatte, um ihr Büro zu durchsuchen, hatte er auch genug Zeit, um jemanden über ihren Fund zu verständigen? McMinn hat offensichtlich bemerkt, dass sie Heather die Beweise gezeigt hat. Hat er aus der Entfernung erkennen können, was es war?

Vielleicht konnte er es sich denken.

Neely zieht ein zusammengefaltetes Blatt Papier aus der Brusttasche: Es ist der Durchsuchungsbefehl für Andrea Olenicks Apartment. Hat McMinn mitgehört, als sie mit Buck über die Durchsuchung gesprochen hat? Unwahrscheinlich. Aber wenn McMinn es gehört hat …

Der einzige Deputy, dem Neely traut, ist Buck, und der ist noch hinter dem Geisterauto her. Während ihrer Polizeiausbildung wurde ihr eingebläut, wie riskant es ist, einen Verdächtigen alleine zu konfrontieren. Was man tun soll, wenn man seinen Kollegen nicht trauen kann, hat ihr keiner gesagt.

Vielleicht rechnet Andrea schon mit einer Durchsuchung und trifft entsprechende Vorkehrungen. Wenn Neely nicht sofort zur Tat schreitet, ist der Durchsuchungsbefehl nutzlos.

Sie kann nicht warten, bis Buck zurückkommt.

Immerhin hinterlässt sie auf seinem Schreibtisch eine Nachricht, auf der die Uhrzeit, Andrea Olenicks Name und Adresse und das Wort Durchsuchungsbefehl stehen.

# 45

Um Viertel vor fünf fährt Neely auf den Parkplatz hinter dem Bayview Manor. Safrangelbe Wolken hängen tief über der Stadt, und der Wind hat wieder nach Südwesten gedreht. Andrea holt gerade eine Tasche mit Einkäufen vom Beifahrersitz ihres Saab-Cabrios. Sie geht auf die Treppe zu, ohne in Neelys Richtung zu schauen.

Zumindest sieht es so aus, dass Andrea nicht gewarnt worden ist. Sonst wäre sie nicht einkaufen gegangen. Neely stellt ihr Auto hinter dem Saab ab und eilt hinter Andrea her. Auf der Treppe nimmt sie immer zwei Stufen auf einmal. Als sie oben ankommt, schließt Andrea gerade die Eingangstür auf.

Andrea dreht sich überrascht nach ihr um. Der Wind bläst ihr die Haare ins Gesicht. Sie trägt einen weißen Trainingsanzug, der ein paar hundert Dollar gekostet haben muss. Die Turnschuhe waren wahrscheinlich auch nicht viel billiger.

Aber es sind Converse-Turnschuhe. Nicht Nikes.

Sie fragt: »Was willst du denn schon wieder?«

»Das ist ein Durchsuchungsbefehl, Andrea.«

»Was?« Sie stellt die Einkaufstüte ab und reißt Neely den Durchsuchungsbefehl aus der Hand. »Verdammt noch mal. Das ist ja absurd. Ich ruf meinen Anwalt an. Und ich lass dich nicht in meine Wohnung, bevor ich nicht mit ihm gesprochen hab.«

»Tut mir Leid. Der Durchsuchungsbefehl hier gibt mir das Recht, deine Wohnung auch ohne dein Einverständnis zu durchsuchen. Wenn du nicht kooperierst, werde ich dich festnehmen müssen.«

»Das ist doch reine Schikane! Und es macht dir auch noch Spaß, oder?« Andrea hebt die Tüte hoch und macht die Wohnungstür so heftig auf, dass sie gegen die Wand prallt. Neely folgt ihr und fängt die Tür beim Zurückprallen ab. Andrea geht in die Küche zu ihrer Linken und lässt die Einkäufe auf die Arbeitsplatte plumpsen.

Dann stapft sie an Neely vorbei ins Wohnzimmer. »Ich rufe trotzdem meinen Anwalt an«, beharrt sie.

»Das ist dein gutes Recht.« Während Andrea wütend die Nummer tippt, schaut sich Neely um. Die Regale nimmt sie besonders genau in Augenschein.

Andrea sammelt offensichtlich keine Souvenirs oder Ähnliches. Sie sammelt Bücher. Es sind hauptsächlich Sachbücher, allerdings nicht auf ihr Fachgebiet beschränkt. Neely findet Bücher über Geschichte, Archäologie, Anthropologie, Geologie und Astronomie. Bei dem Gedanken, dass Andrea in einigen der Astronomiebücher mit Sicherheit über den Namen ihrer Mutter stolpern wird, muss sie lächeln.

Aber es steht nichts auf den Regalen, was nur im Entferntesten nach Disketten oder nach Jans Stenoblöcken aussieht.

Das Gespräch mit dem Anwalt endet damit, dass Andrea schimpfend den Hörer aufknallt. Wie eine wütende Löwin geht sie auf Neely zu. »Aber die Suche muss sich auf die Gegenstände beschränken, die im Durchsuchungsbefehl aufgelistet sind.« Sie faltet den Durchsuchungsbefehl auseinander und liest das Kleingedruckte. Die Wut weicht aus ihrem Gesicht. »Eine Pistole? Ich hab dir doch schon gesagt, was damit ist. Ich hab sie Don zurückgegeben!«

»Ich habe Donald Grabenhorst in Everett angerufen, um deine Behauptung zu überprüfen.«

Andrea wäre eine gute Schauspielerin geworden, denkt Neely, als Ekel und Empörung in ihre Züge treten. Sie sagt: »Donny, die Drecksau, hat wohl behauptet, ich hätte das Ding noch.«

»Nein. Er hat gesagt, er hätte dir nie eine Waffe geschenkt. Er sagt, er kennt dich nur als Gast in dem Restaurant, das er geleitet hat, und dass er nie mit dir zusammen war, und schon gar nicht mit dir zusammen gewohnt hat.«

Andrea steigt die Röte ins Gesicht. »Dieses Arschloch. Er lügt! Merkst du das denn nicht?«

»Warum sollte er?«

»Weil er ein mieser Frauenheld ist und ein krankhafter Lügner noch dazu!« Sie schaut Neely fragend an. »Hast du ihn zu Hause angerufen?«

»Ja. Heute Morgen.«

»War seine Frau auch da?«

»Sie hat das Telefon abgenommen.«

Andrea nickt und verzieht den Mund. »Warte mal hier.« Bevor Neely reagieren kann, verschwindet sie ins Schlafzimmer. In einer Kommodenschublade findet sie eine mit nachtblauem Samt bezogene Ringschachtel.

Sie gibt sie Neely. »Donald sagt also, ich sei nur in dem Restaurant zu Gast gewesen, und er hätte mir nie was geschenkt?«

Neely macht die Schachtel auf. Es ist ein Diamantring darin, mit einem beachtlichen Solitär, der mindestens zwei Karat hat.

Andrea sagt: »Im Deckel steht der Name des Juweliers. Siehst du? Nathan Jansen – Westport, Oregon.«

»Tja, das sagt mir zwar, woher die Schachtel stammt, aber nicht, ob der Ring ursprünglich hineingehört hat.«

»Na, dann würde ich vorschlagen, dass du erstens nachschaust, was in den Ring graviert ist, und zweitens mit Nathan Jansen redest, Herrgott noch mal. Er erinnert sich bestimmt daran, wer so einen Klunker gekauft hat. Außerdem hat Don so ein Theater darum gemacht, dass Jansen sich garantiert an ihn erinnert.«

Der goldene Ring ist so breit, dass die Gravur leicht zu entziffern ist: »Don und Andrea, für immer und ewig.«

»Nimm ihn ruhig mit«, beharrt Andrea. »Bring ihn zu Jansen und frag ihn danach.«

»Das werde ich tun.« Neely legt den Ring in die Schachtel und steckt sie ein. Dann stellt sie eine Empfangsbestätigung für Andrea aus und gibt sie ihr. »Du hast mir immer noch nicht erklärt, weshalb Don einem Sheriff gegenüber lügt.«

»Weil er ein Schwein ist!« Sie schließt einen Moment die Augen und sagt: »Wahrscheinlich weil seine Frau dabei war. Er will bestimmt nicht, dass sie weiß, dass wir zusammen gelebt haben und verlobt waren. Es könnte ja sein, dass ich ihr erzähle, dass er gleich zwei Geliebte nebenher hatte, als er mir den Diamant geschenkt hat. Eine davon war auch noch ein Mädchen vom Jade. Als ich draufgekommen bin, hab ich ihn mitsamt seinem Krempel rausgeschmissen. Die bescheuerte Knarre war auch dabei. Aber den Ring hab ich behalten. Hab mir gedacht, den hab ich verdient.«

Den Ausdruck in Andreas Gesicht kennt Neely: Trauer. Aber in Andreas Fall ist es nicht die Trauer um den Tod eines geliebten Menschen, sondern um den Tod der Liebe.

Andrea streckt trotzig das Kinn vor. »Du kannst gerne nach der Pistole suchen. Hier wirst du sie nicht finden.«

Neely weiß, dass Andrea damit Recht haben kann, aber sie darf einen Verdächtigen nicht beim Wort nehmen. Außerdem sind auf dem Durchsuchungsbefehl auch noch andere Gegenstände aufgeführt. Sie fragt: »Wo ist denn dein Computer?«

Andrea antwortet ausweichend: »Die meiste Zeit arbeite ich am Computer in meinem Büro im Institut.«

Neely sagt dazu nichts, sondern geht hinaus und öffnet alle Türen, die vom Flur abgehen. Wandschränke, zwei Bäder, noch zwei Schlafzimmer. Das Schlafzimmer mit Blick auf die Chinook Bay ist zu einem Arbeitszimmer mit Computer, Drucker und Faxgerät umfunktioniert. Andrea ist Neely dicht auf den Fersen. Als Neely das Arbeitszimmer anschaut, lässt sie sie nicht aus den Augen.

»Andrea, du hast alle Dateien über die *Medusae kotii* von Jans Festplatte gelöscht und seine Backup-Disketten und Notizen mitgenommen. Wo sind sie jetzt?«

»Ich hab keine Ahnung, wovon du redest.«

»Dann muss ich sie selbst suchen.« Sie geht zu einem Bücherregal mit Diskettenschachteln, nimmt eine Schachtel herunter und holt die Disketten einzeln heraus. Sobald sie die Etiketten gelesen hat, wirft sie sie weg wie Frisbee-Scheiben.

»Was machst du denn da!«, quiekt Andrea. »Die sind geordnet!«

Neely nimmt sich die nächste Schachtel vor und macht das gleiche Spielchen. Sie greift nach einer weiteren Schachtel. »Ich habe keine Zeit für eine ordentliche Durchsuchung, Andrea.«

»Miststück! Aufhören! Hör auf!«

»Du hast zwei Möglichkeiten. Du kannst dich quer stellen, dann muss ich weitersuchen, oder du kannst mir gleich sagen, wo die geklauten Disketten und Notizbücher sind.«

»Von wegen geklaut! Ich habe ein Recht auf die Daten! Wir haben zusammen an dem Projekt gearbeitet! Das ist was Persönliches, oder? Du bist immer noch eifersüchtig auf mich! Das bist du die ganze Zeit gewesen!« Sie baut sich bedrohlich vor Neely auf. »Und du denkst wohl, die verdammte Qualle ist einen Haufen Geld wert und willst einen Batzen davon abhaben! Diese so genannte Durchsuchung hat nicht das Geringste mit einer polizeilichen Ermittlung zu tun.«

Neely merkt, wie sich Andreas Anspannung auf sie überträgt. Sie steht selbst breitbeinig da, bereit zu reagieren. »Wenn sich herausstellen sollte, dass sich mit dieser verdammten Qualle Geld machen lässt, dann solltest du es mit Jans Neffen teilen, aber das ist deine Sache. Und diese Durchsuchung hat sehr wohl mit den Ermittlungen zu tun. Bevor ihn jemand angegriffen hat, hat Jan am Computer gearbeitet. Ich will wissen, an was er gearbeitet hat. Wenn es nur seine Arbeitsnotizen waren – gut. Aber wenn das Letzte, was er getippt hat, mit dem Mord zu tun hat, muss ich es sehen. Und wenn ich dich wegen Behinderung polizeilicher Ermittlungen festnehmen muss, dann tue ich das.«

Andrea bewegt sich nicht, aber ihre Anspannung lässt nach, bis sie schlaff und zitternd dasteht. »Okay.«

Sie sagt das Wort so leise, dass Neely sie kaum hören kann. Andrea fängt an zu weinen. Ihr Gesicht ist verzerrt wie im Schmerz. Damit hat Neely nicht gerechnet.

»Wir haben so hart an dem Projekt gearbeitet. Oh Gott, ich hab einfach was haben wollen, was nur uns beiden gehört – Jan und mir –, auch wenn er mich nicht geliebt hat. Kollegen und Freunde, mehr war für uns nicht drin. Er hat es mir gesagt … Und am nächsten Tag war er tot.«

Neely bekommt Gänsehaut, als habe sie jemand in eiskaltes

Wasser geworfen. Sie kann nur stumm warten, bis Andrea sich wieder gefangen hat.

Schließlich schaut Andrea sie an. »Wie schaffst du das nur? Du redest über ihn, als wäre er für dich nur ein Fall von vielen. Er hat mich nicht geliebt, aber ich kann einfach nicht aufhören zu weinen. Und dich hat er geliebt.«

Neely zittert. Sie ist überrascht, dass sie etwas sagen kann. »Ich kann mir den Luxus, um ihn zu weinen, nicht erlauben. Noch nicht.«

Andrea scheint eine Weile darüber nachzudenken. Dann nickt sie. »Er hat dich geliebt. Wenn du je auf mich eifersüchtig gewesen bist, dann hast du keinen Grund dazu gehabt.«

»Das weiß ich. Danke, Andrea.«

»Schon gut.« Sie atmet tief durch, geht zu ihrem Schreibtisch und zieht eine Schublade auf. »Das sind die Backup-Disketten und Notizbücher. Ich habe noch nicht reingeschaut.«

Neely zwingt sich, zum Schreibtisch zu gehen und in die Schublade zu schauen. »Irgendeine Ahnung, welche Diskette an dem Morgen in seinem Computer war?«

»Ja.« Sie holt eine lose Diskette zwischen zwei Schachteln heraus. »Die da.« Dann setzt sie sich, fährt den Computer hoch, legt die Diskette ein. Neely lehnt sich über ihre Schulter, um die Titel unter den Icons zu lesen.

Hier.

KORRESP. W/DR. NIRI RE S. CLAUSII

Niri. Niri-san. Sie hört ihn das Wort mit gedehnten Vokalen aussprechen. Und S. Clausii? Santa Claus.

Dr. S. Benjamin Nicholass.

Sie zeigt auf das Icon. »Bitte – Datum und Zeit?«

Andrea ruft die Dateiinformation dazu auf. Sie flüstert. »Das ist es. Letzte Änderung am Mittwoch, dem 6. November, um 22.21 Uhr.« Sie öffnet die Datei.

Sie ist kurz. Eine halbe Seite mit einzeiligem Abstand. Ganz oben steht Neelys Name. Sie wendet sich ab. Die eisigen Erinnerungsströme schneiden ihr die Luft ab.

Halt durch. Verdammt, du musst das lesen. Jans letzte Worte.

Ist die Elektronik nicht ein Wunderwerk?

Neely,
hier gehen seltsame Dinge vor sich. Bin vor zwanzig Minuten in der Dunkelkammer fertig geworden und war auf dem Weg in mein Büro, als ich bemerkt habe, dass die Türen zur Laderampe offen waren und ein Auto davor stand. Mit eingeschalteten Scheinwerfern. Eine Stimme hat so was wie »Zwölfhundert diesmal« gesagt. Jemand hat geantwortet. Weiß nicht, wer da etwas gesagt hat, oder was. Dann hat die erste Stimme gesagt: Das reicht nicht mehr. Ich hab mich in meinem Büro versteckt und durch das Fenster in der Tür geschaut. Habe gehört, wie Autos wegfahren und Türen zugehen. Habe Ben und Curtis den Flur herunterkommen sehen. C. hat einen Karton voller Pentium-Prozessoren von Intel geschleppt. Das weiß ich, weil er gestolpert ist und welche rausgefallen sind. Beim Aufsammeln hat er einen vergessen. Ich habe ihn gefunden. Bin ihnen nach und habe an Bens Bürotür gelauscht. Er hat etwas von einem Mikroskopgehäuse gesagt und »lass bloß keine mehr fallen«. Ich glaube, Ben versteckt Prozessoren in Hab gerade Ben weggehen sehen C noch hier weiß nicht, dass ich hier bin kann dich nicht anrufen er könnte licht an der telefonanlage sehn ben scheint prozessoren in gehäuse zur baja zu schmugg. nimmt jedesmal mikrosk mit aber macht nie forsch

Neely versucht nicht darüber nachzudenken, warum der Brief an dieser Stelle abbricht. Sie fragt mit ruhiger Stimme: »Kannst du mir das ausdrucken, Andrea?«

# 46

Als sie losfährt, hat sie eine Wut im Bauch. Aber nicht auf Andrea. Die Wut auf Andrea Olenick ist für immer verflogen – selbst die Wut, die schwarze Frauen manchmal weißen Frauen gegenüber empfinden, denen alles zuzufliegen scheint. Besonders Männer. Aber Andrea fliegt nichts zu.

Bevor Neely gegangen ist, hat sie ihr den Ring zurückgegeben.

Die Frage ist: Wie kann sie die Wahrheit beweisen?

Exakt. Der Flüsterer hat das Wort mehr als einmal gebraucht. Es ist eins der Lieblingswörter von Ben Nicholass. Darauf hätte sie früher kommen müssen.

Als sie an den Highway 101 kommt, bremst sie, biegt nach rechts ab und fährt über die Chinook Bay Bridge in Richtung Norden.

An den Beweisen hakt es. Heathman verfügt über genug Fachkenntnis, um einen Stimmenvergleich zwischen den Bändern mit den Anrufen des Flüsterers und der Stimme von Nicholass zu machen. Er könnte mit dem Speichel auf dem Umschlag mit den Schmiergeldzahlungen auch einen DNA-Vergleich vornehmen. Aber sie kann nicht beantragen, dass über eine Säule der Gemeinschaft wie Dr. S. Benjamin Nicholass Stimmenvergleiche oder Gentests angestellt werden.

Nicht ohne Beweise.

Culpepper würde bei dieser Vorstellung in die Hose machen. Und Richter Lay bekäme bei der Vorstellung kalte Füße, einen Durchsuchungsbefehl für das Haus von Nicholass auszustellen. Genau dort sind die Pentium-Prozessoren wahrscheinlich versteckt. Nach dem Mord an Jan hat er sie bestimmt nicht im Institut gelassen. Es muss ihm klar gewesen sein, dass es am nächsten Morgen dort nur so von Cops wimmelt. Und er kann nicht an Bord der *Poseidon* gehen, bevor der Kapitän nicht die Schiffsbrücke zur Laderampe ausgelegt hat.

Nicholass muss einen Komplizen bei Intel haben, der die Prozessoren gestohlen und am Abend ins Institut gebracht hat. Dabei muss er den nicht identifizierten Fingerabdruck auf dem Prozessor in Jans Hosentasche hinterlassen haben. Nicholass hat die Prozessoren in seinem Mikroskopkasten versteckt, den die mexikanischen Zollbeamten nicht durchsuchen würden. Und wenn sie es taten, konnte er es sich leisten, sie großzügig zu schmieren. In Cabo San Lucas hat er die Prozessoren gegen einen Kasten voller Kunstgegenstände getauscht. Wieder in Westport, hat er von einer öffentlichen Telefonzelle aus George Tarbet angerufen, und am nächsten Tag sind Tarbet und Spinski auf die Cayman-Inseln geflogen. Ein paar Tage später sind sie mit dem Geld für Nicholass zurückgekommen. Dann hat Tarbet in seinem geheimen Ausstellungsraum einen Laden eingerichtet.

Nicht dass alles immer glatt gegangen wäre. Am 28. Dezember letzten Jahres ist ihnen Giff irgendwie auf die Schliche gekommen und hat angefangen, Nicholass zu erpressen.

Und letzten Mittwoch hat auch Jan Koto den Betrug entdeckt. Ist er ermordet worden, weil Nicholass dachte, er würde sich nicht so »kooperativ« zeigen wie Giff? Oder einfach, weil Curtis McMinn erst zuschlägt oder schießt und dann denkt – falls er überhaupt je nachdenkt.

Wo sind die Beweise? Die letzten Worte eines Ermordeten?

Neely hält an einer roten Ampel und wartet ungeduldig auf Grün.

Das Problem ist, dass Jan gesehen hat, wie Nicholass das Zentrum verlassen hat.

Natürlich hat er das Zentrum verlassen. Curtis McMinn muss Jan in seinem Büro entdeckt haben. Sein Gesicht und seine Fingerknöchel haben vom Kampf mit Jan Verletzungen davongetragen. Auf Jan wurde mit einer 9-mm-Waffe geschossen – McMinns Dienstwaffe. Er hatte Handschellen greifbar, mit denen er sein verletztes und vielleicht bewusstloses Opfer an ein Bein des Schreibtischs ketten konnte – damit erklärt sich die Ligatur, die Jans Handgeenk zwar eingedrückt, aber keine Brandwunden oder Einschnitte hinterlassen hat. Und später hat McMinn die blutbefleckte Plastikplane im Recyclingcenter entsorgt, wo Danny Murchison ihn fälschlicherweise für einen Geist gehalten hat. Oder einen Engel.

Und McMinns ständig schwangere Frau schwört Stein und Bein, dass er Mittwoch Nacht die ganze Zeit hundeelend zu Hause herumhing.

Aber es war nicht McMinns Idee, Jan im Medusenbecken zu ertränken. Dafür hat er zu wenig Phantasie. Genauso wenig wäre er darauf gekommen, sich die Graffiti auszudenken, um den Verdacht auf Riker zu lenken. Allerdings ist es sehr gut möglich, dass er die Information über Rikers gewalttätige Vergangenheit beigesteuert hat.

Ben Nicholass hat das Center wahrscheinlich verlassen, nachdem die Prozessoren geliefert worden sind, ist dann aber zurückgekommen. Dessen ist Neely sich sicher.

Was mag McMinn getan haben, nachdem er auf Jan geschossen, ihn geschlagen und angekettet hat?

Er hat bestimmt seinen Boss angerufen.

*Äh, Ben, wir haben da eine kleines Problem im Institut.*

McMinn ist die Schwachstelle. Wenn sie ihn nur verhören könnte …

Klar, Neely. Schick einfach ein paar Deputies los, die ihn verhaften. Dann wirst du erleben, was eine Meuterei ist.

*Damit werden wir schon allein fertig.*

In der Schlange hinter ihr hupt jemand. Es ist längst Grün.

Dann ist da ja auch noch der Mord an Giff. Und der weiße Sportwagen, der nach Zeugenaussagen um 5.30 Uhr von Giffs Haus aus abgefahren ist. Sie bezweifelt nicht, dass die Reifen von Nicholass' Mercedes genau zu der Spur passen, die sie neben Giffs Einfahrt gefunden haben, und dass die Fußabdrücke im Sägemehl auf dem Garagenboden zu Nicholass' Nikes gehören.

Neely biegt auf den Parkplatz des Gerichtsgebäudes ab.

Aber es war nicht Nicholass, der Giff umgebracht hat. Dafür war der Tathergang zu kaltblütig und berechnet. Das war Spinskis Werk. Sie ist allerdings sicher, dass Nicholass für die verzweifelte Suche nach Giffs Erpressermaterial verantwortlich ist.

Aber wie soll sie beweisen, dass Giff Nicholass erpresst hat?

Sie hat zumindest das Beweismaterial von Giff: die Figurine aus Jade und die Fotos – falls sich darauf brauchbare Fingerabdrücke finden lassen.

Sie parkt neben dem blauen Toyota Pick-up. Es wäre übertrieben, zu hoffen, dass Buck den Mann erwischt hat, der auf Heather Blessing geschossen hat. Den Flüsterer. S.CLAUSII. Dr. S. Benjamin Nicholass.

An der Hecktür des Autos lehnt Buck. Offensichtlich beobachtet er durch seine verspiegelte Sonnenbrille, wie sie aus dem Streifenwagen steigt und fragt: »Was Neues über Heather?«

»Die Kugel muss rausoperiert werden, aber der Arzt meint, sie hat keine bleibenden Schäden. Sie haben die Durchsuchung gemacht.«

Das ist eine Frage, auch wenn er den Satz wie eine Aussage betont. Neely nickt nur und schaut stirnrunzelnd auf den Pick-up. »Wo haben Sie ihn denn gefunden?«

»Auf dem Parkplatz der East Village Mall. Es war niemand drin.«

»Klar. Hatte wahrscheinlich seinen eigenen Wagen dort abgestellt. Dann hat er einfach die Skimütze hochgerollt, und schon hatte er eine Mütze, damit seine Haare nicht auffallen. Wobei der Bart …«

Meine Güte, wie kann sie sich vor Buck nur so verplappern? Die Müdigkeit. Sie wird langsam zu müde, um noch klar denken zu können.

Sie fragt: »War der Wagen kurzgeschlossen?«

»Nein.« Buck starrt sie ein paar Sekunden durch die Spiegelbrille an, dann greift er in die Hosentasche. »Das hat im Zündschloss gesteckt.« Er gibt ihr einen Schlüsselbund mit einem Anhänger aus geschliffenem Achat.

Einen Moment lang ist sie ganz benommen. »Das sind die Ersatzschlüssel, die Jan und ich in der obersten Kommodenschublade im Schlafzimmer aufbewahrt haben. In der Kommode unter dem Samuraischwert.«

»Tja, Riker hat ein wasserdichtes Alibi für die Schießerei aus dem Auto. Schließlich sitzt er bei uns im Knast. Also, wie ist der Täter an die Schlüssel rangekommen?«

»Er hat sie von Riker. Es ist an der Zeit, dass ich mich mal ein bisschen mit Eugene unterhalte. Nein. Zuerst mit Lisker. Der macht bestimmt eher den Mund auf.«

»Ich geh mit rein«, sagt Buck.

## 47

Als Burton Lisker, genannt »Lash«, ins Verhörzimmer gebracht wird, mimt er den großspurigen Kerl, aber mit seiner Glatze und den orangefarbenen Gefängniskleidern, die für ein Klappergestell wie ihn viel zu weit sind, wirkt er eher wie ein Clown.

Buck steht neben der Tür. Er sagt: »Setzen, Burton.«

Lisker starrt ihn böse an, leistet dem Befehl aber trotzdem Folge. Buck nimmt am Ende des Tisches Platz und lehnt sich mit verschränkten Armen zurück, sodass die Muskeln an seinen Ärmelsäumen hervortreten. Neely spricht die nötigen Informationen auf den Rekorder. Dann legt sie einen kleinen, gelbbraunen Umschlag in einem Beweismittelbeutel mitten auf den Tisch.

»Eugene und Sie wollen es wohl zu was bringen, Burton«, sagt sie freundlich. »Jetzt sind Sie ja in der Zündelbranche gelandet. Das Dumme ist nur, dass bei der Art von Verbrechen kein Richter mehr ein Auge zudrückt.«

»Keine Ahnung, wovon du redest.«

Neely schiebt ihm den Umschlag zu. »Wo haben Eugene und Sie das her, Burton?«

»Weiß nix von der Kohle.«

»Welche Kohle?«

»In dem beschissenen Umschl…« Ihm bleibt das Wort im Hals stecken. Sein Adamsapfel hüpft.

»Woher wissen Sie denn, dass in dem Umschlag Geld ist?« Er starrt sie nur stumm und schwitzend an. Neely sagt: »Burton, bei

Brandstiftung gibts fünf bis zehn Jahre. Jetzt weiß ich aber, dass Brandstiftung nicht Ihr Stil ist. Graffiti, brennende Kreuze, Vandalismus, das ja. Aber Brandstiftung ist eine ganz andere Liga. Sie haben echt Glück, dass gerade niemand im Haus war, sonst wären Sie dran wegen vorsätzlichen Mordes.«

Lisker schaut aus der Wäsche wie ein in die Enge getriebenes Tier und gibt einen unwillkürlichen Grunzlaut von sich, aber ansonsten schweigt er.

Neely zuckt mit den Schultern. »Na ja, vielleicht gefällt es Ihnen ja im Knast. Regelmäßiges Essen, regelmäßige Freizeit, geregelte Arbeit. Es gibt natürlich immer ein paar Knastbrüder, die ein bisschen seltsame Vorstellungen haben, was die Freizeitgestaltung angeht. Aber Sie haben ja mehr als genug Zeit, sich ein paar Muskeln anzutrainieren.«

Ihm entfährt durch die zusammengebissenen Zähne ein kläglicher Laut. »Damit wollt ich nix zu tun haben. Bomber hat sich schon abgeseilt. Hätt ich auch machen sollen, aber Scheiße, Dirk wär voll durchgeknallt. Der hätt mich umgebracht!«

Neely entgeht nicht, dass Buck kurz lächelt, aber sie lässt sich nicht ablenken: »Lash, wenn Sie uns helfen, kommen Sie vielleicht mit weniger weg, und Sie kommen in ein anderes Gefängnis als Eugene. Also, wo haben Sie das Geld her?«

»Keine Ahnung. Glaub auch nicht, dass Dirk das weiß. Hören Sie, wir ham nur im Salty Dog rumgesessen …«

»Wann war das?«

»Muss so Donnerstag Nachmittag gewesen sein. Jedenfalls hat Dirk 'nen Anruf gekriegt. Jemand hat ihn verlangt. Danach hat er mir gesagt, wir hätten 'nen Job zu erledigen. Wir sollten im State Park aufs Männerklo gehen. Dort wär ein Umschlag unterm Mülleimer.«

»Hat Dirk gesagt, wer ihn angerufen hat?«

»Hat er auch nicht gewusst. Hat gesagt, derjenige hat alles geflüstert.«

Neely nickt. Jetzt kommt noch die Anstiftung zur Brandstiftung auf Nicholass' Liste unbeweisbarer Verbrechen. »Dann haben Sie also den Umschlag abgeholt. Haben Sie jemanden gesehen? Jemand in einem Auto, weißer Sportwagen?«

»Hab niemand gesehn und auch keine Autos. Genau da hab ich zu Dirk gesagt, am besten behalten wir die Kohle und lassen das mit dem Feuer. Der Kerl hätt nix dagegen tun können. Ich mein, der der angerufen hat. Aber Dirk ists irgendwie gut reingelaufen, Ihr Haus anzustecken. Wär doch 'n total abgefahrener Trip, das Haus von der Niggerfotze abzufackeln, hat er gesagt. Ham natürlich nich viel davon gesehn.«

»Zu dumm. Hat der Flüsterer Dirk sonst noch Anweisungen gegeben? Zum Beispiel, dass er noch was rausholen soll, bevor er das Haus ansteckt?«

»Ja. Dass wir Ersatzschlüssel suchen und dort hinterlegen sollen, wo wirs Geld gefunden ham.«

»Und als ihr die Autoschlüssel gefunden habt, habt ihr bei dem Samuraischwert einfach nicht widerstehen können, was?« Liskers Gesicht und seine Glatze laufen hochrot an, aber er gibt keine Antwort. Neely fragt: »Haben Sie gesehen, wie jemand die Schlüssel abgeholt hat?«

»Scheiße, nein. Waren längst weg. Die River Road hoch.«

Neely schaut Buck an, aber anscheinend fallen ihm keine weiteren Fragen ein. Sie steht auf, geht zur Tür und gibt Swenson Bescheid. »Okay Lash, ich leg beim Staatsanwalt ein gutes Wort für Sie ein.«

Als Neely und Buck ins Foyer kommen, bemerkt sie die Kreise an der Wand, die die Einschusslöcher bezeichnen. »Chief, welches Kaliber haben denn diese Kugeln?«

»Neun Millimeter.«

Wieder das Kaliber von McMinns Dienstwaffe. Aber McMinn war zum Zeitpunkt der Schießerei mit der Durchsuchung ihres Büros beschäftigt. Sie fragt: »Ist Curtis in letzter Zeit mit einer anderen als seiner Dienstwaffe zum Dienst gekommen?«

»Ja. Behauptet, ein Nachbarskind hätte sie geklaut. Mist, ich bin heut nicht dazu gekommen, nachzufragen, ob er sie zurückhat. Woher wissen Sie denn über seine Dienstwaffe Bescheid?«

Sie zögert noch, Buck zu erzählen, dass sie überzeugt ist, dass McMinn auf Jan geschossen hat, und dass sie jetzt eine noch abwegigere Theorie hat: dass nämlich Nicholass über McMinns Leidenschaft für Waffen im Bilde war und ihm die Glock entwendet hat, weil er wusste, wie schwierig es ist, sich eine Waffe zu beschaffen.

Sie zuckt mit den Schultern und sagt: »Reine Mutmaßung.«

Ihre Wege trennen sich. Neely geht in ihr Büro, sieht nach, ob mit der Orchidee alles stimmt und setzt sich dann an ihren Schreibtisch, um bei Giff im Hause anzurufen. Sie erfährt, dass Heathman nach Portland zurückgefahren ist, morgen aber wiederkommt. Er hat zwei Nachrichten hinterlassen: Erstens sind die Farbflecken auf der Plane, die im Recyclingcenter gefunden wurde, identisch mit der Wandfarbe im Museum, und die Blutspritzer weisen dieselbe Blutgruppe auf wie das Opfer. Zweitens ist die Kugel, mit der auf sie geschossen wurde, mit derselben Waffe abgefeuert worden wie die Kugel, die Jan getroffen hat.

Sie stellt zusammen, was sie gegen Nicholass in der Hand hat. Aber ihr ist klar, dass die Verdachtsmomente nicht reichen, um den Staatsanwalt zu überzeugen.

*Wer nicht mit offenen Augen herumläuft, stolpert über den nächstbesten Stein.*

Tja, Gramma, ich bin in letzter Zeit über eine Menge Steine gestolpert.

Wenn Jan Recht hatte und Nicholass die Prozessoren Mittwoch Nacht in seinem Mikroskopkasten versteckt hat, um sie am nächsten Morgen kurz vor der geplanten Abreise an Bord der *Poseidon* zu bringen, dann sind sie jetzt nicht bei ihm zu Hause, sondern immer noch in seinem Büro im Center.

Donnerstag Morgen, an dem Tag, als Jans Leiche entdeckt wurde und ihre Welt wie ein Glashaus zusammengebrochen ist, an dem Tag stand der Kasten in Nicholass' Büro vor dem Regal auf dem

Boden, und neben dem Kasten … stand ein Pappkarton mit aufgedrucktem Intel-Logo.

Ja. Aber sie kann sich nicht erinnern, den Karton danach noch einmal gesehen zu haben. Der Mikroskopkasten hingegen stand noch da, als sie später Dr. Nicholass befragt hat. Und Donnerstag Vormittag hat Nicholass versucht, das Center mit dem Mikroskopkasten zu verlassen. Aber Heathman hat es nicht zugelassen und sichergestellt, dass Nicholass die Sachen wieder in sein Büro gebracht hat.

Nicholass durfte das Gebäude seither nicht mehr betreten.

Neely atmet tief durch. Der Mikroskopkasten zumindest steht noch in Nicholass' Büro. Das und Jans Brief sollten reichen, um den Staatsanwalt zu überzeu…

Sie starrt auf die geschlossene Tür zu Heathers Büro, ohne sie zu sehen, als die Tür plötzlich aufgerissen wird. Sie schreckt auf.

Wenn man vom Teufel spricht …

Owen Culpepper rauscht mit wehendem Mantel herein, die Brieftasche in der Hand, und fragt: »Haben Sie Riker schon verhört?«

»Nein, Sir, aber ich …«

»Gut, gut. Ich übernehme das Verhör. Carl Harding hat sich bereit erklärt, für Riker als Pflichtverteidiger aufzutreten. Morgen früh ist er hier.« Dann tritt unnachgiebige Strenge in den Tonfall und die Haltung des Staatsanwalts: »Neely, ich habe einen Beschluss gefasst.«

Alle Achtung. »Ja, Sir. In Bezug auf was?«

»Auf das Ozeanographische Zentrum. Es ist unzumutbar, es so lange versiegelt zu halten. Wenn Heathman und sein Team immer noch nichts gefunden haben, dann finden Sie auch nichts mehr. Ich habe gerade Dr. Nicholass darüber in Kenntnis gesetzt, dass das Zentrum ab sofort von offizieller Seite freigegeben ist.«

»Sie haben was?« Neely springt auf die Füße. »Mr Culpepper, Sie begehen einen gravierenden Fehler.«

Als sie das sagt, wird er noch starrer. »Darf ich Sie daran erinnern, dass mir als Leiter der Justizbehörde in diesem County die Entscheidung obliegt.«

»Aber ich habe neues Beweismaterial!« Sie kramt den Ausdruck aus ihrer Hemdtasche und knallt ihn ihm vor die Nase. »Lesen Sie mal das!«

»Was ist das? Wo haben Sie das her?«

»Von Andrea Olenick. Sie war im Besitz der Diskette, die in der Nacht, als Jan ermordet worden ist, im Computer gesteckt hat. Es war das Letzte, was er geschrieben hat. Lesen Sies!«

Culpepper hebt das Kinn, damit er den Ausdruck durch seine Lesebrille studieren kann. Er runzelt beim Lesen die Stirn, und Neely rechnet damit, dass er am Ende so etwas wie Bestürzung oder wenigstens Verblüffung zeigt.

Dass er lachen würde, hätte sie am wenigsten erwartet.

Aber genau das ist seine Reaktion, als er den Ausdruck auf den Schreibtisch fallen lässt. »Netter Versuch, Neely.«

Sie starrt ihn verdattert an. Er dagegen kommt in Rage. »Neely, Sie halten mich anscheinend für einen Volltrottel! Das ist doch ein armseliger Trick. Also wirklich, dass Sie so tief sinken, hätte ich ja nicht gedacht, aber nach ihren Anschuldigungen gegenüber Giff überrascht es mich auch nicht, dass Sie versuchen, Dr. Nicholass und Sergeant McMinn etwas anzuhängen. Damit kommen Sie mir nicht durch!«

Neely hat nur das Wort »Trick« im Ohr. »Glauben Sie etwa, ich habe mir das alles nur ausgedacht?«

»Tun Sie nicht so beleidigt. Natürlich haben Sie das! Mir ist schon klar, dass Sie in letzter Zeit unter großer Anspannung gestanden haben, und ich verstehe ja …«

»Sie verstehen überhaupt nichts!«

»Ich verstehe ja, dass da bei Ihnen eine Sicherung durchbrennt. Deshalb rate ich Ihnen, sich eine Auszeit zu nehmen. Wenn Sie weiterhin anständige Bürger verleumden, klag ich Sie wegen Amtsmissbrauchs an. Das sind nicht nur leere Worte, Neely!«

Schimmert da nicht ein wenig Triumphgefühl in seinen kurzsichtigen Augen? Glaubt er etwa, er kann sich die Niggerin, die so gern Sheriff sein wollte, so leicht vom Hals schaffen?

Sie sagt gepresst: »Ich habe diese Nachricht nicht erfunden. Fragen Sie doch …«

»Verschonen Sie mich damit.« Er steuert auf die Tür zu, dreht sich aber noch einmal zu ihr um und sagt: »Das Ozeanographische Zentrum ist ab sofort kein Tatort mehr, und Sie haben dort keine Machtbefugnisse mehr. Wenn Sie dort etwas wollen, müssen Sie wie alle anderen auch um Erlaubnis ersuchen.« Dann stürmt er hinaus und schlägt die Tür hinter sich zu.

## 48

Das Knallen der Tür hallt in Neelys Ohren nach, bis sie davon Kopfweh bekommt.

Ja, Sie sind ein Volltrottel, Mr Owen Culpepper, Sir, ehrenwerter Herr Staatsanwalt von Taft County. Ein Volltrottel.

Aber ich habe nichts zu verlieren, verehrter Staatsanwalt. Können Sie sich vorstellen, was das heißt?

Freiheit.

Oh, wir Niggaschlampen lieben den Klang dieses Wortes so sehr.

Sie, verehrter Staatsanwalt, Sie ehrenwertes weißes Hinterwäldler-Arschgesicht, Sie alter Sack und Kotzbrocken und Volltrottel – Sie können mich nicht aufhalten.

Neely atmet tief ein und langsam aus. Sie steht immer noch hinter ihrem Schreibtisch. Zehn nach sechs. Draußen ist es schon dunkel, und die orangerote Straßenbeleuchtung ist eingeschaltet. Ein Zeitungsbogen flattert vom Wind gebeutelt über den Asphalt. Es kommt Sturm auf.

Was wird Nicholass jetzt tun?

Er wird zum Center gehen und den Mikroskopkasten holen.

Sie kann nicht ins Center gehen. Sollte sie Beweismittel finden, darf es auf keinen Fall passieren, dass sie aufgrund von Formfehlern anfechtbar sind. Aber sie kann vor dem Gebäude warten, bis Nicholass mit den Beweismitteln herauskommt.

Wenn sie ihm auflauern will, darf sie keine Zeit verlieren. Sie hat keine Ahnung, wie viel Vorsprung er hat. Neely greift nach ihrem Stetson auf dem Aktenschrank. Erst in diesem Moment bemerkt sie, dass die Tür zum Dienstzimmer offen ist. Buck steht vor der Leitstelle und beobachtet sie. Seine Pranken liegen in Habachtstellung am Körper an. Er wartet.

Wartet er darauf, dass sie ihn um Rückendeckung bittet?

Sie weiß, dass er nichts mit den Morden an Jan und Giff zu tun hat oder sonst irgendwie verstrickt wäre. Sie kann ihm vertrauen. Zumindest kann sie darauf vertrauen, dass er rechtschaffen ist. Aber kann sie auch darauf vertrauen, dass er ihre Befehle befolgt, wenn es darum geht, Sgt. Curtis McMinn festzunehmen?

*Damit werden wir schon allein fertig.*

Nein. Sie kann ihm zwar vertrauen, aber warum sollte er ihr vertrauen?

Das heißt, dass sie einmal mehr einen Verdächtigen ohne Rückendeckung stellen muss.

Neely nimmt ihre Jacke vom Garderobenständer neben der Tür und zieht sie im Gehen über. Sie geht durch Heathers dunkel daliegendes Büro hinaus. Als sie durchs Foyer kommt, sieht sie im Geiste Heather blutend auf dem Boden liegen. Die Vorstellung bekräftigt ihre Entschlossenheit.

Draußen bläst ein scharfer, kalter Wind. Es liegt Regen in der Luft. Sie sucht mit den Augen die aufgereihten Streifenwagen und Privatautos ab. Der Thunderbird von McMinn ist nicht dabei.

Sie steigt in den Toyota, steckt den Schlüssel ins Zündschloss und schaltet das Licht ein. Der Schlüsselbund schimmert im Licht des Armaturenbretts und erinnert sie daran, dass der Hauptschlüssel zum Institut an ihrem Schlüsselbund hängt. Den anderen Hauptschlüssel hat Heathman, und der ist in Portland.

Sie hört sich selbst lachen.

Das ändert auch nichts. Ben Nicholass wird sich so oder so Zugang zum Institut verschaffen, um das belastende Beweismaterial an sich zu bringen.

Um halb sieben hat Neely die drei Straßen entlang des Ozeanographischen Zentrums zweimal abgefahren und weder ein Auto auf dem Mitarbeiterparkplatz noch ein Licht im Gebäude gesehen. Sie findet einen Beobachtungsposten an der Ostseite des Centers. Sie wählt ein Haus auf der gegenüberliegenden Straßenseite, von dem aus sie einen unverstellten Blick auf den Mitarbeiterparkplatz und die Laderampe hat. Das Haus ist eines von drei nebeneinander liegenden alten aufgeputzten Cottages, vor denen Ferienhaus-Schilder stehen. Sie kann also davon ausgehen, dass um diese Jahreszeit alle drei leer stehen. Sie setzt den Wagen rückwärts in die schmale, von hohen, ungepflegten Hecken gesäumte Einfahrt des mittleren Hauses.

Dann stellt sie den Motor ab und sieht zu, wie die ersten Regentropfen auf der Windschutzscheibe zerplatzen.

## 49

Die Scheibenwischer kratzen hektisch über die Windschutzscheibe des schwarzen Bronco. Buck Dolin starrt angestrengt über das Steuer in den dunklen Regenschleier. Dass seine Scheinwerfer ausgeschaltet sind, macht es auch nicht besser.

Auch Neely hatte kein Licht an, aber er hat den blauen Toyota-Pick-up unter einer Straßenlaterne erkannt, als sie abgebogen ist. Sie muss irgendwo innerhalb dieser zwei Blocks stehen. Das ist nur eine Vermutung, aber er hat sie zweimal die drei Seiten des Zentrums entlangfahren sehen.

Scheiße, ihm bleibt wohl nichts anderes übrig, als ihr zu Fuß nachzuspähen.

Buck ist bereit, Neely tun zu lassen, was sie tun zu müssen glaubt, aber er weiß, was Trauer ist und welche Tücken sie birgt. Er hat Neely noch vor Augen, wie sie mit diesem Schwert in den Händen auf dem Boden kniet. Als ob sie gleich Harakiri begehen wollte.

Jan Koto war ein guter Mensch, und was zwischen ihm und

Neely war, war etwas Besonderes. So etwas erkennt bei anderen nur jemand, dem selbst das Glück beschieden war, etwas Besonderes erlebt zu haben. Buck hat es erkannt.

Wenn Val nicht an Krebs gestorben, sondern ermordet worden wäre, hätte er jetzt das Blut ihres Mörders an seinen Händen kleben.

Wenn Neely glaubt, Jan Kotos Mörder zu kennen, dann versteht Buck, warum sie allein losgefahren ist. Culpepper, dieses Arschloch, hat ihr den Boden unter den Füßen weggezogen. Und wen von den Jungs hätte sie auch als Verstärkung mitnehmen sollen? Auf wen kann sie sich denn verlassen?

Und er selbst? Hat sie irgendeinen Grund, zu glauben, dass sie sich an ihn wenden kann? Aber vielleicht kapiert er auch einfach nicht, worum es geht.

Buck seufzt. Die Aussicht, bei dem Regen in der Nachbarschaft herumzuschleichen, um Neelys Pick-up zu finden, ist nicht besonders verlockend. Sie muss ihr Funkgerät dabei haben. Er ist versucht, sie über Funk zu rufen.

Wo zum Teufel bist du, Neely Jones?

Nein. Sie muss das Ding auf ihre Art durchziehen.

## 50

Das heiße Bad duftet nach Zedernholz. Die Wanne steht in einem Erker, der vom Boden bis zur Decke von Glasfenstern eingefasst ist. Hier ist George Tarbets Lieblingsplatz in seinem luxuriösen Apartment im unteren Geschoß. Nur hier verspürt er Erleichterung von den unaufhörlich brennenden Schmerzen in seinen Knochen.

Sandy Spinski bezeichnet diesen Raum als Fitnesscenter. In seinen knappen roten Shorts ächzt und schwitzt er hinter Tarbet beim Gewichtheben.

Tarbet lässt sich in den warmen, sprudelnden Strömen treiben und betrachtet mit hämischer Ironie seinen verkrüppelten Körper, der nie wieder fit sein wird. Alles ist relativ, und Sandy kann von

Glück reden, wenn er es überhaupt erlebt, dass sein einst perfekter Körper nur noch ein weißes gebrechliches Bündel aus Haut und schmerzenden Knochen ist. In seiner Branche liegt die Lebenserwartung nicht besonders hoch.

Es wird nicht leicht sein, Ersatz für ihn zu finden.

Tarbet schaut zum Fenster. Sein schöner Ausblick ist dem strömenden Regen zum Opfer gefallen. In den Scheiben spiegeln sich die Blau- und Grüntöne der Wände und Fliesen. Auf der Musikanlage läuft *La Mer.* Sandy kann das Stück nicht ausstehen. Bei der weichlichen Musik kann er nicht trainieren.

Ein leises Klingeln: das Telefon. Tarbet regt sich nicht. Er hört, wie Sandy ächzend die Gewichte absetzt und dann durch den Raum zur Saftbar latscht.

»Ja? Kleinen Moment.«

Sandy bringt Tarbet das schnurlose Telefon. »Nicholass«, sagt er und latscht wieder zu seinen Gewichten. Tarbet ächzt, als er nach dem Telefon greift und es ans Ohr hält.

»Ben. Rufen Sie von einer Telefonzelle aus an?«

»Natürlich, Mr Tarbet. Ich hab gedacht, das interessiert Sie: Das Institut und die *Poseidon* sind offiziell freigegeben worden.«

»Dann hat Ihr Einfluss auf den Staatsanwalt also gewirkt?«

»Endlich. Ich gebe dem Forschungsteam heute noch Bescheid. Captain Olsen hab ich schon angerufen. Er wird die Crew verständigen und morgen in aller Frühe hier sein. Wir werden gegen Mittag Anker lichten. Es ist wohl am besten, Sie lassen Rivas wissen, dass ich komme. Geschätzte Ankunftszeit ist in einundzwanzig Tagen. Ich geh jetzt jedenfalls ins Institut und hole die Prozessoren.«

Tarbet kneift seine farblosen Augen zusammen. Er versucht sich darüber klar zu werden, warum bei ihm die Alarmglocken läuten. »Ist das nötig?«

Nicholass braucht einen Moment zu lang, bis er antwortet.

»Ich möchte einfach auf Nummer sicher gehen. Im Grunde denke ich, ich sollte sie mit nach Hause nehmen.«

Wäre es möglich, fragt sich Tarbet, dass der geschätzte Dr. Nicholass vorhat, einen Abgang zu machen? Diese Prozessoren sind auf dem Schwarzmarkt mindestens eine Million Dollar Wert. Und Nicholass ist derjenige, der den Kontakt zu Intel hat.

»Warum sollte man sie denn nicht im Center lassen, wenn es doch jetzt freigegeben ist?«

»Sie brauchen sich keine Sorgen zu machen, Mr Tarbet. Es ist alles unter Kontrolle.«

Tarbet hält diese Beteuerung ganz und gar nicht für überzeugend. Aber er sagt in einem beinahe jovialen Tonfall: »Freut mich, das zu hören. Schönen Abend, Ben.« Er legt das Telefon auf dem Rand der Badewanne ab.

Amateure! Der Plan war clever, aber er hätte sich nicht von Amateuren abhängig machen dürfen. Vielleicht ist es jetzt an der Zeit, sich nach etwas anderem umzusehen. Oder ganz aufzuhören? Das würde Sayson und Co. in echte Verwirrung stürzen.

Morgen könnte er schon auf Grand Cayman sein. Tarbet schließt die Augen und malt sich aus, wie die Tropensonne seinen schmerzenden Körper wärmt. Er hat die Nase voll von den nasskalten Wintern in Oregon. Randvoll.

Ja, es ist an der Zeit.

Aber es wäre ein Jammer, sich eine Million Dollar entgehen zu lassen. Spare in der Zeit, so hast du in der Not.

»Sandy, es gibt was für dich zu erledigen.«

»Willst du wegfahren?«

»Nein. Ich will, dass du zum Ozeanographischen Zentrum fährst – vergiss dabei nicht, die vom DEA freundlicherweise bereitgestellten Leute abzuschütteln. Und wenn Ben auftaucht, nimmst du ihm die Prozessoren ab. Bring sie hierher.«

Sandy nickt, als hätte ihn Tarbet zum Brotkaufen geschickt. »Ich mach mich jetzt fertig.«

Tarbet fügt hinzu: »Schleunigst, hoffe ich, Sandy.«

# 51

Das wird nichts.

Neely versucht, durch die Windschutzscheibe etwas zu sehen. Aber Regen und Eiskörnchen behindern wie eine Milchglasschicht die Sicht. Einmal hat sie, auch auf die Gefahr hin, jemanden stutzig zu machen, die Scheibenwischer eingeschaltet und trotzdem nur verzerrte Lichtstreifen gesehen.

Verdammt noch mal, dieser beschissene Sturm!

Seit sie in Oregon ist, hat sie kein einziges Mal so etwas gedacht. Sie liebt Stürme in all ihren Varianten. Nur jetzt nicht. Nicht wenn sie unbedingt sehen muss, was auf dem Parkplatz und an der Laderampe vor sich geht.

Es gibt nur eine andere Möglichkeit.

Der Wind drückt gegen die Autotür, als Neely aussteigt und den Stetson fester auf ihren Kopf presst. Sie macht leise die Tür zu und schleicht bis zum Ende der von Hecken gesäumten Einfahrt. Die Kugellampen auf dem Besucherparkplatz und dem Mitarbeiterparkplatz kann sie als schwache Lichtflecken erkennen. Aber keine Autoscheinwerfer.

Sie überquert die Straße. Beim Rennen rutscht sie auf zusammengewehten Graupelhäufchen aus. Sie patscht durch Pfützen und den Rinnstein, in dem bachartig das Wasser zusammenläuft, und über ein durchtränktes Rasenstück. Bis sie das Gebäude erreicht, sind ihre Schuhe durchweicht und ihre Hosen bis zu den Knien nass. Unter dem Dachvorsprung findet sie einigermaßen Schutz vor dem Regen. Sie lehnt sich gegen die Holzwand und späht um die Ecke.

Der Parkplatz ist immer noch leer. Auf der Bay schaukelt die *Poseidon* weiß glänzend auf den sturmgepeitschten Wellen.

Sie schaut auf die Uhr. Zehn vor sieben. Wo zum Teufel bleibt Nicholass?

# 52

Special Agent Scott Sayson setzt sich an den Küchentisch und starrt auf einen Behälter mit extraknusprigem Hähnchen. Agent Joe Mirka knabbert an einem Hähnchenschenkel. Die Abfälle fetten durch die Papierserviette, die er als Teller benutzt. Joe liebt diese Hähnchen von »Colonel«. Sayson reicht es inzwischen, er braucht eine Fertigmahlzeit nur zu sehen, und es kommt ihm hoch.

Aber keiner von ihnen kocht oder wäscht gern ab.

Sayson zieht die fettige Haut von einem Hähnchenschlegel ab und beißt in das gräuliche Fleisch. Genau in diesem Moment hört er Roger Levitt aus dem Wohnzimmer rufen: »Es tut sich was.«

Joe, für den jetzt Dienstschluss ist, kaut weiter. Sayson wischt seine Hände an einer Papierserviette ab und geht in das abgedunkelte Wohnzimmer. Roger steht an den Fenstern auf der Westseite und schaut durch eine Infrarotbrille.

»Was geht denn ab?«, fragt Sayson.

»Sieht aus, als wollte Sandy eine Spritztour machen.«

Sayson schaut auf Tarbets Haus hinunter. Diese verdammte Festung. Der Regen auf den Fenstern verzerrt alles, aber er sieht Licht in der offenen Garage und Spinski, wie er mit dem weißen Porsche rückwärts herausfährt. Saysons Puls geht schneller. Verdammt, dass es ihn nach so langer Zeit immer noch in Aufregung versetzt, wenn sich bei Spinski oder Tarbet etwas tut!

Levitt sagt: »Wahrscheinlich fährt Sandy nur ins Jade. Es ist schließlich Samstag Abend.«

»Die Show geht erst um acht los. Ich werde mal nachschaun, was er vorhat.« Sayson geht noch einmal in die Küche und packt sich ein paar Hähnchenstücke in eine Papierserviette, bevor er zur Garage eilt.

»Grüß die Girls von mir. Besonders das kleine Latino-Mädel.« Mirka scherzt, oder zumindest will er Sayson weismachen, dass er Humor hat.

Sayson setzt mit dem braunen Ford rückwärts aus der Garage und fährt einen Block weit in Richtung Süden, um Spinski abzupassen.

Da ist er, der Porsche, und fährt geradewegs auf Saysons Scheinwerfer zu. Spinski zeigt ihm den Stinkefinger und grinst.

Sayson hat das Spielchen langsam satt. Genauso satt wie Fertigmahlzeiten. Spinski rechnet damit, dass Sayson ihm folgt, und hat vor, sein Bestes zu geben, um ihn abzuschütteln. Und Sayson wird ihm den Gefallen tun, sich abschütteln zu lassen. Was Spinski nicht weiß, ist, dass sein Auto bei einer seiner Stippvisiten im Jade auf dem Parkplatz mit einem Extra ausgestattet wurde, das nicht auf der Liste des Herstellers steht: einem Peilsender.

Sayson verfolgt Spinski ein Weilchen durch die regengepeitschten Straßen von Westport, dann fällt er zurück und lässt Spinski denken, er habe ihn abgeschüttelt. Sayson fährt zum Highway 101 und dann in Richtung Süden zum Jade. Er wartet fünf Minuten in der Nähe des heruntergekommen neonbeleuchteten Gebäudes. Spinski taucht nicht auf, also fährt er wieder in Richtung Norden, den Signalen des Peilgeräts nach.

Ja. Da. Beim Gerichtsgebäude?

Nein. Er entfernt sich von ihm.

Sayson macht mitten auf dem Highway 101 kehrt, fährt zurück zur Ampel und biegt in Richtung Osten auf den Highway 13 ab.

Jetzt hört er das Signal laut und deutlich.

Er biegt rechts in die Ebbtide Street ab, schaltet die Scheinwerfer aus und fährt im Schneckentempo weiter. Das Signal kommt in kürzeren Abständen und wird lauter. Vor dem Ozeanographischen Zentrum biegt er links ab. Auf dem Besucherparkplatz sind die Lampen eingeschaltet, aber er ist leer. Das Gebäude liegt dunkel da.

Meine Güte, da steht der Porsche ja, auf der linken Straßenseite direkt vor ihm. Sayson fährt daran vorbei, biegt an der nächsten Kreuzung links ab und stellt den Ford ab. Er atmet tief durch und macht sich auf in Regen und Sturm.

Das ist ja geradezu ein Monsunregen. Wie halten die Leute es bloß aus in einem solchen Klima?

Binnen Sekunden ist er völlig durchnässt und ausgefroren. Sayson kämpft sich über Rasenstücke bis zu einem Busch in der Nähe des Porsche durch.

Er ist leer. Scheiße!

## 53

Neely zieht die von der Kälte taub gewordenen Hände aus den Taschen und beleuchtet mit der Taschenlampe kurz ihre Uhr. Es ist Zeh nach sieben.

Wo bleibt Nicholass nur?

Der Parkplatz ist mit schmelzendem Graupel gepudert, aber im Moment regnet es nur. Nur? Schlimmer könnte es kaum gießen. Der Regen prasselt sintflutartig aufs Dach und verschwindet gurgelnd im Fallrohr an der Ecke. Sie lehnt sich an das aufgequollene Holz und schließt die Augen, um den sauberen, würzigen Geruch einzuatmen.

Aber da liegt noch etwas Anderes in der Luft.

Ihr Körper ist auf Alarmstufe eins, noch bevor der Geruch in ihr Bewusstsein dringt.

Es ist der säuerliche Geruch von menschlichem Schweiß. Männlichem Schweiß.

Sie wirbelt herum, schaltet mit der Linken die Taschenlampe ein und greift mit der Rechten nach ihrer Waffe. Aber weiter kommt sie nicht. Binnen einer Tausendstelsekunde brennt sich Sandro Spinskis Gesicht in ihr Gedächtnis ein wie von einem Blitzlicht auf Film gebannt.

Nasse, blonde Strähnen fallen über seine glatte, faltenlose Stirn.

Die Schneidekanten seiner makellosen Zähne sind zu einem bleckenden Lächeln entblößt.

Seine blauen Augen verraten so wenig Leben, dass es genauso gut Glasaugen sein könnten. Sie weiß, dass für ein paar Menschen diese Augen das Letzte waren, was sie vor ihrem Tod gesehen haben.

Ein angestrengtes Schnaufen; er zieht ihr mit dem Pistolenlauf übers Gesicht.

Der Revolverlauf reißt einen gezackten Riss in ihre linke Wange. Der Schmerz überkommt sie wie eine Explosion. Ihr Mund ist voller Blut. Sie sieht vor Schmerzen nur noch rot. Aber sie kippt nicht um.

Spinski fängt sie auf, reißt sie herum, dreht ihr den linken Arm auf den Rücken und nimmt ihre Waffe an sich.

»Steh auf, du Fotze!«

Ihre Knie werden weich. Sie presst die rechte Hand auf die schmerzende Wunde. Das Blut läuft warm an ihren Fingern herunter.

Aber Todesangst lässt einen klar sehen. In Todesangst kommen Schmerzen in eine andere Relation.

Sie spürt den Druck von etwas Kaltem, Hartem auf ihrem obersten Halswirbel. Schlagartig werden ihre wackligen Knie steif, und sie kann wieder klar sehen und denken. Sie weiß, was dieses Etwas ist: Spinskis Desert Eagle 44er Magnum Automatik.

Und sie weiß genau, was eine Kugel aus dieser Waffe mit ihrem Schädel und ihrem Gehirn anrichten wird.

Spinski schiebt sie vorwärts. Sie stolpert und sucht mit der rechten Hand an der Wand Halt. Er schaut um die Ecke. Sein Atem neben ihrem rechten Ohr geht flach und zu schnell. Er ist aufgedreht.

So verschaffst du dir also deine Kicks, du Arschloch! Brauchst du das, um dich als Mann zu fühlen?

Wer arrogant ist, macht Fehler. Er unterschätzt sein Opfer.

Halt dich an den Gedanken.

Klar, und lass ihn deine Angst nicht spüren.

Special Agent Scott Sayson, wissen Sie, wo Ihre Zielperson gerade steckt? Oder ist sie Ihnen entwischt, während Sie über George Tarbets Sünden gebrütet haben?

Spinski flüstert: »Ach, da kommen sie ja.«

Scheinwerfer. Zwei Strahlenbündel aus silbrig glänzenden Regentropfen.

McMinns Thunderbird kommt von der Einfahrt auf der anderen Seite des Parkplatzes her und hält vor der Laderampe an. Das Licht über der Laderampe glänzt auf der goldenen Farbe. Ein paar Sekunden später taucht der weiße Mercedes von Ben Nicholass auf. Nicholass kommt neben McMinn zum Stehen. Sie steigen aus und hasten die drei Stufen zur Laderampe hoch. Dort bleiben sie im Regen stehen und reden miteinander. Es könnte auch sein, dass sie streiten.

»Los, weiter, mach los.« Spinski verdreht ihren Arm, bis er fast bricht, und schubst sie in Richtung Laderampe. Er lacht – in seinem Lachen ist so wenig Lebendigkeit wie in seinen Glasaugen – und schreit: »Hey, Ben! Schau mal, was ich da gefunden hab.«

## 54

Ben Nicholass blinzelt, aber die Erscheinung verschwindet nicht, sondern tritt aus dem peitschenden Regen in den roten Lichtkegel vor der Tür der Laderampe. Zuerst sieht es aus wie eine einzige Person, die einen seltsamen Gang hat. Dann werden daraus zwei, die sich in geschlossenem Gang bewegen.

Spinski?

Was zum Teufel will der denn hier?

Und das ist doch Neely Jones, die er da mit dem linken Arm auf den Rücken gedreht vor sich her schiebt. Sie presst die Rechte auf ihr Gesicht. Ihre Uniform ist nicht einfach durchnässt, sondern mit etwas Dunklem befleckt.

Und was will sie denn hier? Nicholass schreit: »Wo hast du sie denn gefunden, Sandy?«

»Um die Ecke. Kann mir denken, dass sie auf dich gewartet hat. Mach schon, du Fotze, hier hoch.« Spinski presst ihr den Arm noch fester auf den Rücken. Auf der Stufe stolpert sie und sucht mit der Rechten an der Wand Halt.

Das ist ja Blut auf ihrer Uniform. Nicholass starrt auf den acht Zentimeter langen Riss in ihrer linken Wange, durch den ein weißes Stück Knochen hervorblitzt. Oh Gott …

Spinski bugsiert Neely auf die Laderampe, und zu Nicholass' Erleichterung hält sie die Wunde wieder mit der Hand zu. Sie schaut ihn an. Da steht sie, durchnässt und blutig und mit Regentropfen in ihren kurzen krausen Haaren, und starrt ihn an wie eine Voodoohexe. Ihre schwarzen aufgerissenen Augen strahlen so viel Hass aus, dass Nicholass eines voll und ganz begreift: Sie weiß Bescheid.

Sie weiß alles.

Spinski fragt: »Also, weshalb stehn wir hier im Regen rum? Mach endlich die verdammte Tür auf.«

Aber bevor Nicholass reagieren kann, sagt Spinski: »Ach Scheiße, auch kein Problem!«, und feuert zwei Schüsse auf das Schloss ab. Das Metall zersplittert. Augenblicklich geht im Gebäude die Alarmanlage los.

»Du Vollidiot!« Nicholass reißt die Tür auf und rennt zur Steuerungsanlage. Seine Hände zittern, als er den Code eintippt, um den Alarm abzuschalten. Was für ein Idiot! Die Alarmanlage sendet ein Signal direkt in die Dienststelle. Aber vielleicht hat er sie noch rechtzeitig erwischt. Für den Fall, dass der Alarm versehentlich ausgelöst wird, ist eine Verzögerung von dreißig Sekunden einprogrammiert.

Er drückt auf den ersten Lichtschalter, und die Neonbeleuchtung des Flurs geht an. Spinski ist mit Neely schon drin, und McMinn schließt hinter ihm die Tür. Neely sieht aus, als würde sie gleich in Ohnmacht fallen. Trotzdem starrt sie Nicholass immer noch mit ihren Voodooaugen an.

»Sandy, du musst sie … wegschaffen.«

»Ach ja?« Er hält ihr seine riesige Waffe an den Hinterkopf. Sie wird stocksteif. »Soll ich sie jetzt gleich erledigen, Ben?«

Neelys rechte Hand fällt schlaff herunter. Blut tropft von den Hand auf den Boden. Das bekommt man nicht weg. Das Blut finden sie auf jeden Fall. Genau wie sie Jans Blut gefunden haben, obwohl McMinn den Boden geschrubbt hat …

»Nein! Um Himmels Willen, doch nicht hier.«

Spinski lacht. »Klar, die erledige ich schon noch, aber zuerst will ich die Ware. Mr Tarbet hat mich hergeschickt, um die Ware zu holen.«

»Die was? Die Prozessoren?«

»Genau.«

»Aber warum denn?«

»Keine Ahnung. Also, wo sind sie?«

Dieser verdammte Tarbet! Nicholass schiebt sich die triefnassen Haare aus der Stirn. Ja, er wollte sich die Prozessoren unter den Nagel reißen und aus der Stadt verschwinden. Heute Nacht noch. Nach Kanada vielleicht. Sind ja gerade mal sechshundert Kilometer bis zur Grenze. Ausgerechnet jetzt wird Tarbet paranoid und verlangt die »Ware«.

Aber weil er Sandro Spinski gegenübersteht, sagt Nicholass: »Die sind in meinem Büro. Ich geh sie holen.«

»Jetzt mal halblang. Ich geh mit.« Spinski dreht sich zu McMinn um. »Du da! Genau, du Bullenarsch. Du gehst vor mir her, damit ich dich seh. Los, Bewegung!«

McMinn setzt sich schleunigst in Bewegung. Schon nach ein paar Schritten hat er Nicholass überholt.

Hätt ich bloß nicht den Schwachkopf angeheuert, denkt Nicholass verbittert. Hat anfangs nach einer prima Lösung ausgesehen, einen Mann zur Hand zu haben, der so geldgierig ist, dass er alle Befehle ausführt, ohne Fragen zu stellen. Einen Maulwurf bei der Polizei zu haben.

Und einen ausgewiesenen Trottel.

## 55

Buck Dolin ist etwas im Zweifel, ob das, was er vor ein paar Minuten gehört hat, wirklich Schüsse waren. Bei dem Regen, der auf das Vordach aus Metall prasselt, unter dem er Schutz gesucht hat, lässt sich das nicht genau sagen. Sein einziger Schutz ist jetzt der Stetson, und er verliert langsam die Beherrschung. Er ist nass, durchgefroren und verdreckt. So hat er sich den Abend ganz und gar nicht vorgestellt.

Aber er hat in einer Einfahrt ein Stück weiter Neelys Toyota entdeckt. Er tastet sich an den Hecken entlang bis zu dem Wagen vor und späht hinein. Er ist leer.

Zähneknirschend wirft er einen Blick über die Straße hinweg zum Institut. Auf dem Parkplatz stehen ein paar Autos. Das eine sieht nach Curtis McMinns Thunderbird aus.

Mistkerl. Was der ihm einen Scheiß erzählt hat von wegen der Glock. Angeblich hätte er sie zurückbekommen, aber weil der Abzug blockiert war, seinem Onkel zum Reparieren gegeben, der sie ihm erst am Montag zurückbringen kann.

Genau. Und am Montag kann es gut sein, dass McMinn sein Sergeantsabzeichen abgeben muss.

Buck platscht über die Straße und den durchtränkten Rasen. Als er fast beim Museumsflügel ist, schaltet er seine Taschenlampe ein. Von drinnen kann man das Licht hier nicht sehen. Gerade als er sich unter dem Dachsims unterstellt, blitzt etwas im Schein der Taschenlampe auf.

Halb verborgen unter einem Rhododendrenbusch liegt ein gelbbrauner Stetson.

Er stürzt sich in den Regen und hebt ihn auf. Es ist Neelys Stetson. Auf dem eingenähten Namensschild steht ihr Name.

Cornelia Faith Jones. Er hat sich schon oft gefragt, woher das »Neely« kommt. Einen so teuren Hut lässt niemand freiwillig im Regen liegen. Jetzt bemerkt er unter den Büschen einen schwachen Lichtschein. Er wühlt in nassen Blättern und stößt auf eine Taschenlampe. Es ist das gleiche Modell wie seine. Er schaltet sie aus und steckt sie in die Jackentasche. Wieder unter dem Dachsims, sucht er mit der Taschenlampe die Umgebung ab. Da. Dunkle Flecken auf dem Asphalt. Und an der Wand …

Ein Handabdruck. Ein blutiger Handabdruck. Buck hält seine Rechte über den Abdruck. Er ist zu klein, um von einem Mann stammen zu können.

Jesses, Neely!

Er zieht das Funkgerät heraus. In der Leitstelle erreicht er Wayne Gerlach, kann ihn aber durch die statischen Geräusche hindurch kaum verstehen. »Wayne! Dolin hier. Verstehen Sie mich?«

»Ja, Chief.«

»Ich brauch Verstärkung im Ozeanographischen Institut.«

»Niemand hier außer Brad und Kev.«

»Schick sie her. Sie sollen im Hintergrund bleiben, bis ich einen Befehl gebe. Und sehen Sie, wer sonst noch ...«

»Was geht denn da ab, Chief?«

Buck antwortet nicht, sondern schaltet das Funkgerät aus.

Er sieht einen Schatten. Jemand bewegt sich am Gebäude entlang auf ihn zu.

## 56

Das Licht im Rücken, taumelt sie vorwärts in die Dunkelheit. Sie zittert vor Kälte.

Konzentrier dich, verdammt noch mal!

Vor ihr bewegen sich zwei Schatten: Die Arschlöcher, die Jan umgebracht haben.

Wo ist deine Wut?

Sie ist noch da. Sie wartet in einem Häufchen Glutasche aus Angst und Schmerzen. Sie muss das Feuer nur neu entfachen.

Lass Spinski die Hitze des Feuers bloß nicht spüren. Stolpere ein bisschen. Stöhne. Lass dich rückwärts auf ihn fallen.

»Los weiter, dumme Kuh!« Wenn der Mann mit den Glasaugen ihren Arm noch weiter verdreht, bricht er. Aber als sie sich an ihn gelehnt hat, hat sie gespürt, dass die Waffe im Halfter steckt. Ihre Waffe.

Das Timing muss genau stimmen.

Nicholass geht bestimmt durch seinen privaten Eingang in sein Büro. Er hat den Schlüssel. Den Schlüssel hat sie ihm nicht weggenommen.

Ja, in dem Moment, in dem er die Tür aufschließt, aber bevor er das Licht anmacht.

Befindet sich neben dem Privateingang ein Lichtschalter? Nein. Dort nicht, sondern neben der Tür zum Büro der Sekretärin. Nicholass muss durch den Raum gehen, um das Licht anzumachen. Oder zu der Lampe auf seinem Schreibtisch. Wahrscheinlich eher Letzteres. Auch egal. Sie braucht Dunkelheit.

Und ein Ablenkungsmanöver.

Sie sind an der Ecke. Um die Ecke. Durch die Glastüren am Haupteingang fällt vom Besucherparkplatz her schwaches Licht. Sie hört leise Pumpgeräusche aus dem Museumsflügel.

Nicholass bleibt vor seinem Privateingang stehen. Spinski knurrt: »He, Ben! Hast du ’nen Schlüssel für dein Büro, oder muss ich das Schloss auch aufschießen?«

»Halts Maul, Sandy! Ich hab den Schlüssel.«

»Dann benutz ihn auch! Fall mir jetzt bloß nicht in Ohnmacht, du Fotze, sonst leg ich dich gleich um – auch wenn der gute alte Ben kotzt, sobald er Blut sieht.«

Neely zwingt sich zu einem kümmerlichen Stöhnen. Ach, ich hab ja solche Angst, großer, starker Mann.

*Glaub’s schon, du Scheißkerl.*

Auf einmal brennt die Flamme so stark, dass sie förmlich spürt, wie die Wut durch ihre Adern strömt und in alle Muskeln fließt. In diesem Moment würde es sie nicht einmal überraschen, wenn das Blut weiß glühend aus ihrer Wunde strömen würde.

## 57

Die Taschenlampe in der Linken, greift Buck mit der Rechten nach seiner Waffe. Aber plötzlich wird er vom Strahl einer anderen Taschenlampe geblendet, macht einen enormen Satz hinter den nächstgelegenen Rhododendrenbusch. Er landet so heftig auf dem Bauch, dass Rindenmulch und Dreck nur so hochspritzen.

»DEA! Keine Bewegung, Spinski!«

Buck spuckt nasse Rindenabfälle aus. DEA? Das ist doch dieser Agent – wie heißt er noch?

»Sayson?« Genau, so heißt er. Scheiße, ums Haar hätte es einen Toten gegeben. »Ich bin Chief Criminal Deputy Buck Dolin. Nicht schießen, verdammt noch mal.«

»Dolin? Oh Gott.« Sayson kommt angelaufen, während Buck aufsteht und seinen Stetson gerade rückt. Er bückt sich nach seiner Taschenlampe und leuchtet Sayson ins Gesicht.

Sayson steckt seine Halbautomatik ins Schulterhalfter zurück. Als sie wieder unter dem Dachvorsprung Zuflucht suchen, schaut er Buck an und sagt: »Tut mir Leid, dass ich Sie so erschreckt hab, Chief.«

»Also, was machen Sie denn in so einer Nacht hier draußen?«

»Mir wünschen, ich wär drin. Ich bin hinter Spinski her – Tarbets Leibwächter und Gelegenheitskiller. Sein Wagen steht auf der anderen Straßenseite. Ham Sie ihn gesehen?«

»Nein, aber vielleicht seine Arbeit. So ziemlich genau … Hier.« Buck leuchtet mit seiner Taschenlampe auf den blutigen Handabdruck.

Sayson pfeift durch die Zähne. »Was ist los?«

»Tja, das müssen wir wohl rausfinden, und zwar schnell.«

## 58

Eine Ablenkung. Sie braucht eine Ablenkung und hat keine Ahnung, was dafür geeignet wäre.

Als Nicholass den Schlüssel ins Schloss steckt und die Tür aufmacht, merkt Neely, wie sich Spinskis Griff um ihr Handgelenk etwas lockert und der Druck seiner Waffe auf ihren Hinterkopf etwas nachlässt.

Ist sie das, die Ablenkung?

Nein. Noch nicht. Sie macht ein paar tiefe, unhörbare Atemzüge, während Nicholass das dunkle Büro betritt. McMinn geht direkt hinter ihm, und Spinski schiebt sie vorwärts. Nicholass sagt: »Curtis, pass auf mit dem Mikroskopkasten. Der steht direkt …«

»Scheiße!«

Ein dumpfer Aufprall: McMinn ist über den Kasten gestolpert. Rumpelnd und fluchend schlägt er hin. Das ists …

Neely dreht sich nach links und duckt sich. Im selben Moment geht mit einem ohrenbetäubenden Knall nur ein paar Zentimeter von ihrem Ohr entfernt Spinskis Waffe los. Seine Hand umklammert fest ihr Handgelenk, aber ihre Drehung hat ihn aus dem Gleichgewicht gebracht. Das linke Bein schon erhoben, zerrt sie ihn an sich und verpasst ihm mit voller Wucht einen Tritt ans Knie. Er jault, feuert noch einen Schuss ab, während ihr rechter Arm schon auf ihn heruntersaust. All ihre Muskelkraft scheint sich in ihrer Handkante zusammenzuziehen, und sie spürt förmlich, wo er ist, wo er in der nächsten Millisekunde sein wird, und die zusammengeballte Kraft explodiert mit einem genugtuenden *kiai* in seinem Nacken.

Er kippt um wie ein Kartoffelsack.

Neely lässt sich auf die Knie fallen. Der Schuss hallt noch in ihren Ohren. Schreie, etwas fällt herunter, zerbricht. Alle Geräusche dringen nur verzerrt und gedämpft zu ihr durch. Sie fummelt an Spinskis Gürtel nach ihrer Dienstwaffe. Stöhnt da jemand? Spinski kann es nicht sein. Er regt sich nicht. Mit gezückter Waffe steht sie auf und geht in großen Schritten auf die andere Tür und den Lichtschalter zu. Sie muss an den Lichtschalter kommen, bevor Nicholass seine Schreibtischlampe einschaltet. Mit der ausgestreckten Hand ertastet sie die geschlossene Tür, dann den Türrahmen, bis sie endlich den Lichtschalter findet.

Schlagartig ist es hell im Raum. Neely stellt sich mit dem Rücken zur Tür. Sie hält beidhändig die Waffe im Anschlag und schreit: »Einen von euch kann ich umlegen, bevor ihr mich umbringt.«

Mit geweiteten Augen und offen stehendem Mund kauert sich McMinn links neben dem Schreibtisch hin. Die Waffe in seiner rechten Hand zittert. Es ist nicht seine Dienstwaffe. Ein ähnliches Modell, aber keine Glock.

Hinter dem Schreibtisch steht Nicholass und stützt sich mit dem linken Ellbogen auf der Glasplatte ab. Die Lampe liegt zerbrochen auf dem weißen Teppich davor. Offensichtlich hat einer von Spinskis wahllosen Schüssen ein lebendes Ziel getroffen: Nicholass verzieht vor Schmerz das Gesicht und presst die Rechte auf sein Hinterteil.

Aber die Waffe in seiner Linken ist auf Neely gerichtet.

Eine Glock 9 mm. Die Dienstwaffe von McMinn.

Sie nimmt Nicholass ins Visier. »Vielleicht sollte ich Sie als Erstes erledigen, Ben. Sie haben den Mord an Jan befohlen. Und den an Giff.«

Die Glock bebt, und seine Stimme dringt wie ein entferntes Echo zu ihr durch: »Neely … Das Angebot steht noch. Nennen Sie mir Ihren Preis. Ich werde Sie reich machen, Neely, reich!«

In diesem Moment wäre sie in der Lage, ihn umbringen. Ihn einfach in den Bauch zu schießen und langsam und qualvoll verrecken zu lassen. Es könnte sein, dass McMinn sie umbringt, aber wäre das schlimm? Nichts kann etwas an der Tatsache ändern, dass Jan tot ist.

Nein, sie will Schlimmeres für Dr. S. Benjamin Nicholass als den Tod.

Sie will, dass dieser Santa Claus dem Blick der Öffentlichkeit ausgesetzt wird. Von allem entblößt bis auf seine Verbrechen.

»Oder lieber Sie!« Neely verlagert ihr Gewicht und nimmt McMinn ins Visier. Das schwache Glied. Er wirkt so starr, als würde er jeden Moment in Hysterie ausbrechen. »Curtis, Sie haben auf Jan geschossen, aber Sie haben ihn nicht umgebracht. Das haben Sie erst später getan, nachdem Ben gekommen ist und Ihnen gesagt hat, was sie tun sollen. Als Sie Jan ins Medusenbecken geworfen haben. Da war er noch am Leben!«

»Am Leben?« McMinns Gesicht zuckt verneinend hin und her. »Nein! War er nicht – ich meine, ich hab nicht … Ben hat gesagt, er ist tot.«

»Halt die Klappe, du Idiot!«, brüllt Nicholass.

McMinn läuft rot an und tut etwas, womit Neely überhaupt nicht gerechnet hat: Er richtet die Waffe auf seinen Boss. »Selber Klappe halten, du Schwein!«

»Waffe fallen lassen, Curtis!«, schreit Neely, und im selben Moment hört sie ein hohles Ploppen. McMinn hat einen Schuss abgefeuert.

Jetzt erst lässt er die Waffe fallen.

Sie fällt mit einem dumpfen Aufschlag auf den Teppich auf. Zur gleichen Zeit gleitet Nicholass die Glock aus der Hand und landet krachend auf der Glasplatte. Er fällt nach hinten und plumpst auf den Boden wie ein nasser Sandsack.

Aber McMinns Kugel hat ihn verfehlt.

Sie hat das Fenster getroffen und ein kleines schwarzes Loch in der Jalousie hinterlassen. Neely hat keine Ahnung, wie McMinn auf diese kurze Distanz danebenschießen konnte, aber für einen Waffenliebhaber war er schon immer ein beschissener Schütze. Sie geht so um den Schreibtisch, dass sie Deckung vor McMinn hat, und schaut auf Nicholass hinunter. Er liegt auf dem Rücken. Sein Mund steht offen.

Aber er atmet. Er ist in Ohnmacht gefallen.

Am liebsten würde sie in stürmisches Gelächter ausbrechen, lachen bis zum Weinen, aber im Moment kann sie es sich weder leisten zu lachen noch zu weinen.

»Curtis, heben Sie Ihre Waffe auf und legen Sie sie auf den Schreibtisch.« Er leistet ihrem Befehl Folge. Sie sagt: »Mit dem Rücken gegen das Regal. Gut. Und die Hände über den Kopf.«

Mit der linken Hand zieht sie die beiden Waffen an den Abzugsbügeln zu sich. McMinn Handschellen anlegen und ihm seine Rechte verlesen. Einen Krankenwagen für Nicholass rufen. Verstärkung anfordern. Jetzt ist der Zeitpunkt gekommen, um …

Ihr Blick fällt auf die offene Tür. Ihr Herzschlag stockt. In der Tür steht jemand.

»Verdammt noch mal, Buck, hören Sie endlich auf, sich dauernd anzuschleichen!«

Buck Dolin schlendert ins Büro. Seine Waffe ist zur Decke gerichtet. Scott Sayson folgt ihm auf dem Fuß. Buck lässt seinen Blick durch den Raum streifen. Aus zusammengekniffenen Augen schaut er McMinn an, der sich nicht geregt hat und auf den Boden starrt. Buck steckt die Waffe weg und sagt: »Mist, Scott, wir hätten schön zu Hause im Trockenen bleiben können.«

Sayson nickt. »Sieht nicht so aus, als müssten wir jemanden retten.« Er kniet sich neben Spinski und sucht nach seinem Puls. »Er lebt. Gerade noch. Schau dir die Desert Eagle hier an, wie groß das Ding ist.«

Spinskis Pistole liegt kaum einen Meter von seiner reglosen rechten Hand entfernt auf dem Teppich. Neely denkt über Spinskis Eitelkeit nach, die ihn dazu verleitet hat, sich auf eine so monströse Waffe zu verlassen. Es scheint nur recht und billig, dass die Waffe ihn ins Gefängnis oder in die Todeszelle bringen wird, sobald das kriminaltechnische Labor einen ballistischen Vergleich mit der Kugel angestellt hat, die Giff umgebracht hat.

Buck schaut Neely an. »Was zum Teufel hast du hier angestellt?«

»Das ist … eine lange Geschichte.« Verdammt, ihr wird schwindlig. Sie fügt gereizt hinzu: »Sie könnten sich auch nützlich machen. Fordern Sie Verstärkung an.«

»Brad und Kev sind unterwegs.«

»Dann legen Sie McMinn Handschellen an und lesen Sie ihm seine Rechte vor.«

»McMinn?«

»Ja.« Bucks zweifelndem Blick hält sie unbewegt stand.

Ausgerechnet in diesem Moment sagt McMinn: »Ich will einen Anwalt!«

Der Ekel, der plötzlich in Bucks Gesicht tritt, ist so stark, dass Neely damit rechnet, dass er McMinn anspuckt. Aber er fragt sie nur. »Wie lautet die Beschuldigung?«

»Fangen Sie mit Mord an«, sagt sie. »Für Nicholass und Spinski gilt dasselbe – wenn sie wieder klar genug sind, um was zu hören.«

Buck fängt mit der Festnahmeprozedur an. Er tut es so gleichgültig, als handle es sich bei McMinn um irgendeinen dahergelaufenen Kriminellen.

Aber Neely fragt sich, was es Buck kostet, diese Gleichgültigkeit an den Tag zu legen.

Das Gefühl der Taubheit verschwindet aus ihren Ohren, aber der Schwindel wird schlimmer. Wenn sie sich bloß für eine Minute hinsetzen könnte ... Sie geht zum Sofa und setzt sich auf die Kante. Buck spricht ins Telefon. »Wayne, wir brauchen einen Krankenwagen. Wir haben gleich mehrere Täter überwältigt. Und der Sheriff ist verletzt.«

Der Sheriff?

Wenn sie nicht solche Schmerzen hätte, wäre das geradezu ein Grund zum Feiern. Sie presst die linke Hand auf die Wange. An der Tür ist jemand, aber darum muss sie sich nicht kümmern: Brad Skinner und Kevin Locksey. Buck redet mit ihnen und übergibt ihnen McMinn. Sie führen ihn ab.

Neely kann die Augen fast nicht mehr offen halten. Die Lampe scheint zu flackern. Sie fängt an: »Scott ...« und muss sich räuspern. »Scott, das Verbindungsglied zwischen Nicholass und Tarbet befindet sich – zum Teil – in diesem Mikroskopkasten. Ben hat wahrscheinlich den Schlüssel dafür bei sich.«

Nicholass rührt sich nicht, als Sayson über ihm kniet und seine Taschen durchsucht. Ein paar Sekunden später verkündet Sayson: »Hier ist er. Hat jemand ein paar Handschuhe dabei?« Er streift die Handschuhe über, die Buck ihm reicht, wuchtet den Kasten auf den Schreibtisch und probiert die Schlüssel durch. Der vierte ist es.

Als er die Klappe auf der Vorderseite aufmacht, schlittert eine Lage kleiner flacher Rechtecke nach der anderen heraus. Sayson entfährt ein leises »Wow!«. Er nimmt das Label auf einem der Prozessoren unter die Lupe. »Pentium III Xeon. Da müssen mindestens tausend von den Scheißdingern drin sein.«

»Zwölfhundert, Jans Brief zufolge.« Neely schaut sich im Raum um. Sie fängt an zu zittern und bekommt sich nicht mehr in den

Griff. »Buck, die Aktentasche auf dem Boden neben dem Bücherregal – schauen Sie nach, ob sie abgeschlossen ist.«

Er findet die Aktentasche und öffnet die Verschlüsse. »Was soll das denn? Da sind ja nur Pappkartonfetzen drin.«

»Das ist der Karton von Intel, in Stücke gerissen zum Entsorgen«, sagt Neely. »Könnte sein, dass wir ein paar interessante Fingerabdrücke darauf finden. Von Nicholass oder Curtis oder wer auch immer die Prozessoren geliefert hat.«

»Verdammt, Culpepper wird seine Freude dran haben, die ganzen Zusammenhänge auszutüfteln.« Buck lächelt sarkastisch, aber das Lächeln vergeht ihm, als er Neely genauer anschaut. Er geht zum Sofa, setzt sich neben sie und zieht ihr vorsichtig die Hand vom Gesicht weg. »Wer hat Ihnen das bloß angetan?«

Sie hält die Wunde wieder zu. »Spinski.«

»Wer sonst.« Buck wirft einen Blick auf Sayson, der fröhlich die Prozessoren zählt, und fragt: »Neely, was haben Sie sich bloß dabei gedacht, sich ohne Rückendeckung in so was reinzuhängen?«

»Hätten Sie mir freiwillig Rückendeckung gegeben, wenn ich Ihnen heute Nachmittag gesagt hätte, dass ich vorhabe, Sgt. Curtis McMinn zu verhaften?«

»Wenn Sie mir gesagt hätten, aus welchem Grund, vielleicht schon.«

»Hätten Sie mir geglaubt?«

Darüber denkt er einen Moment nach, bevor er schulterzuckend antwortet: »Lassen Sies beim nächsten Mal einfach drauf ankommen.«

Neely nickt. Irgendwo in der Entfernung hört sie eine Sirene, die den Wind übertönt. Wahrscheinlich sieht der Ozean morgen wunderbar aus. Das Meer war Jans Geschenk an sie.

# 59

Für alle, die einen klaren Himmel mögen, sieht es nach einem perfekten Tag aus. Die aufgehende Sonne wirft eckige Häuserschatten auf den Sand, und die weiß schäumenden Wellen rollen in einem endlosen Tosen an. An diesem wunderbaren Morgen um sechs Uhr ist Neely nicht beim Joggen. Sie geht spazieren. Sie schlendert.

Die neue Ärztin in der Notfallambulanz, die ihre Backe genäht und verbunden hat, war unerbittlich: keine heftigen Bewegungen, nicht rennen. Mit etwas Glück wird der Riss nur eine dünne Narbe hinterlassen.

In der sterilen Umgebung der Ambulanz war Dr. Daya Wheathey eine angenehme Überraschung. Sie ist wie Neely eine schwarze Frau in einer von weißen Männern dominierten Berufssparte. Daya hat gewitzelt, dass sie sich entschlossen hat, diese Stelle anzunehmen, nachdem sie erfahren hat, dass das Taft County eine Afroamerikanerin zum Sheriff gewählt hat.

Dann hat die Ärztin ihr erklärt, dass der eigentliche Grund für ihren Wechsel ein anderer war. Sie wollte ihren dreizehn Jahre alten Sohn vor einer Großstadt wie Portland bewahren.

Neely hat Daya nicht gesagt, dass ihr Sohn auch hier allerlei Versuchungen und Gefahren ausgesetzt sein würde. Sie hat ihr auch nicht gesagt, dass sie sich nicht sicher ist, ob sie weiterhin als erste weibliche Afroamerikanerin das Amt des Sheriffs bekleiden wolle.

Heute Morgen weiß sie es immer noch nicht genau.

Sie muss noch darüber nachdenken. Gestern hatte sie dazu noch keine Zeit. Der Sonntag war für sie nicht gerade ein Ruhetag. Amtsenthebungen, Verhöre und Konferenzen mit Culpepper, Heathman und Scott Sayson und das Zusammentragen von Beweismaterial für den Prozess gegen vier Verdächtige, deren Anklagen von Angriff auf Polizeibeamte bis zu Mord reichen, haben sie die ganze Zeit in Atem gehalten.

Sandy Spinski und Ben Nicholass liegen noch im Krankenhaus. Nicholass wurde eine .44er-Magnum-Kugel aus dem rechten Gesäßmuskel entfernt. Spinski hat eine Rückenmarkverletzung davongetragen und schwebt in Gefahr, mit einer beidseitigen Lähmung zu enden, was Neely nicht besonders betroffen macht.

Curtis McMinn sitzt in einer der Gefängniszellen der Dienststelle. Er hat den ganzen Sonntag über ausgepackt, obwohl sein Anwalt Zustände bekam.

George Tarbet belegt ebenfalls eine Zelle und hüllt sich in Schweigen.

Buck konnte berichten, dass bei der Durchsuchung von Tarbets Haus Samstag Nacht im Präsentationsraum – der geheimen Kammer zwischen Wohnzimmer und Küche – präkolumbianische Antiquitäten sichergestellt wurden, die noch von der Exkursion der *Poseidon* im September stammen.

Nach einer Pressekonferenz, bei der der Staatsanwalt von den Journalisten zu seinem Leidwesen praktisch ignoriert wurde, hat Neely Culpepper schließlich darüber in Kenntnis gesetzt, dass ihr noch drei Wochen Urlaub zustehen, den sie unverzüglich anzutreten gedenke. Buck Dolin übernehme die Vertretung. Mit diesen Worten verließ sie das Gerichtsgebäude, fuhr ins Motel zurück und schlief glatte zwölf Stunden durch.

Jetzt schwelgt sie in dem Vergnügen, am Strand entlangzuspazieren und zu wissen, dass sie weder heute noch morgen noch überhaupt je wieder einen Fuß in die Dienststelle setzen muss. Der Sturm von Samstag Nacht hat Treibholz und haufenweise Tang an Land gespült, der aussieht wie zu einem braunen Knäuel zusammengerollte Schlangen im Winterschlaf. An der Flutgrenze häufen sich tote Quallen und andere Meerestiere, die den Sturm nicht überlebt haben. Ein Festmahl für die Möwen. Ein Stück weiter vorn spielt ein Sheltie mit ihnen Fangen. Der Hund hat keine Chance, eine Möwe zu erwischen. Sie gleiten einfach träge so weit in die Höhe, dass er sie nicht fassen kann. Aber es scheint dem Hund weniger darum zu gehen, einen Vogel zu fangen, als fröhlich in der Sonne herumzutollen und den unsichtbaren Reichtum an Gerüchen in sich aufzusaugen.

Es ist Vixen. Und wo Vixen ist, kann Willow Thornbeck nicht weit sein.

Da. Sie sitzt auf einem verwitterten Baumstamm nahe der Böschung. Ihre kurzen weißen Haare leuchten in der Sonne. Sie winkt, und Neely geht den sanften Abhang hoch auf sie zu. Willow hat noch zwei angeleinte Hunde dabei: einen kurzhaarigen braunen Hund, der ein bisschen größer ist als Vixen – das muss der Basenji sein –, und einen kleinen langhaarigen schwarzen Mischling. Als Neely oben ist, winselt der Basenji heiser, und der Straßenköter kläfft an Neely vorbei in den Himmel.

Willow bringt die beiden Hunde zum Schweigen. »Das ist eine Freundin, also macht nicht so ein Theater. Sheriff, ich nehme an, Sie haben Kili und Abby noch nicht kennen gelernt.«

»Nicht persönlich.« Neely setzt sich auf den Baumstamm.

»Ich hab Sie gestern Abend in den Nachrichten gesehn. Bin richtig stolz, dass ich Sie kenne.« Willow runzelt leicht die Stirn. »Aber ich hoffe, der Schnitt hinterlässt keine allzu große Narbe.«

»Dr. Wheatley meint, dass die Wunde gut verheilt – wenn ich brav bin.«

»Dann bleibt Ihnen wohl nichts anderes übrig.« Sie streckt die Hand aus und berührt zögernd Neelys Hand. »Das ist nicht die einzige Narbe, das weiß ich.«

Neely ergreift Willows Hand. Erst in diesem Moment wird ihr bewusst, wie selten sie, seit sie hier wohnt, einen anderen Menschen wirklich berührt hat – außer Jan natürlich. Gramma Faith würde sagen, dass das die Weiße in ihr ist. Gramma ist überzeugt, dass Weiße Angst vor Berührungen haben.

Neely drückt ihre Hand, bevor sie wieder loslässt. »Ich flieg morgen nach San Francisco«, sagt sie. »Ich muss ein bisschen Zeit mit meiner Mutter und mit der Familie meines Vaters verbringen. Er hatte zwei Schwestern und einen Bruder, die Verwandtschaft ist also ziemlich groß.«

»Ja, in solchen Zeiten muss man seine Familie um sich herum haben. Kommen Sie denn wieder?«

Die Frage trifft Neely unvorbereitet. Sie hat sie sich selbst gestellt, aber sonst hat sie noch niemand danach gefragt.

»Ich weiß noch nicht.«

Willow nickt. »Ich will Ihnen nur sagen, dass die andere Doppelhaushälfte jetzt zu vermieten ist. Mr Wyland hat sie ja sozusagen freigemacht.«

Neely schaut an der Häuserreihe hinter der Böschung entlang, bis sie das schindelgedeckte Doppelhaus entdeckt. Sie war noch nie drin, hat aber keinen Zweifel daran, dass es warm und gemütlich ist. Und die Aussicht …

»Wie viel verlangen Sie denn dafür, Willow?«

»Tja, ich hab die Miete erhöhen müssen. Die Vermögenssteuer für Ufergrundstücke geht langsam ins Lächerliche, wissen Sie. Ich verlange dreihundertfünfzig.«

»Pro Woche?«

»Du liebe Güte, nein, pro Monat.«

Neely schüttelt den Kopf. »Willow, das ist lächerlich.«

»Finden Sies zu viel?«

»Zu wenig.«

»Wieso? Es reicht für die Steuern. Außerdem würde es sich bei der Versicherung bezahlt machen, wenn Sie einziehn würden. Ich meine, es ist doch sicher von Vorteil, wenn ein Sheriff nebenan wohnt.«

Neely antwortet nicht darauf, aber Willow scheint es nicht zu bemerken. Sie schaut Vixen zu, die gerade angerannt kommt. »Da kommt sie ja! Sieht sie nicht wunderschön aus, wenn sie rennt?«

Vixen ist tatsächlich wunderschön. Wie eine Mischung aus Wolf, Fuchs und Gazelle. Kili dehnt die Leine, um ihr entgegenzurennen, aber Vixen schenkt ihm keine Beachtung, sondern rennt geradewegs auf Neely zu. Sie bleibt hechelnd vor ihr stehen. Dann schüttelt sie Salzwasser und Sand aus dem Fell. Neely lacht.

Es tut ihr gut zu lachen, so als wäre ihr gerade erst wieder eingefallen, was Lachen ist. Sie streckt die Hand aus. Vixen schmiegt den Kopf in ihre Hände und strahlt sie mit ihren braunen Augen an.

»Ich hab sie nur in Pflege, wissen Sie«, sagt Willow.

»Was meinen Sie damit?«, fragt Neely unbehaglich.

»Na ja, Vixen ist ein junger Hund und hat noch eine Menge Flausen im Kopf. Sie braucht jemanden, der mit ihr rumrennen kann, und dafür bin ich bestimmt nicht die Richtige.«

»Aber was passiert dann mit ihr? Ich meine, wenn sich niemand findet, der … mit ihr rumrennen kann?«

»Keine Sorge, ich lass sie schon nicht einschläfern. Ich hab bloß nicht das Gefühl, dass sie wirklich zu mir gehört.«

Willow schaut auf die Uhr. »Ich muss dann mal nach Hause was tun. Kommt, Kinderchen, wir müssen gehen. Gute Reise, Neely, passen Sie gut auf sich auf.« Neely sieht ihr nach, wie sie auf ihrem Weg geschickt die drei Leinen so hält, dass sie sich nicht verheddern.

Dann geht ihr Blick wieder auf das Meer. Sie lässt sich den eisigen, reinen Geruch des Westwinds in die Nase ziehen und sieht zu, wie das Wasser am höchsten Punkt der Wellen blaugrün und fast durchsichtig schimmert, bevor es in weißen Wasserfällen überschwappt, während die Sonne den Tröpfchenschleier in Regenbogenfarben aufleuchten lässt. Als sie den Blick wieder ans Ufer wendet, sind Willow und die Hunde verschwunden. Sie ist das einzige menschliche Wesen am ganzen Strand.

Jan hat immer gesagt: »Wir werden hier überhaupt nicht gebraucht. Dieser Anblick würde sich kein bisschen ändern, selbst wenn der Homo sapiens über Nacht verschwinden würde. Es wäre alles hier – das Wasser, die Wellen, die Möwen, die Seelöwen und all die kleinen Lebewesen, die sich im Sand verstecken –, ob wir da sind oder nicht.«

Für Jan war das eine tröstliche Vorstellung. Er war der Meinung, man müsse diese unendliche Gleichgültigkeit verstehen, um das Meer zu verstehen.

In diesem Augenblick fühlt sich Neely bei dieser Vorstellung äußerst einsam. Sie merkt, wie ihr Tränen kalt über die Wangen laufen. Sie hatte noch nicht die Zeit, um das ganze Ausmaß ihrer Einsamkeit zu erfassen.

Eines weiß sie sicher. Sie wird zur Beerdigung nach San Francisco fliegen. Sie wird so lange bei ihrer Mutter Zuflucht suchen, wie sie es braucht. Sie wird Dr. Helene Cleary-Jones in die Sternwarte begleiten, um etwas dazuzulernen und die Seele baumeln zu lassen. Sie wird mit Gramma Faith und Tante Esther und ihren Kusinen zusammen in die Kirche gehen und alte Choräle singen, deren Wortlaut sie kennt, aber denen sie keinen Glauben schenkt. Sie wird ihren Onkel Gabe besuchen und ihm zuhören, wie er Trompete spielt wie der Engel höchstpersönlich. Sie wird Besichtigungstouren machen und essen gehen und durch die Läden bummeln wie eine Touristin.

Aber sie wird dort nicht die Antwort auf ihre Einsamkeit finden.

# Die Autorin

M.K. Wren heißt eigentlich Martha Kay Renfroe, ist in Amarillo, Texas, geboren und lebt seit vielen Jahren im Nordwesten der USA, in Oregon, zusammen mit der Künstlerin Ruth Dennis Grover und zwei Hunden, in einem alten Haus am Meer – in Roads End.

Sie kommt eigentlich von der Bildenden Kunst her – an der University of Oklahoma hat sie Kunstgeschichte studiert – und wäre als Künstlerin beinahe unter ihrem richtigen Namen bekannt geworden.

Aber ein Creative-Writing-Kurs und ein mittelprächtiger Roman von Agatha Christie weckten ihren Ehrgeiz, selbst zu schreiben. Mit Erfolg: Doubleday druckte gleich ihr erstes Manuskript, das gleichzeitig der erste Band ihrer Conan-Flagg-Serie wurde. Sieben weitere Flagg-Bücher erschienen, außerdem riskierte sie mit der »Phoenix Legacy«-Trilogie einen erfolgreichen Abstecher in die Sciencefiction. Außerhalb der Genres hat sie sich mit den beiden Romanen »A Gift Upon the Shore« und »The Shadow of Light« profiliert.

Ihr neues Projekt heißt Neely Jones – und gleich der erste Band, »Medusa Pool«, schaffte es auf die Auswahlliste des *Black Expression Book Club*.

Aufmerksame Wren-Leser kennen die toughe schwarze Polizistin Cornelia Faith Jones schon ein bisschen: aus ihrem ersten Auftrag in dem Flagg-Abenteuer »Dead Matter«.

Heute unterrichtet M.K. Wren selbst Creative Writing, hat 1996 den *Northwest Writer Award* bekommen und arbeitet an dem zweiten Band der Neely-Jones-Saga, von dem allerdings bis jetzt nur der Arbeitstitel feststeht: »Blut ist dicker als Farbe«.

# Bibliografie

Conan-Flagg-Serie:

*Curiosity Didn't Kill the Cat* (1973, dt. *Neugier bringt die Katz' nicht um*, 1977); *A Multitude of Sins* (1975, dt. *Es bleibt in der Familie*, 1978); *Oh, Bury Me Not* (1976, dt. *Ich, das nächste Opfer*, 1978); *Nothing's Certain But Death* (1978, dt. *Gewiss ist nur der Tod*, 1979); *Seasons of Death* (1981); *Wake Up, Darlin' Corey* (1984); *Dead Matter* (1993); *King of the Mountains* (1994)

Weitere Titel:

*The Phoenix Legacy* (1981 und 1985. Bd. 1: *Sword of the Lamb*; Bd. 2: *Shadow of the Swan*; Bd. 3: *House of the Wolf*); *A Gift Upon the Shore* (1990)

*Neely Jones: The Medusa Pool* (1999, dt. *Medusa Pool*, 2001)

# Die Übersetzerin

Annette Blum, 1967 geboren, studierte in Freiburg Deutsch und Französisch und hat bei einem USA-Aufenthalt das Amerikanische für sich entdeckt. Sie arbeitet seit 1997 – nach drei Jahren im Lektorat eines Frauenverlags – als freie Übersetzerin und Lektorin.

# UT *metro*

»Die metro-Bände gehören auf jeden Fall zum Besten, was derzeit an so genannter Spannungsliteratur zu haben ist.«
*Michaela Grohm, Südwestrundfunk*

**Mongo Beti** *Sonne, Liebe, Tod*
Zam, der Journalist, hat Sorgen: Leiche in der Wohnung, Freundin entführt, Überfälle. »Ein schwelgerisches Buch, bunt mäandernd zieht es uns in seinen Bann.« *Sächsische Zeitung*

**Blue Lightning**
Ohne Musik wäre das Leben ein Irrtum.
»Es kommt nicht oft vor, dass der unterhaltsamste Krimi des Jahres eine Sammlung von Kurzgeschichten ist.« *London Times*

**Pierre Bourgeade** *Das rosa Telefon*
In den Labyrinthen des Telefonsex: »Eine frivol und mit laszivem Zungenschnalzen servierte Story, die in ein überraschendes Finale mündet.« *Neue Luzerner Zeitung*

**R. Bradley, S. Sloan** *Temutma*
Ein blutdürstiger Mörder macht Hongkong unsicher. »Mystery mit Biss: eine schnörkellos erzählte X-Akte made in China – gruselig, philosophisch, spannend.« *Brigitte*

**Jerome Charyn** *Der Tod des Tango-Königs*
»Mehr als nur einen Thriller: das visionäre Porträt einer Stadt, in der sich der gesamte irrationale Wahnsinn des globalen Zeitalters konzentriert.« *Robert Brack, schwarze taz*

**Jon Ewo** *Torpedo*
»Hier wird sichtbar, wovor die westlichen Gesellschaften so gern die Augen schließen: Das organisierte Verbrechens agiert, als habe nicht der Staat, sondern die Mafia das Gewaltmonopol.« *Stuttgarter Zeitung*

**Santiago Gamboa**
*Verlieren ist eine Frage der Methode*
In Bogotá gerät der Journalist Silanpa in einen Strudel aus Traum und Albtraum. »Ein raffinierter Großstadt-Krimi – spannend bis zur letzten Seite.« *Der Spiegel*

**Alicia Giménez-Bartlett**
*Hundstage; Boten der Finsternis*
Dicke Luft zwischen Inspectora Delicado und Subinspector Garzón: Ihre Beziehungen machen ihnen Sorgen, und es gibt genug Gründe, einander zur Hölle zu wünschen.
»Ein Paar wie von Cervantes und Hammett.«
*La Esfera*

**Chester Himes** *Die Geldmacher von Harlem; Lauf Mann, lauf!; Der Traum vom großen Geld; Fenstersturz in Harlem; Heiße Nacht für kühle Killer; Plan B*
»Wer Chester Himes' Krimis liest, taucht ab ins tiefste Harlem … Hier harrt ein Klassiker seiner Entdeckung.« *Annabelle*

**Jean-Claude Izzo**
*Total Cheops; Chourmo; Solea*
»Izzo war für Marseille, was Malet für Paris, Hammett für San Francisco, Jerome Charyn für New York war. Als er starb, das war, als habe die Stadt ihr Gedächtnis verloren.«
*Süddeutsche Zeitung*

**Stan Jones** *Weißer Himmel, Schwarzes Eis*
In einem brisanten Umweltskandal riskiert Nathan Active Kopf, Kragen und Karriere. »Ein packender Kriminalroman – in der eisigkalten Welt Nordamerikas.« *Nordwest-Zeitung*

**Yasmina Khadra** *Morituri*
»Selten ist ein politischer Zeitzeugenroman so unterhaltsam gewesen.« *Trierischer Volksfreund*
»Ein großartiges Buch.« *Elke Heidenreich*

**Brian Lecomber** *Letzter Looping*
Wer sich mit der Mafia anlegt, muss vorsichtig sein. Vor allem als Kunstflieger. »Brian Lecomber macht aus Flugzeugen und Piloten, was Dick Francis aus Pferden und Pferderennen macht.« *New York Times*

**William Marshall** *Manila Bay*
Battling Mendez, der legendäre Kampfhahn, auf Spurensuche. »Dieses Buch ist Schwindel erregend, verrückt, grob und gesittet, exzentrisch und exzessiv.« *Los Angeles Times*

# UT *metro*

**Bill Moody** *Solo Hand*
Was haben Jazz und das Aufklären von Verbrechen gemeinsam? Die Kunst der Improvisation! »Wenn Bill Moody schreibt, hört man die Blue Notes von den Wänden hallen.« *New York Times*

**Christopher G. Moore**
*Haus der Geister; Nana Plaza*
»Konsequente Action, meisterhafte Sprache, authentischer Schweiß aus Bangkok, dazu angelsächsischer Humor at its best.« *DeutschlandRadio*

**Walter Mosley** *Socrates in Watts*
Nach siebenundzwanzig Jahren im Knast will Socrates ein ordentlicher Mensch werden. »Ein Buch mit dem Blick von unten: wahrhaftig, glaubhaft und ehrlich.« *Deutsche Welle*

**Katy Munger**
*Beinarbeit – Ein Fall für Casey Jones*
»Ein erfrischender Wechsel weg von all den saft- und kraftlosen DetektivInnen, die Weißwein trinken und die kalifornische Küste rauf- und runterjoggen.« *Thrilling Detective*

**Celil Oker**
*Schnee am Bosporus; Foul am Bosporus*
»In Sachen Kriminalroman tut sich was in der Türkei. Istanbul als Hintergrund für Suchaktionen und Verfolgungsjagden ist für den Krimileser spannendes Neuland.« *SWR1*

**Jerry Raine** *Frankie Bosser kommt heim*
»Ein blendend geschriebener Krimi, der das Gewohnte von seiner hässlichen Seite zeigt. Nichts für schwache Nerven – für robustere ein Vergnügen!« *Zürich Express*

**Helen Zahavi**
*Donna und der Fettsack; Schmutziges Wochenende*
»Zahavi gewinnt dem Machtkampf zwischen Mann und Frau bizarre Seiten ab.« *Stern*
»Wahnsinnig, komisch, mit wunderbaren Dialogen.« *The Sunday Times*

**Noch mehr Spannung im Unionsverlag**

**Guillermo Arriaga** *Der süße Duft des Todes*
In einem kleinen Dorf in Mexiko entsteht aus Lügen eine Wahrheit, von der niemand verschon bleibt. »Voll versteckter Poesie, die der Hemingway'schen Prosa nahe kommt.« *Semanario Siempre*

**Pablo De Santis** *Die Übersetzung*
»Die Gratwanderung zwischen Fiktion und Krimi stellt die Sprache in den Mittelpunkt, gibt das Rätsel auf, löst es, fesselt die Leser bis zum Ende.« *Lateinamerika Nachrichten*

**Garry Disher** *Drachenmann*
»Detective Inspector Hal Challis, der melancholische Optimist, ist jemand den man lieber auf seiner Seite hätte.« *The Weekend Australian*
»›Drachenmann‹ ist Dishers Meisterwerk.« *Sydney Morning Herald*

**Friedrich Glauser** *Schlumpf Erwin Mord; Matto regiert; Die Fieberkurve; Der Chinese; Die Speiche; Der Tee der drei Damen*
»Der Glauser mit dem gläsernen Herzen – noch heute sieht man beim Lesen seiner Kriminalgeschichten ungehindert in diesen klaren, wahren Kern hinein.« *Vogue*

**Walter Mosley** *Socrates' Welt*
»Bad or Good, Right or Wrong im alltäglichen Überleben sind die Fragen, die dieser Roman stellt. In dieser Haltung ist Socrates Fortlow dem Helden Franz Biberkopf aus Döblins Alexanderplatz ein Bruder im Geiste.« *WDR3*